DROEMER

JAKOB BODAN

EIN RICHTIG FALSCHES LEBEN

ROMAN

DROEMER

Besuchen Sie uns im Internet:
www.droemer.de

FSC
www.fsc.org
MIX
Papier aus verantwortungsvollen Quellen
FSC® C083411

Originalausgabe Juni 2019
Droemer Taschenbuch

Ein Imprint der Verlagsgruppe
Droemer Knaur GmbH & Co. KG, München

Covergestaltung: NETWORK! Werbeagentur, München
Coverabbildung: Gettyimages / antimoloko
Illustration im Innenteil: Bowrann / Shutterstock.com
Satz: Adobe InDesign im Verlag
Druck und Bindung: CPI books GmbH, Leck
ISBN 978-3-426-30711-3

2 4 5 3 1

Handlung und Personen sind frei erfunden. Was nicht ausschließt, dass die Erzählung der wahren Geschichte näherkommt, als vom Autor beabsichtigt.

»Man trifft hier Bösewichter an, die Erstaunen abzwingen, ehrwürdige Missetäter, Ungeheuer mit Majestät; Geister, die das abscheuliche Laster reizet, um der Größe willen, die ihm anhänget, um der Kraft willen, die es erfordert, um der Gefahren willen, die es begleiten. Man stößt auf Menschen, die den Teufel umarmen würden, weil er der Mann ohne seinesgleichen ist; die auf dem Weg zur höchsten Vollkommenheit die unvollkommensten werden, die unglückseligsten auf dem Weg zum höchsten Glück, wie sie es wähnen.«

Friedrich Schiller,
Unterdrückte Vorrede zum Schauspiel Die Räuber

Sie riecht noch nach ihm, doch die Erinnerung ist bereits erloschen. So schnell kann das geschehen. Er hat sich nichts zuschulden kommen lassen. Es ist nur der falsche Tag.

Ein Tag im Herbst, der leicht beginnt und noch nach Sommer schmeckt. Constanze verabschiedet sich nicht von ihren Eltern und Brüdern. Sie verlässt das gemeinsame Frühstück vorzeitig und ohne ein Wort von Bedeutung. Auf Mutters *Wohin?* murmelt sie etwas von einem Extratraining. Und Papa? Das letzte Wort an seine Tochter ist ein leicht resigniertes *Na dann!*

Constanze ist siebzehn. In diesem Alter hängt man zu Hause nicht an die große Glocke, wenn man mit einem fast doppelt so alten Mann in den Wald fährt. Julius, der Sportkamerad, der das Hockeyteam von Schwarz-Weiß Bonn trainiert, dessen Tor Constanze hütet, posaunt es auch nicht herum. Noch ein Jahr, dann hat sie das Abitur in der Tasche und kann ausziehen und herumziehen, mit wem sie will.

Sie fährt an diesem verdammten Tag mit Julius ins Siebengebirge. In einer Laube aus leuchtenden Blättern lieben sie sich. Zur selben Zeit bricht Papa mit Rameau zum Joggen auf. Wie immer stürmen Herr und Hund gemeinsam los. Nur diesmal kehren sie nicht zurück.

Constanze ist nicht erreichbar. Wäre sie erreichbar, würde es nichts ändern. Es ist der letzte ganz und gar unbeschwerte Fick ihres Lebens.

Ein paar Stunden später hält Julius an der Ippendorfer Allee, um sich von ihr mit einem Kuss zu verabschieden. Ein Streifenwagen mit blinkendem Blaulicht blockiert die Abzweigung in die Ferdinandstraße. Ein Beamter spricht in ein Funkgerät, ehe er Constanze in Empfang nimmt. Als sie sich umblickt, ist Julius bereits verschwunden.

Erklären will ihr der Polizist nichts. Es ist auch nicht nötig.

Die ungeheure Ahnung hat Constanze bereits gestreift. Als sie sich zwei oder drei Minuten später bestätigt, bleibt ihr Herz nicht stehen. Nur klafft in ihrer Seele nun dieses schwarze Loch, das sich nicht mehr schließen wird und ihre Energie verschlingt.

Papa und Rameau. Weshalb Rameau? Constanze beschäftigt, warum auch der Hund hat dran glauben müssen. Sie weiß, wie grotesk diese Frage ist, kann aber nichts dagegen tun. Sie sind beide tot, als Spaziergänger sie finden, keine hundert Meter von ihrem Haus entfernt am Engelspfad.

Mutter versteinert auf dem Sofa, jemand hat ihr eine Beruhigungsspritze verpasst. Constanze fürchtet sich vor ihrer Verzweiflung, raucht eine Zigarette nach der anderen und tigert im Haus herum. Niemals zuvor hat sie gewagt, sich hier eine anzustecken. Jetzt registriert es niemand. Auch Christoph und Willibald nicht. Ihre Brüder hocken in der Küche und starren aus dem Fenster auf Eigenheime, Vorgärten, Garagen. Auf eine Straße, deren Frieden zerstört ist.

Die Einzige, die redet, ist Anna, eine Freundin aus der Nachbarschaft. Wenn das Telefon klingelt, fertigt sie die Anrufer so wortkarg und dezent wie möglich ab. Die Nachricht vom Anschlag ist längst angekommen in der Welt: Der Wahlkampfmanager Stephan Schelling wurde mit zwei Schüssen in Kopf und Hals getötet. Ohne Unterlass schrillt jetzt das Telefon. Constanze nimmt es durch das Rauschen in ihrem Kopf kaum wahr.

Sie will den Tatort sehen, eine Kriminalbeamtin redet es ihr aus. Dafür haftet jetzt ein Bild in ihrem Kopf, das sie gar nicht gesehen hat und auch nicht sehen will. Jeder kennt es von der Mattscheibe, der Leinwand. Nur ist es diesmal kein Film. Der Mann auf dem Stahltisch der Gerichtsmedizin ist ihr Vater.

Constanze hat an diesem Morgen gewusst, was sie tat. Am Ende des Tages weiß sie, dass es falsch gewesen ist. Wenige Wochen später verlässt sie den Hockeyclub. Julius kann nichts dafür. Er wäre jetzt zu viel für ihre Mutter, und er ist auch zu viel für Constanze. Ihr Blick auf die Welt hat sich mit einem Mal verändert. Und jeder, der sie kennt, sieht sie mit anderen Augen.

Das große *Warum* füllt von nun an alles aus. Und das *Wer*. Wer hat Stephan Schelling auf dem Gewissen? Constanze bekommt keine Antwort. Bis heute nicht, zwanzig Jahre danach.

ERSTER AKT

»Taten wie diese überlegt man,
wenn sie getan sind.«

Räuber Moor

I

Umgeben von Pinien, Kastanien und Eichen schmiegte sich das Kloster an einen Hang des Massif des Maures. Ein Lieblingsort ihres Vaters. Als Kind hatte Constanze die kurvenreiche Anfahrt gehasst. Ihr war meist schlecht geworden. Man hatte sie als Puffer zwischen die streitsüchtigen Zwillinge gesetzt, Christoph und Willibald. Einmal hatten die beiden nicht bloß gestritten, sondern sich auch noch gleichzeitig übergeben. So etwas bleibt unvergesslich.

Constanze zog es immer wieder an diesen Ort. Weil es sich hier anfühlte, als ob die Zeit aus einem dichteren Stoff bestünde. Die Zeit heilt alle Wunden: Dieser Spruch klang hier oben besonders falsch.

Es gab keinen Grund, die Zeit mit ihrem Vater zu verklären. Dennoch tat sie es unwillkürlich. Es kam ihr vor, als sei sie ihm hier näher. Das war Einbildung, falsch wie die Erwartung, sie fände hier ihren inneren Frieden. Gar nichts fand sie.

Selbst die Hoffnung auf den einen oder anderen guten Schuss mit der Kamera war heute vergeblich. Außerdem beschäftigte David sie pausenlos. Er warf mit Steinen nach einer Katze, jagte hinter ihr her, schlug dabei hin und heulte. Vergeblich versuchte sie, sein Interesse für die Eidechsen zu wecken, die sich an den unverputzten Steinmauern sonnten. Auch Verstecken spielen war kein anhaltender Erfolg. Dem Jungen fehlten Spielkameraden. Es wäre besser gewesen, ihn bei Emily und Lawrence zu lassen, den englischen Nachbarn. Aber er hatte gequengelt. »Will mit!« Er quengelte immer noch.

Die fast neunhundert Jahre alte Chartreuse de la Verne war mehrmals ausgebrannt, verlassen, aber immer wieder aufgebaut worden, auch seit Constanzes letztem Besuch mit Papa. Aus der Klosterruine war wieder ein Kloster geworden, das dadurch viel von seiner Ruinenromantik eingebüßt hatte.

Zwischen den Mauern bewegte sich kein Luftzug. Nichts, was ihre Erinnerungen aufwirbelte. Oder besser: Nichts, was sie wegblies.

Auch hier oben hatten sie viel gestritten, soweit man sich mit Papa überhaupt streiten konnte. Gerade deshalb hatte sie ihn immer wieder zu provozieren versucht. Er hatte sich nur so gut wie nie provozieren lassen, damals, als Constanze fünfzehn, sechzehn, siebzehn gewesen war und unbedingt hatte streiten wollen.

Alles wusste er besser, vor allem, wenn es um Politik ging. Auf jedes ihrer Argumente setzte er drei andere. Sein Verständnis für ihr Unverständnis jedoch schien maßlos. Immer blieb er ruhig. Das war das Schlimmste. Papa war nicht zu erschüttern und nicht aus der Reserve zu locken. Niemals ein »Schluss jetzt!«, niemals ein »Davon hast du keine Ahnung«. Manchmal war er unerträglich gewesen in seinem Drang, ihr die Welt immer noch schöner zu malen. Vermutlich hätte er selbst für seinen eigenen Tod noch eine nachsichtige Erklärung gehabt.

Constanzes Schmerz hatte sich über die Jahre nicht von der Stelle bewegt. Hier oben stand alles still, bloß David nicht. Der wusste nicht, was Stille war. Mit ihm kam sie heute nicht mehr zur Besinnung. Irgendeine Attraktion musste sie ihm noch bieten.

Wie oft war sie an dem angerosteten Schild an der schmalen, kurvigen Straße hinauf nach Collobrières vorbeigerauscht. Es verriet, dass man gerade das Maison des Confitures – Produits du Terroir, Fabrication Artisanale – passierte. Diesmal bog sie ab. Ein tückischer Einfall. Denn David liebte Marmelade.

Die am Eingang ausgelegte Liste versprach mehr als vierhundert *Variétés de Confitures*. Sie waren in hohen Regalen gestapelt.

»Welche hast du am liebsten?«

Eine unsinnige Frage. David hatte schon ein Glas in der Hand.

»Brombeeren mit Gin, mein kleiner Schatz, mögen wir das wirklich? Bring es bitte wieder zurück.«

Er stellte es irgendwohin, aber nicht dorthin, wo er es weggenommen hatte.

»Schau mal, Marmelade aus Feigen«, sagte Constanze.

»Keine Feigen!«

Trotzdem bemühte sie sich, David Feigenmarmelade schmackhaft zu machen. Sie zählte gemeinsam mit ihm die Variétés von eins bis zehn.

»Feige mit Banane und Zitrone, Feige mit Quitte, Feige mit Sauerkirschen, Feige mit Pfirsichen und Rosinen, Feige mit Birnen, Feige mit Vanille …«

Aber es war der falsche Ort und Feigenmarmelade das Falsche für Erziehungsversuche. David riss sich los.

»Nichts anfassen!«

Bei den Aprikosenmarmeladen fing sie ihn wieder ein. Diesmal zählte sie auf Französisch. Ein intelligentes Kind wie David war damit nicht zu beeindrucken. Constanze kam auf achtundzwanzig Sorten. Aprikose mit Mandeln, Aprikose mit Ananas und Cointreau, Aprikose mit Champagner, Aprikose mit Lavendel und so weiter, jeweils in zwei Größen.

Als David sich nach einer Marmelade in der dritten Etage des Regals streckte, geschah es. Ein mit vierhundertfünfzig Gramm gefülltes Glas wilder Heidelbeeren mit Cognac zerschellte auf den Terrakottafliesen.

»David!«

Ihr Schrei klang schriller, als ihr lieb war.

Die dicke Frau, von der sie die ganze Zeit schon argwöhnisch beobachtet worden war, warf ihr einen anklagenden Blick zu, stand auf und verschwand. Bewaffnet mit Besen, Schaufel, Lappen und Eimer kam sie sogleich zurück.

»David, so geht das nicht«, betonte Constanze, um ihre pädagogische Anstrengung zu dokumentieren.

Die Frau schob das Malheur schweigend auf die Schaufel. Aus dem anklagenden war ein strafender Blick geworden.

»Haben Sie Kinder?«, fragte Constanze – nun auf Französisch.

»*Pas du tout!*« Absolut nicht.

Sie warf das alkoholhaltige Ragout aus Scherben und Früchten in den Eimer.

Eigentlich hatte Constanze vorgehabt, einige Gläser zu kaufen. Inzwischen aber war die Verärgerung über die dicke Frau stärker als ihr schlechtes Gewissen.

»Ich begleiche den Schaden.«

Sie zückte das Portemonnaie.

»*Du balai!*« Verschwinden Sie!

2

Während seine Frau im Laden hinter der Kasse saß und die Kunden beaufsichtigte, rührte Frederic in einem kupfernen Kessel über züngelnder Gasflamme Marmelade aus Zitrusfrüchten und dachte angestrengt darüber nach, wie er Marie-Claire aus der Welt schaffen konnte.

Er hätte sie zum Beispiel im Schlaf ersticken können. Das traute er sich durchaus zu. Oder er stellte sich vor, dass MC, wie er sie nannte, im Pool ertrank.

Mit seiner Hilfe.

So schwer konnte das nicht zu bewerkstelligen sein. Das Problem war nur der Pool.

Es gab keinen Pool.

Auch wenn sie sich längst einen hätten leisten können. Denn das Maison des Confitures warf genug ab. In der Hochsaison im August kletterte der Umsatz auf mehr als tausend Euro am Tag. Die beiden hätten im Winter zusperren und zum Tauchen in ein Überseedepartement reisen können.

Aber sie reisten nicht.

Weil MC nicht reiste.

Dann wenigstens ein kleiner, bescheidener Pool! Es war Frederics innigster Wunsch, schon seines empfindlichen Rückens wegen. Doch MC hielt selbst den kleinsten Pool für einen Inbegriff bürgerlicher Dekadenz.

Von der Beseitigung MCs hatte Frederic vor einigen Jahren zu träumen begonnen. Der Traum hatte sich in einen Wunsch verpuppt, der immer dringlicher geworden war. Daraus war der schwarze Falter der Tat geschlüpft. Die Phase konkreter Planung hatte begonnen.

Es sollte kein Blut fließen.

Jedenfalls nicht mehr, als er ertragen konnte. Er wollte kein Blut mehr sehen. In einem seiner Albträume hatte er MC zu Konfitüre verkocht und in Gläser abgefüllt. Wie er sie vorher zerstückelt hatte, hatte der Traum ihm vorenthalten.

Marmelade war Frederics Ein und Alles. Saison für Saison nahm die Zahl seiner Kreationen zu. MC aber fand, dass es schon mehr als genug waren. Seine Sucht überfordere die Kunden, meinte sie.

Sie verabscheute es, wenn die Leute immer wieder andere Gläser aus den Regalen holten und einander die von Frederic eigenhändig in steilen Versalien geschriebenen Etiketten vorlasen. Feige mit Whiskey, Stachelbeere mit grünen Äpfeln und Minze, Walderdbeere mit Holunder und Nüssen.

Ein Schlaganfall wäre Frederic am liebsten gewesen, er hätte sich die Hände nicht schmutzig machen müssen. Fett genug war sie ja. Jeden Tag noch fetter. MC aber traf kein Schlag. Eher traf der ihn, wenn er sich nicht endlich von ihr befreite.

»Je reicher die Kunden, desto ungezogener benehmen sich ihre Flegel.«

Ja, da war etwas dran.

Aber die Betuchten füllten schließlich den Laden. Denn Frederics Marmelade war nicht nur doppelt so gut, sondern auch doppelt so teuer wie die teuersten Sorten im Géant Casino. Die Leute aus den Villen sparten nicht. Ein Gläschen Champagnergelee reichte da nicht, es musste auch noch ein Gläschen Champagnergelee mit Himbeeren und Champagnergelee mit Ananas mit ins Körbchen. Im kleinen Glas zu zweihundertfünfzig Gramm für neun Euro achtzig. Das Champagnergelee fand reißenden Absatz. Frederic hätte gern expandiert, seine Produkte auch online angeboten.

Aber MC bremste.

»Marmeladenfaschist«, schimpfte sie ihn.

Auch mit Marmelade hätte er MC anstandslos beseitigen können. Grüne Limonen und Mandarinen, abgeschmeckt mit einem Schuss Blue Curaçao und ein paar Spritzern Blausäure, eine giftgrüne Mischung. Eine hübsche Vorstellung. Leider unrealistisch. Sie mochte seine Köstlichkeiten nicht. Konnte das klebrige Zeug nicht riechen.

»Dein Gehirn besteht nur noch aus Marmelade!«

Den Spruch hörte Frederic nicht zum ersten Mal.

MC wollte und konnte ihn nicht verstehen. Glaubte Frederic den Papieren, führten sie eine Ehe. Vertraute er den Tatsachen, waren sie keinen einzigen Tag miteinander verheiratet gewesen. Dennoch waren sie auf immer und ewig verstrickt ineinander.

Bis dass der Tod sie schied.

Auch eine Gasexplosion hatte er in Erwägung gezogen, sie aber als unzuverlässig und technisch zu kompliziert verworfen. Falls das Wort »Lösung« noch einen Sinn hatte, gab es für Frederic nur eine Lösung.

3

Wenige Tage später kehrte Constanze ins Maison des Confitures zurück, David hatte sie bei Lawrence und Emily gelassen, hatte jetzt die Kamera dabei. Auf die Frau an der Kasse hatte sie es abgesehen, auf das missvergnügte Gesicht, das ein Regiment aus Gläsern befehligte.

Doch da saß nicht die dicke Frau, sondern ein hagerer Mann.

»Die Frau neulich hier an der Kasse, vermutlich Ihre Frau …«

»*Qui?*«

Abgesehen von der Leibesfülle hatte die Frau nichts an sich, was mit der Süße ihrer Produkte harmoniert hätte. Auf diesen sichtbaren Widerspruch kam es Constanze an. Nur konnte sie das dem Mann schlecht so direkt aufs Brot schmieren. Sie rühmte lieber das originelle Ambiente des Ladens.

»Dazu passt Ihre Frau wie gemalt. Ich arbeite an einer Fotoreportage über die Provence für eine deutsche Frauenzeitschrift.«

Das klang plausibel, hoffte sie.

»Wenn Sie mit Marie-Claire Ärger wollen, müssen Sie nur Ihre Kamera zücken«, sagte der Mann.

»Die Aufnahme wäre eine Superwerbung für das Maison des Confitures.«

»Glauben Sie mir, es wäre keine gute Idee.«

Constanze nahm ein Glas Earl-Grey-Gelee aus dem Regal. »Ist ja mal was anderes auf dem Frühstücksbrötchen«, lobte sie. Sie hatte unwillkürlich das schöne deutsche Wort verwendet.

»Frühstücksbrötchen«, wiederholte der Mann auf Deutsch und lauschte den Silben nach, als sei es eine Spezialität, die er schon lange nicht mehr geschmeckt hatte.

»Sie sind also Deutscher. Wie lange leben Sie hier schon?«

»Zu lange«, sagte der Mann und schaffte es nicht, Constanze dabei anzusehen.

»Welche Sorte würden Sie mir besonders empfehlen?«

»Sie sind schon auf der richtigen Spur. Nehmen Sie noch ein anderes Gelee hinzu, Hibiskus und Rosmarin. Und zum Käse Konfitüre aus grüner Tomate.«

Er kam hinter der Kasse hervor, um die Gläser selbst aus den Regalen zu holen.

»Haben Sie Kinder?«, fragte Constanze.

»Weshalb fragen Sie?«

»Nur so.«

Dann aber erwähnte sie doch Davids Missgeschick neulich und die Folgen.

»Wenn das alles ist, was hier zu Bruch geht, soll es mir recht sein«, sagte der Mann.

Plötzlich stand die dicke Frau in der Tür. In Lederkluft, einen schwarzen Helm unter dem Arm, schrammte sie grußlos an Constanze vorbei.

»Keine Angst, mein Sohn ist zu Hause.«

Die Frau warf ihrem Mann einen Blick zu, als hätte sie ihn gerade in flagranti erwischt. Mit Stiefelschritten stampfte sie durch den Laden und verschwand. Ein filmreifer Auftritt.

»Danke«, sagte der Mann zu Constanze. Er wirkte eingeschüchtert, reichte ihr die Gläser in einer Plastiktüte und wollte sie hinauskomplimentieren.

»Ich habe noch nicht bezahlt.«

Als das schweigend erledigt war und Constanze den Laden verlassen hatte, stellte sie sich hinter eine Zypresse und wartete. Die Frau tat ihr den Gefallen. Sie kehrte zu ihrem Motorrad zurück, das vor dem Eingang stand. Es war nicht das Bild, auf das Constanze gehofft hatte, aber schlecht war auch dieses nicht: Die dicke Frau in der offenen Tür, das misstrauische Gesicht genau neben der altmodischen Schrift: Les Fruits de Provence. Das seltsame Gewächs setzte den Helm auf und schwang sich erstaunlich behände auf die Maschine.

4

Am Abend wurde Frederic von MC ins Gebet genommen.

»Was wollte die Frau?«

»Welche Frau?«

»Stell dich nicht dumm.«

»Marmelade kaufen, nehme ich an.«

»Vor vier Tagen schon hat sie Unruhe gestiftet mit ihrem verzogenen Kind.«

»Du hast sie verprellt.«

»Nicht gründlich genug.«

»Offenbar haben es ihr meine Marmeladen angetan.«

»Oder du.«

»Ach was.«

»Sie hat dich ausgefragt.«

»Blödsinn.«

»Wer ist sie?«

»Eine Fotografin. Der Laden gefällt ihr.«

»Was genau wollte sie wissen?«

»Was wohl?«

»Etwas wird sie dich doch gefragt haben.«

»Ob sie ein Foto machen darf.«

»Und?«

»Was und?«

»Was hast du geantwortet?«

»Was glaubst du?«

»Bei dir bin ich mir nicht sicher.«

»Du erstickst noch am Verfolgungswahn.«

Diese Todesart existierte leider nur theoretisch.

»Hat sie dir auch ihren Namen verraten?«

»Wozu?«

»Na, denk mal nach!«

»Du siehst Gespenster.«

»Ich wette, sie kreuzt bald wieder auf.«

»Da sie dich erneut erlebt hat, wird sie den Laden nie wieder betreten.«

MC zog entrüstet ab.

Ein Monster zwischen Marmeladengläsern.

Frederic verstand das Motiv der Fotografin. Er hoffte, sie würde sich doch nicht abschrecken lassen und wiederkommen. Seine Kreationen waren konkurrenzlos, und er lebte vom Beifall der Kunden. Deshalb saß er auch gern an der Kasse, wenn MC aus dem Haus war. Auch ohne MC würde die Fotografin ein stimmungsvolles Motiv finden.

Er sah in ihr beinahe schon eine Verbündete. Wenn es stimmte, dass sie für eine deutsche Frauenzeitschrift arbeitete. Man konnte nicht vorsichtig genug sein. Misstrauen war das Einzige, was Frederic noch mit MC verband.

Mittlerweile aßen sie nicht einmal mehr gemeinsam. Frederic hatte sich zum Vegetarier gewandelt und hielt den Geruch von Marie-Claires Frühstücksspeck nicht aus.

»Wenn schon nicht mehr richtig leben, dann wenigstens richtig essen« lautete ihr Spruch.

Lammkoteletts, Blutwürste, Pasteten, reichhaltige Fischsuppen, pot au feus, mit süßen Weinen abgelöschte, in der Pfanne gebratene Fettlebern von Enten und Gänsen stopfte sie in sich hinein.

Es war ihr anzusehen.

Frederic dagegen war eine Feder. Im Schatten dieser Frau waren sogar seine Lippen schmal geworden. Um ihren Worten zu entgehen, aß er lieber allein. Schwieg, um nicht ihre Antworten hören zu müssen. Er ertrug sie nicht mehr.

Nicht einmal ihre Sprache. Immer schlampiger kamen die Sätze daher, Wortmüll, versetzt mit Leergut. *Und irgendwie und halt und alles und Sachen und so.* Warum reduzierte sie nicht einfach die Zahl ihrer Wörter und verwendete sie mit mehr Bedacht? Allein dann, wenn sie ihre vermeintlich heroische Vergangenheit aufleben ließ, fand MC genauere Sätze, wenn auch nicht die richtigen. Ging es dagegen um die dumme Gegenwart, war sie zum Wahnsinnigwerden kompliziert.

Statt Einfaches einfach mitzuteilen, produzierte sie einen Schwall aus Worten. Der Klempner ist heute nicht erschienen, Punkt, hätte genügt. Stattdessen holte sie aus. Sie habe Lucile um eine Handwerker-Empfehlung gebeten, mit dem Empfohlenen daraufhin einen Termin vereinbart, den dieser eingehalten hätte, wäre nicht seine Tochter von einem Hund angesprungen worden, worüber er, der Klempner, in seiner Aufregung jedoch Lucile statt MC informiert habe, die das wiederum, obwohl ihr MC in der Apotheke über den Weg gelaufen sei, um sich eine Salbe gegen den nässenden Ausschlag unter der Achsel zu besorgen, für sich behalten habe. In dieser Art. Sie fand nie den Punkt. Nicht am Tag und nicht in der Nacht.

Frederic blieb nichts anderes übrig, als sie zum Schweigen zu bringen. Er bezweifelte nicht, dass MC ihrerseits ähnliche Fantasien hegte, wenn sie spätabends auf dem Bett lag, um einen trübsinnigen Kriminalroman nach dem anderen zu verschlingen, während er sich in seiner Kammer alte italienische Madrigale auf die Ohren legte. Am liebsten die von Gesualdo, dem Fürsten von Venosa, der seine Ehefrau und deren Geliebten hatte abstechen lassen im Rausch der Eifersucht.

Weil sie beide passabel Französisch sprachen, hatten sie sich einst für Frankreich entschieden. Frederic war in einem frankophilen Elternhaus groß geworden. Mama (Betonung auf der zweiten Silbe) hatte Baudelaire gelesen, Papa das Aupair aus Bordeaux flachgelegt. MC hatte ein angesehenes französisches Gymnasium in Berlin besucht und später als Anwaltsgehilfin auch für Kanzleien in Genf und Straßburg gearbeitet.

Seine Česká ČZ 83, 7,65 mm Browning und der Schalldämpfer lagen in einen ölgetränkten Lappen gewickelt im Regal bei den Gartenutensilien, das Magazin stets gefüllt. Das

Schießeisen war ja auch eine Art Gartengerät. Es half nur noch Jäten.

Mach kaputt, was dich kaputt macht!

Wenn er im Geräteraum zu tun hatte und er auch nicht befürchten musste, dass sie hinter ihm her schnüffelte, zog er die Waffe hervor. Er roch an ihr, mochte den Geruch des Maschinenöls. Vorsichtshalber hatte er die Waffe vor ein paar Tagen im Wald ausprobiert. Ließ sich die gemeinsame Geschichte wirklich so beenden? Nur weil es eine Leidensgeschichte geworden war, eine ziemlich spießige, bürgerliche noch dazu.

MC war wie jeden Mittwoch nach Cogolin hinuntergefahren, um Lucile zu treffen. Frederic hingegen traf jeden Samstag auf dem Markt des kleinen Städtchens Lieferanten, von denen er Früchte im besten Reifezustand bezog. Er bezahlte stets in bar. MC glaubte, dass Frederic weniger ausgab, als die Belege auswiesen. Sie unterstellte ihm eine schwarze Kasse. Beweisen konnte sie es nicht.

In dieser Frage ließ er sich nicht einschüchtern. Sie genehmigten sich monatlich jeweils vierhundert Euro für persönliche Bedürfnisse. MC investierte in ihr Motorrad, eine 750er Suzuki. Ein Motorradunfall wäre die bequemste Lösung von allen gewesen.

Frederic gab sein Geld für Bücher und CDs aus und legte den größeren Teil auf die hohe Kante. Für den Notfall, den er herbeisehnte.

Es wurde höchste Zeit dafür. Nicht einmal, nicht zweimal, öfter, als er es aushielt, hatte ihm MC schon auf den Kopf zugesagt: »Du willst hier raus. Weißt du, was das bedeutet? Es wäre das Ende des Maison des Confitures. Das Ende deiner Freiheit.«

Was sie so Freiheit nannte.

5

Der Marmeladenkoch und die Matrone, die ihn nicht aus den Augen ließ. Ein rätselhaftes Paar, fand Constanze. Vielleicht waren die beiden einmal als Aussteiger gestartet und in der Hölle ihres Kleingewerbes gestrandet. Es gab tausend Ursachen für das gewöhnliche Unglück.

Vielleicht hasste die dicke Frau Kinder, weil sie selbst keine bekommen konnte. Oder der dünne Mann ihr keine machen wollte. Oder dazu nicht in der Lage war. Ehen konnten aus vielen Gründen zugrunde gehen. Auch ganz grundlos.

Der dünne Mann war mindestens so seltsam wie die dicke Frau. Vielleicht war er ein pedantisches Scheusal und nicht auszuhalten für eine lebenslustige Frau, die sich auf dem Motorrad holen musste, was die filigranen Knochen ihres Gatten nicht hergaben.

Constanze stellte sich gern andere Paare im Bett vor. Vielleicht schliefen sie nicht mehr miteinander, weil dem Mann die viele Marmelade die Genitalien verklebte. Kannte man alle Nebenwirkungen dieses Zeugs? Es könnte ihr gleichgültig sein. Aber ständig verglich Constanze ihr eigenes Schicksal mit dem anderer. Manchmal tat es ihr gut, wenn sie sah, dass das Elend vor der schönsten Idylle nicht haltmachte.

Wann hatte sie selbst zum letzten Mal mit einem Mann geschlafen? Sie war nach der Scheidung nach Frankreich gezogen, in das Haus, das Papa so sehr geliebt hatte und dessen Geist noch immer durch die Räume spukte.

Ein neuer Mann wäre keine Lösung gewesen. Kein neuer Mann aber erst recht keine. David brauchte dringend einen Vaterersatz. Herr Behrenberg kümmerte sich nur noch pro forma um seinen Sohn. Abgesehen davon drückte er sich davor, einen einzigen Cent mehr zu bezahlen, als die Düsseldorfer Tabelle es ihm vorschrieb.

Es gäbe auch in diesem Haus genug zu tun für einen Mann.

Der Zahn der Zeit hatte unübersehbare Spuren hinterlassen. Lawrence hatte das eine oder andere Mal geholfen. Er kam mit Emily aber nur zweimal im Jahr nach Grimaud. Vor mindestens drei Jahren hatte sich Constanze eines Abends nach einigen Gläsern Rosé zu viel mit Lawrence vergessen. In ihrem eigenen Haus. Sie hatte Papas Geist auch noch gespürt, als Lawrence ihr das Bikinioberteil öffnete.

6

Im gleißenden Mittagslicht schimmerte das Meer, aus dem sich dunkel die Îles d'Hyères erhoben. Frederic hatte die Passhöhe des Col du Canadel erklommen. Er stieg vom Rad, lehnte es gegen einen Baum und nahm einen gierigen Schluck aus der Plastikflasche. Sein Atem beruhigte sich.

So frei fühlte er sich selten.

Die Temperaturen waren Anfang Juni noch erträglich. Dennoch war die siebeneinhalb Kilometer lange, gegen Ende saftige Steigung von La Môle herauf keine Selbstverständlichkeit für einen Mann Mitte vierzig. Anständig frühstücken hätte er sollen, statt nur ein Croissant mit Stachelbeer-Sternfrucht-Rhabarber-Konfitüre zu sich zu nehmen. Nach der Abfahrt hinunter nach Le Lavandou würde er einkehren.

Frederic hielt sich nicht für einen richtigen Sportler, was schon daran zu sehen war, dass er abgeschnittene Blue Jeans trug und keinen Helm. Er war lediglich auf dem Rad MC für ein paar Stunden entkommen. Das allein war die Kurbelei wert.

Er steckte die Flasche zurück an den Rahmen des Rennrads, schwang sich in den Sattel und rauschte ins Tal, den Rücken über den Lenker gebeugt, den Fahrtwind in den Ohren, das Meer vor Augen. Außerhalb der Saison war hier nicht mit Ge-

genverkehr zu rechnen, also schnitt er die Kurven. In der Mitte des Asphaltbandes rollte es sich weniger riskant als am Rand, wo Sand und Kiesel lagen. Frederic war nicht tollkühn.

Schon lange nicht mehr.

Zwar setzte er die Bremsen sparsam ein, steuerte aber konzentriert. Das Auto, das unversehens vor ihm auftauchte, hatte er überhört. Er erschrak nicht, sondern reagierte mit einer Ausweichbewegung. Das hupende Cabriolet zischte an ihm vorbei, eine Frau am Steuer.

Dummerweise geriet sein Vorderrad dabei in Kontakt mit einem Steinbrocken, der in der scharfen Biegung nichts zu suchen hatte. Als er mit ganzer Kraft beide Bremshebel drückte, war es bereits zu spät und das schleudernde Rad außer Kontrolle. Frederics Geistesgegenwart war in Schuss. Von der Fahrbahn getragen zu werden, gegen die Begrenzungsmauer oder gar einen Baum zu prallen und mit ungeschütztem Kopf voraus über das Lenkrad zu schießen ließ sich nur noch vermeiden, indem er sich zur Seite warf.

Er schlug mit der Hüfte auf, mit Ellbogen, Schulter und Stirn und Oberschenkel. Das Rad schlitterte noch einige Meter weiter die abschüssige Straße hinab. Frederic krümmte sich auf dem Asphalt.

Doch hielt er sich nicht lange mit dem Schrecken auf, sondern rappelte sich hoch. Es fiel ihm schwer, da ein furchtbares Gewicht seinen Brustkorb zusammenpresste. Er zwang sich auf die Beine, kauerte sich dann an den Rand der Fahrbahn.

Es fühlte sich an, als sei nichts gebrochen und nichts gerissen. Vielleicht war die eine oder andere Rippe angeknackst. Gut, das linke Bein sah so bemitleidenswert aus wie der Arm. Aufgeschürft von den Fingerknöcheln bis zur Wade, das T-Shirt an der Schulter zerfetzt. Er fasste sich ans Gesicht, die Brille war verschwunden, die Stirn blutete. Aber der ganze Schmerz saß in der Brust.

»*Mon Dieu*«, sagte die Frau, die sich zu ihm hinabbeugte.

»*Tout va bien.*«

Frederic sank in einen Zustand tiefer Erleichterung. Es war ihm, als ginge er am Strand entlang, die Füße im Saum der Gischt. Stille kehrte ein, so plötzlich, als habe jemand den Ton abgestellt.

Als er die Augen wieder öffnete, blickte er auf seine Sportschuhe. Sie waren auf eine leere Wasserkiste gebettet. Ein kleiner Junge stand daneben und glotzte ihn an. Als er bemerkte, dass der blutende Mann erwachte, lief er davon. Frederic nahm die Beine von der Kiste.

»Nicht bewegen!«, sagte die Frau auf Deutsch.

Die Frau aus dem Laden.

Sie hielt ihm eine Flasche hin. Frederic sah keinen Grund, länger am Straßenrand zu liegen, auch wenn sein Kopf auf einer weichen Unterlage ruhte.

»Sie waren ohnmächtig.«

»Lange?«

»Nicht sehr lange.«

»Minuten, Sekunden?«

»Machen Sie sich keine Sorgen. Ich rufe einen Krankenwagen.«

»Mir fehlt nichts.«

Frederic konnte sich mühelos erinnern. Er war ins Schleudern geraten, als er dem Wagen der Frau auswich.

»Nur ein paar Schürfwunden, eine Prellung«, versuchte er sie zu beruhigen.

»Aber der Kopf! Nehmen Sie den bloß nicht auf die leichte Schulter.«

Da musste Frederic lachen.

Er hätte es besser unterlassen. Eine Lanze bohrte sich in seine Seite.

»Meine Brille«, sagte er. »Wo ist meine Brille?«

Die Frau reichte ihm zwei Fragmente einer Sonnenbrille, der Steg zwischen den Gläsern zerbrochen, in der linken Fassung nur noch eine Scherbe.

»Ging zum Glück nicht ins Auge«, sagte sie.

»Also brauchen wir auch keine Hilfe.«

Die Frau hatte ihr Mobiltelefon schon in der Hand.

»Bitte nicht!«, sagte Frederic.

Er war jetzt wieder ganz auf Zack.

Um es der Frau zu beweisen, stand er auf, humpelte ein paar Schritte hin und her und ließ sich dann am Stamm einer Korkeiche nieder.

»Die Rippen«, stöhnte er.

»Davon haben Sie lange etwas«, nickte die Frau. »Kann's Ihnen aus eigener Erfahrung versprechen. Damit ist nicht zu scherzen.«

»Bloß kein Aufstand wegen einer Lappalie!«

»Im Hospital wird man Ihren Kopf sicherheitshalber untersuchen.«

Jetzt bekam er es doch mit der Angst zu tun.

»In den Krankenwagen steige ich nicht.«

Seine Stimme klang entschlossen genug, hoffte er.

»Auf Ihre eigene Verantwortung«, sagte die Frau und steckte das Telefon ein.

7

Als das Rad in der Kurve auf sie zuschoss, sah sie Mann und Rad schon gegen die Kühlerhaube prallen, die Windschutzscheibe durchbrechen und in ihren Wagen krachen. Unwillkürlich duckte sie sich – nicht gerade die sinnvollste Reaktion.

Das Kind auf dem Rücksitz!

Ein Blick in den Spiegel, während sie auf die Bremse stieg. Sie sah, wie der Mann stürzte, stoppte, stieß zurück. Er blutete und war schon wieder halbwegs auf den Beinen, als er unversehens kollabierte.

Sie hatte keine Ahnung, wie sie den Mann hätte wiederbeleben sollen. Gottlob öffnete er die Augen nach wenigen Augenblicken. Nach seinem Namen fragte sie ihn. Als sie einmal von einem Hockeyball am Kopf getroffen worden war, hatte der Sanitäter als Erstes ihren Namen hören wollen, um zu erkennen, ob sie klar im Kopf war.

Nach einigen Sekunden Bedenkzeit sagt der Mann: »Ihr Sohn heißt David, und Sie sind keine Touristin.«

Er hatte gut aufgepasst.

Seinen Namen gab er nicht preis, und einen Krankenwagen lehnte er auch strikt ab. Die Sanitäter hätten wenigstens fünfundzwanzig Minuten von Cogolin herauf benötigt. Was hätte Constanze so lange tun sollen mit einem stöhnenden Mann und dem inzwischen heulenden Kind? Sie fühlte sich für ihn verantwortlich. Sogar ein wenig schuldig. Zwar hatte sie die Kurve nicht geschnitten, war aber auch nicht aufmerksam genug gewesen.

»Bitte geben Sie sich keine Mühe.«

Wovor hatte der Mann Angst? Offenbar mehr davor, dass man ihn im Krankenhaus behielt, als vor den Folgen einer ernsthaften Verletzung. Falsches Heldentum, typisch Mann. Nicht unsympathisch.

Sie holte aus ihrem Wagen eine Küchenrolle, befeuchtete ein paar Blatt aus der Trinkflasche des Radfahrers und betupfte dessen Schultern und Stirn.

»Ich hole den Verbandskasten.«

»Luft ist die beste Medizin«, wehrte er ab.

»Sie sind echt ein zäher Knochen. Ich bringe Sie zurück zu Ihren Marmeladen und zu Ihrer Frau.«

»Und das Fahrrad?«

»Kommt auf den Rücksitz des Cabriolets.«

»Aber Ihr Sohn!«

»Den nehmen Sie die paar Kilometer auf den Schoß.«

Frederic dachte an seine Rippen. Die kamen besser nicht in Kontakt mit dem Zappelphilipp.

»Ausgeschlossen.«

»Ich kann Sie aber hier nicht sitzen lassen!«

»Ist das Rad noch zu gebrauchen?«

»Sieht so aus«, sagte die Frau, »allerdings würde ich mich an Ihrer Stelle heute nicht mehr draufsetzen.«

Sie hatte inzwischen die Kamera in der Hand, nicht mehr das Smartphone. Einen fetten Apparat.

Offenbar missfiel das dem Mann. »Wozu soll das denn gut sein?«, sagte er.

»Sie wissen doch, ich bin Fotografin. Sie und das Rad an die verkrüppelte Eiche gelehnt – das Bild erzählt eine ganze Geschichte. Darf ich?«

»Unterstehen Sie sich!«

Es war wirklich ein tolles Motiv. Der geschundene Held vor schrundigem Stamm in großer Kulisse.

»Die Eiche, unverwüstlich wie Sie selbst. Dazu das wilde Küstengebirge.«

Der Mann, von dem sie noch nicht einmal den Namen kannte, hielt sich die zerschundene Hand vors Gesicht.

Constanze war die Situation jetzt doppelt peinlich. Sie hätte sich an seiner Stelle auch geweigert. Denn sie versuchte, seinen erbärmlichen Zustand für ihre Zwecke zu missbrauchen. Fotografen brachen dauernd in die Intimsphäre fremder Leute ein. Das wusste sie, und es missfiel ihr. Aber wenn sie es als Fotografin zu etwas bringen wollte, kam sie ohne eine gewisse Unverfrorenheit nicht aus. Für so ein grandioses Bild pfiff sie gern auf die Verletzlichkeit des Mannes. Diesem verrückten Hund, der seine eigenen Grenzen nicht kannte, aber dann ihre Kamera scheute.

»Noch einmal: Danke für Ihre Mühe. Fahren Sie mit David endlich an den Strand.«

»Wie stellen Sie sich das vor!«

»Meine Frau holt mich hier ab.«

»Ich bringe Sie zu ihr.«

»Ich möchte nicht, dass Sie es bereuen.«

Constanze schoss das Bild, ohne ausdrücklich um Erlaubnis zu fragen.

Als der Mann protestierte, sagte sie: »Wenn ich Sie schon allein lassen soll, muss ich Sie wenigstens aufnehmen. Ich brauche einen Beweis dafür, Ihnen meine Hilfe nicht verweigert zu haben. Falls Sie doch noch einmal zusammenklappen. Ich habe keine Lust auf die Polizei.«

»Wer hat das schon«, sagte der Mann und fuchtelte wieder mit den Händen vor seinem Gesicht herum, um sich ihrer Aufdringlichkeit zu erwehren.

8

Wie befürchtet, machte ihm MC Vorwürfe.

»Ohne Helm! Du hast es wirklich nicht besser verdient!«

Trost hörte sich anders an.

Frederic erwähnte die Hilfe der Deutschen nicht. Immerhin hatte er das Rad zurück bis zum Pass hinaufgeschoben, war auf ihm dann hinabgerollt und hatte sein Haus aus eigener Kraft erreicht.

MC schickte ihn ins Bett.

Er folgte ihren Anweisungen.

Das zerfetzte Hemd auszuziehen war eine Tortur, warum half sie ihm nicht dabei? Er schluckte zwei Paracetamol 500, obwohl er allen Pillen misstraute. Seine Haut fühlte sich an, als hätte er Schüttelfrost. Nicht einmal eine Banane brachte er hinunter, bloß schwarzen, bitteren Tee.

»Morgen spätestens solltest du dich bei einem Arzt blicken lassen«, sagte MC. »Du bist mit dem Kopf aufgeschlagen!«

Die kurze Bewusstlosigkeit erwähnte Frederic nicht. Er nahm an, sein Zustand kümmerte MC nur, weil sie Komplikationen für sich selbst befürchtete.

»Und was ist, wenn eine Rippe gebrochen ist?«

»Ob gebrochen, angeknackst oder bloß geprellt, macht keinen Unterschied«, behauptete Frederic. »Man kann nichts tun außer sich möglichst wenig bewegen.«

»Und wenn sich eine gebrochene Rippe in die Lunge gebohrt hat?«

»Dann wärst du mich schon los.«

Die Türen zwischen den Räumen, in denen sie schliefen, blieben ausnahmsweise offen. MC sah auch nachts mehrmals nach ihm. Er tat jedes Mal so, als ob er schliefe, aber daran war trotz der Tabletten nicht zu denken. Jede Verlagerung bedeutete einen brüllenden Schmerz. Er sollte wirklich einen Arzt aufsuchen.

Bisher hatte er das immer vermieden.

Über all die Jahre hatte ihn nur MC verarztet, wenn es nötig gewesen war. Halsschmerzen, Husten, Durchfall, Magenverstimmungen, einmal eine Knöchelverstauchung, gelegentlich ein Hexenschuss oder eine Schnittverletzung an einem Finger, zwei leichtere Verbrennungen, Insektenstiche: Beunruhigenderes war nicht passiert. Jetzt, da sein Brustkorb bei jedem Atemzug zu bersten schien, wurde Frederic bewusst, welch robuste Natur ihm beschert war.

Die seelischen Schäden standen auf einem anderen Blatt. Leere, Kälte, Sinnlosigkeit lähmten, versteinerten ihn. Frederic konnte nicht behaupten, dass er es nicht ernsthaft versucht hätte mit MC. Zum Überleben hatten seine Bemühungen lange genügt.

Zu mehr nicht.

Man konnte mit einem Menschen das Bett teilen und sich dennoch allein fühlen. Diese Phase hatte er bereits hinter sich. Er lag immer noch im selben Bett, doch immer allein.

Zum Glück allein.

Jetzt allerdings gefesselt in einer Zwangsjacke aus Schmerz. Sogar das Atmen tat weh. Konnte man das Atmen nicht einfach einstellen?

Trostlose Gegenwart.

Wenigstens seine Erinnerungen waren nicht verpfuscht. Sie boten eine erträgliche Version der Vergangenheit. Wie er sich mit MC um die Sonnenbrille gebalgt hatte in den Dünen am Salzhaff. Außer der Brille mit den honiggelben Gläsern hatte sie nichts angehabt. Sogar MCs Musik hatte er früher ertragen. Obwohl es kein Ende nehmen wollte, das pausenlose Gehämmer.

Breaking the law
Breaking the law
Breaking the law
Breaking the law

Er hatte ihr die CD von Judas Priest einmal zum Geburtstag geschenkt. Er erinnerte sich an die Namen all der Metal-Bands, von denen MC nicht genug bekam: Painkiller, Iron Maiden, Ozzy Osbourne, Black Sabbath. Heute war es ihm gleichgültig, was sie hörte, falls sie überhaupt etwas hörte, wenn sie ihre Kopfhörer aufsetzte.

Nicht gleichgültig war ihm nur noch, wie er MC loswurde. In seinem gegenwärtigen Zustand konnte er den Plan nicht zu Ende führen. Aber auf ein paar Tage mehr oder weniger kam es nicht mehr an. Falls ihm nichts Besseres einfiel.

Er hatte MC lange gemocht. Geliebt hatte er eine andere.

Geliebt hatte er Marlene.

MC gegenüber war er rücksichtsvoll genug, den Namen Marlene niemals in den Mund zu nehmen. Eine Rücksicht, die sie nicht honorierte.

Frederic zweifelte nicht daran: Mit Marlene wäre alles anders gelaufen. Wohin es ihn auch immer mit ihr verschlagen hätte – ganz sicher nicht in eine Marmeladenküche. Selbst zu besseren Zeiten mit MC hatte Frederic Marlene vermisst. Mehr als vermisst.

Marlene.

Acht Jahre älter als er, jetzt also fünfundfünfzig. Vielleicht schon genauso fett wie MC. Eine bloße Vermutung beziehungsweise Befürchtung. Er hatte Marlene ja nie wiedergesehen. In seinen Vorstellungen war sie nicht gealtert. Wäre sie bei ihm statt MC, hätten sie immer noch Spaß im Bett. Hätten sie bestimmt. Marlene, die, wie Tom es einmal ausgedrückt hatte, durch die Möse atmete. Manchmal hatte er das Pulsieren ihrer Vagina regelrecht gespürt. Wenn er sich selbst befriedigte, was nicht mehr oft geschah, stellte er sich vor, wie sich ihre Lippen über seinen Schwanz stülpten. Sie ritt sogar auf seinen geschundenen Rippen, und es schmerzte überhaupt nicht.

Es war nicht bloß der Sex. Marlene hatte ihn durchdrungen und verstanden – seine Seele nicht weniger als seine Überzeugungen. Sie hatte Frederics Leben ein Aroma verliehen, das er in manchen Momenten noch immer auf der Zunge trug. Letztlich war dieses Aroma, dieses Lebensgefühl das Einzige, was ihm blieb und er nicht bereute.

Er wusste nicht einmal, wo Marlene steckte. Kein Wort und keine Zeile hatten sie zwanzig Jahre lang gewechselt. Und wenn er ehrlich war zu sich selbst, musste er zugeben, dass Marlene niemals mit ihm zusammengeblieben wäre. Erst hatte sie sich nicht zwischen ihm und Tom entscheiden wollen. Dann war Tom ums Leben gekommen, aber es hatte Frederic nichts genützt. Hatte Marlene ihn doch für Toms Tod verantwortlich gemacht. Das war der Teil der Geschichte, den er bereute.

Und der jetzt wieder schmerzhaft hochkam. Denn der Sturz am Col du Canadel hatte mehr aufgerissen als seine Haut, mehr geprellt als seine Rippen.

In Gedanken stürzte er ein ums andere Mal weit weniger glimpflich. Prallte auf die Kühlerhaube des entgegenkommenden Fahrzeugs, sprengte mit dem Schädel die Windschutzscheibe. Rutschte unaufhaltsam unter die Räder eines jäh auftauchenden Lasters. Helikopter. Gehirntrauma. Koma.

Wachte er noch einmal auf?

Falls ja, in welchem Zustand?

Und wer entschied dann für ihn?

MC.

Ausgerechnet MC.

Er fantasierte sie an sein offenes Grab. Sie schwankte alkoholisiert auf Plateausohlen, dass er fürchten musste, sie würde zu ihm ins Grab kippen, hätte sie sich nicht bei Tom untergehakt. Da stand eine ganze Delegation von Gespenstern aus der Vergangenheit. Lerke, die Nonne, biss sich die Lippen wund, um den Hals das silberne Kreuz, auf das sie nicht verzichten konnte. Mufti, auch sonst immer in schwarzen Klamotten, schmuddelig und zerknautscht. Suse wäre für ihn lieber durch die Hölle gegangen, als einmal ein Bügeleisen in die Hand zu nehmen.

Marlene warf Frederic eine Rose an den Kopf. Blonde Strähnen standen ihr zu Berge. Auch die nicht echt. Unter der Perücke steckte die schwarze Mähne, die sie nur lüftete, wenn sie unter sich waren. Der »Punk« war für die Straße.

9

Vor dem Plage de Pampelonne dümpelten Dutzende von Yachten. Die Segler ließen sich von Schlauchboten abholen und an einem der überteuerten Strandlokale absetzen. Wer wollte, konnte von der Sonne gegerbte, oben herum entblößte Frauen begaffen, die etwas Altmodisches ausstrahlten. Sie spielten Saint-Tropez in den Siebzigern, das Constanze nur aus Erzählungen kannte und von Fotografien. BB und Gunter Sachs, die Kulturrevolution der Achtundsechziger in ihrer Playboy-Variante. Freie Liebe, Koks und Kohle.

Für Constanze war das Gewimmel ein Segen. Sie konzentrierte sich auf das Mädchen, das im Abstand weniger Minuten in einem anderen Fähnchen am Strand entlangstolzierte und sich dabei unentwegt um die eigene Achse drehte. Eine der vielen Hübschen, die für einige heiße Wochen im Jahr an die Côte zogen, um entdeckt zu werden, seltener als Model, häufiger als Kurzzeitgespielin auf einer Yacht. Die Fähnchen, die sie vorführte, waren in einer der Hütten neben dem Club 55 erhältlich.

Da Constanze zum Fotografieren gekommen war, hatte sie David bei Lawrence und Emily gelassen. Sie verfolgte das Mädchen durch das Teleobjektiv. Dabei entdeckte sie den Mann, der gerade aus dem Wasser stieg. Er trug abgeschnittene Jeans statt Badehose. Sie winkte ihm zu. Er hob die Hand und winkte zurück. Der Schorf auf seiner Stirn verlieh ihm ein verwegenes Aussehen.

»Was macht der Kopf?«

»Kein Problem. Nur die Rippen!«

»Da weiß man ja nicht, ob man Ihnen wünschen soll, dass es nichts zu lachen gibt.«

»Wenigstens genug zu gucken!«

»Blanke Dekadenz«, sagte sie.

Er kam bestimmt der halb nackten Frauen wegen, unterstellte sie ihm. Aus einer Laune heraus lud sie ihn zu einem Glas Rosé an die Bar ein.

»Merci, ich trinke nicht, nicht am helllichten Tag.«

Zu einem Fläschchen Wasser ließ er sich dann doch überreden.

Sie selbst bestellte sich ein Glas eiskalten Pétale de Rose.

Aus diesem wasserhellen Wein mache er Gelee, erzählte er und versprach Constanze ein Glas. »Gratis, wenn Sie das nächste Mal kommen.«

»Haben Sie sich auch schon in Deutschland für Marmelade interessiert?«

»Ich war Lehrer für Mathematik und Physik.«

Mathelehrer, ob außer Dienst oder nicht, verdienten in Constanzes Augen kein Mitleid.

»Dann ist der Marmeladenbetrieb eine bemerkenswerte Karriere«, sagte sie.

»Spotten Sie nur!«

Aber sie meinte es so.

»Sie haben mir noch nicht einmal Ihren Namen verraten«, sagte sie.

»Frederic.«

Er sprach den Namen französisch aus.

»Constanze.«

Zwei harmlose Küsschen auf die Wangen wären jetzt fällig gewesen, doch Frederic machte keine Anstalten. Constanze zögerte ihrerseits, ließ ihn allein mit seiner Schüchternheit.

Nur zum Du wechselte sie sofort.

»Ist deine Frau Französin?«

Er schien die Frage zu überhören und zeigte auch im weiteren Gespräch nicht die Absicht, Eheangelegenheiten vor ihrer Nase auszubreiten. Das gefiel ihr an ihm. Sie sprach auch selbst nur zurückhaltend und in knappen Andeutungen über die sechs Jahre mit Herrn Behrenberg, die mit der Flucht ins elterliche Ferienhaus nach Grimaud ein Ende gefunden hatten.

Warum erzählte sie überhaupt dem fremden Mann etwas aus ihrem Leben? Weil sie ihn beinahe mit ihrem Wagen ins Jenseits befördert hätte? Offenbar verband sie der gemeinsam überstandene Schreck. Sie war zudem dankbar dafür, dass sie wieder einmal Gelegenheit fand, jemanden kennenzulernen.

»Haben Sie ihn verlassen oder er Sie?«

»Wir sind schon beim Du, Frederic. Ich bin gegangen.«

Herr Behrenberg hatte keine Chance gehabt gegen den ständigen Vergleich mit dem Heldenbild in ihrem Kopf. In Berlin hatte Constanze ihn kennengelernt, als sie einige Jahre lang für Transparency International gearbeitet hatte. Den Job hatte sie angenommen, weil sie unbedingt in Berlin hatte leben wollen. Und aus dem Gefühl heraus, dass diese Arbeit im Sinne ihres Vaters gewesen wäre.

Zu Beginn des neuen Jahrtausends waren nicht bloß Parlament und Bundesregierung nach Berlin gezogen, sondern auch gleich der ganze Weltgeist. Die Leute glaubten, das Ende der Geschichte sei gekommen, auch wenn es bloß das Ende der Geschichte war, die sie sich vorstellen konnten. Sie hatte die Jahrtausendwende inmitten einer Million Leute am Brandenburger Tor erlebt, und all die aufgekratzte Fröhlichkeit war ihr so hohl vorgekommen wie eine Million Luftballons. Dafür also war Papa gestorben! Sie hätte es gerne mit ihm gemeinsam erlebt. Berlin, arm, aber sexy, noch nicht gentrifiziert, aber schon wieder mit einer neuen Währung, dem Euro. In eine grundsanierte Wohnung am Prenzlauer Berg war sie mit Herrn Behrenberg gezogen. David – ein Berliner Kind.

Sie erzählte Frederic nicht alles. Kein Wort über Papa. Das Politikstudium in Köln hatte sie abgebrochen. Keine Ruhmestat – aber das Theoretisieren war ihr als Zeitverschwendung vorgekommen. Was sie über Politik wusste, hatte mit akademischem Nasebohren nichts zu tun.

»Und warum bist du nicht Lehrer geblieben?«

Er habe keine Stelle an einer staatlichen Schule gefunden, behauptete Frederic. Nach einem Jahr an einer Privatschule für verhaltensgestörte Kinder wohlhabender Eltern war er zu einer Weltreise aufgebrochen. Zwei Jahre lang rund um den Globus. Arbeit auf einem Weingut in Südafrika, eine Liebe in Neuseeland, Überführung einer Segelyacht nach Hawaii.

Er verstand zu erzählen. Constanze registrierte, dass er nichts ausschmückte. Frederic war kein Angeber.

»Und deine Frau? Wo hast du die gefunden?«

»Gefunden ist gut. Auch auf der großen Reise. MC hat in einem Hotel in Guadeloupe gearbeitet, eine Französin aus der Provence.«

So also war er hier gestrandet. Mehr war aus ihm nicht herauszubringen. Nicht die kleinste Bemerkung zum Zustand seiner Ehe. He! Da lief doch nicht alles rund im Marmeladenkontor! Constanze war nicht blind. Aber sie brachte aus Frederic nicht mehr viel heraus.

»MC mag keine Marmelade«, klagte er. Wenn man gemeinsam Marmelade produzierte, war das vermutlich eine Katastrophe. Komisch war es nicht, Constanze fand es geradezu traurig. So traurig, dass sie den Drang verspürte, den Mann aufzuheitern. Sie wusste nur nicht, wie sie es anstellen sollte.

Eigentlich gefiel ihr, dass er über seine Frau nicht noch mehr lamentierte. Ihre Neugier an Frederic war geweckt. Er schien ihr keineswegs so langweilig wie seine Marmeladen. Auch dass er sich nach David erkundigte, gefiel ihr.

Mit dem Rennrad war er da. Diesmal lehnte er ihr Angebot nicht ab. Das Rad kam auf den Rücksitz des Cabrios. Bis vor die Haustür bringen aber ließ er sich nicht. Er stieg an der Brücke über die Giscle aus. Rechts ging es nach Grimaud hinauf, links zum Maison des Confitures.

Zum Abschied gelangen die harmlosen Küsschen auf die Wangen. Constanze blieb noch eine Weile stehen und sah zu, wie Frederic die Steigung nahm. Wie ein junger Hüpfer.

10

Ja, dachte Frederic, so hätte sein Leben auch laufen können. Heirat, Kinder, Scheidung. Ein stinknormales Schicksal. Ganz ohne Desaster ging es nirgendwo ab. Auch ein ordentlicher Job in einer ordentlichen Organisation wie Transparency International hätte ihm zumindest die Illusion verschaffen können, an der Erlösung der Welt von allen Übeln in Ruhe mitzuwirken.

Er hatte Constanze gern zugehört. Dennoch blieb das Gefühl, auch ihre Erzählung sparte etwas aus. Er kannte sich aus mit Geschichten, die etwas aussparten.

Er hatte ihr seine Standard-Geschichte serviert, und sie hatte sie geschluckt, ohne groß darauf herumzukauen. Sie hatte verstanden, weshalb er nicht hatte Lehrer bleiben wollen. Schon gar nicht Mathelehrer. Die Weltreise gehörte zu seinem Repertoire, immer wieder farbig, doch routiniert vorgetragen.

Constanze hatte seine Jahre als Globetrotter »spannend« gefunden. Die meisten Frauen, mit denen er sprach, wollten, dass er ihnen einen seiner Tricks verriet. Wie man Zucker reduzierte, welches Geliermittel Gelingen garantierte. Constanze aber hatte sich für ihn selbst interessiert.

Er würde sie gern wiedersehen.

»Treiben Sie Sport?«, hatte er sie gefragt. Da war die vage Hoffnung, sie könnten gemeinsam auf Rädern durch die Gegend flitzen und so künftig mehr Zeit miteinander verbringen. Er war weit davon entfernt, an eine Affäre zu denken.

Na ja, er dachte ja gerade daran.

MC würde niemals akzeptieren, dass er sich mit einer Frau anfreundete, noch dazu mit dieser deutschen Fotografin.

Und wenn schon. Bald konnte er lassen und tun, was er wollte.

Er würde Constanze seinen Garten zeigen. Vor einigen Wochen hatte er damit begonnen, Beeren für die Produktion anzupflanzen. Auch, weil es seinem Vorhaben entgegenkam. Ohne bei MC Misstrauen zu ernten, hob er im hinteren Teil des Geländes ein Loch aus. Er deckte die Grube jeden Abend mit Brettern ab. MC interessierte sich nicht dafür, was er im Garten trieb.

Die Grube war schon tief genug.

Seit er MC eine Grube grub, waren auch ihre Verhöre leichter zu ertragen.

»Wo kommst du her?«

»War Schwimmen. Was fragst du?«

»Nette Leute getroffen?«

»Ist das auch verboten?«

»Solange du sie nicht mit deinem Elend belästigst.«

»Weshalb sollte ich?«

»Weil du schlapp machst. Meinst du, ich kriege das nicht

mit? Am liebsten würdest du dich aus dem Staub machen, wenn du nur wüsstest, wohin.«

»Hör zu! Seit achtzehn Jahren koche ich Marmelade. Seit fast zwanzig Jahren versuche ich, dich zu ertragen. Aus dem Knast wäre ich selbst bei lebenslänglich wieder heraus.«

Seltsamerweise war sein Hass auf MC erträglicher, seit er an Constanze dachte. Zugleich wuchs seine Entschlossenheit. Es war jetzt eine kühle, sachliche, auf nichts als die Tat selbst fokussierte Zielstrebigkeit, die ohne Zorn auskam. Gut so! Gefühle standen einer sachgemäßen Durchführung nur im Weg. »Sie alle ziehen ihres Weges fort. An ihr Geschäft – und meines ist der Mord«, lautete ein Satz seines Lieblingsterroristen: Wilhelm Tell.

Er musste es nur endlich tun.

Irgendetwas musste er tun.

II

In manch schlafloser Nacht tauchte Marlene wieder auf. Auch in der Szene im Turm.

Sie keuchten die steile, steinerne, sparsam beleuchtete Wendeltreppe hinauf. Marlene direkt vor ihm. Ihr Hintern tanzte vor seiner Nase. Er konnte sich nicht mehr beherrschen und musste sie an den Hüften packen und zum Stehen bringen. Er hob ihren Rock und schob eine Hand zwischen die Schenkel. *Quelle surprise!* Da war nichts mehr zwischen ihr und ihm. Kein Textil. Ihre Schlupflöcher waren blank. Seine Finger waren nicht zu halten.

»Wir sind nicht zum Vergnügen da. Geh du voraus!«

Ihre Lippen streiften einander, als er sich an ihr vorbeischob. Als er die nächste Stufe nehmen wollte, hielt sie ihn am Gürtel fest.

»Komm schon!«

Er drehte sich um. Sie öffnete die Schnalle, zog ihm mit einem Ruck die Hose bis zu den Knien herab und nahm ihn in den Mund. Ihre Augen funkelten.

»Mist!«

»Was ist?«

»Tom!«

Frederic zog zurück.

Marlene aber gab ihn nicht frei. Ihre Hand war so gut wie ihr Mund.

Tom kam hörbar näher. Sie hatten verabredet, dass er den beiden im Abstand von fünf Minuten folgte.

Frederics Schwanz gab auf.

»Schade«, sagte sie und zog ihm die Hose hoch.

»Schon müde?«, sagte Tom. »Dachte, ihr seid schon ganz oben.«

Es war der einzige Interruptus seines Lebens, auf den Frederic sich bis heute etwas einbildete. Herrgott, wie romantisch! Wie wildromantisch. Überhaupt ließ Marlene ihn die Wonnen der Tat spüren und seine Seele jubeln – mitten im trostlosen Geschehen, für das er sich längst nur noch genierte.

Selbst in der Dunkelheit konnte Tom nicht ganz entgangen sein, was sich auf der Wendeltreppe über ihm abspielte.

»Geh du voran«, befahl nun Marlene.

Frederic gehorchte.

Marlene und Tom blieben zurück. Zwei Treppenwindungen weiter oben blieb Frederic stehen und lauschte. Nichts war zu hören von den beiden. Kein Wort. Auch keine Schritte. Frederic hechelte die restlichen Stufen nach oben.

So schnell er konnte.

12

Manchmal dachte Constanze, ein Hund wie Rameau täte David gut. Nur hätte sie dann quasi zwei Kinder am Hals, wäre noch angebundener, als sie es ohnehin war, und was sie doch gerade ändern wollte.

Nach Rameau war kein Hund mehr ins Bonner Haus gekommen. Mutter hatte es abgelehnt.

»In Bonn ist der Hund begraben.«

Constanzes stehende Redewendung.

Sie hatte nur noch fortgewollt. Dass sie bis zum Abitur durchgehalten hatte, war alles andere als gewiss gewesen. Das »Zeugnis der Reife« hatte sie am Ende dem Mitleid ihrer Lehrer zu verdanken gehabt. Wenig war gereift in ihr. Als sie einen Schulaufsatz zu Brandts berühmtem Satz »Jetzt wächst zusammen, was zusammengehört« hatte schreiben sollen, hatte sie ein fast leeres Blatt abgegeben. Darauf nur zwei Zeilen: *1. Nichts wächst. 2. Nichts gehört zusammen.* Zum Direktor war sie befohlen worden. Was ging den Arsch das an! Papa wäre entsetzt gewesen über sie.

Sie holte das Fahrrad aus dem Abstellraum, das dort seit Jahren vor sich hin gammelte, und pumpte unternehmungslustig die Reifen auf. Mal sehen, ob sie die Luft noch hielten. Es war nicht das sinnvollste Verkehrsmittel in einem Dorf auf der Kuppe eines steilen Hügels. David kurvte mit seinem Kinderrad in den Gassen herum. Weiter wollte sie sich mit ihm nicht wagen. Die Autostraße zum Meer hinab war zu gefährlich und auf dem Rückweg zu steil. Größere Touren per Rad waren mit dem Kind noch undenkbar.

Mit Papa waren sie und ihre Brüder häufiger auf dem Rad zum Baden nach Port Grimaud hinuntergerollt, gelegentlich auf der Küstenstraße sogar bis Sainte-Maxime oder Saint-Tropez gefahren. Ihrer Mutter war das zu anstrengend gewesen.

Auch solche Ausflüge waren selten ohne Debatten zwischen

ihr und Papa ausgekommen. Häufig hatten sie über den Mann gestritten, der auch auf den Titelseiten französischer Zeitungen nicht fehlte. Papa hatte nicht viel über seine Arbeit in dessen Wahlkampfteam verraten, dennoch mit seinem Stolz darüber nicht hinter dem Berg gehalten, in einem historischen Moment mit anpacken zu dürfen bei dem, was er verharmlosend »Beitritt« genannt hatte und beschönigend »Wiedervereinigung«. Ein Wort wie *Vaterland* war ihm mühelos von den Lippen gegangen.

Daher der Streit. Denn Constanze hätte es vorgezogen, wenn die Ostdeutschen nach dem Fall der Mauer ihren eigenen Staat behalten und aus ihm endlich eine echte demokratische Republik gemacht hätten. Stattdessen hatten sie sich vom Kanzler der Westdeutschen ihre Stimmen mit der D-Mark abkaufen lassen.

Auch dass Papa »sein Leben für die deutsche Einheit geopfert« (Originalton Kanzler) hatte, änderte nichts an ihrer Meinung. Für sie war der ganze Zauber ein faules Geschäft mit falschen Versprechungen. Bei diesem Thema waren mit Papa regelmäßig die Gefühle durchgegangen. Er hatte auch in den Ferien in Frankreich täglich stundenlang mit Bonn und Berlin telefoniert und war mit dem Kopf nie ganz hier gewesen.

Dann war er plötzlich abgereist.

»Es brennt. Ich werde gebraucht.«

Er war nie mehr nach Grimaud zurückgekommen. Und Constanze wusste bis heute nicht, wer Stephan Schelling wenige Wochen später ermordet hatte.

Sie pumpte noch immer Luft in die Reifen. Mit aller Kraft. Knallhart sollten sie sein. Sie wollte Frederic nicht unbedingt nacheifern, aber deutlich mehr Bewegung täte ihr gut.

13

Er schwitzte, schnaufte, sank auf einen Stuhl.

»Zweihundertzweiundvierzig Stufen!«, verriet die Frau, die ihn begrüßte.

Sie knöpfte ihm den Eintrittspreis ab, in D-Mark, dem neuen Geld. Genossin Türmerin wohnte sogar hier oben.

Eine weitere Treppe musste Frederic hinaufsteigen, ehe er den Gang erreichte, der um die Turmhaube herum führte. Welch ein Blick! Hinüber zum Hügelzug jenseits der Saale, zum weltberühmten Dom mit seinen vier Türmen. Direkt unter Frederic erstreckte sich der historische Kern von Naumburg, das Geschachtel der Dächer, eng und putzig, als habe der Fortschritt einen Bogen um den Ort gemacht. Selbst an seinen Rändern waren nur vereinzelt Plattenbauten zu sehen. Es gab hier so gut wie keine Industrie. Nur Touristen. Selbst hier oben stach einem der Qualm der Trabis in die Nase.

Er sah hinab auf den großen, quadratischen Marktplatz. In drei Wochen sollte dort Hodscha auftreten. Wenn der sprach, war der Ausguck vermutlich gesperrt. Aber wenn man sich mit der Türmerin gut stellte, durfte man vielleicht trotzdem hinauf.

Frederic hörte, wie Marlene und Tom mit ihr sprachen. Musste man für ihren Job in der Partei sein? Es war bestimmt ein Privileg, hoch über der Stadt wohnen zu dürfen. Einen besseren Beobachtungsposten gab es nicht, als den kantigen Turm der Stadtkirche Sankt Wenzel, gut siebzig Meter hoch. Mit einem brauchbaren Teleobjektiv, wie Frederic es in der Hand hielt, entging einem nichts. Sicherlich musste die Türmerin zuverlässig sein, womöglich sogar Berichte schreiben.

Sie kam mit Marlene und Tom herauf. Die beiden hatten sie schon für sich eingenommen. Wahrscheinlich wurde man redselig, wenn man allein in einem Turm wohnte. Ob sie den täglich verließ und auf und ab stieg? So sportlich sah sie nicht aus. Stolz zeigte sie die Sehenswürdigkeiten der Stadt.

»Dort drüben im Dom wohnt Uta. Sie haben die schönste Frau der Republik sicher schon bewundert.«

»Na, ich weiß nicht«, sagte Tom und küsste Marlene demonstrativ auf den Mund.

Die beiden taten, als sei Frederic Luft für sie. Ein verliebtes Touristenpärchen. Ihm fiel es schwer, Marlene nicht so anzustarren, dass sie spürte, wie er vor Eifersucht glühte.

Die Rollen waren anders ausgemacht: Marlene und Frederic waren das Pärchen, Tom der Single. Die beiden gaben das Liebespärchen auch noch übertrieben realistisch. Sie ließ Toms Hand gar nicht mehr los.

Zwei Tage Naumburg gingen in Ordnung. Vierzehn Tage Naumburg waren entschieden zu viel. Vierzehn Tage Naumburg allein mit Marlene hätte er sich gefallen lassen. Nur nicht, solange Tom mit im Spiel war. Frederic konnte ihm keine Vorwürfe machen.

Marlene war ein Naturereignis. Spenderin seiner Freuden, Mutter seiner Schmerzen. Und Poetin dazu. Ihre Gedichte waren im Stil von Gioconda Belli gehalten. Eros und Revolución. Die Belli war Marlenes Idol. Ihre Göttin.

Einen Sprengsatz flüstere ich dir ins Ohr, hieß es bei der Belli. Bei Marlene klang das dann so:

Eine Salve lässt den Schatten
erzittern
zwischen deinen Schenkeln.
Salve Regina!

Zugegeben, sie war nicht die Belli, sondern nur die Freifrau von Soundso. Klettwitz? Kottwitz? Wie konnte er das nur vergessen haben? Das Von hatte sie sich verbeten. Vielleicht war sie nicht ganz so aufregend schön wie die Belli, aber dafür mindestens so eigensinnig. Marlene trug meist einen bodenlangen schwarzen Nerz. Sie durfte das. Nur sie. Und nur im Traum.

»Noch alles dran an dir, Trotzki?«

Frederic war damals Trotzki. Exklusiv für Marlene war er das, die Einzige, die ihn Trotzki nannte. Die anderen nannten ihn Trutz.

Sie hatte ihn auch mit Tom bekannt gemacht. Im Forza, wo Tom Bier zapfte. Das Bier zu einer D-Mark. Sie hatte mit Frederic im Schlepptau die Kneipe betreten und den Zapfer sofort so angesehen, als zapfte der ihr nicht nur gelegentlich ein Bier. Frederic war es nicht entgangen.

Tom: rosiges Gesicht, runder Kopf, bedeckt mit weißblondem Flaum. Student, irgendetwas Technisches. Frederic, also Trotzki beziehungsweise Trutz, hatte mit Tom häufig die Weltlage durchgekaut. Sie war hoffnungslos gewesen, damals nicht anders als heute. Das Ende des sozialistischen Lagers – eine epochale Katastrophe. Gorbatschow hatte versagt und die DDR an die BRD verkauft. Ein schmutziger Deal, den die westliche Propaganda zur *friedlichen Revolution* verklärte.

Zum Lachen.

Zum Heulen.

Tom hatte das Bierzapfen bald aufgegeben. Es gab niemanden, nicht einmal Marlene, mit dem Trutz hätte freimütiger diskutieren können. Zum Beispiel über den Anschlag auf Oskar Lafontaine. Sie hatten sich die Köpfe heißgeredet in jener Nacht Ende April. Nach einer Wahlversammlung in der Stadthalle von Köln-Mülheim hatte die zweiundvierzigjährige Adelheid Streidel mit einem Strauß roter Rosen und einem Poesiealbum den SPD-Kanzlerkandidaten ungehindert angesprochen und ihm ein Fleischermesser in den Hals gestoßen, nur Millimeter von der Halsschlagader entfernt.

»Einer x-beliebigen Verrückten gelingt das«, hatte Tom gesagt.

»Welcher Terrorist ist noch verrückt genug!«, hatte Trutz geantwortet.

»Die wirklich Verrückten sind die größere Bedrohung. Den revolutionären Kampf nimmt doch niemand ernst.« So Tom damals.

Die Täterin hatte ausgesagt, sie sei auf der Jagd nach irgendeinem Politiker gewesen, egal welchem.

Trutz: »Wen es auch trifft, es trifft immer den Richtigen. Wer das weiß, kann ganz so verrückt nicht sein.«

Tom: »Lafontaine ist der Falsche. Der Kanzler hat es nicht verdient, dass man ihm seinen einzigen ernsthaften Gegner nimmt.«

Inzwischen war Lafontaine so weit hergestellt, dass er wieder im Wahlkampf stand. Aussichtslos, wie es aussah. Wenn ihm nicht ein Wunder half.

»Wie schafft man ein Wunder?«, sagte Trutz.

Inzwischen konnte es jeden treffen, der zufällig im falschen Augenblick am falschen Ort war. Die Terroristen heute vollstreckten kein Urteil mehr, sondern verbreiteten nur noch Panik.

Tom und Trutz hatten einander verstanden. Auch wenn das Wort *Freundschaft* nicht vorgesehen war in ihren Kreisen. Und trotz ihrer konkurrierenden Beziehungen zu Marlene. Dafür wäre das Wort »Freundschaft« eine unzulässige Verharmlosung gewesen.

Das Dreieck gehörte zu dem, was Marlene für die Poesie des Lebens hielt. Frederic hatte es nur unter Schmerzen ertragen. Heute wusste er, dass der Zauber der Geschichte überhaupt erst in dieser Konstellation lag. Wie würde Tom das sehen? Würden sie in Erinnerungen schwelgen? Tom war tot. Und selbst wenn er noch lebte, wären ihre Verbindungen gekappt.

14

Auf Drängen Davids hatte sich Constanze mit Frederic in der Baia de Cavalaire am Strand von Gigaro verabredet. Sie hatte es wirklich gewagt und ihn angerufen. Jetzt schloss also David Freundschaft mit ihm.

Frederic grub ein Loch in den Sand, bis er auf Wasser stieß. Dann schaufelte David das Loch wieder zu, in dem Frederic bis zum Bauchnabel steckte.

»Gefangen, gefangen!«

Er tanzte um sein Opfer herum wie ein Indianer um den Marterpfahl. »Was machst du, wenn ich dich nicht mehr rauslasse?«

»Dann verwandle ich mich in eine Palme und werfe mit Kokosnüssen nach dir!«

Constanze half, Frederic zu befreien. Zur Belohnung gab es eine Runde Eis.

»Was würdest du in Deutschland unternehmen, wenn du zurückmüsstest? Wieder unterrichten oder weiter Marmelade kochen?«

»Wie kommst du darauf, dass ich hier weggehen könnte?«

»Nur so. Was machen die Rippen?«

»Das Eingraben haben sie überlebt. Ich kann sogar wieder lachen.«

»Dann dreh dich auf den Bauch!«

Er folgte, und sie tat, was sie lange nicht mehr getan hatte. Sie berührte die Haut eines erwachsenen Mannes. Ihre Daumen gruben sich in Frederics Nacken, strichen an seiner Wirbelsäule entlang und walkten seine schmalen Hüften. Er schnurrte.

Danach bat sie ihn, ihr den Rücken einzusalben. Ihre helle Haut hatte nicht viel Sonne gesehen. Seine Hände fühlten sich zurückhaltend an. Sie mochte, wie Frederic sie berührte.

15

Zum ersten Mal sah er sie im Bikini. Mädchenhaft, nicht größer als er. Dunkelblondes, kurzes Haar. Eine feine, etwas spitze Nase, grüne Augen in dunklen Höhlen. Ganz leichte Krähenfüße. Schmale, schön geschwungene Lippen. Ihm gefiel ihre Melancholie. Die war auch ihren Bewegungen anzusehen.

Ein gutes Stück jünger als er war sie, um zehn Jahre vielleicht. Na bitte, es ging doch! Wie ein Wink des Schicksals kam ihm vor, dass sie ihn zum Stürzen gebracht hatte. Der Wink bedeutete, dass es brotlos war, den Rest seines Lebens mit Erinnerungen an heroische Zeiten zu bestreiten. Die Vergangenheit gab nichts mehr her außer ein paar feuchten Träumen mit Marlene als Hirngespinst. Wahrscheinlich war sie nie etwas anderes gewesen.

MC war kein Hirngespinst.

Und Constanze?

Das war noch nicht entschieden.

Frederic lehnte es heute wieder ab, von ihr gefahren zu werden.

»Ich muss mich noch freistrampeln«, sagte er.

Ja, das war das richtige Wort.

Er würde Tomaten auf MCs Grab pflanzen. Die grüne Sorte, die sich ausgezeichnet für herzhafte Marmelade eignete.

Zu Hause schob er das Rad in den Geräteraum und holte die Pistole aus dem Blumenkübel. Er schraubte den Schalldämpfer auf den Lauf, versteckte die Waffe in einem Müllsack, ging in den Garten, hob die Bretter von der Grube zwischen den Cassis-Sträuchern und bemühte sich, dabei keinen Lärm zu machen. Am besten wäre, MC fiele nach dem ersten Schuss einfach in ihr Grab. Dann brauchte er so gut wie kein Blut zu sehen und könnte gleich mit dem Zuschaufeln beginnen.

Sie musste ihm nur noch zur Grube folgen.

Zurück im Haus, noch im Flur, rief er: »Freundschaft!«

Es war ihre übliche Art, sich zu begrüßen, wenn sie sich überhaupt noch grüßten.

»Freundschaft.«

Die Antwort kam irritierenderweise aus der Marmeladenküche. Es war auch nicht die vertraute, ewig genervt klingende Stimme.

Einen Augenblick lang erstarrte Frederic. Dann ließ er die Pistole flink unter einer Kiste Pampelmusen verschwinden, die im Flur darauf warteten, verarbeitet zu werden.

16

Als er die Küche betrat, saß Norden auf dem großen Arbeitstisch und schlenkerte mit den Beinen. In seiner hohlen Hand ein Häuflein Pistazien. In hohem Bogen spuckte er eine Schale in den Kupferkessel auf dem Herd.

Pling.

Er schob die nächste Pistazie in den Mund, zerknackte sie, trennte mit Zunge und Zähnen den Kern von der Schale, die er dann auf ihre ballistische Bahn schickte.

Pling.

Frederic sollte sie beide erschießen!

Wenn sie denn zu zweit in die Grube passten.

»Ach du liebe Scheiße«, sagte er.

»Ist das deine Art, einen alten Freund zu begrüßen?«, sagte Norden.

»Du bist nicht gekommen, um mir den Kessel vollzusabbern.«

»Deine Marmelade geniest einen Ruf, hört man.«

»Hört man das? Was hört man sonst?«

»Dass sie Leuten schmeckt, die uns nicht schmecken. Es besteht Klärungsbedarf.«

»Allerdings«, sagte Frederic.

»Er will nicht mehr«, sagte MC.

»Alles schön der Reihe nach«, sagte Norden.

Die nächsten Schalen klaubte er sich mit Zeigefinger und Daumen von den Lippen und legte sie sacht neben sich auf den Tisch.

Frederic fand das noch ekliger.

»Wie und wo hast du sie aufgegabelt, deine Constanze?«, wollte Norden wissen.

»*Meine* Constanze?«

»Tu nicht so einfältig.«

»Ein Unfall, ein Sturz mit dem Rad. Sie kam zufällig vorbei.«

»Du lügst«, schrillte MC. »Zuvor ist sie schon im Laden aufgekreuzt. Mindestens zweimal. Erst mit Kind, dann ohne Kind, dafür mit Kamera. Alles Zufall oder was?«

»Sie hat Gelees gekauft. Drei Gläser«, sagte Frederic. »Beim ersten Mal war ich gar nicht da.«

»Dein Erinnerungsvermögen ist bewundernswert. Sie kam wieder, weil sie dich sehen wollte. Das Gelee, auf das sie scharf war, bist du.«

»Hat sie dich geknipst?«, wollte Norden wissen.

»Es reicht schon, wenn sie hier herumschnüffelt«, sagte MC.

»Die Kundin hat weder fotografiert noch herumgeschnüffelt.«

»Die Kundin! Machst du Witze?«, fuhr ihn MC an.

»Wie oft habt ihr euch danach getroffen?«, fragte Norden.

»Ich bin ihr zufällig einmal am Strand begegnet.«

»Das wissen wir. Und heute ein zweites Mal in Gigaro. Du spieltest den netten Onkel für den Bengel und den sanften Verwöhner für sie.«

»Spioniert ihr hinter mir her?«

»Doch wohl aus gutem Grund«, sagte MC.

»Dreh bitte nicht vor Eifersucht durch!«

»Wenn du eine andere ficken willst, bitte. Aber nicht sie.«

Frederic machte einen hilflosen Versuch abzulenken, indem er sich an Norden wandte. »Was macht Silkes zweite Hüfte? Schreibt Richy schon an seinen Memoiren? Ist Lerke immer noch Jungfrau?«

Es war plump.

MC blaffte: »Memoiren? Geht's noch?«

»Leute, ich bin keine Auskunftei«, sagte Norden. »Wenn ich mich so umsehe, habt ihr beiden es nicht schlecht getroffen. Leben wie Gott in Frankreich.«

»Was man so sagt, wenn man keine Ahnung hat«, knurrte MC.

Nordens Haar war strähniger, dünner, die Gesichtshaut fleckiger, die Nase grobporiger geworden. Als Tourist war er verkleidet. Schlammgrüne Bermudas mit Cargotaschen, ein hellblau kariertes, kurzärmeliges Hemd, wie man es für neun neunundneunzig im Schlussverkauf bekam, Turnschuhe aus braunem Segeltuch.

Früher hatte Norden Schlipse getragen und sich rasiert. Jetzt sprießten in seinem Gesicht Stoppeln. Sympathischer machte es ihn nicht, und noch immer roch er nach dem billigen Rasierwasser von einst – wie war das möglich?

»Pitralon?«

»Gewiss doch. Das Originalprodukt der VEB Elbe in Dresden.«

»Hast du Vorräte gehortet, oder betreibt ihr eine geheime Produktionsstätte im Untergrund?«

Pling machte es.

Später, als eine Flasche Wein ausgetrunken war und Marie-Claire gerade eine neue Flasche holte, sagte Frederic zu Norden: »Wir haben uns auseinandergelebt.«

Als sei das für alles eine hinreichende Erklärung.

»Ich bin nicht euer Paartherapeut«, sagte Norden.

Da hatte er recht. Alles, nur kein Therapeut war der Mann, der sich Norden nannte oder Schutzengel oder Hausmeister. Je nachdem.

Der seine Finger von Anfang an im Spiel gehabt hatte.
»Wo wohnt sie, deine Straßenbekanntschaft?«
Frederic schwieg.
»Na komm schon!«
»In Grimaud.«
»Geht's noch eine Spur genauer? Du warst doch schon bei ihr!«
»Unsinn!«
»Ihre Handynummer, wenn ich bitten darf!«
»Lasst sie bitte in Frieden.«
»Würden wir ja gern. Vorausgesetzt, du weißt, was du zu lassen hast.«
»Er hat in ihren Armen gebeichtet«, behauptete MC, als sie zurückkam.
»Was denn gebeichtet?«, entrüstete sich Frederic.
»War es wenigstens schön?«
Norden hob die Hände.
»Könnt ihr euch keine zehn Minuten zusammenreißen! Wer weiß noch von dem Unfall? Die Polizei?«
»Keine Polizei.«
»Sanitäter, Ärzte? Kapierst du denn nicht!«
»Nein, verflucht, könnt ihr mir mal sagen …?«
»Bei ihm klingelt nichts mehr«, sagte MC zum Schutzengel. »Er hat die Klingel abgestellt. Sie hat sich an ihn herangemacht, aber er hat es nicht gemerkt. So ist es doch, oder etwa nicht?«

17

Ja, sie hatte einen an der Waffel. Constanze machte sich keine Illusionen. Einen Marmeladenkoch! Den sie zufällig blutend auf der Straße aufgelesen hatte. Es wäre allmählich angebracht, auf die Bremse zu treten. Falls es noch nicht zu spät dafür war. Ihre Bremsklötze waren total abgefahren. Viel zu lange hatte sie gar keine Gelegenheit mehr gehabt zu bremsen. Das war Teil ihres Problems. Immerhin ein Marmeladenkoch, der Mathelehrer gewesen war. Mathelehrer! Das machte die Sache wirklich nicht besser.

Er hatte David seine Rennmaschine vorgeführt.

»Nimmst du mich mit?«

»Aber ja. Du kommst mit – auf deinem eigenen Rad. Du bist ja jetzt auch ein Rennfahrer.«

David hatte er schon um den Finger gewickelt.

18

Er wurde also überwacht.

MC hatte Alarm geschlagen. Damit hätte Frederic rechnen müssen. Dass aber Norden aufgekreuzt war, warf ihn aus der Spur. Norden hätte, wie vor ein paar Jahren schon einmal, an seine Vernunft appellieren können. Schluss mit dem Quatsch, Frederic! Wo bleibt die Disziplin!

Ein Wort, das Norden liebte.

Frederic verabscheute es.

Neu war, dass es nun nicht mehr nur um die Krise im Maison des Confitures ging. Es ging jetzt auch um Constanze. Er wollte sie unter keinen Umständen in seine Geschichte hineinziehen. Das hatte sie nicht verdient.

Aber genau das war nun geschehen.

Zu allem Überfluss hatte Constanze auch noch seine Hoffnung angefacht, dieser Hölle zu entkommen. Wäre nicht Norden just im falschen Augenblick auf der Bildfläche erschienen, wäre Frederic bereits einen entscheidenden Schritt weiter gewesen und MC für immer verschwunden.

Er hätte sie nicht gleich als vermisst gemeldet. Hätte den Laden zunächst weitergeführt, als ob nichts geschehen wäre. Tage später erst hätte er Norden von MCs Verschwinden informiert. Dem wäre dann nichts anderes übrig geblieben, als Ruhe zu bewahren.

Solange Norden im Haus war, waren ihm die Hände gebunden. Es sei denn, er knallte beide ab. Norden blieb über Nacht. MC überließ ihm ihr Zimmer und teilte deshalb wieder einmal das Bett mit Frederic. Es ging nicht anders.

Es war die Nacht, in der sie in die Grube hätte fahren sollen.

Stattdessen lagen sie Seite an Seite, Rücken an Rücken, darauf bedacht, sich unter keinen Umständen zu berühren. Frederic lauschte ihrem Atem. Auch der war unerträglich. Er wünschte sich, sie atmete nicht mehr. Vor neunzehn Jahren hatte er dem Deal mit ihr zugestimmt, hatte geglaubt und gehofft. Liebe war doch nur ein bürgerlicher Stuss, also überflüssig. Damit musste man doch klarkommen.

Das hier war das Ergebnis.

Im Gegensatz zu ihm war MC anstandslos in der Lage zu schlafen.

Er musste sie loswerden. Jetzt oder nie.

Frederic glitt vorsichtig aus dem Bett und tappte auf Zehenspitzen die Treppe hinunter zu den Kisten mit den Pampelmusen.

19

Constanze erschrak, zugleich hüpfte ihr Herz. Es war ihr nur nicht gleich klar, ob vor Entzücken oder Entsetzen. Vor der Tür stand er. Unangemeldet, unerwartet.

»Ich habe mich von meiner Frau getrennt.«

»Mannomann. Komm erst mal rein!«

Sie fiel ihm nicht um den Hals. Die Sache kam zu plötzlich. Also langsam: Frederic hatte es mit der autoritären Wuchtbrumme in seinem Laden nicht länger ausgehalten; so weit konnte sie folgen. Aber wie kam er darauf, Zuflucht bei ihr zu suchen? Kaum hatte sie dem scheuen Marmeladenmann mit den hellen Augen und der undurchsichtigen Vergangenheit ein paar zarte Signale gesandt, schon spazierte er in ihr Leben.

David sprang um ihn herum wie ein junger Hund.

Ein paar Tage und Nächte halte ich ihn vielleicht aus, dachte sie. Aber was dann? Ihr Haus war kein Erholungsheim für Ehekrüppel. Er wird doch hier keine Wurzeln schlagen wollen? Oder gar Konfitüre kochen? Und wo lege ich ihn hin? Gewiss nicht in mein Bett.

Bei Licht besehen kannte sie ihn kaum und wusste nicht einmal, wie gut sie ihn noch kennenlernen wollte. Vertraut waren ihr bisher nur seine Hände. Am Strand hatten sie ihr eine Kostprobe geboten. Die Hände hatten die Prüfung bestanden, die schon. Aber ein Mann bestand nicht bloß aus Händen.

Obwohl sie nicht zu unterschätzen waren. Es gab viel zu tun für diese Hände. Vielleicht machten sie sich nützlich.

Wenn Frederic nach ein paar Tagen entspannt und munter zurück zu seinen Kupferkesseln und zu seiner missmutigen Matrone strampelte, was dann? Dann war das kleine Abenteuer schon wieder zu Ende. Ein erträgliches Risiko, dachte Constanze, befürchtete jedoch jetzt schon, ganz und gar die

Falsche für Frederic zu sein. Ganz genau wissen konnte sie es noch nicht, es kam auf den Versuch an.

Dieser Mann passte nicht in ihre Zukunftspläne. Spätestens in einem guten Jahr, wenn David eingeschult wurde, würde sie wieder ganz nach Deutschland ziehen. Auch musste sie sich endlich um Mutter kümmern.

Und sie sollte wirklich bald zusehen, dass das Fotografieren etwas abwarf. Noch war es höchst ungewiss, ob sie jemals würde davon existieren können. Ihren Lebensunterhalt bestritt sie nach wie vor von dem, was Herr Behrenberg zahlte.

Aber jetzt war der Kerl erst einmal hier. Mit Wohlgefallen sah sie, wie er gleich einmal einige locker gewordene Terrakottafliesen befestigte, nachdem sie ihn darum gebeten hatte, und sich auch noch geduldig von David »helfen« ließ. Danach inspizierte er die Fensterläden, deren Blau abblätterte und deren Scharniere rosteten.

»Schleifen und lackieren«, beschrieb er sein Programm für die nächsten Tage.

Er kochte auch noch, briet Lammkoteletts, dünstete Gemüse-Julienne. Beim Essen gestand er, seit Jahren erstmals wieder mit Genuss Fleisch zu essen. Zum Vegetarier sei er nur geworden, weil er den Fleischberg neben sich nicht ausgehalten habe.

Nach dem Essen stiegen sie zur Burgruine hinauf. David ritt auf Frederics Schultern. Constanze registrierte, wie leichtfüßig er den steilen Hang erklomm.

Es war ihr, als schwebten sie über dem steinalten Dorf. Jenseits des Golfs von Saint-Tropez leuchteten im Abendlicht die roten Felsen des Esterel-Gebirges. Der grandiose Ausblick ließ nichts anderes zu: Constanze griff nach seiner Hand.

Wie oft hatte sie mit Papa hier oben gestanden! Später auch mit Herrn Behrenberg. Jetzt schmiegte sie sich an Frederic. Ein Mann war ihr schon willkommen, wenn auch nicht unbedingt einer, der einen Sack Seelenmüll mit sich herumschleppte. Davon hatte sie selbst genug.

Weshalb war Frederic geflohen? Das wenige, das er von sich preisgab, konnte nicht alles gewesen sein. Ihre Zweifel lösten sich noch nicht auf. Obwohl doch jede Stunde mit ihm herrlich leicht war. Oder besser: herrlich leicht hätte sein können ohne ihre verdammten Zweifel.

20

Frederics verwirrender Moment in der Ruine.

Was war das?

Was hatte er hier zu suchen?

Haschte er nach dem Zipfel eines Glücks, das unwiderruflich verloren war?

Er genoss es, dass der kleine David ihn offenkundig mochte. Er konnte sich nicht erinnern, dass ihm so etwas in den vergangenen Jahrzehnten jemals widerfahren war. Es fühlte sich unbeschreiblich gut an. Doch war er nicht bereit.

Fürchtete Frederic.

Sein Erschaudern, als Constanze nach seiner Hand griff. Ob sie merkte, wie er leicht zurückzuckte? Nicht, weil er es nicht mochte. Es ließ sein Herz hüpfen. Er war sich seiner Gefühle nur nicht sicher. Und sie? Sie hatte ihn wie selbstverständlich an der Hand genommen. Vielleicht sah sie das nüchterner als er.

Ihre Nähe: beängstigend schön.

Danach spielte sich nicht mehr viel ab. Der Abstieg. David bestand darauf, auf seinen Schultern zu reiten. Da war keine Hand mehr frei für sie.

Zu seiner Erleichterung.

Constanze zeigte ihm nur noch kurz das Haus. Zwei kleine

Schlafzimmerchen in der ersten Etage, das eine für David, das andere für Constanze. Ganz oben die »Stube« – ein Begriff, den sie von ihrem Vater übernommen hatte und an dem sie festhielt. »Die Stube« aber bekam Frederic nicht zu sehen. Sie war tabu.

Das Sofa im Erdgeschoss war sein Bett. Frederic bestand darauf. Ersparte sich und ihr damit eine peinliche Situation.

Zuvor tranken sie noch ein Glas Rosé oder zwei. Ein erster Kuss lag in der Luft – wo er vorläufig gut aufgehoben war.

»Warum habt ihr keine Kinder?«, fragte Constanze.

»Wir wären keinem Kind zuzumuten.«

»Wolltest du keines oder Marie-Claire?«

»Ausnahmsweise sind wir uns einig.«

»Weiß sie, wo du bist?«

»Kann ich mir nicht vorstellen.«

Wie wortkarg er war, spürte er selbst.

Aber wie sollte er es Constanze erklären?

»Bin ziemlich kaputt«, sagte er.

»Erzähl mir noch was von dir.«

»Morgen vielleicht.«

»Komm schon! Was über deine Familie. Deinen Vater.«

»Professor in Stuttgart, Maschinenbau.«

»Ist das alles, was dir einfällt? Wie war er?«

»Er richtete keinen Schaden an. Falls du das meinst.«

»Glückskind!«

»Halbwegs gut in der Schule sollte ich sein – mehr hat er nicht verlangt.«

»Noch fit?«

»Schon tot.«

Frederic schwieg wieder. Nicht vor Trauer, sondern aus Vorsicht.

»Warst du bei ihm, als es so weit war?«

»Ein Schlaganfall, unerwartet.«

In Wahrheit war Frederic nicht einmal bei der Beerdigung gewesen. Das behielt er auch für sich.

»Woran erinnerst du dich am liebsten, wenn du an ihn denkst?«

Er überlegte angestrengt, was er antworten sollte.

»An seine Schwarzwälder Kirschtorte«, sagte er.

»Die Marmeladenleidenschaft kommt also nicht von ungefähr. Und das Unerträglichste an deinem Papa? Was war das?«

»Unerträglich? Gar nichts. Er war nur nicht in der Lage, irgendeinen sinnvollen Gedanken mit seinen Söhnen zu teilen.«

»Klingt bitter.«

»Ist vermutlich normal.«

Er fürchtete schon, Constanze könnte darauf näher eingehen wollen. Aber dann sagte sie nur: »Ich fühle mich wie erschossen.«

Ehe sie in ihrem Schlafzimmer verschwand, verabschiedete sie sich von Frederic. Es gab jetzt zwei Küsschen auf die Wangen. Mehr war noch immer nicht drin. Er bedauerte es, ohne von sich aus die Initiative zu ergreifen. Sie könnte es missverstehen.

Oder ihn zurückweisen.

»Träum was Süßes!«

»Du auch!«

Wie banal und bieder dieser aufregende Tag doch endete!

Als Frederic allein war, trank er noch ein Glas und sah sich im Zimmer um. Die Fotos an den Wänden waren zweifellos von Constanze. Die Provence in Schwarz-Weiß. Leute, die Fische verkauften, ihren Boule-Kugeln nachschauten, Motorroller reparierten, Pastis tranken. Sie hat wirklich Talent, dachte er und stellte sich vor, wie auch das Foto hier hing, auf dem er mit verschrammter Stirn am schrundigen Eichenstamm lehnte. Auch MC hätte sich an dieser Wand gut gemacht. Als mürrische Matrone im Marmeladenshop.

Dafür war es nun endgültig zu spät.

Eines der Fotos passte nicht dazu. Es stand auf dem Kaminsims. Eine steife Porträtaufnahme, ebenfalls schwarz-weiß. Ein längliches Gesicht, die schmale Nase von Constanze, sorgsam gescheiteltes Haar, vermutlich schon leicht grau, dunkler Anzug, gestreifter Schlips.

Frederic kannte den Mann.

Sein Gesicht hatte einmal ganz Deutschland in Trauer versetzt.

21

Ein Bild ihres Vaters im Kopf, schlief auch Constanze Behrenberg, geborene Schelling, in dieser Nacht nicht gut ein. Überlebensgroß stand es auf dem Podium im Saal des Adenauerhauses. Schwarz und weiß. Daneben ein Strauß roter Nelken und gelber Gladiolen. Das Schwarz im Schwarzrotgold der Fahne daneben wollte ihr dreifach breit erscheinen.

Stephan Schelling, Teamleiter der Christlich Demokratischen Union Deutschlands, ein zuverlässiger Mann für heikle Aufgaben. Fast jeden Montagmorgen hatte er das Flugzeug nach Berlin bestiegen, um in der untergehenden DDR den Wahlkampf für seine Partei zu managen. Ein Kampagnenstratege, ein Propagandaexperte, ein unentbehrlicher Spindoktor im Maschinenraum der Politik, aber kein Mann in der Öffentlichkeit. Auf den Plakaten, die er konzipierte, war ein anderes Gesicht abgebildet. Doch es hatte ihn getroffen, nicht das Plakatgesicht.

Einen Anschlag auf sich selbst hatte er für abwegig gehalten und die Gefahr beiseitegewischt: »Ich stehe selten in der Nähe des Kanzlers.« Constanze hatte ihn zweimal drauf angesprochen. Das erste Mal nach dem Messerattentat auf Lafontaine. Und dann noch einmal ein paar Monate später nach dem Anschlag auf Innenminister Schäuble im Gasthof Brauerei Bruder im badischen Oppenau am 12. Oktober.

Constanze erinnerte sich unauslöschlich daran, weil es exakt eine Woche vor Papas Tod geschehen war. Zwei Schüsse von hinten aus einer 38er Smith & Wesson in Rückenmark und Kiefer. Die dritte Kugel traf einen Personenschützer. Der Täter, ein geistig verwirrter, drogenabhängiger Ex-Sträfling, der sich vom Staat bedroht glaubte. Paranoid-schizophren – so das Urteil über den siebenunddreißigjährigen Dieter Kaufmann. Nicht schuldfähig. Niemand hatte ihn daran gehindert, einen halben Meter von Schäuble entfernt abzudrücken.

Der Schock hatte beide Male auch Papa getroffen. Ihm war klar gewesen, was das für einen Wahlkämpfer bedeuten musste, der das Eintauchen in Menschenmengen immer als erregend, berauschend, beflügelnd empfunden hatte. Und welche Überwindung es ihn nun kosten musste, volle Säle zu betreten – falls er überlebte.

Papa hatte versucht, seine Familie zu beruhigen. Er sei kein interessantes Ziel für einen Geisteskranken, für einen echten Terroristen eigentlich auch nicht. Constanze sah keinen fundamentalen Unterschied zwischen geistiger Umnachtung und politischer Verblendung.

Papas Chef, der Kanzler, schien sich für unverwundbar zu halten, geschützt von der Liebe der Brüder und Schwestern, denen er die Einheit geschenkt hatte. Welche Hybris! Constanze hätte es verurteilt, wenn jemand seinen Zorn an Kohl ausgelassen hätte. Verstanden hätte sie es schon.

Alles in allem hatte sich Papa mehr für Hausmusik interessiert als für Hymnen auf den Plätzen. Der Sohn eines Kirchenmusikers hatte sich Musik als Beruf nicht zugetraut, dann aber Talent beim Komponieren von Wahlkampfpartituren bewiesen. »Es ist ein Unglück«, hatte er geklagt, »mit einem einzigen Leben auskommen zu müssen.« Selbst das eine, viel zu kurze Leben war ihm geraubt worden.

Constanze saß in der ersten Reihe neben dem Parteivorsitzenden und Bundeskanzler. Sie rechts von ihm, ihre Mutter links. Was er sagte, ging nicht in ihren Kopf. Nichts mehr ging in den hinein.

Es war nicht leicht, all diese mit falschen Gefühlen aufgepumpten Worte zu ertragen. Ein *feiger* Mord. Wieso feige? Gab es auch Morde, die nicht feige waren? Hätte sich der Mörder mit Papa duellieren sollen, um nicht feige zu sein? Das *Opfer,* das Papa *gebracht* habe? Er hatte kein Opfer gebracht, er war geopfert worden. Passiv oder aktiv – bei Trauerfeiern wurde auf solche Unterschiede keine Rücksicht genommen. Ein Trommelfeuer aus Worthülsen schlug in ihr ein. *Sinnlos* wurde Vaters Tod genannt. Sinnlos war angesichts des Todes ein vollkommen sinnloses Wort, das denkbar sinnloseste überhaupt.

Als ob Sinn ein Trost gewesen wäre. *Ein Leben für die Einheit der Nation.* War das sinnvoll? Bei aller Liebe zum *Vaterland,* niemals hatte Papa es als etwas erachtet, für das sich zu sterben lohnte. Verehrt hatte er Bach, Johann Sebastian. Und Mozart, Wolfgang Amadeus, verheiratet mit Constanze. Deshalb hieß sie so. Nun hüllte eine staubige Wolke aus falschen Tönen Constanze ein, aufgewirbelt von Gedankenlosigkeit und Verzweiflung.

Zum Glück gab es mehr Musik als Reden. Mutter hatte es durchgesetzt. Papa hätte es so gewollt. Constanze wollte sich nicht gehen lassen, ihr Zorn, ihre Verlorenheit, ihre Erschöpfung mussten warten.

Auch den Mann, für den Papa in Berlin den Wahlkampf leitete, lernte Constanze aus diesem Anlass im Adenauerhaus kennen. Er erschien ihr sympathischer als die Politiker aus dem Westen. Felix Ortner drückte sie an seinen voluminösen Leib.

»Ich habe ihn gemocht!«

So einfach ließ sich das auch ausdrücken.

»Warum er?«

Sie fragte das jeden, der ihr kondolierte, auch Ortner.

»Wollen Sie es wirklich wissen?«

Doch eine Antwort hatte sie nicht bekommen.

Ortner hatte nur hinzugefügt: »Meine Tür steht immer offen.«

22

Zum Frühstück lud Frederic in die Pâtisserie du Château ein. Der mit Himbeermarmelade gefüllte Millefeuille genoss weithin Ansehen.

Kaum hatte David mit verschmiertem Mund den letzten Bissen seiner Blätterteigschnitte geschafft, wollte er wissen: »Bleibst du für immer?«

Frederic lachte.

Constanze schaute angestrengt weg.

Frederic schaute auch oft weg. Denn er beobachtete die Fahrzeuge, die die Straße heraufkrochen.

David wollte unbedingt mit ihm an den Strand.

»Erst die Fensterläden«, sagte Frederic.

Zuvor durfte David mit ihm und Constanze zum Baumarkt nach Cogolin fahren. Bewaffnet mit Schleifmaschine, Schmirgelpapier, Farbe, Pinsel kehrten sie zurück.

Frederic werkelte den ganzen Tag im winzigen Garten hinter dem Haus. Farbstaub wirbelte auf. Constanze sorgte sich und band David ein feuchtes Küchentuch vors Gesicht. Abends schob Frederic eine Dorade Royal in den Ofen, eingebettet in grobes Meersalz, gefüllt mit Kräutern aus den Töpfen vor dem Haus.

Constanze lobte das Essen. Und nicht bloß das Essen.

»Du bist beinahe eine Wohltat!«, sagte sie und lächelte ihn an.

»Beinahe?«

»Du wirkst so verschlossen.«

»Ich höre euch zu. Ich genieße.«

Es gab genug zu hören. Denn Constanze gab sich die ganze Zeit mit David ab. Wenn der die Erwachsenen unterbrach, also ständig, ließ sich Constanze gern unterbrechen. Grenzenlos war ihre Geduld.

Ihr Leben ist ganz und gar auf das Kind zugeschnitten, dachte Frederic, das kann auf Dauer nicht gut sein, auch nicht für den Jungen. Aber es ging ihn nichts an, und er schwieg.

Constanze brachte David ins Bett.

Guten Abend, gute Nacht, hörte er sie singen, und es berührte ihn.

Später bat er sie, etwas über ihren Vater zu erzählen. Es musste sein, schon damit sie es nicht merkwürdig fand, dass er sich gar nicht für ihn interessierte, nachdem er doch einiges über seinen eigenen Vater preisgegeben hatte.

Sie zögerte nicht, machte auch um den Anschlag keinen Bogen. Es hörte sich an, als täte es ihr gut, darüber zu reden. Die Rote-Armee-Fraktion hatte sich schriftlich zum Mord bekannt, dennoch waren alle Ermittlungen im Sand verlaufen.

»Den Sand würde ich mir gern mal näher anschauen. Ich glaube, man müsste nur ordentlich in ihm graben«, sagte sie.

Es war wirklich nicht Frederics Absicht, alte Wunden wieder aufzureißen. Aber nun war es geschehen. Über den Tathergang musste seinetwegen nicht viel spekuliert werden. Viel mehr interessierte er sich für Schellings Arbeit bei der CDU für den Kanzler.

Constanze klang reserviert.

»Du warst nicht begeistert?«

»Wovon?«

»Vom Glück der Geschichte.«

»Nein.«

Eine einzige Silbe. Ein Schlusspunkt.

»Dein Vater war mitten im Geschehen.«

»Vielleicht deshalb«, sagte sie.

Das gefiel ihm. So weit lagen ihre politischen Ansichten offenbar nicht auseinander.

Sie erzählte, wie sie sich über die Eier-Attacken auf den Kanzler gefreut hatte. »Die ganze Republik fand es komisch, wie er auf den Attentäter hinter dem Sperrgitter losgegangen ist.«

»Wieso komisch?«

»Weil die Bodyguards den Attentäter beschützen mussten. Es hätten ja nicht bloß Tomaten fliegen können.«

Frederic kam sich vor wie ein Heuchler. Aber er konnte nicht einfach das Thema wechseln. Wenn er Constanze nahe sein wollte, musste er Anteil nehmen am Schlimmsten, das sie jemals erlebt hatte.

»Weshalb ausgerechnet dein Vater? Weshalb wurde er hingerichtet?«

Er hasste sich für diese Frage.

»Hingerichtet? Du meinst ausgelöscht.«

Sie sprach über den Brief, das Bekenntnisschreiben, das sie »Selbstbezichtigung« nannte.

»Ein wirres Pamphlet. Ich kann noch immer schwer glauben, dass es echt ist.«

»Wer sollte den Brief der RAF denn gefälscht haben?«

»Ich weiß nicht, was ich glauben soll. Keiner der Mörder wurde identifiziert. Das verstehe ich auch nicht.«

Frederic blieb auch bei diesem Thema verschlossen. Er spürte es wohl, konnte aber nicht aus seiner Haut. Es fiel Constanze vielleicht nicht auf, denn sie war nun in ihrem Element, mitten in ihrem Lebensthema. Frederic verstand. Sie kam auch auf den Anschlag auf Alfred Herrhausen zu sprechen, nicht ganz ein Jahr vor dem auf ihren Vater.

»Wochenlang ist er beschattet worden, unbemerkt von zahllosen Personenschützern. Doch ungestört richteten die Täter eine Baustelle ein und verlegten ein Kabel quer über die Straße. Niemandem will es aufgefallen sein. Kannst du dir das vorstellen?«

Er konnte es.

»Keines der RAF-Attentate dieser Jahre ist aufgeklärt. Obwohl es zahlreiche Spuren gab. Wie erklärst du dir das? War die dritte Generation der RAF wirklich derart perfekt?«

»Hm«, machte Frederic.

»Kein Terroranschlag ist ein perfekter Mord, der Staat hat nur perfekt versagt«, behauptete Constanze.

Frederic sagte dazu nichts.

»Vielleicht sollte der RAF nur der eine oder andere Mord in die Schuhe geschoben werden, den sie gar nicht begangen hat. Darüber sind Bücher geschrieben worden. Ich habe sie alle gelesen.«

»Ich nicht«, sagte Frederic.

»Manchmal packt mich das Gefühl, an den Verschwörungstheorien müsste etwas dran sein.«

Er hatte nicht die Absicht zu widersprechen.

Sie erwähnte auch den Mord an Rohwedder, dem Chef der staatlichen Treuhandbehörde, einige Monate nachdem ihr Vater hatte daran glauben müssen.

Frederic durfte sich nicht länger verschließen. Sie erwartete seine Stellungnahme. Also bitte, wenn es unbedingt sein musste. »Rohwedder hat die DDR-Wirtschaft abgewickelt. Dein Vater organisierte den Wahlkampf der CDU in der ehemaligen DDR. Herrhausen hatte bei den Milliarden-Krediten für die DDR die Finger mit im Spiel. Alle drei waren also maßgeblich an der Zerstörung des Sozialismus in Deutschland beteiligt.«

»So ein Quatsch«, ereiferte sich Constanze. »Herrhausen hat einen Schuldenerlass für arme Länder gefordert und besaß deshalb genug Feinde in den eigenen Reihen.«

»Du glaubst, er ist tatsächlich von seinen Leuten ausradiert worden?«

»Keine Ahnung, was ich glauben soll. Papa hat nicht den Sozialismus bekämpft, sondern seinen Job gemacht, als der Sozialismus schon ganz von allein abgewirtschaftet hatte.«

Frederic wollte ihr nicht widersprechen.
»Du hast damals versucht, mit der RAF Kontakt aufzunehmen?«
»Du bist gut informiert.«
»Auch im Maison des Confitures wird gelesen.«
Frederic wollte die Geschichte aus ihrem Mund hören.
»Ich war so naiv. Ja. Schrieb einen Brief. So sachlich wie möglich. Als gehe es darum, Verhandlungen aufzunehmen, wo nichts zu verhandeln war. Es war der hilflose Versuch, Vaters Tod nicht ganz sinnlos erscheinen zu lassen. Um zu begreifen, was nicht zu begreifen ist.«
Constanze erzählte, wie sie sich über inhaftierte RAF-Mitglieder und deren Anwälte, aber auch über den Verfassungsschutz um einen Kontakt bemüht hatte.
»Du nahmst an, dass die RAF von V-Leuten des Verfassungsschutzes unterwandert war.«
»Selbstverständlich. Aber niemand konnte oder wollte mir helfen.«
Constanze hatte schließlich einen offenen Brief in der linken *taz* veröffentlicht in der Hoffnung, er würde von den Mördern gelesen.
»Was hast du dir davon erhofft?«
»Ich wollte begreifen, so, wie man eine tödliche Krankheit begreifen will. Vater wurde nicht von wirren Ideen umgebracht, sondern von Menschen mit einem Namen, einer Herkunft.«
»Du hasst sie.«
»Ich will bloß wissen, weshalb sie Vater gehasst haben.«
»Haben sie ihn wirklich gehasst?«
»Habe ich mich auch gefragt. Um jemanden zu hassen, muss man ihn doch kennen. Sie haben ihn nicht einmal gekannt.«
Frederic widersprach: »Der Soldat muss den Mann nicht hassen, auf den er schießt. Der Henker muss den nicht hassen, den er hängt.«

Constanze war jetzt aufgebracht und antwortete so laut, dass sie David vergaß, der über ihnen schlief.

»Mir reicht es nicht, zu lesen, dass Papa ein imperialistischer Vernichtungsstratege gewesen sein soll. Ich kann diese Gedankenkacke noch immer auswendig!«

Frederic legte seinen Zeigefinger an die Lippen und deutete zur Zimmerdecke.

»Deshalb will ich wissen, wer geschossen hat. Will die Menschenverachtung in seinen oder ihren Augen lesen. Die Mörder haben ein Gesicht. Ich will es sehen!«

»Mami!«

David stand weinend auf der Treppe.

Frederic war ihm dankbar.

23

Constanze nahm David auf den Schoß.

»Wir waren schrecklich laut, mein Schatz.«

»Streitet ihr?«

»Nein, wir streiten nicht.«

Frederic stritt nicht. Sie stritt. Sie kämpfte wieder einmal gegen Gespenster. Sie musste David beruhigen, damit der nicht von seinen Gespenstern gemartert wurde, deren Existenz Constanze ahnte, ohne sie benennen oder gar besänftigen zu können.

Sie trug ihn hinauf in sein Bett, kauerte noch lange neben ihm, streichelte ihn und sang noch einmal *Guten Abend, gute Nacht*.

Als sie endlich zu Frederic zurückkam, stand der am Kamin.

»Hast du kein anderes Foto von deinem Vater?«

»Was stört dich daran? Dass es nicht zur provenzalischen Behaglichkeit passt?«

»Es passt tatsächlich nicht zu den anderen Bildern.«

»Der Mord passt auch nicht zum Rest meines Lebens, und ich kann ihn an keinem Tag übersehen.«

Er hatte mit dem Thema angefangen. Ihretwegen hätten sie auch über die Zubereitung von Salzfisch debattieren können oder über MC. Außerdem war er schon den zweiten Abend in ihrem Haus, und sie hatten sich noch kein einziges Mal richtig geküsst. War das normal?

»Damals habe ich noch nicht fotografiert«, erklärte sie, als sei das eine schlüssige Begründung für das Bild auf dem Kamin.

»Glaubst du an Zufall?«, sagte Frederic.

An dieser Stelle eine befremdliche Frage. Worauf wollte er hinaus? Glaubte er, Papa sei zufällig zum Mordopfer geworden?

Darüber hatte sie auch schon nachgedacht. Einen Zufall zu beklagen war leichter, als mit irgendeinem schäbigen Motiv kämpfen zu müssen. Aber nein, sie glaubte nicht daran, dass ein Zufall ihn getroffen hatte. Auch der Brief der RAF sprach dagegen. Oder spielte Frederic darauf an, dass sich seine und ihre Lebenslinien in einer Kurve am Col du Canadel gekreuzt hatten?

Bloß keine falsche Romantik! Mittlerweile hatten sie eine ganze und eine halbe Flasche geleert. Geholfen hatte es nicht. So trostlos durfte der Abend nicht enden.

Frederic schien es zum Glück ähnlich zu empfinden. Er kramte eine CD aus seinem Rucksack und legte sie in den Player.

»Bitte nur ganz leise«, bat Constanze, »David schläft endlich.«

Es war die Aufnahme des *Sesto Libro di Madrigali* von Gesualdo, dem Fürsten von Venosa.

»Die verführerische Klage eines an der Liebe verrückt Gewordenen, der zum Mörder wurde«, erklärte Frederic. »Fünf Menschenstimmen, die einander umgarnen und einander ins Wort fallen.«

»Wer solche Musik schafft, kann kein böser Mensch sein«, sagte Constanze.

»Hast du eine Ahnung! Als er seine Frau in flagranti erwischte, haben sie und ihr Liebhaber es nicht überlebt.«

Der Gesang war ihr nicht neu, Gesualdo im Hause Schelling kein Unbekannter. Sie konnte die Geschichte selbst weitererzählen. »Seinen kleinen Sohn hat er so heftig schütteln lassen, bis er tot war. Danach hat er ein Madrigal über die Schönheit des Todes verfasst. Mach das bitte aus, ich will es nicht mehr hören.«

Nach jenem Tag im goldenen Oktober war ihr für einige Jahre das Vergnügen an Musik ganz vergangen. Und noch lange danach waren ihr Tränen gekommen, wenn sie klassische Musik hörte. Auf vertrackte Weise waren die Töne verbunden mit Erinnerungen an Papa, an Hausmusik und gemeinsame Konzerte.

Jetzt aber entdeckte sie eine Gemeinsamkeit. Frederic und sie waren mit Musik aufgewachsen, beide hatten sie musiziert. Frederic Klarinette, sie Klavier. Nicht gerade ambitioniert, dafür hatte die Zeit, die ihr das Hockey gelassen hatte, nicht ausgereicht. Sie hatte das Klavier seit dem Anschlag nicht mehr angerührt.

»Spielst du noch Klarinette?«

»Schon lange nicht mehr. Leider. Aber ganz ohne Musik ist es auch nicht zum Aushalten.«

Er ignorierte Constanzes Wunsch, und Gesualdos Madrigal lief immer noch. Nicht nur der Komponist war ein unbeherrschter Mann. Seine irrsinnig sinnliche Musik nahm auch ihr die Beherrschung und verursachte das unbändige Verlangen, Frederic zu küssen. Wenn sie nicht aufpasste. Also passte sie auf.

Auch in dieser Nacht schlief sie allein in ihrem Bett. Schlief schwer ein. Sann darüber nach, wie verrückt dieser Mann war und was mit ihm nicht stimmte.

24

Außerdem war Mistral aufgekommen. Er pfiff munter durch die Gassen. Frederic nahm es als gutes Zeichen, dass David sich von ihm an die Hand nehmen ließ, als sie gemeinsam mit Constanze zur Pâtisserie hinuntergingen. Er bestellte David eine Blätterteigschnitte mit Himbeermarmelade. Sie war nicht begeistert. Aber er verteidigte seinen neuen Freund.

Nach dem Frühstück waren noch Fensterläden zu lackieren, am Nachmittag aber war Zeit für einen Ausflug nach Saint-Tropez. Tausende von Booten tanzten in Port Grimaud auf dem aufgerauten Wasser der Lagune. Sie stellten den Wagen auf dem bewachten Parkplatz ab, überquerten die Brücke am Stadttor, spazierten zum Hafen und bestiegen das Linienboot nach Saint-Tropez.

Wie eine kleine, stinknormale Familie im Urlaub, dachte Frederic.

Der Golf von Saint-Tropez ist nicht das offene Meer. Aber er war aufgepeitscht vom Mistral, der aus den Bergen herabfiel. Gischt sprühte übers Deck. Constanze kämpfte mit Übelkeit. Auch an Land war ihr noch schwindelig.

Unter den weinroten Markisen des Café Sénéquier am Hafen erholten sie sich. Es gab die nächste Blätterteigschnitte, diesmal mit Vanillecreme. David zu verwöhnen war Frederic ein diebisches Vergnügen.

»Zur Abwechslung mal was Gesundes«, knurrte Constanze.

Aber sie hatte ihre Macht über David eingebüßt.

Fette Motoryachten reckten dem flanierenden Volk ihr Hinterteil entgegen. Es zog in Schwärmen vorbei und gaffte. Constanze wollte zur Festung hinauf. David meuterte, bis ihn Frederic wieder auf seine Schultern setzte.

Die Rückfahrt über den Golf gegen den stürmischen Wind dauerte fast doppelt so lange wie die Hinfahrt. Das Dampferchen tauchte tief in die Wellentäler, und die Gischt spritzte in hohem Bogen übers Deck. David klammerte sich an Frederic, der mit bleichem Gesicht krampfhaft den Horizont fixierte. Auch ihm war jetzt schlecht.

Mit mulmigem Magen fanden sie zurück zum Wagen. Ein Seitenfenster war eingeschlagen. Es sah aus, als sei nichts gestohlen worden. Frederic bückte sich und nestelte an seinen Schnürsenkeln herum, während er einen unauffälligen Blick unter das Auto warf. Er wollte Constanze nicht beunruhigen.

Aber er spürte, dass er genau das tat.

Und war froh, dass der aufgekratzte Junge Constanze beschäftigte. David wollte unbedingt, dass die Polizei kam. Im Fernsehen schnappten sie auch immer alle Verbrecher.

»So lange wirst du sicher nicht warten wollen«, sagte Frederic.

Er hatte in Saint-Tropez den Schwanz eines Seeteufels erstanden. Zum Abendessen kombinierte er das schneeweiße, grätenfreie Fleisch mit dem saftigen Rot geschmolzener Tomaten. Constanze wollte er beweisen, dass David Fisch nicht grundsätzlich verschmähte. Sie hatte das behauptet. Tatsächlich mäkelte er nur noch am großzügig verwendeten Grünzeug herum und verlangte von seiner Mutter, dass sie das letzte kleine Fitzelchen Estragon von seinem Teller entfernte.

»Wenn du nicht isst, kommst du hungrig ins Bett«, drohte sie.

Es war Frederic, der Davids Lotte vom Estragon säuberlich befreite. Außerdem lockte er mit einer weiteren Himbeerschnitte zum Frühstück: »Aber nur, wenn du den Fisch aufisst.«

So wurde er zum Sieger des Abends. Und das war der überraschende Preis: Constanze bot ihm an, in ihrem Bett zu schlafen. Weniger aus Lust denn aus Angst, vermutete er. Aber er war sich ihrer Gefühle nicht sicher.

Noch nicht einmal seiner eigenen.

Er lehnte ab. Ersatzweise gab es von ihr einen ersten sanften Kuss auf den Mund. Jetzt wusste er, dass Schluss sein musste mit Lügen.

25

Alles, was nicht niet- und nagelfest war, knarrte, knallte, klapperte. Der Mistral stürmte durchs Dorf. Nicht der einzige Grund, weshalb Constanze nur in den Halbschlaf fand.

Als das Fenster klirrte, schreckte sie auf. Es war schon hell genug, um die Scherben auf den Fliesen zu erkennen, auch den Stein, so groß wie eine Faust.

Constanze sprang aus dem Bett, um nach David zu sehen. Ihn hatte das Scheppern draußen nicht aus den Träumen gerissen, und er atmete ruhig. Sie zog die Tür zu seinem Zimmer sachte zu und huschte barfüßig die Stufen hinab.

»Frederic!«

Die Decke lag auf dem Boden, die Haustür war nur angelehnt. Papierfetzen tanzten vorbei, umgestürzte Blumentöpfe schaukelten auf dem Pflaster. Was hatte Frederic vor die Tür getrieben? War er hinter dem Steinwerfer her? Sie starrte in den kalten Kamin, in dem der Wind rumorte.

Neben dem Sofa stand sein Rucksack. Sie konnte sich nicht beherrschen und öffnete ihn. Slipper, eine Badehose, Unterwäsche, T-Shirts, inzwischen alles getragen. Es hätte sich gelohnt, in Saint-Tropez das eine oder andere zu besorgen. War er knapp bei Kasse? Vier oder fünf CDs steckten zwischen den Klamotten, auch ein Umschlag aus braunem Karton. Sie wollte ihn schon herausziehen, als es an der Tür klopfte. Auch Frederics Stimme war zu hören.

Er strich ihr flüchtig übers Haar, als wollte er sie beruhigen. So leicht aber war sie nicht zu beruhigen.

»Wer tut so etwas?«

Frederic hob ratlos die Schultern.

»Betrunkene Rowdys?«

Von derartigen Umtrieben in Grimaud hatte sie noch nie etwas gehört.

»Sollen wir nicht die Polizei rufen?«

»Es würde schon genügen, nachts die Fensterläden zu schließen.«

»Ich mache uns einen Tee.«

Als sie mit den Tassen aus der Küche kam, stand David schlaftrunken im Zimmer.

»Streitet ihr schon wieder?«

Constanze stellte die Tassen ab und nahm ihn in den Arm.

»Frederic und ich streiten überhaupt nie.«

»Mami, das Fenster …«

»Ich weiß, mein Süßer. Der Wind, der Wind, das himmlische Kind.«

Auch auf das himmlische Kind war kein Verlass.

Wie gut, dass sie David in Frederics Obhut lassen und das Cabriolet nach Cogolin zur Werkstatt bringen konnte. Anschließend nahm sie sich noch Zeit für eine Tasse Kaffee, und es gelang ihr ein schönes Foto von der Müllabfuhr in einer engen Gasse. Der Wind ließ allmählich nach. Mit dem Bus fuhr sie zurück nach Grimaud.

»David! Mami ist wieder da!«

Keine Antwort.

»Frederic?«

Nichts.

Sie ging nach oben. Ganz hinauf bis zur Stube. Das Haus war leer. Sie stürzte nach unten. Frederics Rennmaschine war verschwunden. Auch Davids Kinderrad.

Die Männer wagten einen Ausritt. Na und. Mach dich nicht verrückt!

Sie wählte Frederics Nummer. Sein Handy war abgeschaltet oder ohne Strom. Bloß keine Panik!

Eine halbe Stunde lang hielt Constanze der wachsenden Anspannung stand. Dann lief sie hinunter zur Pâtisserie du Château. David vor der nächsten Himbeerschnitte hätte sie vor Erleichterung jubeln lassen. Die Terrasse war gut besetzt, bloß von David und Frederic keine Spur.

Es war erst nur eine böse Ahnung, dann reimte sie sich etwas zusammen. Es nahm monströse Ausmaße an. Der Vandalismus auf dem Parkplatz, der Stein im Fenster ihres Schlafzimmers – jemand legte es darauf an, ihr Angst einzujagen. Und all das geschah kurz nachdem sich ein seltsamer Kauz bei ihr einquartiert hatte?

Konnte das noch Zufall sein?

Schon auf dem Parkplatz hatte sich Frederic seltsam benommen, hatte verstohlen unter das Auto geschaut. Fühlte er sich bedroht? Gab es jemanden, der nicht wollte, dass er unter ihrem Dach lebte? Ja, sicher: die fette Frau.

Constanze befragte die Nachbarn. Lawrence und Emily war nichts aufgefallen. Außer dass sie den Mann in ihrem Haus registriert hatten.

»Macht einen sympathischen Eindruck«, sagte Emily.

»Ein ehemaliger Mathelehrer«, sagte Constanze.

Es sollte ironisch klingen.

»Er weiß anzupacken«, fand Lawrence.

Wörtlich sagte er: *»He knows how to handle your things.«*

Das klang anzüglich. Aber Constanze war das jetzt gleichgültig.

War Frederic tatsächlich so verrückt, mit einem nicht mal Fünfjährigen eine Fahrradtour zu unternehmen? Es war noch die harmloseste Erklärung.

Frederic würde David nichts antun, war kein Erpresser, kein Entführer. Welch unsinnige Gedanken plötzlich ihren panischen Kopf besetzten!

Und ausgerechnet jetzt stand ihr Wagen in der Werkstatt. Es blieb ihr nichts anderes übrig, als sich auf ihr altes Rad zu schwingen und auf die Suche zu machen. Sie nahm nur die Kamera mit. Einfach nur zu warten kam nicht infrage. Wohin könnten sie gefahren sein? Gewiss nicht hinauf in die Berge. Eher hinunter zum Strand.

Falls dies zutraf, müssten sie bald zurück sein. Sie fuhr ihnen ein Stück weit entgegen. Am Kreisverkehr aber bog sie einer Eingebung folgend Richtung Cogolin ab, hinab ins Tal der Giscle. Sie folgte dem Flüsschen erst durch die Weinberge, dann durch ein Eichenwäldchen. Ihre Lieblingsstrecke, doch nun hatte sie dafür keine Augen. Sie kam zur Brücke, an der sie Frederic bewundernd nachgeschaut hatte, wie er den Berg hinaufflog. Rechts ging es zurück nach Grimaud. Sie wusste, was zu tun war.

26

Einige Meter noch trat sie in die Pedale, dann gab sie auf und schob. Das Maison des Confitures lag hinter der übernächsten Kurve, etwas oberhalb der Straße. Constanze legte das Rad an der Böschung ab und näherte sich dem Haus im Schutz der Bäume. Der Parkplatz war bis auf den kleinen Lieferwagen leer, die Fenster schienen geschlossen. Ob jemand im Haus war, war nicht zu erkennen.

Weder Frederics Rennrad war zu sehen noch Marie-Claires Motorrad. Ein Gartenschlauch lag herum, Spaten, Rechen, eine Schubkarre, halb gefüllt mit Erde, als sei die Arbeit unterbrochen worden. Constanzes Schritte knirschten auf dem Kiesweg zwischen gestutzten Hecken und Lavendelbüschen, auch wenn sie behutsam auftrat.

David mitten unter Marmeladentöpfen zu finden wäre wunderbar, ob mit oder ohne die fette Frau. Aber der Laden war abgesperrt, auch die Tür auf der Gartenseite verschlossen. Durchs Fenster schimmerten die Bäuche der Kupferkessel. Sachte bewegte sie sich an der Hauswand entlang. Der rückwärtigen Schmalseite des Gebäudes war ein hölzerner Schuppen angefügt. Sie stieß die klinkenlose Brettertür auf. Den Scharnieren hätte ein Tropfen Öl gutgetan.

Ein Abstellraum für Gartengeräte. Es gab eine Stellage mit Weinflaschen, einen Stapel Umzugskisten, ein Regal voller

Gartenutensilien, Werkzeuge, Blumentöpfe. Aus einem ragte ein metallisches Rohr.

Es sah nicht bloß aus wie ein Schalldämpfer. Die Waffe war in einen öligen Lappen gehüllt. Constanze wickelte sie aus und wog sie in der Hand. So ein Ding hatte sie noch nie berührt. Das kalte Stück Metall, schwerer als gedacht, fühlte sich unangenehm an. Sie packte die Waffe wieder ein und legte sie zurück.

Eine Tür führte ins Haupthaus. Sie stand offen. Constanze betrat einen breiten, fensterlosen Flur. Als das Licht automatisch anging, erschrak sie. Auf der linken Seite des Gangs lag die Konfitürenküche, in der blanke Ordnung herrschte. Auf der rechten Seite des Flurs ein kleines Büro, Papiere auf dem Boden, aufgeschlagene Ordner auf dem Schreibtisch. Sie machte ein paar Schnappschüsse.

Neben dem Büro eine winzige Küche. Auf dem Gasherd eine eiserne Pfanne mit Resten von Rührei, zwei angebrochene Flaschen Rotwein auf der Anrichte. Der Mülleimer müsste geleert werden. In einem gelb gestrichenen Regal ein Sammelsurium von Gläsern, Bechern, Schüsseln und Tiegeln. Schmutziges Geschirr in der Spüle. In einer Holzleiste darüber eine Garnitur Messer. Sie sollte vorsichtshalber eines an sich nehmen. Doch dann hätte sie die Hände für den Fotoapparat nicht mehr frei gehabt.

Steinerne Stufen führten ins Obergeschoss. Zu hören war nichts, also wagte sie den Aufstieg. Sie kam zuerst in ein Bad, in dem eine altertümliche Wanne auf geschwungenen Eisenfüßen stand. Haare klebten in ihr, schwarze Haare. Ein vergammeltes Stück Seife lag in einer Schale, der Spiegel über dem Waschbecken hätte einen Spritzer Sidolin vertragen. Drei Zahnbürsten teilten sich einen Kaffeebecher. Eine niedrige Stellage enthielt Handtücher, keine zwei von derselben Farbe.

Sie betrat den großen Raum, der sich über die gesamte Breite des Hauses erstreckte, genau über dem Laden. In der Mitte stützte eine hölzerne Säule den offenen Dachstuhl ab. Vier Fenster, prächtige Aussicht. Auf den Dielenbrettern eine King-size-Matratze, darauf zerwühltes Bettzeug, davor ein aufgeklappter Rollkoffer voller Kleidung. Männerkleidung. Schuhe lagen herum. Ein paar Klappstühle aus Plastik gehörten zu einem alten Holztisch mit gedrechselten Beinen. Ein Flachbildschirm auf einem Hocker, ein paar Taschenbücher auf einer Kommode. Die nackten weißen Wände kahl. Nirgends etwas, das der Verschönerung diente. Ein Vorhang trennte eine Ecke des Raums ab, dahinter Anziehsachen an einer Kleiderstange.

Constanze warf einen Blick in das erheblich kleinere Nachbarzimmer, das über der Marmeladenküche lag. Eine Gruppe aus drei Bambussesseln, ein dazu passender, kleiner, runder Tisch, darauf in einer blauen Keramikvase ein Büschel getrockneten Lavendels. In einem schmalen Regal zwischen den beiden Fenstern eine ansehnliche CD-Sammlung. Es musste Frederics Revier sein. An der Wand, schwarz gerahmt, chinesische Schriftzeichen. Ein Bett mit kurzen Beinen, schmaler als die Matratze nebenan.

Das Brummen eines Motorrads näherte sich und erstarb vor dem Haus.

Constanze sprang die Stufen hinab und huschte in die Marmeladenküche. Sie rechnete damit, dass die dicke Frau das Haus durch die Ladentür betreten würde. Ein Irrtum.

Durchs Fenster sah sie einen älteren Mann in kurzen Hosen durch den Garten kommen. Hinter einem Stapel Obstkisten ging sie in die Hocke, wischte dabei mit der Kamera ein Glas vom Tisch. Auf dem Steinboden verteilte sich rote Marmeladenmasse. Ob der Mann gehört hatte, wie das Glas zerschellte?

Augenblicke später stand er in der Tür.

»Verdammte Sauerei!«

Er durchquerte die Küche und verschwand im Flur. Diesen Augenblick nutzte Constanze. Sie schlüpfte hastig ins Freie und trat dabei in die Marmeladenpfütze. Hinter einem Gebüsch duckte sie sich und spürte das Herz rasen. Sie hatte rote Spuren hinterlassen.

Über den Kies vor dem Haus rollte ein Wagen, hielt an. Türenschlagen, Kinderstimmen. Der Mann kam wieder aus dem Haus. Als er die Leute sah, fuchtelte er mit den Armen.

»*Fermé!*«

Dabei entdeckte er die Marmeladenspur. Constanze hob die Kamera und löste aus. War es der Liebhaber der fetten Frau? Der Mann, der Frederic aus dem Haus getrieben hatte? Ging die Geschichte so herum?

Der Mann folgte der süßen Spur, kam näher.

Zum Glück ließen sich die Leute, die Marmelade kaufen wollten, nicht einfach abwimmeln. Dem Mann blieb nichts anderes übrig, also mit ihnen zu sprechen.

Constanze nutzte die Gelegenheit und rannte los.

»Stehen bleiben!«, rief der Mann.

Sie ließ sich nicht aufhalten, spurtete ums Hauseck herum, durch die offene Brettertür in den angebauten Schuppen. Da war nichts, wo sie sich verbergen konnte. Hilflos sah sie sich um. Der Blumentopf! Mit fahrigen Händen nestelte sie die Waffe aus dem öligen Lappen. Als der Mann hereinkam, benötigte er einige Sekunden, bis er im Halbdunkel in ihren Lauf blickte.

»Hände hoch!«

Er breitete die Arme aus.

»Machen Sie sich nicht unglücklich!«, sagte er.

Sie machte einen Schritt auf ihn zu.

»Was suchen Sie hier, Frau Schelling?«

»Mein Kind«, flüsterte sie.

»Da können Sie lange suchen.«

Es war nicht nötig zu diskutieren. Ein Wink mit der Waffe genügte, ein Ruck mit dem Kinn, und der Mann wich vor ihr zurück. Verblüffend. Constanze spürte die Macht in ihrer Hand.

In der Tür, die ins Haus führte, steckte ein Schlüssel. Wenn sie den Mann dazu brachte hineinzugehen, könnte sie hinter ihm abschließen und entscheidende Sekunden gewinnen.

»Hier entlang!«

Der Mann gehorchte noch immer. Er ging rückwärts durch die Tür ins Haus.

»Weiter!«

Der Mann machte genau, was sie sagte. Als er weit genug zurückgewichen war, schlug sie die Tür zu und drehte den Schlüssel um. Nichts wie weg!

Geduckt zwischen Sträuchern rannte sie dem nahen Wald zu. Als sie sich umsah, war von dem Mann nichts mehr zu sehen. Sie hockte im Gestrüpp und keuchte. Kurz hörte sie ein Motorrad knattern und verschwinden. Als sie endlich den Mut aufbrachte, ihr Fahrrad zu suchen, hielt sie die Waffe noch immer in der Hand.

27

Constanze strampelte die Straße nach Grimaud hinauf, als wären Furien hinter ihr her. Wo steckte David? Wie dumm von ihr, ihn im Marmeladenhaus zu vermuten. Sie hatte sich in Panik versetzen lassen, und beinahe hätte sie bitter dafür bezahlt. Ihr Kind war hoffentlich mittlerweile mit Frederic zurückgekehrt. Diese Hoffnung trieb sie an. Die Waffe steckte im Hosenbund und scheuerte sie wund. Und bescheuerte Gedanken verwirrten sie.

Der Mann im Marmeladenhaus hatte sie mit ihrem Mädchennamen angesprochen! Er wusste, wessen Tochter sie war. Die Erkenntnis traf sie wie ein Hieb. Dafür gab es nur eine Erklärung. Er hatte mit Papas Tod zu tun. Wenn sie sich die Dinge auch nur annähernd plausibel zusammenreimte, hieß das nichts anderes, als dass auch Frederic in den Anschlag verwickelt war. Jetzt war ihr auch klar, weshalb er so merkwürdig reagiert hatte, als sie darüber gesprochen hatten. Hatte er den Anschlag nicht sogar verteidigt? Zusammen mit Herrhausen und Rohwedder habe Papa den Sozialismus in Deutschland zerstört. So ein Schwachsinn. Und dazu der Satz: Der Soldat müsse den Mann nicht hassen, auf den er schießt. Wenn das, was sie befürchtete, richtig war, gehörte Frederic für den Rest seines Lebens in den Knast. Sie wollte ihren Beitrag dazu leisten.

Es ging tüchtig bergauf, aber schon lag die Pâtisserie du Château vor ihr. Hier, an der steilsten Stelle stieg sie ab, außer Atem, schob das Rad.

David saß nicht vor einer Blätterteigschnitte.

Es war eine Portion Eis.

Als Constanze ihn an einem der Tische entdeckte, schrie sie seinen Namen, ließ das Fahrrad los, sprang auf ihn zu und drückte ihn an sich.

Emily war bei ihm. »*It's okay*«, sagte sie.

»Aber Mami, ist doch nicht schlimm. Ich bin jetzt auch Rennfahrer!«

Da saß auch Frederic. Constanze würdigte ihn keines Blickes.

David zog ihr die Pistole aus dem Hosenbund.

Frederic nahm sie ihm sofort aus der Hand und sicherte sie.

»Sie hätte losgehen können«, sagte er.

»Hast du einen bösen Mann erschossen?«, fragte David.

28

Constanze war zu Recht zornig, wusste Frederic. Er hatte überzogen. Zu seiner Verteidigung könnte er höchstens vorbringen, dass er keine Ahnung davon hatte, wie man einen kleinen Jungen unterhielt. Ohne Absprache mit seiner Mutter hätte er nie und nimmer unternehmen dürfen, was er »kleine Radtour« nannte.

Sie nannte es »großen Irrsinn«.

Er hatte es nur gut gemeint.

Mütterängste waren ernst zu nehmen, ob man sie verstand oder nicht. Wäre der ungenehmigte Ausflug alles gewesen, hätte er seinen Fehler wiedergutmachen können.

Constanze bat Emily, ein paar Minuten auf David aufzupassen, sie habe mit Frederic zu reden. Er folgte ihr widerwillig über die Straße auf den Parkplatz gegenüber dem Café.

»Können wir das nicht später in Ruhe besprechen?«

»Du wirst keinen Fuß mehr in mein Haus setzen«, sagte sie.

Auf der Stelle begann sie mit dem Verhör. Er hatte David die Pistole wie selbstverständlich aus der Hand genommen. Er kannte sich aus damit. Allein das musste in ihren Augen wie ein Geständnis ausgesehen haben. Jetzt wollte sie es genau wissen.

»Deine Waffe?«

»Ja doch!«

»Wo hast du sie her?«

»Kann ich dir erklären!«

»Glaub dir eh nichts«, fauchte sie. »Wenn du den Mund aufmachst, kommt eine Lüge heraus.«

»Ich habe doch noch kein Wort gesagt.«

Vergeblich versuchte er, ihren Furor zu bremsen. Sie ließ ihn gar nicht zu Wort kommen.

»Du hast damit geschossen.«

»Behauptest du.«

»Gib es einfach zu!«

»Ja. Sicher. Zur Übung.«

Sie nahm es ihm nicht ab, das sah er ihr an.

»Wozu brauchst du das Ding?«

»Ein einsames Haus. Ein Geschäft.«

»Deshalb lag sie in einem Blumenkübel?«

»MC wollte sie nicht an der Kasse haben. Und ich auch nicht, solange sie an der Kasse saß.«

»Was hast du mit ihr gemacht?«

»Mit der Waffe?«

»Wo ist deine Frau?«

Frederic wusste sich nur mit einer Frage zu helfen: »Was hattest du in dem Schuppen zu suchen?«

»Bestimmt keine Waffe.«

Sie sei, behauptete sie, auf die Idee gekommen, er könnte mit David zum Maison gefahren sein, um ihm mit seiner Marmelade zu imponieren.

»Aber ich kann dorthin nicht zurück, will es auch nicht, und das weißt du.«

Sie ließ nicht locker: »Wer ist der Mann in dem Haus?«

»Ein Bekannter aus Deutschland. Was ist mit ihm?«

»Ich hätte ihn um ein Haar erschossen.«

»Hat er dich bedroht?«

»Es sah so aus.«

»Weil er dich für eine Einbrecherin hielt.«

»Wohl kaum.«

Frederic kapierte noch immer nicht.

»Du warst also im Maison des Confitures, um David zu suchen. Dabei fiel dir die Pistole ins Auge, gerade als dich der Mann dabei ertappte. Richtig?«

»Im Schuppen, wo ich mich versteckt hatte.«

Eine absurde Geschichte. Auch er glaubte ihr kein Wort.

»Der Mann hat mich mit meinem Namen angesprochen. Meinem Mädchennamen. Schelling.«

Frederic hatte Norden für kontrollierter gehalten. Ihm ging auf, was das bedeutete. Die Hoffnungen der vergangenen Tage waren endgültig zerstoben. Er musste Constanze einiges erklären, die Konsequenzen konnte er sich ausmalen. Nur wie sollte er das anstellen?

Allenfalls mit der Wahrheit.

Welcher Wahrheit? Was, wenn es *die* Wahrheit gar nicht gab? Und welche Wahrheit auch immer er ihr anbot – Constanze würde sie nicht akzeptieren.

29

»Ich kam mit MC vor bald zwanzig Jahren nach Frankreich, weil … wir nicht länger bleiben konnten. Die DDR gab es nicht mehr.«

Constanze sagte nichts.

Er zwang sich, ihr ins Gesicht zu schauen. Für einen flüchtigen Augenblick gelang es ihm.

Ob sie begriff?

Ihre Lippen waren zu einem schmalen Strich zusammengepresst. Als er einmal zögerte weiterzusprechen, öffneten sie sich, als schnappten sie vergeblich nach Luft. Frederic sah, dass er nichts mehr hinzufügen musste. Sie hatte verstanden.

Oder ahnte zumindest, dass ihr Leben und sein Leben sich vor zwei Jahrzehnten schon einmal berührt hatten. Was im verfluchten Jahr 1990 geschehen war, hatte sie beide gebrochen. Beide hatten den Halt verloren. Das hatten sie gemeinsam bei allem, was sie voneinander trennte.

Sie konnte nichts dafür. Es war seine Schuld. Das war der Unterschied. Und er konnte seine Schuld nicht den Umständen der Geschichte anhängen. Schuld trägt immer nur ein einzelner Mensch.

»Könntest du mir noch verraten, weshalb du es auf mich abgesehen hast?«

»Ich habe es nicht auf dich abgesehen. Wusste gar nicht, wer du bist.«

»Bis du das Bild meines Vaters auf dem Kamin gesehen hast.«

»Ein Schock.«

»So einfach kannst du es dir nicht machen. Spätestens in dieser Sekunde hättest du mit der Wahrheit herausrücken müssen.«

»Hättest du es an meiner Stelle getan?«

Sie überging das.

»Stattdessen spielst du den harmlosen Freund. Den netten Ersatzpapi.«

»Constanze!«

»Was wolltest du von mir?«

»Ich habe mit dem Tod deines Vaters nichts zu schaffen.«

»Alles nur Zufall.«

»Ich schwöre es.«

Dass sie ihm das nicht abnahm, wusste er.

»Sag mir, was du weißt. Alles. Ohne Rücksicht auf meine Gefühle. Es ist das Einzige, was du mir noch schuldig bist. Dann verschwinde!«

»Ich habe mit der Sache nichts zu tun.«

»Hast du geschossen?«

»Ich habe nicht geschossen.«

»Auch wenn du nicht geschossen hast, bist du einer von denen, die meinen Vater auf dem Gewissen haben. Du machst dich an mich heran und besitzt die Frechheit, den Ahnungslosen zu spielen.«

»Ich habe diesen Mord immer verurteilt.«

»Warum bist du nicht bei deiner Komplizin geblieben?«

»Weil diese Geschichte schon lange zu Ende ist.«

»Diese Geschichte ist nie zu Ende. Nicht für mich. Nicht für dich.«

»Ich hole nur noch meine Sachen, dann verschwinde ich aus deinem Leben.«

»Als wenn das so einfach ginge.«

»Es tut mir leid.«

»Erzähl dein Märchen der Polizei!«

Auch Frederic war bewusst, dass er sich stellen musste. Das Spiel war aus. Constanze würde gleich die Bullen verständigen.

Aber er musste schweigen.

Nicht weil er Verschwiegenheit geschworen hatte. Das hatte er auch. Er wusste, dass er so lange schweigen musste, bis er selbst die ganze Wahrheit kannte. Es war verdammt schwer zu lügen, solange er die Wahrheit nicht kannte. Darum war es besser zu schweigen.

Ob es jemals so weit kommen würde, Constanze die ganze, die wahre Geschichte zu erzählen? Er hatte es sich in dem Augenblick vorgenommen, als er das Foto ihres Vaters auf dem Kamin sah. Als Constanze dann ihren Sohn ausgerechnet im Marmeladenhaus suchte, hatte sie seine Absicht zunichtegemacht.

»Die Bullen haben zwanzig Jahre lang nichts zustande gebracht. Wenn sie mich haben, nützt es dir gar nichts.«

»Ich bin es Papa schuldig.«

Frederic verstand.

»Du willst der Sache endlich auf den Grund gehen. Willst wissen, wer geschossen hat. Willst dem Täter ins Gesicht sehen.«

»Ich fürchte, das habe ich schon getan.«

30

Spät in der Nacht betrachtete Constanze noch immer das Bild auf dem Kamin. Papa wäre inzwischen in Pension, doch noch immer jung und agil genug, um David zu geben, was sie ihm nicht geben konnte. Der Junge hatte keinen richtigen Vater. Ein Großvater von seiner Statur hätte ihm gutgetan. Papa hätte ihm die Welt erklären können wie kein anderer.

Stattdessen wartete sie darauf, dass ein Terrorist ihr erklärte, weshalb es Papa nicht mehr gab. Sie war wirklich nicht ganz bei Trost.

ZWEITER AKT

»Ich weiß nicht, was du oder ich für Begriffe von Freiheit haben, dass wir an einem Karren ziehen wie Stiere.«

Spiegelberg

I

Frederic begann seine Reise in die Vergangenheit mit dem Bus nach Marseille, dann weiter im rasenden TGV, dann mit der Deutschen Bahn über eine Grenze, die es praktisch nicht mehr gab. *Vive l'Europe!* Nach nicht ganz zwei Jahrzehnten betrat Frederic wieder sein Land und seine Geburtsstadt Stuttgart.

In diesem Jahr bewegte der Bahnhof die Bürger. Als sie zu spüren bekamen, was Bullen unter Verhältnismäßigkeit verstanden, mutierten sie zu Wutbürgern. Tränengas öffnete auch die Augen vormals treuer CDU-Wähler. Frederic verglich es mit der Lehre, die drei Jahrzehnte zuvor Studenten von Schlägern des persischen Schahs und deutschen Beamten erteilt worden war. An einem Abend im Frühjahr 1967 war Benno Ohnesorg von Karl-Heinz Kurras, einem Stasi-Spitzel im Dienst der Westberliner Polizei, abgeknallt worden.

Der nicht dafür bestraft wurde.

So hatte der Staat an der Gründung der RAF tatkräftig mitgewirkt. Ein Bulle hatte zuerst geschossen. Frederic war damals noch ein kleines Kind gewesen, noch jünger als David heute, aber die Geschichte war ihm so vertraut, als wär's die eigene. Stuttgart war ein zentraler Schauplatz. Hier waren die Helden der ersten Generation gefangen und begraben worden. Als Frederic sich zum bewaffneten Widerstand entschloss, war er davon überzeugt, das Schweinesystem hätte sie umgebracht.

Heute wusste er es besser. Allerdings zweifelte er nicht daran, dass die Gefängnisbeamten den Selbstmord von Andreas, Gudrun und Jan-Carl hätten verhindern können. Sie hatten doch abgehört, was die in den Zellen gesprochen hatten, auch in der entscheidenden Nacht, als in Mogadischu die Passagiere der »Landshut« befreit wurden statt wie geplant die Gefangenen.

»Endstation Stammheim« stand der Stadtbahn wie ein

Kainsmal auf der Stirn. Frederic stieg in diese Linie ein, allerdings in der Gegenrichtung. Hinaus aus dem Kessel, hinauf nach Ruhbank, weiter im Bus nach Plieningen. In Hohenheim auf den Fildern stieg er aus, dort, wo er ein paar Semester studiert hatte, in einem Schloss, das inzwischen umstellt war von neuen Institutsgebäuden. Die ehemalige landwirtschaftliche Versuchs- und Lehranstalt, gegründet nach einer Hungersnot vor zweihundert Jahren, hatte sich zu einer ansehnlichen Universität entwickelt. Von einem Leben als Agrarwissenschaftler in den Tropen hatte Frederic geträumt. Entwicklungshilfe: ein Wort, das inzwischen fast so gründlich aussortiert war wie das Wort Neger. Sein Sprungbrett in die Welt sollte Hohenheim einmal sein – in einen Pool ohne Wasser. Er hatte Texte verfasst über die Ausbeutung der Dritten Welt, radikal und doch total überflüssig. Er hatte zuerst geglaubt, mit Papier die Welt verändern zu können.

Dann hatte er andere Mittel bevorzugt.

Wer frei war von Irrtümern, hatte nicht gelebt. Leider war sein Fehler nicht wiedergutzumachen. Trotzdem durfte er nicht zulassen, dass er sein Leben bis zum letzten Atemzug bestimmte. Das konnte nur gelingen, wenn er sich jetzt keine Sentimentalität erlaubte. Es war, wie es war.

Hier in Stuttgart hatte sein Irrweg begonnen, unaufhaltsam und wie von selbst. Als Doris, noch keine achtzehn, von ihm schwanger geworden war, hatte er die bigotte Gesellschaft als Bedrohung empfunden und erkennen müssen, niemals so leben zu können wie seine Eltern. Er hatte seine Gefühle entscheiden lassen, war den Flügelschlägen eines schwarzen Falters gefolgt. An ein vorbestimmtes Schicksal glaubte er bis heute nicht.

In Hohenheim spazierte er durch seine Vergangenheit wie durch ein Freiluftmuseum. Im Kavaliersbau des Schlosses war ein Restaurant mit Michelin-Stern eingezogen, die *Speisemeisterei*. Auf diesem Uni-Campus gab es einen Fresstempel.

Dekadent!

Frederic zog die *Garbe* vor, eine gediegene Wirtschaft am Bahnhof in Hohenheim. Er fand einen Platz an der Bar. Sprachengewirr aus Englisch, Französisch, Schwäbisch. Die Bude voll, die Bedienungen schnell und hübsch dazu. Der Renner waren Linsen, Spätzle, Saitenwürstle. Frederic entschied sich für Maultaschen, hausgemacht mit Zwiebelschmelze. Dazu ein gezapftes Kellerbier. Die Rückverwandlung des Frederic Gramlin in einen wackeren Schwaben schritt zügig voran.

War es möglich, noch einmal eine neue Identität anzunehmen? Einen neuen Namen, ein neues Leben?

Es musste möglich sein.

Er begriff nicht, wie man stolz sein konnte auf das, was die Leute Identität nannten. Schwabe zu sein war doch kein Verdienst! Jede Stubenfliege war mit allen anderen Stubenfliegen identisch. Was den Menschen vom Tier unterschied, war die Fähigkeit, seine Identität zu wechseln. Sogar das Geschlecht konnte man sich inzwischen mehr oder weniger aussuchen.

Er musste sich die Freiheit, ein anderer zu sein, nur noch einmal nehmen. So wie damals, als er den Schritt in den Untergrund gewagt hatte.

Es war die letzte Freiheit, die ihm noch geblieben war: die Freiheit, ein anderer zu sein.

Mit einem Lied von der Freiheit auf den Lippen war er auch in den bewaffneten Kampf gezogen. Von wegen Freiheit! Er war in einen strengen Orden eingetreten, sah man von Marlene ab.

Marlene hatte ihm die Tür geöffnet. Die Tür zur Treppe in die Katakomben. Untergrund! Das Erste, was er der Revolution geopfert hatte, waren seine langen Haare gewesen. Unauffälligkeit war der beste Schutz. Dabei hatte er doch das Ordentliche verachtet. Nun musste er möglichst unsichtbar sein, also auf Eigenheiten verzichten. Um die graue Masse zu befreien, musste er in ebendieser Masse unkenntlich bleiben. Es gab nur noch einen einzigen Ausdruck seiner Freiheit, und das war die Tat.

Meist hatte er ein grau-grünes Fischgrätsakko getragen, dazu Holzfällerhemden und einfarbige Pullis. Und Turnschuhe. Der Turnschuh hatte damals gerade den Lederschuh verdrängt. Mancher Turnschuh war dermaßen begehrt, dass Halbwüchsige dafür Menschen umbrachten. Klassenkampf um Sneaker! Wer dazugehören wollte, wozu auch immer, brauchte bestimmte Sneaker. Zugehörigkeit war am Label zu erkennen.

Im Untergrund waren Label verpönt wie alles, woran Zeugen sich hätten erinnern können. Auf den T-Shirts waren selbstverständlich auch Parolen verboten.

Den Männern waren langweilige Klamotten gleichgültig, den Frauen nicht. Marlene blieb unverwechselbar, was auch immer sie trug. Suse bevorzugte Röcke, darunter Netzstrümpfe, die sie klaute und damit den ganzen Verein gefährdete. Schmuck war unmöglich. Mit Perücken ließ sich eine Menge machen, mit Schminke auch. Lerke, die Nonne, durfte zwar ihr Kreuz tragen, aber nur unter dem Pulli. Sie war ja wirklich fromm und handelte mutmaßlich im Auftrag von Jesus. Wahnsinn war nicht verboten, solange er sich an gewisse Regeln hielt.

Die Maultaschen kamen. Zwanzig Jahre lang hatte Frederic sie vermisst.

Herrgottsbscheißerle!

Verstecke aus Teig. Vor den Augen des Herrn verbarg der Schwabe an Fasttagen Fleisch. So steckte in den Maultaschen nicht bloß Verbotenes, sondern auch eine Gesinnung. Lieber hintenherum betrügen als offen dazu stehen. So viel zum Thema schwäbische Identität.

In was für einer Maultasche konnte Frederic sich verstecken? Der Name Frederic Gramlin bot keinen Schutz mehr. Sein alter Name Trutz Gerling schon gar nicht. Er hatte ein neues Bscheißerle nötig.

Nur so zum Spaß ließ er sich Namen einfallen. Schrieb sie auf den Bierdeckel. Franz Gall. Thomas Abele. Französische

Namen fielen ihm leichter. Sie klangen auch schöner: Luc Argon. Denis Billon. Als ob es auf den Klang ankäme. Ein absurdes Spiel. Mit einem neuen Namen wäre es doch noch lange nicht getan.

War es nicht besser, sich zu stellen? Dann musste er zum Verräter werden. Andernfalls verwehrte ihm die Justiz jede Aussicht auf eine Zukunft in Freiheit. Was Freiheit auch immer bedeutete. Der Preis für seinen Verrat wäre womöglich ein Leben im Zeugenschutzprogramm.

Vermutlich war es zu spät dafür. Falls Constanze zur Polizei gegangen war, verbrachte er gerade seine letzten Tage in Freiheit. Aß die letzten Maultaschen. Oder gab es die auch in Stammheim im Knast?

2

Ein sentimentaler Moment, aber er musste sein: Auf dem Friedhof in Bad Cannstatt stand Frederic zum ersten Mal am Grab seiner Eltern. Er hatte es nicht gewagt, zu den Beerdigungen aus Frankreich anzureisen. Bestimmt hatten verdeckte Ermittler darauf spekuliert und ihn am Grab erwartet. Ganz frei von Risiko war der Besuch auch jetzt nicht. Wahrscheinlich war man ihm schon auf der Spur.

Leopold Gerling, geboren am 7. Mai 1922, gestorben am 19. November 1995. Luise Gerling, geb. Schaffernicht, geboren am 11. Februar 1931, gestorben am 23. 6. 1997. Nach Vaters Tod hatte sie am Leben kein Interesse mehr gehabt und Gift genommen. Aus Gram über ihn. Frederic ließ Schuldgefühle nicht mehr zu. Das hatte er lange genug getan. Damit fing er besser nicht wieder an.

Leichter gedacht als gefühlt.

Es half, dass er den Stein gewöhnlich, ja hässlich fand. Ein rötlicher, blank geschliffener Granit, immergrüne Bodendecker davor. Er hatte sich darauf eingestellt, seinen aufgestauten Gefühlen nicht gewachsen zu sein. Jetzt half, dass er sich über die Geschmacksverirrung seines Bruders empören konnte.

Wenn er denn am Grab der Eltern so etwas wie ein Gelübde hätte ablegen wollen, dann dieses: Er wollte die Welt nur noch an der einzigen Stelle verändern, an der er dazu in der Lage war. Diese Stelle war er selbst. Er durfte sich jetzt nur nichts mehr vormachen.

Mit siebenundvierzig Jahren war die Zeit für ein neues Leben knapp geworden. Die einzige Freiheitsbewegung, die jetzt noch zählte, war die zur eigenen Beförderung. Die RAF hatte niemanden befördert. Es sei denn vom Leben zum Tode.

Auf dem Friedhof seiner Eltern drängten sich Bilder auf, die er nur vom Fernsehen kannte. Sie waren gespenstisch präsent. Drei Särge. Baader, Andreas (34), Ensslin, Gudrun (37), Raspe, Jan-Carl (33), gemeinsam gestorben in den Zellen 719, 720, 716 der Justizvollzugsanstalt Stuttgart-Stammheim, gemeinsam beigesetzt auf dem Dornhaldenfriedhof, Abteilung 99, letzte Reihe. Ein anderer Stuttgarter Friedhof.

Wer in welchem der drei Särge lag, blieb geheim. Palästinensertücher um den Hals, hockten Leute auf Pappeln, stiegen über Zäune. *Noch ist nicht genug Blut geflossen,* stand auf einem Transparent. Tausend Polizisten, Hunderte von Journalisten. Manche traten Blumenvasen um, zertrampelten Gräber. Baaders Mutter ohrfeigte einen Fotografen, der ihr zu nahe gekommen war.

Ensslins Vater, ein Pastor, hatte öffentlich am Selbstmord gezweifelt und durfte deshalb die Trauerfeier nicht leiten. Der Pfarrer Streibel an seiner Stelle mied die beiden vergifteten Worte: Mord und Suizid. Stattdessen: »Sie sind tot. Wir legen sie in diese Erde.« Der Ministerpräsident, der ehemalige Nazi-Marinerichter Filbinger, hatte die Beisetzung sogar verbieten wollen. Oberbürgermeister Rommel, Sohn von Hitlers

Feldmarschall, hatte sich mit den Worten durchgesetzt: »Mit dem Tod muss alle Feindschaft enden.«

Frederic war erst dreizehn gewesen, als das geschah, jünger als Constanze, als sie ihren Vater verlor. Er kannte dennoch jedes Detail, so oft hatte ihn die Szene berührt. Er stand nicht dort, sondern am Grab seiner Eltern, und nun wurden ihm doch noch die Augen feucht.

3

Er wollte Herbert überraschen, wagte es aber nicht, sich telefonisch anzukündigen. Es war nicht auszuschließen, dass Herbert abgehört wurde. So fuhr er auf gut Glück nach Reutlingen und setzte darauf, dass sein Bruder tagein, tagaus pünktlich von der Arbeit kam.

Herbert Gerling: Ingenieur bei Heider & Wirth, Spezialwerkzeuge, Mittelstand, einer der Hidden Champions, der unbekannten Weltmarktführer Schwabens. Ein bescheidenes Haus in einer Gegend vieler bescheidener, jedoch allesamt frei stehender, in üppiges Grün gebetteter Eigenheime. Er hoffte, dass Herbert ihn einlassen würde; darauf gewettet hätte er nicht. An der Haltestelle schräg gegenüber wartete er, bis der Bruder aus seinem Audi Quattro stieg.

Die meisten Klischees stimmten.

Und stimmten dann doch nicht.

»Herbert!«

»Trutz!«

Einen kurzen, steifen Augenblick lang umarmten sie sich.

»Herein mit dir, schnell!«

Herbert sah misstrauisch die Straße hinunter.

»Bring mi bloß net in Schwulidäte!«

Den Satz hätte er sich sparen können.

»Trutz, ehrlich, du machscht mich fertig. Hättescht net erscht arufe könne?«

Begrüßte man so seinen Bruder, den man zwei Jahrzehnte lang nicht mehr gesehen hatte?

Er hatte sich Herbert fett vorgestellt. Er war aber nicht fett geworden, sondern bloß alt. So alt, dass Frederic erschrak.

Im Wohnzimmer blitzte Chrom, kühles, sauberes Chrom, Chromstühle rund um einen Tisch auf Chromfüßen, Regale aus Chromgestänge mit Glasböden. In Plexiglas gerahmte Bilder von Frau und Kindern darauf.

Wo waren sie?

Frederic musste die Frage nicht stellen. Herbert kam ihm zuvor.

»D' Renate isch weg.«

Wie, weg?

Er bohrte besser nicht nach. Auch dieses auf Perfektion getrimmte Familienglück schien als Desaster geendet zu sein. Schlimmer, als unter die Räuber zu fallen, dachte Frederic.

»Verzähl!«

Was sollte Frederic, der für Herbert immer noch Trutz war, was ihm wie der Name eines Fremden vorkam, schon groß erzählen? Dass er in Frankreich Konfitüren fabriziert hatte, interessierte Herbert. Es trug ihm sogar dessen brüderlichen Respekt ein. War doch »ein Unternähmer« aus ihm geworden. Wer hätte das gedacht!

Es amüsierte Frederic. War auch nur die halbe Geschichte. Das Tarnunternehmen wurde gerade liquidiert. Das verriet er Herbert nicht, schon gar nicht die Umstände. Nur damit, dass er es mit einer Frau, deren Namen er ebenfalls verschwieg, nicht mehr ausgehalten hatte, rückte er heraus. Das verstand Herbert vielleicht, da konnte er mitreden. Er schilderte die Ignoranz dieser Frau für alles »Unternähmerische«. Ja, er nahm jetzt selbst den schwäbischen Zungenschlag an.

Sein Lügengespinst war erbärmlich dünn, obwohl er sich bemühte, seine Geschichte so nahe an die Wahrheit zu bauen wie möglich. Gute Lügen manipulierten die Wahrheit, aber ignorierten sie nicht. Er sei bereit zur »vollschtändigen Rückkehr in den Schoß der Gesellschaft«, wolle »reinen Tisch machen und sich als Kronzeuge zur Verfügung schtellen«. Ein Satz, der hohl und geschwollen in seinem Kopf nachhallte.

Er verschwand auf die Toilette. Schwindelig war ihm und schlecht, und er schwitzte. Im Spiegel sah er einen Fremden.

Zurück in der verchromten Wohnhölle, sagte er: »Hauptsach, i bin am Läbe.«

Darauf ließe sich doch endlich ein Glas erheben. Doch Herbert war dazu noch immer nicht bereit.

»Was g'nau hasch ausgfresse? Wofür wolle se dich hänge?«

»Ich bin kein Mörder. Falls du das meinst«, antwortete Frederic.

»Was meinscht, was i mein?«

Herbert glaubte ihm nicht.

»Kann ich bleiben?«

»Warum net?«

»Danke, Bruder.«

»Wie lang?«

»A paar Dag, i woiß no net.«

»Send se hender dir her?«

»Kann i mir net vorstelle.«

»Du kanscht dir nie was vorschtelle. Solldescht dich schtelle. S'wär besser für uns.«

Hörte Herbert nicht zu? Nichts anderes hatte er dem Bruder versprochen. Am Ende käme er darum nicht herum. Aber erst wollte er den Preis dafür heben. Er musste verhandeln. Sich einem Anwalt anvertrauen. Das durfte er nicht übers Knie brechen.

»Zwoi oder drei Nächt«, sagte Herbert. »Mehr isch net drin. I mach mi schtrafbar. Wege dir riskier i net alles.«

Was war alles?

Bruderherz war ein Arschloch. Immer eines gewesen, immer eines geblieben. Etwas anderes hätte Frederic gewundert.

Wenn er aber nicht länger als zwei, drei Tage bei ihm bleiben konnte, weil es keiner von beiden aushielt – wohin dann? Er wollte nicht mehr davonlaufen müssen. Nicht vor einem Scheißstaat, nicht vor einer Scheißfamilie, nicht vor Scheißgenossen.

Und auch nicht vor dem Scheißkerl, der er selbst war. Er hatte sich gerade bei einer bürgerlichen Schwäche ertappt. Untertauchen oder Untergehen hieß die Alternative.

Wie abwegig war es, zu hoffen, es gäbe für Frederic irgendwann noch einmal so etwas wie stinknormales Glück. So ein Herbert-Glück. So ein Herbert-Unglück hätte er ja haben können, als Unternähmer im Marmeladenland.

4

Als er sich schlaflos auf Herberts Gästebett in Herberts Gästezimmer in Herberts Eigenheim wälzte, kam es ihm vor, als stünden seine Eltern als stumme Ankläger leibhaftig in der Tür.

Und Tom.

Da war er wieder. Tom, der auf dem Rücken lag und nur noch ein Röcheln von sich gab. Nicht sehr laut, doch lauter, als er es ertragen konnte. Den Mund weit geöffnet.

Frederic sah Tom, sah aber auch Trutz, den Mann, der er selbst gewesen war. Trutz las in Toms Gesicht keinen Schmerz, sondern Staunen. Nur wenig Blut sickerte aus seinem Kopf.

»Tom!«

Trutz erwartete keine Antwort. Eine Antwort wäre ein Wunder gewesen. Da kam aber, als er sich mit dem Ohr hinabbeugte, nur noch dieses gurgelnde Geräusch. Mit der Taschenlampe fuhr er herum. Die Bäume, der Teich, der Weg. Schweigen. Der Lichtkegel erfasste wieder Tom. Aufgerissene Augen, eine starre, stumme Klage.

Frederic sah, wie Trutz vor Tom kniete und überflüssigerweise auf die Uhr sah. Null Uhr zweiundzwanzig. Auch dieses Detail konnte er nicht vergessen, als ob es eine Rolle spielte.

»Du schaffst das«, sagte Trutz zu Tom. Eigentlich zu sich selbst.

»Ich hole Hilfe!«

Hätte er damals ein Mobiltelefon zur Verfügung gehabt, wäre er nicht vor Toms Sterben davongerannt. Er rannte zurück zur Brücke, packte sein Rad, raste zurück zur Siegessäule, dort fuhren immer Taxis, selbst um diese Zeit. Er sprang vom Rad, wedelte mit den Armen, bis endlich ein Wagen hielt. Der Fahrer verständigte die Funkzentrale. Er nannte den genauen Ort, an dem Tom lag, bei der Rousseau-Insel am Baumdank-Denkmal. So hieß die Steinsäule, an der ihn die Schüsse niedergestreckt hatten. Die Taxi-Funkzentrale alarmierte die Polizei. Trutz nahm sein Rad, sprintete los.

Nur nicht zurück zu Tom.

5

Toms Tod hatte ihn nie mehr losgelassen.

Trutz hatte mit Tom nicht nur Tage geteilt, sondern auch Pläne, Hoffnungen, Hirngespinste.

Und Marlene.

Kein Drama. Sie waren ja alle drei nicht von gestern. Sie marschierten an der Spitze des Fortschritts. Jede Art von Besitzanspruch wäre nur eine Deformation von Freiheit gewesen.

Eine bürgerliche Schwäche.

Trutz hatte sich damit abgefunden. Eine halbe Marlene war besser als keine. Compañero – hatte sie Tom genannt. Und Trutz war für sie Trotzki gewesen.

Zu dritt waren sie, gegen die Regel, sogar ins Kino gegangen. Im Westen der Stadt, weil das nach dem Fall der Mauer wieder möglich war.

Im Institut français hatten sie Claude Chabrols Neuverfilmung von Henry Millers *Stille Tage in Clichy* gesehen. Marlene in der Mitte, vollkommen gerecht jeweils eine ihrer Hände auf einem der beiden sie berührenden Oberschenkel. Ob sie den von Tom genauso hingebungsvoll geknetet hatte wie seinen, war nicht zu erkennen gewesen. Dazu hätte sich Trutz misstrauisch vorbeugen müssen. Er hatte keinen Grund dafür gesehen. Marlenes Hand hatte seine Wünsche restlos erfüllt.

Von dem Film hatte er sich eine niveauvolle Vögelei versprochen, am Ende aber dem Urteil Marlenes angeschlossen. Kommerzkäse, verglichen mit der zwanzig Jahre älteren dänischen Verfilmung in Schwarz-Weiß mit echten Nutten und den Klasse-Songs von Country Joe McDonald. Der Film war auch für Trutz Pflicht gewesen, obwohl noch lange keine achtzehn. Der neue Film: ab sechzehn.

Die Achtundsechziger hatten keine Revolution zustande gebracht, bloß etwas besseren Sex. Und selbst den hatten sie nicht sich selbst zuzuschreiben, sondern der Pille. Also der kapitalistischen Pharmaindustrie. So sah Frederic das heute.

Die schönsten Tage zu dritt, an die er sich erinnerte, waren die in Naumburg an der Saale gewesen, kurz vor Toms Tod. Zu dritt hatten sie die kleine Stadt mit kaum mehr als dreißigtausend Einwohnern erkundet. Die 57. Garde-Mot. Schützendivision und das 170. Garde-Schützenregiment der Russen zogen gerade ab. Auch das monströse, schlossartige wilhelminische Gebäude, die Kadetten-Anstalt der Volksarmee, hatte seine Zukunft gerade wieder einmal hinter sich.

Ihr erstes Ziel war die schöne Uta im Dom. Obwohl Trutz sich, anders als Frederic, noch nicht für die schönen Dinge interessierte, sie für nutzlos hielt. Dass er es heute tat, verdankte er auch Marlene.

Uta verehrte er sofort. Was vor allem daran lag, dass er Marlene verehrte. Marlene fand Uta »so schön, dass es wehtut«. Für schöne Frauen hatte sie generell etwas übrig.

Uta, achthundert Jahre alt und aus Grillenburger Sandstein. So etwas wusste Marlene. Sie musste keinen Reiseführer zu Rate ziehen, um sich daran zu begeistern, wie die junge, schmächtige Frau seltsam entrückt aus melancholischen, scheuen Augen in die Ferne blickte. Die Nase lang, schmal und gerade. Die Unterlippe voll. Die Oberlippe dünn und dennoch von erotischer Anziehung, was am Lippenstift lag, der noch immer aufgetragen schien. Wie auch das Blau ihrer Augäpfel immer noch verzückte und die Farben des Mantels, in dessen hochgeschlagenen Kragen sich Uta schmiegte und den Marlene »todschick« fand.

»Das goldene Krönchen macht sie nicht sympathischer«, widersprach Tom.

»Kleinlich«, fand Marlene seine Äußerung.

Der Dom spätromanisch, Uta dagegen frühgotisch. Keine Heilige, sondern eine der zwölf Stifter des Doms, die bereits seit zweihundert Jahren verblichen sind, als sie der Meister von Naumburg, vermutlich ein Franzose, in Lebensgröße in den neuen Westchor einfügte. Das alles wusste Marlene selbstverständlich auch.

Uta von Ballenstedt, Ehefrau des bulligen Markgrafen Ekkehard neben ihr, dennoch wie allein und rätselhaft unnahbar. Marlene gefiel das. Und weil es ihr gefiel, gefiel es auch ihm. Marlene wollte in Uta eine Vorkämpferin der Emanzipation erkennen. So hingerissen war sie von ihr, dass sie im Kirchenschiff Tom küssen musste.

Trotzki auch.

Marlene bestimmte die Spielregeln, passte sie ihrer Lust an. Er ließ es sich gefallen. Es war ausgemacht, dass Marlene mit ihm einquartiert wurde – als verliebtes Touristenpärchen. Tom sollte in einem anderen Hotel absteigen, als Geschäftsmann aus dem Westen, der Immobilien-Schnäppchen auskundschaftete. Aber dann beorderte Marlene kurzerhand

Tom in ihr Hotelbett, zum Missvergnügen von Trotzki. Daraus zu schließen, er habe sich an Tom gerächt, wie sie es ihm später unterstellte, war abwegig.

Wenn Frederic wüsste, wo Marlene steckte, käme er vielleicht einen Schritt weiter. Er hatte eine Idee. Nur noch eine Nacht blieb er bei seinem Bruder. Eine weitere wäre unzumutbar gewesen.

6

Mutter saß im Rollstuhl. Constanze hielt ihre Hand und erzählte von David.

»David?«

»Dein Enkel, Mutti!«

»Musst du mir nicht sagen!«

»Wir sind zurück aus Grimaud, leben jetzt wieder in Bonn.«

»Ach ja!«

»Jetzt geht er in den Kindergarten. Grimaud ist schön, aber nichts auf Dauer.«

»Griemoh? Was sagst du da?«

»Grimaud, Mutti. Dein Haus in Frankreich.«

Das hatte sie auch vergessen. Seit dem Tod ihres Mannes hatte es Mutter nur selten betreten.

Aber jetzt fiel es ihr wieder ein.

»Hat er diesmal die Läden gestrichen?«

»Papa war nicht in Grimaud, Mutti. Das weißt du doch.«

Die Frau versank in Schweigen. Sie war noch nicht alt. Erst Ende sechzig. Nicht alt genug für geistigen Verfall. Constanze konnte nicht erkennen, was gerade in ihr vorging. Seit zwei Jahren schon war sie in einem Pflegeheim in Bad Godesberg untergebracht.

Seitdem stand das Haus leer, in dem Constanze vorerst wieder wohnte, und der Garten verkam. Ihre Brüder hatten nichts getan. Christoph lebte mit drei Kindern und Frau als Beamter der Hafenbehörde in Hamburg. Willibald lebte bei Mainz, stark beschäftigt als Regisseur von Fußballübertragungen.

Constanze musste sich entscheiden. Ihr Gewissen plädierte für Bonn. Viel zu lange hatte sie sich nicht um Mutter gekümmert. Doch bei aller Liebe sollte sie vorrangig zusehen, dass sie ihr eigenes Leben auf die Reihe brachte. Vieles sprach für einen Umzug nach Berlin. Dort spielte die Musik, und abgesehen davon war die Hauptstadt auch ein ergiebigeres Revier für eine angehende Fotografin.

Und wenn das, was sich in Frankreich ereignet hatte, sein Gutes haben sollte, brauchte sie Aufmerksamkeit. Sie wollte nun die Medien mobilisieren. Auch das, glaubte sie, ging leichter in Berlin. Andernfalls musste sie die Ermordung ihres Vaters wohl endgültig ungelöst auf sich beruhen lassen.

Sie hatte doch neue Fakten in der Hand: Ehemalige RAF-Terroristen waren in Frankreich aufgetaucht. Der Deckel des Vergessens und Vertuschens hatte sich einen Spaltbreit geöffnet. Ein Mann, der sich Frederic nannte, hatte so gut wie gestanden.

Einige Tage nach ihrer Rückkehr aus Grimaud fuhr sie mit David nach Mainz. Willibald nahm die beiden mit ins Stadion zu Mainz 05 gegen Kaiserslautern. Nicht gerade ein aufregendes Spiel, fand Constanze, doch aufregend für David. Sie fotografierte Fans. Willibald animierte sie dazu, hielt es für ein aufregendes Projekt und versprach, ihr Kontakte zu verschaffen. Ihm schwebte eine Ausstellung über Fans aller Vereine vor, die auf Tournee durch alle Bundesligastädte ging. Constanze interessierte sich nicht für Fußball, wollte aber auch keine kleine Chance versäumen, ins Geschäft zu kommen.

Während des lausigen Kicks in Mainz holten sie die Erinnerungen an das Endspiel der Fußball-WM in Rom im Annus horribilis 1990 ein. Sie hatte es gemeinsam mit Papa und ihren Brüdern in einer Kneipe in Cogolin erlebt. Anfang Juli, wenn sie sich richtig erinnerte.

Die Franzosen, ausnahmslos auf der Seite der Argentinier, hatten wenig Grund zum Jubeln gehabt. Die Südamerikaner chancenlos und dann auch noch vom Schiedsrichter benachteiligt. Papa hatte den Zwillingen die aktuellen Trikots der deutschen Nationalmannschaft besorgt, besonders scheußliche Trikots mit einem seltsam gewinkelten schwarz-rot-goldenen Band quer über Brust und Ärmel. Constanze war aus Protest in Blau erschienen, der Farbe der Argentinier. Als der Sieg feststand, hatte Papa Champagner bestellt. Sie hatte das als peinlich empfunden.

Mutter war nicht mitgekommen. Sie hätte lieber die drei Tenöre gesehen, die am Tag zuvor in den Caracalla-Thermen gesungen hatten. Constanze hatte sich danebenbenommen und, provoziert von der haltlosen Jubelei, »Sieg Heil!« geplärrt. Papa hatte sich geschämt für sie, hatte sie unter dem Tisch getreten. Das hatte er noch nie getan. Heute verstand sie ihn. Ihr Auftritt war ihr noch heute peinlich.

Der WM-Titel hatte die allgemeine Stimmung aufgehellt, sogar Kohl im Wahlkampf geholfen. Und damit auch Papa.

Constanze war auch nach Mainz gefahren, um ihrem Bruder eine leicht frisierte Version der Ereignisse in Grimaud zu geben, von ihren Tagen und Nächten unter einem Dach mit einem mutmaßlichen Terroristen zu berichten, ohne die Dinge zu dramatisieren.

Ehe sie damit beginnen konnte, fing David schon an, von Frederic zu schwärmen.

»Oh, oh, oh!«, sagte Willibald.

Er versuchte, seine Schwester auszuquetschen.

»Mehr als eine zufällige Begegnung ist es nicht gewesen«, wiegelte sie ab. »Meinst du, ich lasse mir Marmelade ums Maul schmieren?«

Beiläufig erwähnte sie auch die dicke Frau.

David mischte sich schon wieder ein: »Frederic hat eine Knarre. Er schießt damit auf böse Männer.«

»Und auf böse Frauen«, sagte Willibald.

Doch damit überforderte er das Kind.

Später, in einer ruhigen Minute, als David endlich eingenickt war, offenbarte Constanze dem Bruder ihren ungeheuren Verdacht.

»Sieht nach einem Windstoß in den Aktenberg aus, der sich seit zwanzig Jahren angesammelt hat«, sagte sie.

»Du hättest besser sofort die Polizei informiert«, rügte Wilibald. »Der Kerl und seine Komplizen sind längst über alle Berge.«

Er war nicht davon überzeugt, dass der Fall noch einmal aufgerollt werden könnte.

»Nichts als Vermutungen«, meinte auch ihr zweiter Bruder Christoph in Hamburg am Telefon. »Lass es gut sein«, empfahl er.

»Niemals.«

»Es bringt uns nichts.«

»Mir schon.«

»Wir kommen auch so klar. Was bleibt uns auch anderes übrig. Papa wird nicht wieder lebendig. Warum tust du dir und uns das an?«

Ihre Brüder hatten resigniert. Sie verstanden sie nicht, und sie durfte nicht mit ihrer Unterstützung rechnen.

7

»Meine Tür steht dir immer offen«, hatte Felix Ortner bei der Trauerfeier versprochen. Constanze glaubte nicht, dass das noch galt. Ortner war aufgestiegen, viel höher ging es nicht mehr. Dennoch folgte Constanzes per E-Mail geäußerter Bitte um einen Termin schon wenige Stunden später die Einladung. Sie besorgte für David eine Babysitterin und flog nach Berlin.

Ortner kam zu spät, aber nicht so sehr, wie Constanze erwartet hatte. Mit ausgestreckten Armen kam er auf sie zu und drückte sie an seine mächtige Brust.

»Haben wir uns nicht damals schon geduzt?«

»Ich glaube nicht, und es ist fast zwanzig Jahre her.«

»Mein Versäumnis.«

Nicht in seinem Büro im Kanzleramt empfing er Constanze, sondern im Ganymed, einem französischen Bistro neben dem Berliner Ensemble am Ufer der Spree, ein schon in der DDR geschätztes Lokal für Kunden, die mit Devisen zahlten. Über dem Etablissement hatte die Stasi Horchposten stationiert, erzählte Ortner. Heute sei das Restaurant garantiert nicht mehr verwanzt.

Was der alles wusste.

Obwohl es erst Mittag war, bestellte er eine Flasche Sancerre. Constanze bevorzugte Wasser. Er bestand darauf, wenigstens mit ihr anzustoßen, und darauf, dass sie Felix zu ihm sagte.

Ortner war Mitte sechzig. Der einstige Kinnbart war verschwunden, das Haar schimmerte silbern, die Anzüge saßen bei etwa gleicher Leibesfülle besser als damals. In der DDR hatte Felix Ortner Strafrecht an der Humboldt-Universität gelehrt, nicht doktrinär genug, um sich als Hardliner unbeliebt zu machen. Weder Bürgerrechtler noch Apparatschik, war er rechtzeitig aufgesprungen auf den Wendezug, als der schon nicht mehr aufzuhalten gewesen war. Gesprächsfähig nach allen Seiten, hatte er sich zunächst der neuen Partei des Demokratischen Aufbruchs angeschlossen, dann der Allianz für Deutschland. Die wiederum war in der CDU aufgegangen, nachdem die Wahlen zur letzten Volkskammer der DDR gewonnen waren. Ortner war Generalsekretär seiner Partei gewesen und in der Volkskammer gesessen.

In Helmut Kohls erstes gesamtdeutsches Kabinett hatte er es nicht geschafft, doch immerhin zum Justizminister in Sachsen-Anhalt. Später hatte er den Deutschen Bundestag mit seinem jovialen Bariton bereichert. Auf seine Erfahrungen hatte schon die damalige Fraktionsvorsitzende nicht verzichten wollen. Auch ihr Ohr hatte er gewonnen. Nach den Schröder-Jahren war sie Kanzlerin geworden. Der »mächtigsten Deutschen seit Kaiserin Maria Theresia«, wie Ortner es so bewundernd wie spöttisch ausdrückte, diente er nun als Staatsminister für Besondere Aufgaben im Kanzleramt.

Constanze fasste ihre Vergangenheit im Telegrammstil zusammen: »Abgebrochenes Studium, verheiratet, geschieden, einen himmlischen Sohn, nach Jahren in Frankreich wieder in Bonn. Angehende Fotografin«, übertrieb sie, »auf der Suche nach einem guten Anfang.«

Ortner überlegte nicht lange. »Wende dich an Holger Buch vom *Stern*. Dem zeigst du deine Sachen. Er kann vielleicht etwas für dich tun mit meiner Empfehlung.«

»Sie kennen … du kennst meine Bilder doch noch gar nicht.«

»Bin sehr gespannt. Zeig sie mir später.«

Schon hatte es sich für Constanze gelohnt, dass sie nach Berlin geflogen war. Ihre dankbaren Augen hoben sich von dem Teller Coq au Vin. In Frankreich schmeckte es besser. Aber hier in Berlin lag ihre Zukunft.

Sie erzählte von ihrer dementen Mutter, von ihren Gewissensqualen. Ortner riet ihr, dennoch nach Berlin zu ziehen. Er versprach zu helfen. Wohnung, Kindergartenplatz, Kontakte in die Kulturszene. Er gab sich hilfsbereit und vielversprechend.

»Die Geschichte mit deinem Vater steckt mir bis heute in den Knochen«, sagte er.

»Ich habe es noch an keinem einzigen Tag geschafft, nicht an ihn zu denken«, sagte sie.

»Er ist auch für mich gestorben«, sagte Ortner.

Sie verstand nicht.

»Für unsere gemeinsame Arbeit. Man fühlt sich doch verantwortlich.«

Nur nicht gleich übertreiben, dachte Constanze. Auch Ortner hatte sich nicht übernommen mit Bemühungen, den Fall aufzuklären.

»Ich wollte sogar etwas darüber schreiben«, behauptete er. »Als ich über meine Autobiografie nachdachte.«

»Sie schreiben?«

»*Du* schreibst! Nein, ich schreibe nicht. Was ich hätte schreiben können, interessiert kein Schwein. Was die ganze Welt interessieren würde, darf ich nicht schreiben. Ein Verlag hat mir keine Ruhe gegeben und vorgeschlagen, die Arbeit einem Ghostwriter zu überlassen. Als wäre Faulheit mein Problem.«

»Jetzt schreibt also ein Ghostwriter dein Leben auf?«

»Wenn es so einfach wäre. Ich habe mich elf Stunden lang mit dem Mann unterhalten. Ein ausgefuchster Journalist. Entschied mich am Ende dagegen. Wenn es dumm läuft, schreibt der Bursche jetzt meine Biografie unter seinem Namen und kassiert das Geld allein.«

Ortner lachte.

»Ehrlicher wäre es. Und ich trage für keine einzige Zeile die Verantwortung. Umso besser.«

Constanze gestand, auch schon ans Schreiben gedacht zu haben, nicht um ein Buch zu veröffentlichen, sondern um die Gespenster in ihrem Kopf loszuwerden. Er griff nach ihrer Hand und tätschelte sie. Es gab keinen Grund, sie zu trösten. Aber zu tätscheln.

»Du quälst dich nur und findest am Ende doch keine Antwort«, sagte er.

Das Einzige, was Constanze jemals zum Mord an ihrem Vater geschrieben hatte, war der offene Brief an die RAF gewesen. Eine Antwort hatte sie nicht erhalten.

»Wie kommt es, dass die Täter niemals identifiziert worden sind?«

Die immergleiche unerlässliche Frage.

»Sie waren einfach zu gut«, meinte Ortner.

»Besser als die Polizei? Kaum zu glauben.«

»Es wird dir nichts anderes übrig bleiben. Selbst wenn du wüsstest, wer geschossen hat, würde dein Vater nicht wieder lebendig.«

Diesen Satz kannte Constanze. Sie hatte ihn bis zum Erbrechen hören müssen. Immer wieder. Sie hasste ihn.

Vom Geschehen in Frankreich lieferte sie eine geschminkte Version. Die ganze Wahrheit wäre ihr peinlich gewesen.

Als sie fertig war, sagte Ortner: »Du hättest sofort die Polizei verständigen müssen.«

»Da vertraue ich mich lieber dir an.«

»Möglich, dass sich jemand bei dir meldet«, sagte Ortner.

»Oder ich erzähle alles einem Journalisten, um endlich Dampf zu machen.«

»Wenn du willst, dass jemand in deinem Privatleben herumstochert, solltest du es tun. Tochter des Mordopfers bandelt mit Terroristen an. Willst du das lesen?«

Was fiel Ortner ein? Sie hatte doch kaum etwas angedeutet.

»Vielleicht hat dein Ghostwriter mehr Verständnis für die Situation«, sagte Constanze.

Ortner zog die Augenbrauen in die Höhe. Aber dann nickte er.

»Seinen Namen kennst du ja schon.«

8

Sie rief Buch an. Er hatte sofort Zeit, vermutlich hatte Ortner ihn bereits informiert. Er schlug das *Zimt und Zucker* vor, ein Café am Schiffbauerdamm, in dem, wie er betonte, »nicht Hinz und Kunz aus der Politik« herumsaßen. Es gab hausgemachte Kuchen, die ziemlich hausgemacht aussahen, und Möbel wie vom Trödel.

Buch kam später als nur ein wenig zu spät, ein drahtiger Mann im hellblauen Schlips zum marineblauen Blazer mit streng nach hinten gescheiteltem Silberhaar. Nur sein Gegrinse wirkte nicht seriös, zumal er sein Gebiss zwanghaft oft entblößte. Auch auf Constanzes Frage, was ihn, abgesehen vom Honorar, an Ortners Autobiografie interessierte, antwortete sein Breitwandgrinsen.

»Ortner kommt in jedem System blendend zurecht. Ich würde gern wissen, wie das geht.«

»Haben Sie ihn geknackt?«

»So leicht ist das nicht. Ein Ossi eben.«

»Vorurteile?«

»Erfahrungen.«

»Warum ist aus der Autobiografie nichts geworden?«

»Hat er Ihnen das nicht erzählt?«

»Ich wollte Ihre Begründung hören.«

»Da muss ich Sie enttäuschen.«

»Verträgt sich der Job eines Ghostwriters nicht mit dem eines unabhängigen Reporters?«

»Mein Name wäre auf dem Buchumschlag nicht erschienen.«

»Was hätte das geändert?«

Wieder nichts als Grinsen.

»Kamen Sie Ortner zu nahe?«

»Behauptet er das?«

»Ich frage nur.«

»Es wäre mir sicher nicht geglückt, ein Heldenlied auf ihn zu singen.«

»Hatte er das erwartet?«

»Er hätte das eine und andere lieber übergangen.«

»Zum Beispiel?«

»Womit soll ich beginnen?«

»Was hat Ortner Ihnen über meinen Vater erzählt?«

»So gut wie nichts.«

Schon wieder kommentierte Buch seine Antwort zusätzlich mit den Zähnen.

»Schreiben Sie über Ortner jetzt auf eigene Rechnung?«

»Ich musste ihm die Tonbänder überlassen, aber habe die

Abschriften natürlich behalten. Ich sollte gründlich recherchieren, bezweifle aber, dass sich der Aufwand lohnt.«

»Was hat Ortner über meinen Vater erzählt?«

»Sie lassen nicht locker. Nur zu! Ich glaube, er hielt große Stücke auf ihn und misstraute ihm zugleich.«

»Hat er gesagt, weshalb?«

»Für ihn war Schelling Kohls Horchposten.«

»Mein Vater konnte Kohl selbst nicht ausstehen.«

»Was erhoffen Sie sich nun von Ortner?«

»Dass mit seiner Hilfe die Ermittlungen noch einmal Fahrt aufnehmen. Es gibt ein paar neue Erkenntnisse.«

»Hat er Ihnen Hoffnungen gemacht?«

»Nicht direkt.«

»Vergessen Sie's. Er hat kein Interesse daran.«

Buch bleckte wieder die Zähne. Was, zum Teufel, gab es da zu grinsen? Buch grinste, wenn andere bloß nickten.

»Haben Sie schon mit Helmstedt gesprochen?«, fragte er.

Mit dem Namen konnte Constanze nichts anfangen.

»Ortner hätte Sie zu ihm schicken sollen statt zu mir.«

»Helmstadt?«

»Helmstedt.«

Constanze hatte den Namen irgendwo gelesen oder gehört. Es fiel ihr nur nicht ein.

»Heinrich Helmstedt, seinerzeit Abteilungsleiter Linksterrorismus im Bundesamt für Verfassungsschutz. Vorzeitig in Pension geschickt. Er hat noch eine Rechnung offen.«

»Haben Sie mit ihm gesprochen?«

»Vielleicht sollte ich das jetzt tun. Wenn Sie mir endlich sagen, was es Neues gibt.«

Constanze hatte auch Buch nur eine stark gekürzte Version ihrer Erlebnisse zu bieten. Ortner hatte sie vor Journalisten gewarnt.

»Was sagt die Polizei zu Ihrem Verdacht?«

»Das Maison des Confitures ist kein Verdacht und auch kein Hirngespinst.«

»Dieser Mann, was wissen Sie über ihn? Haben Sie ihn fotografiert?«

Die Bilder mit Frederic am Strand, im Haus und mit David würde sie niemals herausrücken. Sie waren zu persönlich. Doch Constanze klappte ihren Computer auf. Auf diese Gelegenheit hatte sie gewartet. Ehe sie Buchs Neugier bediente, zeigte sie ihm Bilder aus der Provence, Aufnahmen, die sie für gelungen hielt.

»Nicht schlecht«, sagte er. »Ziemlich melancholisch, aber auch irgendwie witzig. Ich erkenne Talent.«

Constanze klickte kommentarlos die Aufnahme auf den Bildschirm, die den blutenden Mann zeigte, der vor großer Landschaft am schrundigen Stamm eines Ölbaums lehnte. Selbst dieser tragische Moment besaß auf ihrer Aufnahme etwas Komisches.

»Toll«, sagte Buch. Sein Gebiss blieb diesmal hinter den verkniffenen Lippen. Ziemlich lange starrte er das Bild an, ehe er sagte: »Ich bin mir nicht sicher.«

»Sie erkennen den Mann?«

»Wer ist es?«

»Der Marmeladenmann.«

»Der was?«

»Der Mann, der in dem Maison Marmelade macht und mit dem Rennrad die Gegend unsicher.«

»Wie heißt er?«

Sie wusste nicht einmal, ob Frederic sein echter Name war.

»Möglich, dass ich ihn schon mal gesehen habe«, sagte Buch.

»Frederic Gramlin.«

»Ehe ich Ihnen Unsinn erzähle, zeigen Sie das Foto besser Helmstedt.«

»Ich sehe Sie hoffentlich nicht zum letzten Mal«, sagte Constanze.

Schon meines Talents zuliebe, hätte sie hinzufügen können. Aber sie unterließ es.

9

Frederic mietete mit seinen französischen Papieren einen Wagen, fuhr nach Freiburg, weiter nach Breisach, wo er den Rhein und die Schleusenanlagen überquerte. Er war wieder in Frankreich und fast am Ziel. Sein letzter Besuch war mehr als zwei Jahrzehnte her. Einen Ortsnamen wie Heiteren vergisst man nicht so leicht. Vor allem nicht, wenn dieses Kaff seinem Namen so spottet wie dieses. Die Ansiedlung im brettebenen Rheintal drängte sich um eine gelbe Kirche. Lange suchen musste er nicht. An der Kirche bog er in die Rue Casteljaloux. Links ein giftgrünes, rechts ein veilchenfarbenes Haus, eine mannshohe Mauer aus groben Steinen, dann rechts Pferde auf einer Koppel. Links bog ein Feldweg ab ins Nirgendwo. An einem hohen Kreuz aus Sandstein machte er kehrt. Den Weg säumten noch nicht einmal Gräben, er konnte auf der Wiese um den Gekreuzigten herumkurven. Jetzt erkannte er das heruntergewirtschaftete Gehöft zur linken Seite wieder. Hausnummer 11, ein Doppeltor aus Brettern, von dem grüne Farbe blätterte. Ein riesiger Baum überragte das verwitterte Walmdach. Flechten und Moos schwärzten die Dachziegel. Schmutzig weiße Mauern.

Er hatte Watzhoff gegoogelt. Der Freiburger Rechtsphilosoph, der schon lange nicht mehr publizierte, »lebt im Elsass«, und zwar »zurückgezogen«. Das konnte man so sagen. Warum er diese Trostlosigkeit gewählt hatte statt einen hübschen Weinort ein paar Kilometer westlich, blieb ihm schleierhaft.

Das Gartentor krächzte in verrosteten Scharnieren. Ein paar vergammelte Gartenmöbel waren über den Hof verteilt. Auch die Haustür nicht verschlossen. Frederic klopfte, öffnete zaghaft, trat in den dunklen Flur.

Die Stimme eines Bariton war zu vernehmen. Er folgte ihr in eine zum Wohnen umgebaute Scheune. Zwischen Topfpflanzen saß der alte Watzhoff im Rollstuhl, mit einer Decke über dem Schoß trotz der Hitze. Sein kahler, mächtiger Schädel war nur noch von ein paar weißen Flusen über den Ohren bedeckt. Eine kleine Frau mit mumienhaft verschrumpeltem Gesicht huschte wortlos hinaus. Um Frederics Beine strich ein dürrer, gelber Hund. Es roch muffig. Der Alte deutete mit dem Kinn auf einen Regiestuhl.

»Ich kriege nur noch selten Besuch, nicht einmal von Bullen«, sagte er. »Weil wir aus der Geschichte gefallen sind, junger Freund. Die Welt interessiert sich nur noch für die Taliban oder für Nazis im Untergrund.«

Wie genau Watzhoff in die Kommandos eingeweiht war, war Frederic nicht bekannt, er wusste nur, dass er mehr gewesen war als bloß ein Sympathisant. Jedenfalls war er nie belangt worden. Wenn jemand seine Hilfe benötigt hatte, war er dazu bereit gewesen. Watzkopf hatten sie ihn genannt: ein Ehrenname.

»Du bist Trutz. Ja? Weshalb störst du meine Totenruhe, Trutz?«

»Pardon.«

»Ab und zu ist mir eine menschliche Stimme willkommen, die nicht aus dem Lautsprecher kommt. Auch wenn du nicht Fischer-Dieskau bist. Rauchen wir etwas!«

»Wie ist das Leben so?«

»Du nennst es Leben. Ich bin so gut wie blind und lese nicht mehr. Die Ohren taugen noch. Elfriede ist dafür so gut wie taub und stumm, aber nicht blind. Wir ergänzen uns prächtig.«

Die Sonne dünkt mich matt und kalt,
Die Blüthe welk, das Leben alt …

Watzhoff stellte mit der Fernbedienung, die an der Armlehne seines Rollstuhls befestigt war, Schuberts Lied leiser.

Das Land, das Land so hoffnungsgrün,
Das Land, wo meine Rosen blüh'n?

»Heinrich Schlusnus, die Aufnahme von 28«, sagte der Alte. »Cis-Moll. Endet aber gleich zuversichtlich in Dur.«

Er kicherte matt.

»Verstummt sind wir, weil es sinnlos geworden ist, noch länger herumzutönen. Bankenkrise, Eurokrise, Flüchtlingskrise, Klimakrise. Alle finden sich mit allem ab. Wir waren Fantasten.«

Die Mumie kam mit dem Shit, steckte beide Joints zwischen ihren verschrumpelten Lippen an einer Kerze an und gönnte sich selbst einen tiefen Zug. Eine Tüte steckte sie Watzhoff zwischen die Lippen, den davon sogleich ein Hustenkrampf schüttelte. Den anderen Joint reichte sie Frederic.

»Die ganze Welt ein Pflegefall«, keuchte der Alte, als er wieder zu Luft kam.

Die Mumie und der dürre, gelbe Hund standen stumm daneben.

»Lass mich raten, was du von mir willst? Ist es womöglich ein Kontakt zu Freifrau von Kottwitz?«

»Marlene.«

»Eine romantische Regung?«

»Sagen wir, ein kleines Problem.«

»Du weißt nicht, wo du unterkommen sollst?«

»Ich sollte mich stellen.«

»Der Preis wäre Verrat.«

Watzhoffs Schädel schimmerte so gelb wie das dünne Fell des Hundes, der sich am Hosenbein des Besuchers rieb. Frederic wusste nicht, wem er sonst hätte vertrauen sollen. Er hätte es gefahrlos mit der Wahrheit versuchen können. Einmal musste er ja damit beginnen. Aber es fiel ihm kein Anfang ein.

»Ich muss mich neu sortieren«, sagte er.

»Dann sortier mal! Pass aber auf, dass du dabei nichts verlegst.«

Frederic bestellte Grüße von Marie-Louise. Alias Marie-Claire.

»Marie wer?«

Frederic erzählte von den Jahren, die er mit ihr in Frankreich verbracht hatte. Constanze erwähnte er nicht.

Er war doch nicht blöd.

Nur die Geschichte, wie er in der Kurve zu Fall gekommen war, die malte er aus. Danach sei ihm bewusst geworden, dass es so nicht weiterginge.

Über die Konfitüren-Manufaktur amüsierte sich Watzhoff.

»Du hättest mir als kleine Aufmerksamkeit ruhig ein Gläschen Champagnergelee mitbringen können.«

Er starrte mit milchigen Augen an ihm vorbei. Statt zu antworten, drückte er erneut auf die Fernbedienung an seinem Rollstuhl. Der Bariton von Heinrich Schlusnus schwoll an. Inzwischen jagte der Erlkönig durch die Nacht.

Mein Sohn, mein Sohn, ich seh es genau:

Es scheinen die alten Weiden so grau.

»Die Gräfin haust in den böhmischen Wäldern«, sagte Watzhoff.

»Hat sie dort eine Adresse?«

»Du wähnst sie in meinem Besitz?«

»Hoffe es.«

»Wissen wir, ob du nicht observiert wirst? Du warst immer schon ein wenig naiv.«

Frederic und Watzhoff lauschten dem atemlosen Jagen des Reiters bis zur letzten Zeile.

In seinen Armen das Kind war tot.

»Du bleibst heute Nacht besser hier, Trutz.«

10

Er lag in einem Raum ohne Fenster. Der gelbe Hund auf dem abgewetzten Läufer vor dem Bett behütete ihn und stank. Frederic hatte so starken Hunger, dass er davon wach wurde. Nichts zum essen, nur eine Kanne kalten Tees hatte die Mumie ihm hingestellt. Ingwer, Zimt, Holunderblüten.

Seine Gedanken waren bei Marlene. Dem Trugbild von ihr. Auch mit Illusionen lebte es sich gut, wenn sie sich so anfühlten wie Marlenes Haar.

Und Marlenes Busch.

Und Marlenes Mut.

Und Marlenes Lust auf alles, was sie gut fand.

Was für ihn nicht gut war, hatte sie ihm einst abgewöhnt. Sogar seinen Appetit auf Currywurst, diese seltsame Vorliebe für billige Currywurst. Er hatte sie aus ideologischen Gründen gemocht. Das Einzige, das Berlin für immer und ewig über alle Mauern hinweg vereinte, war diese Wurst.

»Gammelfleisch mit scharfer Soße.« (Originalton Kottwitz) »Der Proletarier ist leichter vom Kapitalismus zu befreien als von seiner perversen Liebe zur Currywurst.«

In den Kommandos legte man keinen Wert auf vernünftige Ernährung. Man aß nicht, sondern schlug sich den Magen voll. Die einzige Alternative zu Currywurst von der nächstbesten Bude wären Lerkes Rohkostexzesse gewesen, hätte Marlene sich nicht gelegentlich an den Herd gestellt. Ihre Eintöpfe! Bremer Kükenragout zum Beispiel mit Flusskrebsen, Rinderzunge, Hackfleischbällchen, Schwarzwurzeln. Oder ihr Leipziger Allerlei. Alles andere, nur kein Einerlei. Sie hatte Frederic auch beigebracht, wie man ohne Geld teuren Wein beschaffte. Sie schoben einen Kinderwagen durch Supermärkte, ließen den Burgunder darin verschwinden.

Burgunder und Marihuana.

Ficken und Freiheit.

Die heroischen Zeiten der Bewegung hatte Frederic nicht mehr selbst erlebt, hatte sie umso gieriger aus den Erzählungen Marlenes aufgesogen. Sie kreisten um Big Raushole. Um die Angst vor dem Knast. Heute wusste er, dass der Kampf von Anfang an Krampf gewesen war. Für den ein Preis zu bezahlen war, der sich nicht amortisieren konnte.

Was von der RAF noch übrig war, war zerstreut in alle Winde. Vielleicht verbargen sich Genossen in Frankfurt an der

Oder. Oder in Syrien. Oder eben in Freiburg. Die Verbindungen waren gekappt. Einige wurden noch immer steckbrieflich gesucht, obwohl es aussah, als sei die Fahndung stillschweigend eingestellt worden.

Marlene hatte auf Nordens Hilfe verzichtet, war angeblich mit zwei weiteren Ehemaligen auf eigene Rechnung abgetaucht. Outlaws waren sie gewesen, Outlaws waren sie geblieben. Frederic hatte gehört, sie hätten vor Jahren eine halbe Million D-Mark aus einem Geldtransporter erbeutet. Ewig kam man damit selbst bei äußerster Sparsamkeit nicht über die Runden. Weitere Überfälle wurden ihnen zugeschrieben. Erst hatten sie für die Revolution geraubt, mittlerweile raubten sie, um zu überleben. Sie nannten es Freiheit.

Frederic wusste, dass er seit Toms Tod für Marlene erledigt war. Trotzdem hätte er sie gern wiedergesehen. Nicht allein aus alter Liebe, sondern weil er der Wahrheit auf die Spur kommen musste. Marlene war ein Schlüssel dazu.

II

Die Mumie hatte einen Umschlag an die Teekanne gelehnt. Frederic folgte den Anweisungen, die er darin fand. Sein Magen knurrte vor Hunger, doch er verzichtete darauf, an der Rheinbrücke anzuhalten und sich bei McDonald's zu stärken.

Er hatte es eilig, aber die Anweisungen verschlangen Zeit. Als er den Leihwagen in der Lörracher Straße am Rande Freiburgs abgegeben hatte, nahm er auftragsgemäß den Bus zum Hauptbahnhof, stieg in die Straßenbahn der Linie fünf bis zur Endstation und fuhr dann mit der Nummer vier wieder zurück zum Bahnhof. Er glaubte nicht, dass jemand kontrollierte, ob er genau so wie verlangt durch die Gegend kurvte. Schließlich nahm er den Bus der Linie 14 Richtung St. Georgen. Er wollte endlich etwas in den Magen kriegen, und so schön war Freiburg nicht, dass er die Rundfahrt dingend benötigte. In der Munzinger Straße stieg er wieder aus.

Über die Schulter sprach ihn ein Mann an.

»Trutz?«

Er wandte sich um.

»Spiegelberg«, sagte der Mann, ohne ihm die Hand zu reichen.

Erst auf den zweiten Blick erkannte ihn Frederic. Peter Sander hieß jetzt also Spiegelberg, und dünn geworden war er auch.

»Wer schickt dich?«, fragte Spiegelberg.

»Niemand.«

»Einer von beiden muss es sein: Vater Staat oder Mutter Natur.«

»Du hast dich für Mutter Natur entschieden«, sagte Frederic.

»Und du dich für Vater Staat.«

»Ich bin aus allem raus.«

»Das geht nicht, das träumst du bloß«, sagte Spiegelberg.

»Fürchtest du, dass jemand hinter mir her ist?«

»Entweder die Bullen oder Norden und seine Freunde.«

»Danke trotzdem, dass du mich abholst«, sagte Frederic.

»Wir wollten es Watzhoff nicht ausschlagen.«

Frederic fiel auf, dass sich Spiegelberg häufig umsah. Sein Leben in Freiheit bedeutete beständiges Misstrauen und immer auf dem Sprung zu sein.

»Also, was willst du?«

»Na, was schon?«

»Sehnsucht nach Kosinsky!«

»Kosinsky?«

»Marlene heißt jetzt Kosinsky.«

»Freifrau Kosinsky?«

»Mach dir keine Hoffnungen.«

»Erkenne ich sie noch? Sie müsste bald sechzig sein.«

»Übertreib mal nicht gleich.«

»Sie glaubt an ewige Jugend, nehme ich an«, sagte Frederic. Seine Ironie klang aufgesetzt.

»Du kannst es ja kaum noch erwarten.«

Sie fuhren mit der Straßenbahn Linie drei noch einmal zurück zum Bahnhof. Dann gingen sie zu Fuß in die Altstadt. Eng, nett, beschaulich. Schließlich standen sie vor einer Wirtschaft in einem dunkelgrün gestrichenen Haus, davor Sonnenschirme in derselben Farbe. Der Laden hieß Schlappen. Ein paar Stiefel aus dickem Draht hingen über der Tür. Ehe Spiegelberg Frederic hineinschickte, nahm er ihm sein Telefon ab.

Ein Raum mit dunklen Holztischen, fast alle besetzt. An der vom Rauch vergilbten Decke standen Ventilatoren still, die Wand links vom Eingang war lückenlos mit alten Theaterplakaten beklebt. Es gab ein Klavier und eine gewaltige Theke. Er ging um sie herum, bis einige Stufen zu einem überdachten Innenhof hinabführten. Dort unten saß sie.

Frederic brauchte ein paar Sekunden, bis er seinen Augen traute. Eine graue Mähne wallte über ihre Schultern. Marlene hatte sich auch früher nie geschminkt, es damals nicht nötig gehabt. Jetzt sah ihr Gesicht aus wie zerknülltes, danach wieder glatt gebügeltes Papier, beschrieben mit einer Geschichte, die niemand entziffern konnte.

Nicht einmal sie selbst.

12

Schlanke Figur, langes, dunkles Haar, südländisches Gesicht, stand auf dem gültigen Steckbrief. Ein Witz aus der Vergangenheit.

»Hallo, Trotzki!«

Sie lächelte ihn an. Ein Lächeln, wie wenn man in eine Zitrone biss. Küsse auf die Wangen. Schlechte Zähne hatte sie bekommen. Als Ex-Terroristin hatte man es schwer mit der freien Wahl des Zahnarztes. Man war ja nicht einmal Kassenpatient. Den Mann mit schütterem Haar neben ihr hätte Frederic beinahe übersehen. Mufti war auch schon jenseits der fünfzig. Noch immer von oben bis unten in verknautschtem Schwarz. Ein bewaffneter Kämpfer im Vorruhestand.

Mufti hatte er zum letzten Mal im Sommer 1990 getroffen, am Tag des WM-Finales in Rom. Niemand hatte geahnt, dass die Gruppe zum letzten Mal so gut wie komplett zusammen war, was auch daran lag, dass Fußball das Einzige war, worauf sich die Gruppe »kulturell« noch verständigen konnte. Männer wie Frauen.

Natürlich waren sie geschlossen für Argentinien. Doch der Herr über die Geschichte, der Teufel, schiss auf den größten Haufen. Es genügte ihm nicht, dass die wiedervereinigten Germanen sich weltpolitisch aufspielten. Teamchef Beckenbauer posaunte den furchtbaren Satz heraus, nun werde Deutschland auf Jahre hinaus unbesiegbar sein. Im Fußball.

Als Andreas Brehme in der 85. Minute per Elfmeter das Siegtor schoss, entfuhr Tom ein nur halb unterdrückter Jubelschrei. Als sich strenge Blicke auf ihn hefteten, tat er, als demonstrierte er bloß Sarkasmus über den unverdienten Dusel.

Mufti hieß jetzt Schufterle.

Hier also waren sie gestrandet. Spiegelberg, Schufterle, die Kosinsky. Wie Schillers Theaterräuber. Sturm und Drang, verkommen zur Klamotte. Mufti hatte schon immer einen Räuberspleen gehabt, erinnerte sich Frederic.

Fehlte nur der Hauptmann.

»Du hast also das Kommando übernommen«, sagte Frederic.

»Glaubst du vielleicht, wir leben in den Wäldern wie versprengte Landsknechte, die noch nicht mitgekriegt haben, dass der Krieg vorbei ist?«

Ihre Stimme hatte sich nicht verändert, wie gemacht für

eine Revolutionsoperette, ein angerauter Mezzo, dazu ihre merkwürdige Art, Endungen zu betonen.

»Mensch, Marlene!«

Frederic ließ sich nicht davon abbringen, sie weiter Marlene zu nennen.

Wäre sie beizeiten gefasst worden, wäre sie schon wieder frei, dachte er. Womit sie wohl ihre Tage zubrachte? Herumgehen, Aufpassen, Überleben. Banditen im Ruhezustand konnte er sich vorstellen, im Ruhestand nicht.

»Wie kommt Spiegelberg darauf, die Bullen könnten hinter mir her sein?«

»Bist du so beschränkt, oder tust du nur so?«, sagte Marlene.

»Wir sind uns nicht einig, ob du auf uns angesetzt bist«, erklärte Schufterle.

»Schon einmal hatten wir einen Maulwurf an Bord. Schon vergessen?«

»Watzhoff legt die Hand für ihn ins Feuer«, sagte Schufterle.

»Du hast den Erlkönig mit ihm gesungen«, behauptete Marlene. »Immer noch so einen komischen Musikgeschmack. Wer reitet so spät durch Nacht und Wind? Habt ihr ein Kind – Marie-Louise und du?«

»Um Himmels willen!«

»Immerhin traue ich es dir zu.«

Marlenes Hand kroch über den Tisch und fasste ihn an. Sie fühlte sich rau an. Sonst spürte Frederic fast nichts. Doch, er spürte wieder das Aroma der Anarchie auf seiner Zunge. Die beiden Räuber tranken Absinth. Giftgrün. Auf nüchternen Magen.

»Wenn du mal musst«, sagte Schufterle, »sie haben hier ein Scheißhaus aus dem elften Jahrhundert.«

Ihm war schon schlecht vor Hunger, er verzichtete auf die Sehenswürdigkeit, bestellte einen Kaffee und einen Teller Nudeln.

»Schling nicht so!«, sagte Marlene.

Wenig später beschied sie ihm: »Du kannst ein paar Tage bleiben, nur nicht in unserer Wohnung. In einer Pension in der Nähe haben wir ein Zimmer für dich gebucht. Ruhige Lage, bezahlbar. Und dann reden wir.«

Ihre Fürsorglichkeit war nicht erloschen.

13

Constanze wählte die Nummer, die Buch ihr gegeben hatte.

»Ja!«

Es kam so rasch, als hätte die Stimme nur auf ihren Anruf gewartet.

»Herr Helmstedt?«

»Mit wem spreche ich?«

»Constanze Behrenberg, geborene Schelling.«

Und wieder eine Antwort ohne jedes Zögern: »Können Sie das beweisen?«

»Jetzt sofort?«

»Nennen Sie mir den Namen des beim Mordanschlag auf Ihren Vater getöteten Hundes.«

»Rameau.«

»In welchem Hockeyclub haben Sie damals gespielt?«

»Schwarz-Weiß Bonn.«

»Wie hieß Ihr Trainer?«

Was sollte das? Der Sportkamerad ging niemanden etwas an. Doch sie wollte etwas von Helmstedt, also fügte sie sich.

»Julius.«

»Was wünschen Sie?«

Ja, was wünschte sie? Es ging nicht um die Erfüllung ihrer Wünsche. Es ging um Fakten. Es ging um die Verletzungen, die ihr Frederic zugefügt hatte. Es ging um das, was er aufgerissen hatte in ihr.

»Ich würde Ihnen gerne das Foto einer Person zeigen. Ich habe es selbst aufgenommen.«

»Warum gehen Sie damit nicht zur Polizei?«

»Weil es mir sinnlos erscheint.«

»Ich befinde mich im unverdienten Ruhestand.«

»Sie müssen auf nichts mehr Rücksicht nehmen.«

»Ich bin ein zu Verschwiegenheit verpflichteter alter Mann. Das kommt meinem schwindenden Erinnerungsvermögen entgegen.«

Es klang eher ein wenig kokett als bitter.

»Um was für ein Foto handelt es sich?«

»Wir sollten das nicht am Telefon besprechen.«

»Wie geht es Ihrem Sohn? Er ist fast fünf? Ich würde ihn gern kennenlernen. Sieht er Stephan Schelling ähnlich?«

Bereits am folgenden Tag fand Constanze im Briefkasten ein Kuvert ohne Absender. Es enthielt einen Zettel, auf dem eine Adresse in Landau in der Pfalz gekritzelt war. Daneben standen das Datum des übernächsten Tages und ein Zeitpunkt.

14

Heinrich Helmstedt verbrachte seinen Lebensabend hinter den Mauern einer ehemaligen Kaserne, glaubte man Wikipedia. Die angegebene Adresse war ein Haus aus rotem Sandstein. Es lag am Rande der Altstadt und stammte aus der Zeit, als Landau noch französische Garnison gewesen war. Vermutlich hatten einmal Offiziere in ihm gewohnt, eine Kaserne war es zweifellos nie gewesen.

An der Tür nur ein Name: Mühlheimer, daneben ein blitzendes Messingschild. *Magdalena Müller-Mühlheimer. Kinderpsychologin. Keine Kassen.*

Als Constanze klingelte, surrte auf der Stelle die Tür. Sie

nahm David fest an die Hand und trat ein. Die Frau, die ihr entgegentrat, trug einen grasgrünen, mit Farbflecken verschmierten Overall. Die grauen Haare hatte sie mit einem Gummiring zum Pferdeschwanz gebunden.

»Da bist du ja«, sagte sie zu David. »Wir haben auch etwas zum Spielen für dich. Oder willst du lieber mit mir malen?«

Dann erst begrüßte sie Constanze.

Im großzügigen Treppenhaus hing ein großformatiges, wildes Gepinsel, der einen fröhlichen Schreckensmoment darstellte. Einer Frau rutschte gerade eine Torte aus der Hand. Constanze nahm an, dass sie es selbst gemalt hatte.

»Frau Müller-Mühlheimer?«

Keine Antwort.

»Mein Vater erwartet Sie schon«, sagte die Frau und deutete auf eine Flügeltür. »Und machen Sie sich keine Sorgen um Ihren Sohn. Ich bin für ihn da.«

Constanze hatte David auf der Hinfahrt von einem berühmten Geheimagenten erzählt, den sie nun besuchen würden.

Davids einzige Sorge: »Hat er auch eine Kanone?«

»Hat er.«

»So eine wie Frederic?«

»Du wirst es erleben.«

»Darf ich sie anfassen?«

Nun war der berühmte Geheimagent so geheim, dass David ihn nicht einmal sehen durfte.

»Zeigst du mir jetzt die Kanone?«

»Wenn du mit mir kommst, zeige ich dir noch viel mehr«, versprach die Frau.

Zu Constanzes Überraschung folgte ihr David widerstandslos die Treppe hinauf.

Sie stieß die Tür zaghaft auf. Der Mann, von dem sie annahm, er sei Heinrich Helmstedt, saß mit dem Rücken zu ihr an einem ovalen Esstisch. Der runde, kahle Schädel wurde von einer dicken, fleischfarbenen Halskrause gestützt.

»Herein mit Ihnen«, sagte er, ohne sich umzublicken.

»Könnten Sie so liebenswert sein und mir dieses lästige Ding abnehmen? Ich habe eine Wirbeloperation hinter mir und bin noch nicht wieder ganz auf den Beinen.«

Er kannte Constanze nicht, hatte sie noch nicht erblickt und forderte sie bereits auf, ihn zu berühren, sogar an einer besonders empfindlichen Stelle. Welch ein Vertrauensvorschuss! Oder eine Probe, auf die er sie stellte. Ohne ein weiteres Wort entstand sofort eine fast intime Nähe zwischen ihnen.

Sie befanden sich in einer Bibliothek mit deckenhohen Regalen, die aus demselben schimmernden Holz wie auch der Tisch gemacht waren. Der legendäre Geheimdienstmann hätte Professor an der hiesigen Universität sein können. Falls Wikipedia nicht erneut irrte, musste er zweiundachtzig Jahre alt sein. Seine lebhaften Augen musterten Constanze.

»Glauben Sie bitte nicht, ich empfange jeden, der meine Telefonnummer herausfindet. Eigentlich gibt es mich gar nicht mehr. Aber leider ist die Arbeit noch nicht ganz getan.«

Die Pfälzer Tönung verlieh seiner Stimme eine weiche Note.

Constanze holte ihr MacBook aus der Tasche, stellte es auf den Tisch, rückte einen Stuhl dicht neben Helmstedt, setzte sich und klappte das Gerät auf. Das erste Bild, das sie öffnete, zeigte den Mann im Garten des Maison des Confitures, der wusste, wer sie ist.

»Das nächste bitte«, sagte Helmstedt.

Die zweite Aufnahme zeigte Frederics Frau in Motorradkluft vor dem Marmeladenhaus.

»Sieh an«, sagte Helmstedt. »Sie ist etwas dick geworden. Marie-Louise Riedel. Gesucht wegen Mitgliedschaft in einer kriminellen Vereinigung. Konkrete Tatbeteiligungen nicht nachgewiesen.«

Dann das Bild von Frederic mit der Schleifmaschine an den Fensterläden. Eine Wolke staubte auf.

»Kommt er Ihnen auch bekannt vor?«

»Ich finde ihn nicht in meinem Gedächtnis. Das hat aber nichts zu bedeuten.«

Das Bild vom verschrammten Frederic zeigte Constanze als Nächstes.

»Der Mann von Frau Riedel«, sagte sie.

»Selbst aufgenommen?«

Sie nickte.

»Wo genau?«

»Auf einer Passhöhe in der Nähe des Maison des Confitures. Ein Unfall. Er schnitt mit seinem Fahrrad die Kurve vor meinem Wagen.«

Helmstedt schüttelte kaum merklich den Kopf, darauf bedacht, seinen Hals nicht zu reizen.

»Nie gesehen. Eine sehr schöne Aufnahme. Schicken Sie sie mir!«

Helmstedts Tochter, immer noch im verkleckerten Overall, kam mit zwei Gläsern Wasser herein.

»David spielt mit der Kanone«, sagte sie.

Constanze sah sie entsetzt an.

»Keine Angst, sie ist nicht geladen.«

Ein Scherz des Hauses.

»Ich bin nicht das, was das Schild neben der Tür androht«, sagte die Frau.

Beruhigend war das nicht.

Sie zog sich wieder zurück.

»Ich bin den Familien der Opfer einiges schuldig geblieben«, sagte Helmstedt, nachdem er getrunken und das Wasserglas abgesetzt hatte. »Leider, fürchte ich, dass ich es nicht wiedergutmachen kann. Es gelang uns, die erste Generation der RAF-Terroristen auszuschalten. Wir schossen dabei mit Kanonen auf Spatzen und gossen Öl ins Feuer. Aus den Knästen heraus rekrutierten Baader, Meinhof und Ensslin die zweite Generation. Die Demokratie war nie in Gefahr, der Rechtsstaat schon. Es wird Sie wundern, dass ein alter Geheimdienstler so etwas sagt. Doch wer es bestreitet, ist blind. Wir ließen uns in eine Hysterie treiben.«

»Die Terrorgefahr wurde übertrieben, meinen Sie?«

»Auch wir trieben die Spirale der Gewalt an. Obwohl wir wussten, dass es der zweiten Generation der RAF nur noch darum ging, die Mitglieder der ersten Generation aus den Gefängnissen zu befreien. Die Revolution war zu Ende, ehe sie begonnen hatte. Trotzdem mordete die RAF weiter.«

Helmstedt dozierte. Er sah ein großes Bild aus großer Distanz.

»Die RAF war eine Nebenwirkung des Kalten Krieges. Das globale Spielfeld war in zwei Hälften geteilt, die Grenze lief mitten durch unser Land. Linksterroristen im Westen verstanden sich als Untergrundorganisation des Sozialismus im Osten. Betrachten wir die Sache systematisch. Die RAF wurde in Ostberlin und Moskau nicht allein mit Sympathie bedacht, sondern mit allem ausgestattet, was sie benötigte. Sichere Rückzugsorte, Wohnungen, Geld, Waffen, Identitäten und so weiter. Was wissen wir? Wir wissen, dass Christian Klar, Inge Viett, Henning Beer mit Panzerfäusten auf einem Truppenübungsplatz der Volksarmee übten. Wir wissen, dass einige der Kameraden in einem Gästehaus der Regierung auf ihr nicht sehr beneidenswertes Leben in der DDR vorbereitet wurden.«

»Steht in den Stasi-Akten«, wusste Constanze. Es war nicht neu für sie. »Die sind so gut wie alle vernichtet. Als mein Vater erschossen wurde, gab es aber die Stasi nicht mehr. Dennoch waren die Verbrechen der RAF nicht zu Ende. Kein einziges ist aufgeklärt. Können Sie mir das erklären?«

»Die Anschläge wurden ungemein raffiniert ausgeführt.«

»Das genügt mir nicht.«

»Trinken Sie wirklich nur Wasser? Wir befinden uns im Herzen der Südpfalz«, sagte Helmstedt.

»Wenn Sie mir ein Glas Wein anbieten, fällt es mir schwer, Nein zu sagen.«

»Meine Tochter ist streng. Aber gegen den Wunsch eines Gastes ist sie machtlos.«

Er betätigte einen Klingelknopf unter der Tischplatte und

fuhr nicht eher fort, bis Frau Müller-Mühlheimer den Kopf hereinsteckte.

»Einen Schluck von dem Grauburgunder aus Deidesheim, wenn ich bitten darf. Frau Schelling leidet schrecklichen Durst in unserem Haus.«

Er wartete, bis seine Tochter die Tür geschlossen hatte. Dann dozierte er wieder. Diesmal über den Segen des Klimawandels für den südpfälzischen Weinbau. Bis der Wein kam. Eine angebrochene Flasche, dazu zwei Gläser.

»Danke, Liebes! Frau Behrenberg wird sich selbst eingießen.«

Constanze goss Helmstedt ein. Er nahm einen tüchtigen Schluck.

»Voraussetzung für ein perfektes Verbrechen von hoher Komplexität ist eine ebenso perfekte wie komplexe Logistik. Darüber verfügte die RAF nicht. Zwar konnte sie sich auf eine ansehnliche Sympathisantenszene verlassen. Als wir aber die Szene so gut wie vollständig ausgetrocknet hatten, war der Spuk noch immer nicht vorbei. Sie fragen mich zu Recht, weshalb.«

»Wenn die Mörder nicht besser geworden sind, müssen die Sicherheitsbehörden schlechter geworden sein, unaufmerksamer vielleicht«, folgerte Constanze.

»Nachlassendes Interesse an Aufklärung? Meinen Sie das?«

Helmstedt wartete ihre Antwort nicht ab. Er gab sie selbst.

»Als die Regierung Kohl die beiden deutschen Staaten zusammenzimmerte, erledigte sie das mit Geld. Aber Geld war nicht alles. Was geschah mit den Gegnern des DDR-Beitritts? Im Westen wurden nach dem Krieg die meisten Nazis in Justiz und Polizei von Bestrafung verschont, weil man sie brauchte und auf die junge Demokratie verpflichten wollte.«

Er nahm noch einen Schluck.

»Nach dem Ende der DDR war die Situation nicht ganz unähnlich. Über allem stand das große Ziel: Vollendung der Einheit. Deshalb wurde nicht gern gesehen, dass in der Vergangenheit allzu genau herumgestochert wurde. Die Damen und Herren Politiker hörten es nicht gern, wenn die Rede auf die Terroristen kam, die in der DDR untergetaucht waren. Genauso wurde der neue Rechtsextremismus im Osten verharmlost. Auch er eine schmutzige Erbschaft, die man am liebsten verdrängt hätte. Mit anderen Worten: Es war nicht mehr opportun, die Täter der RAF so konsequent zu jagen, wie es in der Bonner Republik der Fall gewesen war. Karrieredienlich war es auch nicht mehr, jetzt machte al-Qaida die großen Schlagzeilen.

Constanze kam es vor, als ob Helmstedt seine persönliche Kränkung zu verarbeiten hätte. Sie wollte nicht tiefer bohren, zumal er plötzlich wirkte, als hätte ihn sein Referat ermüdet.

Nach einem weiteren ergiebigen Schluck fuhr er jedoch fort.

»Zurück zu unserer Frage: Wer oder was hat die dritte Generation der RAF zu ihrer Meisterschaft befähigt?«

Er hörte sich an, als bewunderte er die handwerkliche Perfektion der Leute, die er nicht hinter Schloss und Riegel gebracht hatte, als er alle ihre Opfer aufzählte, von Rüstungs-Manager Ernst Zimmermann bis Siemens-Forschungschef Heinz Beckurts und dessen Fahrer Eckhard Groppler, von Bankboss Alfred Herrhausen und Gerold von Braunmühl aus dem Auswärtigen Amt bis Stephan Schelling und Detlev Karsten Rohwedder. Ein grimmiges Krächzen schüttelte Helmstedt.

Nichts war neu für sie. Wozu hatte Helmstedt sie überhaupt empfangen? Sie verbarg ihre Ungeduld nicht.

»Was wissen Sie über den Mord an meinem Vater, was ich nicht wissen kann?«

»Ich bin noch nicht ganz fertig«, sagte Helmstedt und dozierte weiter.

»Die Opfer standen für ganz verschiedene Komplexe. Der Bankier Herrhausen – ein Hauptakteur der globalen Finanzmärkte. Professor Beckurts – ein Repräsentant der Atomindustrie. Gero von Braunmühl – ein Vertrauter des Außenministers Genscher. Was haben diese drei Opfer gemeinsam? Meine Antwort: So gut wie nichts. Es könnten ein und dieselben Täter gewesen sein – oder aber auch nicht. Die Motive der Taten waren nicht dieselben.«

Erst vor ein paar Tagen hatte Frederic diese Frage ganz anders beantwortet. Für ihn, den mutmaßlichen Mittäter, gab es durchaus einen Zusammenhang. Entweder sah Helmstedt es falsch oder Frederic.

Als hätte Helmstedt ihre Gedanken abgehört, fügte er etwas hinzu.

»Aber seltsamerweise stehen alle drei Namen auf der Liste, die wir bei einer Sondereinheit der Stasi gefunden haben.«

Constanze sah ihn atemlos an.

»Nein, der Name Ihres Vaters stand nicht darauf.«

Sie goss nach.

»Sie möchten unbedingt wissen, wer geschossen hat. Es macht Ihren Vater nicht wieder lebendig.«

»Der Spruch macht mich krank.«

Sie hatte ihn von Staatsanwälten gehört, von ihren eigenen Anwälten, von Journalisten, von Freunden, ihren Brüdern, auch von ihrer Mutter. Zuletzt hatte Felix Ortner den Satz gegen sie benutzt. So empfand sie das. Er machte Constanze krank und wütend.

»Ich höre immer wieder: Mach dich nicht verrückt! Aber lieber werde ich verrückt, als mich für dumm verkaufen zu lassen.«

Helmstedt ging nicht darauf ein, als er fortfuhr.

»Alle diese Anschläge werden der dritten Generation der RAF zugeschrieben. Tatsächlich stellten wir gemeinsame Tatmerkmale fest.«

Das war Constanze selbstverständlich ebenfalls bekannt. Ihr Vater war von Kugeln derselben Waffe getötet worden, mit der bereits dreizehn Jahre zuvor der entführte Arbeitgeberpräsident Hanns Martin Schleyer nach der Befreiung der »Landshut«-Geiseln und dem Selbstmord der Stammheim-Häftlinge hingerichtet worden war. Vier Jahre vor ihrem Vater war mit ebendiesem Revolver das Leben des Diplomaten Gerold von Braunmühl ausgelöscht worden. Auch war das Schreiben der Mörder danach auf derselben Maschine getippt worden wie ihre Selbstbezichtigung nach dem Mord an Schelling.

»Selbst wenn jedes Mal ein Bekennerschreiben der RAF aufgetaucht ist, müssen es nicht dieselben Täter gewesen sein, die sie formuliert haben, oder auch nur dieselbe Organisation«, erklärte Helmstedt. »Es sind seltsame Briefe. Sie klingen konstruiert. Als parodiere sich die RAF selbst. Wer hat sie wirklich verfasst?«

»Sie glauben also, jemand habe sich die Maske der RAF aufgesetzt?«

»Ich glaube gar nichts. Es ist nur nicht auszuschließen. Vielleicht wurden diese Dokumente tatsächlich von Mitgliedern der RAF verfasst. Es bleibt die Frage, weshalb sie so aufgedonnert und falsch klingen.«

»Wer soll es denn sonst gewesen sein?«

Doch sprach Helmstedt nur aus, was ihr selbst schon lange durch den Kopf ging. Jeder einzelne der unsinnigen, anmaßenden Sätze des Briefs der RAF war in ihr unauslöschlich eingebrannt. Sätze, die den Menschen, der ihr Vater war, vollkommen verfehlten. Fünf Seiten Geschwurbel über das *imperialistische Gesamtsystem als Hauptfeind der Völker in ihrem Kampf um Selbstbestimmung und Befreiung.* Die tödlichen Schüsse konnte dieser Mist weder rechtfertigen noch erklären.

»Warum hat die RAF einen Text veröffentlicht, der ihren eigenen Maßstäben nicht genügt?«, sagte Helmstedt. »Darauf gibt es zwei Antworten. Die erste: Besessen von ihrem ideologischen Wahn dachten die Verfasser tatsächlich so plump. Die zweite: Ihre Ergüsse waren vorgeschoben, täuschten etwas vor. In Wahrheit stand die RAF gar nicht hinter den Morden.«

»Sondern?«

Constanze konnte sich die Frage selbst beantworten: »Die

RAF hat nicht aus eigenem Antrieb, sondern im Auftrag getötet?«

»Oder sie hat diese Anschläge nicht einmal selbst ausgeführt, sondern sich nur anstelle der wahren Täter dazu bekannt.«

»Warum für etwas hängen, was man nicht getan hat?«

Helmstedt schien wieder in sich selbst zu versinken.

Constanze schenkte ihm nach.

»Am Ende ist es gleichgültig, mit welcher Art von Terroristen wir es zu tun haben. Ob RAF, Araber oder Nazis: Sie nehmen sich wenig in ihrer Menschenverachtung. Übertroffen werden sie nur von bestimmten Formen des Staatsterrorismus.«

»Was wollen Sie damit andeuten?«

»Belassen wir es dabei. Ich weiß, was ich sage.«

Ein ungeheurer Verdacht hing nun in der Luft. Bezichtigte der alte Terroristenjäger gerade den Staat eines unvorstellbaren Komplotts? Durften die RAF-Terroristen nicht gefasst werden, weil sonst vor Gericht die ganze Wahrheit herauskäme?

»Verstehe ich Sie richtig? Es besteht kein Interesse daran, diese Morde der RAF jemals vor Gericht zu bringen?«

»Ich spekuliere nur«, sagte Helmstedt.

Constanze hatte kapiert. Vor ihr saß ein ehemaliger Verfassungsschützer, der dabei zugesehen hatte, wie nicht die Verfassung, sondern ihre Feinde geschützt worden waren.

»Wer könnte die RAF benutzt haben?«

»Jemand, der die Macht dazu besaß.«

Sie hatte manches darüber gelesen. Aber es war etwas anderes, ob jemand mit Verschwörungstheorien Bücher füllte oder ein hochrangiger Geheimdienstveteran darüber sprach.

»Wer waren die Auftraggeber? Wer die wahren Mörder?«

Helmstedt nahm noch einmal einen Schluck. Sein Glas war nun leer, die Flasche auch.

»Und jetzt zeigen Sie mir bitte noch einmal das Bild von dem Mann im Marmeladenhaus.«

Als er es lange genug betrachtet hatte, sagte er: »Es könnte Norden sein.«

»Norden sagt mir so viel wie Westen oder Osten.«

»Eindeutig Osten. Wir nannten ihn den Hausmeister.«

Die Flügeltür flog auf.

»Hände hoch«, brüllte David.

Helmstedt befolgte den Befehl auf der Stelle, ohne sich umzudrehen.

»Es hat einiges für sich«, erklärte er, »wenn man sich nicht mehr umblicken kann.«

15

Marlene saß mit nacktem Hintern auf dem Küchentisch und rauchte, während sie mit der freien Hand Trotzkis Gesicht in ihre Vagina drückte. Manchmal, wenn sie zu viel geraucht und getrunken hatte, sagte sie seltsame Sachen.

Erfrischende Erinnerungen. Frederics Schule des bewaffneten Widerstands war einzig und allein Marlenes Vulva gewesen. Wirklich? Dass ihm jetzt diese Szene einfiel, hatte gewiss mit seinen unerhörten Bedürfnissen zu tun. Aber nicht nur. Marlene konnte, während er mit ihr beschäftigt war, mühelos Gedichte skandieren, ihre eigenen, auch andere.

»Denn das Schöne ist nichts als des Schrecklichen Anfang, den wir noch gerade ertragen, und wir bewundern es so, weil es gelassen verschmäht, uns zu zerstören. Ein jeder Engel ist schrecklich.«

Es war der Anfang von Rilkes *Duineser Elegien* gewesen, er erinnerte sich genau. Ein jeder Engel ist schrecklich.

Es musste doch auch Engel geben, die nichts waren als Engel. Nur hatte er noch keinen kennengelernt.

Es wäre vergnüglicher, bei Marlene und den anderen Räubern zu übernachten, eine Matte in der Ecke hätte Frederic genügt. Doch er wusste nicht einmal, wo sie wohnte, und hatte auch keine Telefonnummer.

Marlene wusste, wo er zu finden war.

Er hoffte, dass sie an die Tür seiner bescheidenen Pension Garni klopfte.

Und tatsächlich – sie klopfte.

Doch sie setzte sich nicht einmal. Sagte im Stehen nur: »Komm!«

Auf der Straße hakte sie sich bei ihm ein. Ein Paar, das sich darin gefällt, seine Jugend zu beschönigen, dachte Frederic. Sie schlenderten in Freiburgs Altstadt herum, wie sie einst auch in Naumburg an der Saale herumspaziert waren.

Tagelang hatten sie sich mit Dächern befasst. Barocke Dächer, gotische Dächer, Renaissancedächer. Dachgauben, Dachluken, Giebelfenster, Walmdachfenster. Eine Obsession. Sie hatten eine ganze Sammlung von Fenstern zusammenfotografiert, Marlene, Trutz und Tom. Das Gute dabei war, dass sie sich in Naumburg jeder Kontrolle entzogen.

Unter bewaffneten Kämpfern war nicht alles möglich. Vögeln war erlaubt, Verliebtsein nicht ausgeschlossen, Affären wurden bestenfalls geduldet. Prinzipiell waren Sexualkontakte nur innerhalb des Kollektivs zulässig und mussten von ihm genehmigt werden. Marlene hatte niemals einen Antrag gestellt. Keinem Kommando der Welt hätte sie sich ergeben. Außer dem ihrer Lust. Zähes, präzises, geduldiges Planen aber langweilte sie. Ihre Liebhaber waren stets jünger gewesen als sie.

Sie hatte Trutz auf einem Lyrikfestival in Köln angesprochen, kannte einige der Texte, die er in den *Roten Blättern* veröffentlicht hatte. Und sie hatte ihm schnell klargemacht, dass es nichts brachte, sich mit Polizisten auf Demos zu prügeln.

Wie resümierte man ein halbes Leben, das komplett in die Hose gegangen war?

»Wenigstens haben wir recht behalten«, behauptete sie.

»Nicht recht bekommen«, sagte Frederic.

Sie ließ seinen Defätismus nicht zu.

»Wenn die Zeit jemals reif war für eine Revolution, dann jetzt«, rief sie.

Der Mann, den sie noch immer Trotzki nannte, widersprach.

»Die Leute retten mit ihrem kleinen Geld den breiten Arsch der Banken, nur rebellieren wollen sie nicht.«

»Trotzki, was ist los mit dir!«

»Die Welt will nicht befreit werden, sie ist ein Irrenhaus.«

»Hast du in Saint-Tropez keine Augen im Kopf gehabt?«

»Ich muss übersehen haben, wie die Ausgebeuteten die Villen plündern und die Yachten stürmen.«

»Die erste Bombe in einem Club, die zweite am Hafen – und der Rummel wäre zu Ende.«

»An den Verhältnissen würde sich doch nichts ändern.«

»Falsch, falsch, falsch! Weshalb war Nine-Eleven so erfolgreich? Doch nicht, weil dreitausend Leute daran glauben mussten, sondern weil die USA seither ihr wahres Gesicht zeigen. Killerkommandos, Drohnen, elektronische Bespitzelung, der Einmarsch in den Irak. Die ganze Welt hasst Amerika für all das. Dank Nine-Eleven.«

»Ich glaube, jetzt bringst du einiges durcheinander, Marlene.«

»Mein Name ist Kosinsky. Auch für dich.«

»Religiöse Fanatiker haben hundertmal mehr bewirkt, als wir es uns jemals erträumten.«

»Darüber wunderst du dich? Sie lieben den Tod.«

»Wir lieben das Leben.«

»Sie bewegen die Welt.«

»Wir haben uns nur selbst bewegt.«

»Sie glauben an das Paradies.«

»Wir glaubten an ein Paradies auf Erden.«

»Und schmoren in der Hölle.«

Frederic hatte alle Illusionen über die Veränderbarkeit der Welt verloren. Und er wusste heute auch, dass Marlenes revolutionäres Geschwätz nur der Soundtrack eines Films war, der mit der Wirklichkeit nichts zu tun hatte.

Es war grotesk gewesen, zu glauben, in der ehemaligen DDR sei für sie etwas zu gewinnen. Das Volk hatte die Nase voll vom Sozialismus. *D-Mark, D-Mark über alles.* Das zog. Kohl hatte das Volk gekauft, und Lafontaine die Quittung dafür bekommen, dass er im Wahlkampf den Leuten keine blühenden Landschaften versprochen hatte.

Marlene und er hatten beide lange genug erlebt, wie die Kämpfer einander misstrauten und anödeten. Nur erinnerten sie sich heute ganz unterschiedlich daran.

»Willst du behaupten, du hättest dich mit mir gelangweilt?«

»Doch nicht mit dir, Marlene!«

»Kosinsky! Wie oft muss ich es noch sagen!«

Frederic kam eine gespenstische Debatte in Naumburg in den Sinn. Tom hatte sie angestoßen. Sie saßen im Mohren am Dom und mümmelten trockenen Kuchen zu miserablem Kaffee.

»Das Ganze gefällt mir nicht.«

Toms Blues war Marlene nicht entgangen.

»Mir gefällt auch manches nicht. Zum Bespiel diese Scheißstimmung«, hatte er gesagt. »Seit Tagen verblödeln wir sinnlos unsere Zeit in diesem Kaff.«

»Du nennst es sinnlos. Erinnere mich daran, wenn du mich heute Nacht vögeln willst.«

Trutz war das unangenehm. Mussten sie in seiner Gegenwart darüber auch noch quatschen!

»Wir sind nicht zum Vögeln hier«, sagte Tom.

»Wir?«, sagte Trutz.

»Ja, wir, das Kommando Hind Alameh«, sagte Tom.

»Dann benehmt euch auch so«, sagte Marlene.

»Wir haben sechs Orte ausbaldowert«, assistierte ihr Trutz.

»Und uns für drei entschieden«, sagte Marlene.

»Und nun?«, fragte Tom.

»Prüfen wir. Es ist noch viel zu tun, bis Hodscha kommt.«

»Und was dann?«

Dass Tom kein gutes Gefühl hatte, verstand Trutz ja. Aber er wollte seinerseits kein Spielverderber sein.

»Also, Muchachos«, sagte Marlene »uns ist bewusst, dass wir das Ding nicht allein wuppen. Die Kiste ist zu schwer. Sobald wir den exakten Ablauf kennen, werden Ort und Einsatzmittel definiert. Die technische Durchführung übernehmen Experten.«

»Aber nicht wir«, nickte Tom.

»Nach Maßgabe der konkreten Erfordernisse werden wir selbstverständlich eingebunden.«

Wenn es ernst wurde, sprach selbst Marlene wie ein Apparatschik. Trutz gab Tom recht. »Ich habe schon auch das Gefühl, wir werden beschäftigt und wissen nicht recht, wozu.«

Darauf *Marlene:* »Klare Aufgabenverteilung. Wir definieren die taktischen Optionen. Turm, Chor oder Platz. Plan A, B oder C.«

»Berlin pfeift auf unseren Plan«, sagte Tom.

»Hier, genau hier könnte es passieren«, sagte Marlene.

»Oder im Westchor«, fand Trutz.

»Uta wird kein Haar gekrümmt!« Tom klang scharf.

Marlene sah ihn an, als sei er nicht richtig im Kopf.

16

Den Tagen und Nächten in Naumburg war etwas vorausgegangen, ohne das das Stimmungstief der Freunde nicht zu verstehen gewesen wäre. Zehn in der DDR untergetauchte Mitglieder der zweiten Generation der RAF waren der Polizei ins Netz gegangen. Mit freundlicher Empfehlung der in Abwicklung befindlichen Firma. Susanne Albrecht in Berlin, Inge Viett in Magdeburg, Monika Helbing und Ekkehard von Seckendorff in Frankfurt/Oder, Christine Dümlein und Werner Lotze in Senftenberg, Sigrid Sternebeck und Ralf Friedrich in Schwedt an der Oder, Silke Maier-Witt und Henning Beer in Neubrandenburg. Alle zusammen innerhalb weniger Tage im Juni. Es machte Trutz und Tom und Marlene und alle anderen fassungslos.

Sie hatten zu befürchten, dass nun auch sie abgewickelt würden. Was für die ganze HVA, die Hauptverwaltung Aufklärung der DDR, galt – Vernichtung von Akten, Abschaltung von Informanten, Verschiebung von Konten etc. –, traf dann auch auf ihre gemeinsame Unternehmung zu.

Marlene hatte sich mit einer flammenden Rede zur Wehr gesetzt: »Es besteht doch wohl ein gewaltiger Unterschied! Die der BRD-Justiz ausgelieferten Genossinnen und Genossen sind seit Jahren deaktiviert. Wir dagegen schreiten noch immer auf dem leuchtenden Pfad. Die Hinrichtung Herrhausens ist nicht einmal ein Jahr her.« Und dann an Nordens Adresse: »Eure kleine, feine Spezialfirma hat dabei nicht bloß zugesehen. Ihr habt euch selbst die Hände blutig gemacht. Wenn ihr westdeutsche Knäste kennenlernen wollt, bitte, dann müsst ihr uns jetzt bloß noch liefern. Glaubt ihr wirklich, ihr könntet dann eure Köpfe noch aus der Schlinge ziehen?«

Für Marlene gab es nur eine Lösung: Sie mussten im Untergrund bleiben und am besten mit neuen Anschlägen die Republik erzittern lassen.

»Wenn die Bürger der DDR spüren, dass sie von ihren Brüdern und Schwestern nach Strich und Faden verkohlt werden, werden sie rebellieren. Diesmal richtig. Dann ist die sogenannte friedliche Revolution nur ein schlechter Witz gewesen. Vorwärts immer, rückwärts nimmer!«

In dieser Phase hatte die RAF das Kommando Hind Alameh beschlossen. Norden und seine Hintermänner hatten sich nicht dagegengestemmt. Ganz im Gegenteil. Es gab endlich wieder ein gemeinsames Projekt. Gleichzeitig wurden Maßnahmen getroffen, die das Leben im Untergrund auch unter dem neuen BRD-Regime garantierten. Die dritte Generation sollte nicht das Schicksal der zweiten Generation teilen. Wie das Norden und seine Leute trotz der Abwicklung ihrer alten Firma hinbekamen, blieb im Dunkeln.

Es war besser gewesen, darüber nicht zu sprechen.

17

Wenn Frederic die Tage in Naumburg nicht nur in schlechter Erinnerung behalten hatte, dann lag das an Marlene. Er sagte es ihr zwei Jahrzehnte später unter Freiburgs Himmel.

»Die schöne Uta würde ich gern noch einmal besuchen, gemeinsam mit dir.«

»Auf mich kannst du zählen.«

»Ob sie uns noch immer so schön vorkommt?«

»Du wolltest sie in die Luft jagen.«

»Niemals. Ich fand sogar, sie sieht dir ähnlich.«

»Darauf kämst du jetzt nicht mehr!«

»Sie ist kaum älter als du und fast so gut erhalten.«

»Wie charmant! Das warst du immer, Trotzki. Kein Wunder, dass Marie-Louise es so lange mit dir ausgehalten hat.«

»Du wärst mir lieber gewesen, das weißt du.«

Statt einer Antwort griff ihm Marlene zwischen die Beine, ziemlich tief, ziemlich fest.

Ja, da war fast so etwas wie eine neue Leichtigkeit zwischen ihnen.

Damals in Naumburg war die Debatte immer deprimierender geraten.

Tom: »Wir sind am Ende.«

Marlene: »Wir fangen gerade erst an!«

Tom: »Sagst du.«

Marlene: »Sage ich.«

Tom: »Schreib lieber ein Gedicht, so ein granatenscharfes, du weißt schon.«

Trutz hatte dazu geschwiegen.

Marlene wusste nicht, dass ihr Idol, die schöne Sandinista Gioconda Belli, inzwischen in einer Villa in Bel Air lebte, schräg gegenüber von Arnold Schwarzenegger. Frederic hatte sie einmal im Fernsehen gesehen, in roten Pumps, die sie trotz eines gebrochenen Zehs heroisch trug, weil sie doch ihr Markenzeichen waren.

»Ihre Gedichte sind noch immer bombig.«

Es war Trutz, der damals vorschlug, statt sich weiter nur zu langweilen, schon einmal über den Bekennerbrief zu diskutieren. Ein wichtiger Text, der ebenso sorgfältig bedacht werden wollte wie die Liquidation Hodschas selbst.

»Er wird einmal in den Geschichtsbüchern stehen!«

»Gleich nach Luthers Thesen«, spottete Tom.

Doch Marlene war sofort Feuer und Flamme.

»Wir erarbeiten einen Entwurf, den wir dem Kollektiv zur Beratung vorlegen«, schlug sie vor.

Nicht einmal die Erinnerung verklärte, was in Naumburg geschehen beziehungsweise nicht geschehen war. Er war sich damals mit Marlene überhaupt nicht einig gewesen. Aber mit Tom. Politisch hatte er sich ihm trotz ihrer Rivalität weitaus näher gefühlt.

Tom teilte seine Zweifel.

Trutz: »Nimmst du Marlene noch ganz ernst?«

Tom: »So ernst wie du.«

Trutz: »Also viel zu ernst.«

18

Als Constanze ihren Brief an die Mörder schrieb, tat sie es gegen den Willen ihrer Mutter.

»Jedes Wort ist schon zu viel Verständnis. Du glaubst doch nicht, dass du eine Antwort kriegst!«

Constanze aber ließ sich nicht beirren. Sie akzeptierte die Argumente der Mörder damals so wenig wie heute. Aber sie versuchte wenigstens, sie beim Wort und als Gegner ernst zu nehmen.

»*An die Mörder meines Vaters. Ihr habt Euren Mord begründet. Ich kann Eure Begründung nicht begreifen. In welcher Welt lebt Ihr? Euer Brief widerspricht jeder Vernunft und verletzt jedes Gefühl. Ihr bunkert Euch ein in den Beton einer Ideologie, der niemand mehr folgen will. Was gibt Euch das Recht zu morden?*«

Dann hatte sie Papa verteidigt, als habe der eine Verteidigung nötig. Später hatte sie sich dafür geschämt.

»*Wisst Ihr, wen Ihr hingerichtet habt, ohne ihn zu befragen? Ohne ihn zu kennen? Habt Ihr Euch informiert über ihn, oder wolltet Ihr nur wissen, wie man ihn ermordet? Oder habt Ihr ihn ausgesucht, weil seine Ermordung für Euch kein Risiko gewesen ist?*«

Ihre Mutter war tagelang verstimmt, als fast alle Zeitungen den Brief zitierten.

»Nichts als Phrasen! Was willst du? Einen politischen Kommentar absondern? Dann setz ihn in die Schülerzeitung. Oder suchst du eine Erklärung für den Tod deines Vater? Dann lass den Quatsch!«

Der Brief einer Siebzehnjährigen durfte nach Schülerzeitung klingen, was war dagegen zu sagen? Im Übrigen hatte sich Constanze an dem Brief orientiert, den vor vier Jahren die Kinder Gero von Braunmühls an die Mörder ihres Vaters gerichtet und ebenfalls vergeblich auf Antwort gehofft hatten.

Den Mördern gar nicht zu antworten, hätte Constanze für feige gehalten.

Ihr war nicht entgangen, dass Mutter etwas mit sich herumschleppte, mit dem sie nicht herausrückte. Constanze hatte immer wieder vergeblich gebohrt, es schließlich aufgegeben.

Sie besuchte sie im Pflegeheim in Bad Godesberg, knetete ihre Hand und erzählte vom Besuch bei Felix Ortner.

»Ja, der!«

»Der Minister, für den Papa zuletzt Wahlkampf gemacht hat.«

»Ja, der!«

Sie klang ungehalten.

»Was hat Papa dir über Ortner erzählt?«

»Was denn?«

»Alles, woran du dich erinnern kannst.«

Mutter war zu dement, um sich noch an irgendetwas zu erinnern.

»Mochte Papa ihn?«

Eine sinnlose Frage.

»Ja, der.«

Constanze wusste nicht, was Mutter noch mitbekam. Sie wurde nicht schlau aus ihrem »Ja, der«.

»Mutti, ich war in Berlin.«

»Berlinberlin.«

Ihr Gestammel hatte sich zwei andere Silben gesucht.

»Ja, Berlin, Mutti. In Berlin bei Felix Ortner. Er lässt dich sehr herzlich grüßen.«

Sie verschwieg, dass Ortner ihr geraten hatte, nach Berlin zu ziehen, ja, ihr sogar seine Hilfe bei der Suche nach einer Wohnung, einem Job und einem Kindergartenplatz angeboten hatte. Sie wollte Mutter nicht beunruhigen.

»Berlinberlin.«

Sie streckte plötzlich die Zunge heraus. Constanze müsste lachen, wäre Mutters Zustand nicht so traurig.

Sie erinnerte sich an die Dauerdebatte am Familientisch, als der Umzug der Regierung in die neue, alte Hauptstadt auf der Tagesordnung gestanden hatte. Noch war er keine beschlossene Sache. Mutter vehement dagegen. Papa versuchte, die Sache kleinzureden.

»Falls es überhaupt dazu kommt, dann erst in Jahren. Wer weiß, ob ich dann noch dabei bin.«

Er hatte Mutter damit ganz und gar nicht beruhigen können.

Die ersten Bundestagswahlen im vereinten Deutschland standen bevor. Danach wurde Papa wieder in Bonn benötigt.

»Berlinberlin.«

Constanze hatte Angst, dass sie sich zu sehr aufregte.

»Nein, du musst nicht mehr nach Berlin, Mutti. Keine Angst.«

Man sollte Demenzkranke ernst nehmen, also ging sie auf sie ein.

»Papa lässt dich doch nicht allein. Das würde er nie tun.«

Mutter verzog das Gesicht zu einer Grimasse. Aus ihrem Mund kam ein unverständliches Wort.

»Was hast du gesagt, Mutti?«

»Regin.«

»Ich kann dich nicht verstehen.«

»Na die.«

»Regin?«

Sie wurde nicht schlau daraus und streichelte Mutter übers Haar.

»Ganz ruhig, Mutti. Papa geht es gut. Uns allen geht es gut. Und niemand muss nach Berlin.«

Es war nicht ganz die Wahrheit.

19

Im Briefkasten der neuen Wohnung steckte eine *Hör Zu*. Unvorsichtigerweise legte Trutz sie auf den Küchentisch.

»Du weißt doch auch so, wann Tutti Frutti läuft, wozu brauchst du noch eine *Hör Zu?*«, spottete Marie-Louise.

Ein einziges Mal hatte sie ihn erwischt. Die strippenden Girls des Cin-Cin-Balletts waren Gallionsfiguren des neuen Privatfernsehens. Ihm zu unterstellen, er sei ihnen erlegen, war so abstrus wie die Vorstellung, Hugo Egon Balder könnte als Bombenleger untertauchen.

Es war jedoch besser, ihren Hohn zu ertragen, als die Wahrheit zu sagen. Im Mittelfalz der *Hör Zu* steckte ein Stück des Berliner Stadtplans. Ein Kreuz markierte den Treffpunkt. Hinzugefügt war die Zeit. Null Uhr. Und die Worte: »Es muss sein.« In Maschinenschrift. Trutz wunderte sich, dass Tom auf so konspirative Weise Kontakt mit ihm suchte. Aber es machte ihn nicht misstrauisch.

Es waren keine normalen Zeiten mehr. Hektisch wurden Unterkünfte gewechselt, die Paare und Wohngruppen neu zusammengestellt. Trutz wohnte nun mit Marie Louise in Moabit, in einem schäbigen Haus, unter überwiegend türkischen Hausgenossen. Er wusste nicht, wo die anderen steckten, nicht einmal, wo sich Marlene aufhielt. War sie noch mit Tom zusammen? Schon deshalb weckte die Nachricht sein brennendes Interesse.

Den Anweisungen zu folgen war nicht einfach. Trutz musste die Wohnung möglichst so verlassen, dass es Marie-Louise nicht mitbekam. Ein Ding der Unmöglichkeit. Denn keiner, auch dies gehörte zu den verschärften neuen Vorsichtsmaßnahmen, durfte irgendetwas auf eigene Faust tun.

Er zog die Česká unter der Matratze hervor, steckte sie in die Jackentasche.

»Ich hau mich mal kurz aufs Ohr«, sagte er.

Marie-Louise hielt ihn nicht auf. Behutsam ließ er die Haustür ins Schloss fallen. Er nahm das Rad, fuhr über die Spree zum Großen Stern, dann hinein in den Tiergarten. Wiederholt sah er sich um, ob ihm jemand folgte, zu sehen war nichts im unbeleuchteten Revier. Er nahm auch nicht den direkten Weg über die Große Sternallee, sondern wechselte auf die Nordseite des Gewässers, auf das er stieß, das Tiergartenfließ. Zweimal hielt er an, um in die Dunkelheit zu lauschen. Doch es war nichts zu hören. Unversehens tauchten quer zur Fahrbahn zwei helle Steinstufen auf. Seine Bremsen quietschten, als er vor einer Brücke gerade noch rechtzeitig zum Stehen kam. Er wusste vom Stadtplan, wo er war, nur mit den Stufen hatte er nicht gerechnet. Er lehnte das Rad ans schmiedeeiserne Geländer. Die Bremsen hatten ihn nun gewiss angekündigt. Kurz ließ er die Taschenlampe aufleuchten, um sich zu vergewissern. Der auf dem Stadtplan angekreuzte Treffpunkt konnte eine Falle sein. Das Baumdank-Denkmal, gegenüber dem winzigen Rousseau-Inselchen. Baumdank? Wer dankte da wem? Die Berliner den Bäumen, die ihnen nach den Verwüstungen des Kriegs als Brennholz gedient hatten, oder den Westdeutschen, die mit Baumspenden dafür gesorgt hatten, dass schon bald wieder ein dichter Wald wuchs?

Es konnte nicht mehr weit sein, hundert Meter vielleicht. Trutz tastete sich Schritt für Schritt vor. Nirgends eine Laterne. Rechts das Gewässer. Im Mondlicht schimmerten zwei winzige Inseln. Links, jenseits des Weges, ragte die vierkantige Säule auf. Die glimmende Spitze einer Zigarette bewegte sich vor ihr. In der Ferne summte die Stadt, sonst war es still. Frederic schlich durchs hohe Gras an der Böschung des Gewässers. Es war unmöglich, sich vollkommen geräuschlos zu bewegen.

»Tom?«

Er flüsterte nur. Doch die Silbe schnitt scharf durch die Dunkelheit.

Die Gestalt an der Säule fuhr herum, antwortete aber nicht.

»Tom! Ich bin's.«

»Wer?«

»Trutz.«

»Bleib stehen!«

Eine Männerstimme. War es wirklich Tom?

Eine Taschenlampe leuchtete auf.

Trutz suchte den Schutz der Böschung, aber so schnell ging das nicht, wenn man nichts sehen konnte.

Die Taschenlampe erlosch.

»Alles okay, Tom?«

Wenn Tom nicht mit Trutz rechnete, wer hatte ihn dann hierhergelockt? Er entsicherte die Česká. Das metallische Klacken könnte ihn verraten. Wieder blitzte der Strahl der Lampe auf.

Fand ihn.

Blendete ihn.

In diesem Moment fiel ein Schuss.

Der Lichtstrahl senkte sich.

Ein zweiter Schuss.

Die Lampe fiel ins Gras.

Trutz fiel auch, rutschte der Länge nach die Böschung hinab, platschte bis zur Hüfte ins Wasser. Ein stechender Schmerz bohrte sich in sein linkes Knie. Wer hatte auf ihn geschossen? Der Mann dort an der Säule? Dann konnte es nicht Tom gewesen sein.

Sollte er sich besser auf das Inselchen retten?

An der Säule waren Geräusche zu vernehmen. Keine Stimmen. Es klang, als ob sich jemand hastig entfernte. Trutz bezweifelte nicht, dass auf ihn geschossen worden war. Doch gelang es ihm, das schmerzende Knie zu bewegen. Getroffen war er nicht. Die Waffe war ihm beim Sturz aus der Hand gefallen. Er musste bleiben, wo er war, um nicht noch einmal zum Ziel zu werden. Mit den Händen tastete er die Böschung vergeblich nach der Česká ab. Vermutlich war sie im Wasser gelandet.

Am Fuß der Statue stöhnte jemand.

Trutz stemmte sich aufs Trockene, schleppte sich hinkend zum Weg und überquerte ihn gebückt.

Der Mann rief nach ihm.

»Trutz!«

»Tom!«

Er musste Hilfe holen. Viel zu lange schon kauerte Trutz zitternd vor Angst im Gestrüpp und hörte Tom röcheln.

Er überwand die wenigen Meter bis zur Säule, hob die Taschenlampe auf, die noch immer im Gras lag, und richtete sie auf den Verletzten. Tom lag auf dem Rücken, den Mund weit geöffnet, in seinem Gesicht ein Staunen.

»Tom!«

Trutz kniete neben ihm.

»Ich hole Hilfe, Tom, du schaffst das.«

Er leuchtete die Umgebung ab. Keine zwei Meter von Tom entfernt lag eine Waffe. Er griff nach ihr, roch am Lauf. Sie war benutzt worden. Hatte auch Tom geschossen?

Auf wen?

Was hatte Tom überhaupt hier zu suchen?

Er atmete jetzt nicht mehr.

Trutz hastete zurück zur Stufenbrücke, zu seinem Rad. Keine fünf Minuten später stoppte er an der Siegessäule ein Taxi.

20

Nun wurde nach ihm gefahndet. Der Taxifahrer, der ihn in der Dunkelheit nur flüchtig gesehen haben konnte, vermochte nicht ihn gut genug zu beschreiben. Das Phantombild trug keinen Namen. Die Česká, die er beim Sturz im Dunkeln verloren hatte, war in der Zeitung abgebildet. Man hatte sie also gefunden. Die Kripo behauptete nicht, dass es sich um die Tatwaffe handelte, aber das Bild legte den Schluss nahe. Zumal auch Tom mit einer Česká ermordet worden war.

21

Drei Tage später war in Bonn Schelling erschossen worden. Die Polizei hatte keinerlei Verbindung zwischen dem Mord an Tom Grün und dem Attentat auf den Wahlkampfmanager gesehen. Auch Toms Tod war bis heute nicht aufgeklärt.

22

Als Trutz zurück in die Wohnung schlich, erwartete ihn bereits Marie-Louise.

»Ich hau mich mal aufs Ohr«, sagte er.

Er war ihr eine Erklärung schuldig.

»War nur kurz Luft schnappen.«

»Fast eine Stunde lang.«

»Hier ist es verdammt stickig.«

»Dann lüfte!«

»Mein Körper lechzt nach Bewegung.«

»Mir hat er es verschwiegen.«

»Musste mal raus. Allein. Ist das so schwer zu verstehen?«

»Wen hast du getroffen? Marlene?«

»Weißt du, wo sie steckt? Ich weiß es nicht.«

»Hör zu!«

»Ich hör dir zu.«

»Es geht bei dir da rein und da wieder raus.«

Alle seine Ausflüchte waren ohnehin vergebens. Die Zeitungen brachten das Bild des Toten und der Česká. Marie-Louise wusste, dass er sich geweigert hatte, Tom zu liquidieren. Es musste für sie nun so aussehen, als hätte er es doch getan. In ihren Augen war es nur das Unvermeidliche. Sie machte ihm keine Vorwürfe.

»Wie kommst du damit klar?«, fragte sie.

»Ich habe Tom nicht in den Tiergarten bestellt.«

»Das haben andere erledigt.«

»Er war mein Freund.«

»Dein Konkurrent.«

»Das ist absurd!«

»Und ein Verräter, ein Verräter war er auch.«

In der Presse tauchten Spekulationen auf, bei dem erschossenen Studenten Tom Grün handle es sich um einen V-Mann des Berliner Verfassungsschutzes. Der Mord könnte eine Hinrichtung gewesen sein. Doch gab es dafür nicht den geringsten Beweis.

23

Trutz hatte Tom auf dem Gewissen. Das glaubte auch Marlene. Selbst in Freiburg stand Toms Tod noch immer zwischen ihnen. Marlene sprach es nicht aus, aber Frederic spürte es.

»Glaubst du immer noch, ich hätte Tom auf dem Kerbholz?«

»Lassen wir das!«

Frederic aber wollte reden.

Er schilderte Marlene die nächtliche Szene im Tiergarten. Die Schüsse. Toms letzte Atemzüge. Seine Hilflosigkeit. Das Trauma, das ihn seither verfolgte.

Möglich, dass sie es ihm abnahm.

Oder auch nicht.

»Warum musste er sterben? Wer hat ihn in den Tierpark gelockt?«

»Woher soll ich das wissen?«

»Wenn es jemand weiß, dann du.«

Das war das eine.

Das andere war Schelling. Auch diesen Mord wollte Frederic nicht länger beschweigen.

»Drei Tage später Schelling. Noch ein Mord zu viel.«

»Wir haben jetzt andere Sorgen«, sagte Marlene.

»Der Mord am Engelsbach. Wer hat's getan?«

Frederic ließ nicht locker.

»Und weshalb?«

»Ist doch egal, wer am Ende abdrückt. Was willst du von mir, Trotzki? Willst du mir auf den Geist gehen?«

Er wollte ihr auf den Geist gehen, auf den Geist, der ihm keine Ruhe ließ.

»Mit einem Wahlkampfmanager, einem Fachmann für Manipulation und Desinformation, einem Partei-Angestellten hätten wir uns wirklich nicht beschäftigen müssen. Er war kein Ersatz für Hodscha.«

»Da hast du recht«, sagte Marlene. »Aber warum wärmst du das auf? Es bringt nichts.«

24

Er hätte nicht gedacht, dass es so mühsam war, ein paar Tage in Freiburg zu verbringen. Unter diesen Bedingungen war es kaum auszuhalten. Die tiefe Erschöpfung, die ihn überkam, hatte er wohl schon aus Frankreich mitgebracht. Allerdings kam seiner Trägheit auch noch die Fußball-WM in Südafrika entgegen.

Sie fesselte ihn ans Bett. Er sah alle Spiele. Slowenien – USA 2:2 um 16 Uhr in Johannesburg, anschließend England – Algerien 0:0 in Kapstadt. Ghana–Australien 1:1 in Rustenburg, anschließend Deutschland – Serbien 0:1 in Port Elizabeth. Klose flog vom Platz nach der zweiten gelben Karte. Podolski drosch einen Elfmeter über die Latte.

Warum beschäftigte ihn das mehr als der Tod des kommunistischen Schriftstellers José Saramago am selben Tag, dessen Roman *Stadt der Blinden* ihn zu besseren Zeiten doch so tief berührt hatte?

Weil ihn nichts mehr wirklich berührte.

Freiburg war voller Studenten, junger Hupfer, an denen das Leben noch nicht sein Werk der Verwüstung verrichtet hatte. In ihren Kneipen käme sich Frederic als alter Sack vor, obwohl dort ja auch nur Fußball lief.

Lieber blieb er im Bett, trank ab und zu ein Glas Wasser aus der Leitung, stillte hin und wieder seinen Hunger mit Leberwurstwecken aus einer Metzgerei um die Ecke und sehnte sich zurück nach Frankreich. Die Marmelade hatte ihm wenigstens Halt gegeben. Sogar Marie-Claire schien ihm nun erträglicher als das hier. Ob Constanze tatsächlich die Bullen informiert hatte? Davon musste er ausgehen.

Er igelte sich ein und wartete auf Marlene. Er wollte nichts mehr von ihr. Alles, was er sich von ihr noch erhoffte, war ein sicherer Unterschlupf. Nicht einmal auf Dauer.

Und vielleicht ein Stück Wahrheit.

Ghana – Deutschland 0:1 – der Höhepunkt seines Aufenthalts. Weshalb meldete sich Marlene nicht? Offenbar stritten die Räuber.

25

»Ich habe eine Idee«, sagte Marlene, »auch wenn Schufterle und Spiegelberg dagegen sind.«

Sie hatte den Hut auf.

»Wir unternehmen einen kleinen Ausflug in den Schwarzwald.«

Sie hatte für Frederic bereits ein Rad organisiert. Zu viert fuhren sie an der Dreisam entlang aus Freiburg hinaus. Ziel war eine schöne Wiese am Waldesrand mit Aussicht hinab ins Rheintal.

Marlene tischte auf. Kartoffelsalat, Lyoner, saure Gurken, Brezen. Und Schufterle entfachte ein Feuerchen zum Grillen. Zwei Literflaschen Spätburgunder kreisten.

Schufterle berichtete von seinem Gelegenheitsjob als Aushilfshausmeister. Spiegelberg schaffte in einer Bio-Gärtnerei. Marlene verdiente nichts. Dafür dichtete sie und behielt den »Überblick«, wie sie es ausdrückte.

»Was uns fehlt, das klauen wir«, sagte Schufterle.

»Er nennt es klauen«, sagte Spiegelberg.

»Ohne Moos nix los«, reimte Marlene.

Frederic hörte sie darüber jammern, wie schwer das Leben sei ohne Handy, Girokonto, sozialversicherungspflichtige Arbeit. Ohne Freunde.

Immerhin: »Seit sich die Bullen nur noch für Moslems und Nazis interessieren, ist das Leben entspannter«, gab Marlene zu.

Das also waren die Räuber.

Alle paar Jahre war es unvermeidlich, die Kasse aufzufüllen. Dann lieferten sie wieder Schlagzeilen und gaben der Polizei Rätsel auf, selbst den Zielfahndern des Bundeskriminalamts. Einmal hatten sie es sogar ins Fernsehen geschafft. Aktenzeichen XY. Einige Hundert Hinweise auf sie waren eingegangen, bloß keine heiße Spur.

Ihre Überfälle folgten einem Muster. Sie raubten Geldtransporter vor Supermärkten am Rand größerer Städte aus. Sie töteten nicht. Einen bewaffneten Security-Mann, der ihnen in die Hände gefallen war, ließen sie laufen, als der Geldtransporter ohne ihn davonbrauste. Von sieben Überfällen waren vier gescheitert. Das letzte Mal vor drei Jahren. So lief das Business. Mehr schlecht als recht.

Alles in allem war alles gut gegangen.

»Glück braucht der Mensch«, sagte Schufterle.

Frederic tippte auf Schutzengel.

Das Erfolgsgeheimnis hieß Isolation. Ein Wunder, dass sie sich noch nicht gegenseitig umgebracht hatten, sondern ihren Lagerkoller bloß mit Lagerfeuern bekämpften.

»Anonymität ist eine Kunst«, sagte Marlene.

»Eine Scheißkunst«, sagte Schufterle.

Fehlte nur noch, dass Marlene das verzweifelte Idyll mit Gedichten aus eigener Produktion umrahmte.

Das wenigstens blieb Frederic erspart, hoffte er. Aber schon griff Schufterle zur Klampfe, und die drei stimmten ein fröhliches Liedchen an.

Stehlen, morden, huren, balgen
Heißt bei uns nur die Zeit zerstreun.
Morgen hangen wir am Galgen,
Drum lasst uns heute lustig sein …

Wie hielt man so etwas so viele Jahre aus?

Ein freies Leben führen wir,
ein Leben voller Wonne.
Der Wald ist unser Nachtquartier,
bei Sturm und Wind hantieren wir,
Der Mond ist unsere Sonne.

Frederic wollte unter keinen Umständen länger bleiben, keinen einzigen Tag länger. Dies hier war der Kuss des Todes.

Und haben wir im Traubensaft
Die Gurgel ausgebadet,
So machen wir uns Mut und Kraft,
Und mit dem Schwarzen Brüderschaft,
Der in der Hölle bratet.

Niemand musste mehr in der Hölle braten. Es reichte schon, dass die Räuber in Freiburg vermoderten. Wenn es das gütige Schicksal zuließ, bekamen sie es selbst gar nicht mit.

Marlene wollte immer noch, dass Frederic von Frankreich erzählte. Ihm war nicht mehr danach.

»Komm, stell dich nicht so an!«

Es gab nicht viel, was Marlene etwas anging. Die Marmeladenproduktion. Falls die sie interessierte. Sie interessierte sich vor allem für Marie-Louise alias Marie-Claire.

»Komm schon, Trotzki, wie hast du sie entsorgt?«

Es ging Marlene nichts an, wie unerträglich MC im Laufe der Jahre geworden war, wie sie ihm nachschnüffelte. Kein Wort davon, dass er bereits ihr Grab ausgehoben hatte.

»Sie hat in Frankreich Wurzeln geschlagen«, sagte er.

»Haha«, machte Schufterle.

Sie waren alle begierig auf Geschichten aus der wirklichen Welt. Aber auch Frederic hatte nur in seiner eigenen kleinen Wirklichkeit gelebt. Es ging schon lange nicht mehr darum, die Welt zu verändern, sondern bloß noch darum, sich selbst zu entkommen. Was gab es da noch groß zu erzählen?

Kein einziges Wort über Constanze jedenfalls. Frederic war auf der Hut. Er hatte nicht vergessen, dass Marlene eine Meisterin darin war, Männer um ihre Geheimnisse zu erleichtern. Wie Norden auf dem Küchentisch saß und Pistazienschalen in seinen Kupferkessel spuckte, erzählte er. Wie es ihn gejuckt hatte, das Schwein abzuknallen.

»Nordens Auftritt hat mir den Rest gegeben«, sagte er.

Da traf er sich mit Marlene. Norden und die Leute hinter ihm seien für sie der ausschlaggebende Grund gewesen, sich selbstständig zu machen.

»Lieber arm, aber sexy!«

Es war nicht mehr die Marlene, die er kannte. Abgesehen davon war sie auch nicht mehr sehr sexy. Sie waren alle gealtert. Vor allem im Kopf

»Du kreuzt hier auf, Trotzki. Willst du nicht endlich verraten, weshalb? Zwanzig Jahre lassen sich nicht zurückdrehen.«

Das hatte er auch nicht vor. Doch um noch einmal eine Chance auf ein anderes Leben zu bekommen, musste er mehr erfahren über das vergangene. Im Gestern herumzuwühlen, um es endlich hinter sich lassen zu können, dazu war er hier.

»Norden wird dich nicht mehr aus den Augen lassen«, sagte Marlene.

Frederic: »Es war einmal.«

»Es wird einmal gewesen sein«, sagte Marlene. »Sieh dich vor, Trotzki!«

»Versteht sich.«

»Du bist immer naiv gewesen«, sagte sie. »Immer mein kleiner Traumtänzer.«

Sie schlang ihre Arme um ihn.

»Ein besseres Leben findest du überall«, hauchte sie in sein Ohr.

Schufterle hatte Rauchsachen dabei. Frederic lehnte dankend ab. Marlene zündete sich ein Pfeifchen an.

»Sehen wir uns wieder, Trotzki?«

»Es liegt ganz an dir.«

»Wenn wir uns das nächste Mal sehen, sind wir nicht mehr dieselben«, sagte sie.

»Das wäre schön«, sagte Frederic.

Der Morgen graute, als sie nach Freiburg hinunterrollten. Es ging bergab. Sie waren betrunken oder bekifft oder beides, aber nicht waghalsig.

26

Es klopfte an der Tür, und mit einem Mal stand Marlene in dem winzigen Zimmer.

»Oh«, sagte sie.

Er lag auf dem Bett, dem einzigen Fleck, an dem man sich hier aufhalten konnte, und der Fernsehapparat lief bereits wieder am frühen Nachmittag. Die Niederlande gegen Japan. Kurz vor Schluss stand es 1:0; ein Elend von einem Spiel.

»Störe ich?«

Sie wartete die Antwort nicht ab, sondern ließ das Rollo ratternd herunter. Südafrikanischer Rasen flackerte über ihr Gesicht. Auf die Bettkante setzte sie sich, wohin sonst, das war alternativlos.

»Ich dachte, es täte uns beiden gut«, sagte sie und öffnete mit einem Ruck Frederics Gürtelschnalle, dann den Knopf und den Reißverschluss. Sie beugte sich zu ihm hinab.

»Erst waschen«, murmelte er.

Im Bad setzte er sich auf die Kloschüssel und urinierte. Er besah sein Geschlechtsteil, stellte sich auf die Zehenspitzen und hielt es unter den Wasserhahn. Seine Beine zitterten. Sonst rührte sich nichts. Er sah sich im Spiegel und fand, er sehe elend aus. Er beschwor eine glorreichere Szene aus der Vergangenheit herauf, in der Marlene vorkam, aber selbst das machte ihn nicht standhafter.

Als er zurück ins Zimmer kam, lag sie nackt auf dem Bett. Eine schimmernde Masse im abgedunkelten Raum. Er berührte sie nicht. Als sich seine Augen wieder an das Dunkel gewöhnt hatten, sah er, dass Marlene rasiert war. Das war sie vor zwanzig Jahren nicht gewesen.

Er erwartete ihr Kommando: »Fick mich, Trotzki!«

Aber es kam nicht.

Wenn sie wüsste, wie dankbar er ihr dafür war.

Er spürte noch immer nichts.

»Gib mir Zeit«, sagte er. »Das ist alles zu viel.«

Dann war er eben durchgefallen.

Sie nahm seine Hand und legte sie auf ihre Brust. Sie fühlte sich fleischig an, die Haut glatt.

»Spürst du etwas?«

»Was denn? Was ist mit deiner Brust?«

»Spürst du es?«

Marlene weinte. Das war selbst im Dunkeln nicht zu übersehen.

Aus Mitleid ging schon gar nichts.

Sie drehte sich auf den Bauch. Er knetete ihre Pobacken.

»Knackarsch«, sagte er, um sie aufzuheitern.

»Übertreib mal nicht gleich. Meine grauen Zellen haben keine Cellulitis.«

Er nahm sie in den Arm.

»Wie hältst du das aus?«, sagte er.

»Nicht anders als du«, antwortete sie.

Dazu sagte er nichts.

Was hätte er schon sagen sollen.

27

Treffpunkt sollte das Starbucks in der Humboldtstraße sein, gleich beim mittelalterlichen Uhrturm, dem Martinstor. Schon kurz vor der verabredeten Zeit saß Frederic am Fenster und sah auf die Straße hinaus. Gegenüber war das Mekong, ein asiatisches Schnellrestaurant mit Straßenverkauf. Aus dem Eingang des Hauses daneben kam Spiegelberg, blieb stehen und paffte. Offenbar galt in der Wohnung Rauchverbot. Vor dem Haus parkten unzählige Fahrräder. Es war trotz der steinernen Löwenköpfe, die das Portal bewachten, trotz der verspielten Gründerzeitfassade mit Backsteinverblendungen ein ansehnliches Quartier, auch wenn es bessere Zeiten gesehen hatte. Im Erdgeschoss befand sich der Spielsalon Metro. Der Balkon über dem Portal war mit einem schiefen, vergammelten Bambuszaun vor Blicken geschützt, dazu waren noch die Rollos heruntergelassen. Er nahm an, dass dies das Räuberhauptquartier war. Prüfend gingen Spiegelbergs Blicke die Straße hinauf – eine Einbahnstraße. Er warf die Kippe auf die Straße und verschwand wieder im Haus. Kaum eine Minute später trat Marlene ins Freie. Zielstrebig überquerte sie die Straße.

Auch das Pärchen, das gerade das Mekong verlassen hatte, entging Frederic nicht. Es lungerte vor der Tür herum, aus der

Spiegelberg und Marlene gekommen waren. Die Frau sprach in ihren Ärmel. Gleichzeitig hielt ein blauer Lieferwagen vor dem Casino. Rechts davon blockierte ein Streifenwagen die Fahrbahn. Ein zweites Polizeiauto hielt links.

In diesem Augenblick betrat Marlene das Starbucks. Sie hob schon am Eingang die Hand zum Gruß. Bekam sie nicht mit, was hinter ihr geschah?

Polizisten in Schutzwesten sprangen aus dem Lieferwagen. Sie trugen Masken vor dem Gesicht und stürmten mit Schnellfeuerwaffen in den Händen das Haus, in dem die Räuber wohnten.

Das Entsetzen in Frederics Augen entging Marlene nicht. Kein Wort war mehr nötig. Sie wandte sich kurz um zur Straße und wusste Bescheid.

Frederic sprang auf. Er rechnete damit, dass Marlene floh. Stattdessen nahm sie an seinem Tisch Platz, seelenruhig, wie ihm schien, sah sich im Raum um.

»Setz dich wieder hin, Trotzki!«

Er gehorchte.

Marlene stellte sich seelenruhig an die Theke, um Kaffee zu kaufen.

Lichtblitze erhellten ein Fenster im ersten Stock. Frederic stellte sich vor, wie Beamte mit Gebrüll auf Schufterle und Spiegelberg stürzten, sie zu Boden drückten, ihnen die Arme auf den Rücken drehten, das Knie ins Kreuz drückten, sie an den Haaren zerrten. Überflüssige Gewalt. Als seien zwei versprengte RAF-Kämpfer noch immer eine Gefahr für die freiheitlich demokratische Grundordnung. Im Handumdrehen würde die Wohnung unbewohnbar sein. Die Bullen würden Waffen finden, Rauschgift und einen Rest Bargeld aus der letzten Beute.

Es hätte auch alle drei erwischen können.

Marlene schwieg. War es eiskalte Geistesgegenwart, oder hatte sie damit gerechnet und war vorbereitet? Wie auch immer, garantiert hatte sie einen Plan.

»Wo willst du hin?«, sagte er.

»Weg von hier.«

Marlene hatte unverschämtes Glück, das nur der Verabredung mit ihm zu verdanken war, dachte Frederic. Oder, schoss es ihm heiß durch den Kopf, der Zugriff der Polizei war mit ihr abgestimmt.

Sie musterte ihn feindselig.

Drüben wurden die Outlaws aus dem Haus geführt. Die Straße knisterte von Funksprüchen und Sirenen.

Es war besser, hier abzuwarten, statt auf der Straße womöglich aufzufallen. Sie waren beschattet worden, die Räuber oder er oder alle zusammen. Frederic musste davon ausgehen, dass die Staatsmacht auch nach ihm fahndete. Aber er hatte die Bullen nicht zum Versteck der Räuber geführt, hatte das Haus bis gerade eben selbst nicht gekannt.

»Trotzki, du Schwein!«

Sie schlug ihm ins Gesicht.

Er stand auf.

»Setz dich hin!«

Das tat er.

Sie schwiegen sich an.

»He, Trotzki! Mach nicht so ein Gesicht!«

»Wenn du glaubst, ich hätte euch die Bullen …«

»Weißt du was?«

Er wusste nur eins. Er war schon wieder auf der Flucht.

Diesmal mit Marlene. Er war wieder zusammen mit ihr, auf Gedeih und Verderb.

DRITTER AKT

»Wir wollen uns in den böhmischen Wäldern niederlassen, dort eine Räuberbande zusammenziehen und – Was gafft ihr mich an? – Ist euer bisschen Mut schon verdampft?«

Spiegelberg

I

»Mami, wann kommt Frederic wieder?«

Die Frage war eine Klage, und Constanze hörte sie nicht zum ersten Mal. Erst hatte sie nicht geantwortet, dann mit den Schultern gezuckt.

»Aber er kommt doch wieder?«

»Ich kann ihn nicht dazu zwingen.«

»Ihr habt wieder gestritten.«

»Haben wir nicht.«

»Warum kommt er dann nicht?«

David vermisste den Kerl, der ihn sich mit Blätterteigschnitten gefügig gemacht hatte. Nicht allein damit. Frederic hatte dem kleinen Mann gegeben, was ihm nur ein großer Mann geben konnte.

Sie konnte David nicht erklären, warum sie Frederic nie mehr sehen wollte. Weshalb sie ihn nicht ertrug. Weshalb jeder Gedanke an ihn Schmerz verursachte. Einen doppelten Schmerz. Frederic hatte eine Wunde aufgerissen. Und dass sie sich von ihm hatte täuschen lassen, war die neue Wunde.

Dazu kam der Verlustschmerz, ein alter und ein neuer. Sie vermisste Papa, und sie vermisste Frederic. Um ein Haar wäre sie ihm verfallen. Kein Kind und auch sonst niemand konnte das verstehen.

Manchmal dachte sie: Wenn Frederic nicht mit leeren Händen zurückkäme, sondern mit den Namen der Mörder, wäre sie in der Lage, ihm wieder in die Augen zu sehen. Wie tief, war eine andere Frage. Von Frederic die ganze Wahrheit zu erwarten, wäre Selbstbetrug; das wusste sie auch.

Wie sollte sie David erklären, dass sein neuer Freund nicht echt war. Nicht der, als der er ihm erschienen war!

»Ist Frederic noch in Grimaud?«

»Wahrscheinlich ist er das.«

»Macht er wieder Marmelade?«

»Was auch immer er so macht.«

»Weil die dicke Frau böse auf ihn ist?«

»Ich habe nicht die geringste Ahnung, mein Süßer.«

Damit war David nicht abzuspeisen.

»Bist du auch böse auf ihn?«

Keine Antwort.

»Weil er nicht kommt?«

Keine Antwort.

»Warum fahren wir nicht einfach nach Grimaud?«

Keine Antwort.

»Ich will wieder nach Grimaud, Mami!«

»Irgendwann fahren wir vielleicht mal wieder hin. Erst muss ich mich um Omi kümmern.«

Wahrheit und Lüge zugleich.

»Wenn Frederic kommt, erzähle ich ihm von Opapa«, kündigte David an.

Es war einer dieser Momente, in denen der Boden unter Constanze wankte.

Opapa war ein Held, der im Himmel saß, auf David herabsah und auf ihn aufpasste. Denn David wusste Bescheid. Oft genug hatte er die Gesichter der Erwachsenen gesehen, wenn das Gespräch auf seinen Großvater kam. David kannte ihn von Fotos. Hartnäckig verlangte er Auskunft.

»Warum habe ich keinen Opapa mehr?«

»Er ist gestorben.«

»War Opapa krank?«

»Nein, krank war er ganz und gar nicht. Krank sind die, die es getan haben.«

»Was getan?«

»Du weißt es doch schon.«

»Wer hat Opapa totgeschossen?

»Dummköpfe.«

»Böse Dummköpfe?«

»Frag mich was Leichteres.«

»Das ist doch gar keine leichte Frage.«

»Nein, wirklich nicht.«
»Warum sagst du so was dann?«
»Weil ich dumm bin.«
»Bist du nicht.«
»Weil ich es eben nicht weiß.«
»Warum weißt du es nicht? Er war doch dein Papa.«
»Weißt du alles über deinen Papa?«
Das war gemein, aber Notwehr.
»Wer hat es gemacht?«
»Was gemacht?«
»Opapa tot. Warum?«
»Die Polizei weiß es auch nicht genau.«
»Ist die auch dumm?«
»Man ist nicht immer dumm, wenn man was nicht weiß.«
»Weißt du es auch nicht?«
»Nein.«
»Du bist ja auch nicht dumm.«
David war nicht zu stoppen.

Auch ein Kind hatte das Recht, zu erfahren, warum man ihm den Großvater genommen hatte. Sie hatte sich eine Heldengeschichte ausgedacht. Opapa ist den Bösen auf der Spur gewesen.

Die Bösen haben sich gerächt. Wie im Kasperletheater. Oder wie im Fernsehen, dem David unvermeidbar ausgeliefert war.

Schon Opapas Beruf war nicht leicht zu erklären.
»Er hat für den Bundeskanzler gearbeitet.«
»Für den König.«
»Etwas Ähnliches wie ein König.«
»Wir haben aber eine Königin.«

Auch das war David nicht entgangen. Er kannte sie aus dem Fernsehen.

»Opapa hat den alten König beschützt«, sagte er.
»Er hat ihn nicht beschützt. Er hat ihm geholfen.«
»Lebt der alte König noch?«

»Ja.«

»Weil Opapa ihm geholfen hat.«

»Deshalb nicht.«

Das wollte sie David nicht auch noch erklären müssen.

»Rede einfach mit ihm! Der alte König weiß, wer Opapa totgeschossen hat.«

»Der weiß das!?«

»Aber er ist alt. Er kann sich an nichts mehr erinnern.«

»Wie Omi?«

»Wie Omi.«

David war kein dummes Kind, was Constanze nur allzu oft in dumme Situationen brachte. Wie auch immer dann, wenn die Sprache auf Frederic kam. Sie konnte doch nicht noch eine zweite Heldengeschichte erfinden. Das war ihr wirklich nicht zuzumuten.

2

Dank einer schallenden Ohrfeige nahm Frederic endgültig Abschied von einer verblassten Illusion. Mit Marlene verband ihn nun kein zwanghaftes Verhältnis mehr, sondern ein von den Verhältnissen verursachter Zwang.

Was ihn noch mit Constanze verband, außer dem Elend eines ungeklärten terroristischen Mordfalls, hätte er gern gewusst. Nüchterne Antwort: Nichts. Kein Mensch aber begnügte sich immer nur mit nüchternen Antworten, auch Frederic nicht.

Er war mit Marlene auf der Flucht.

Vor der Wahrheit.

Vor Norden und dessen Verein.

Vor den Bullen.

Wer war ihr Informant?

Watzhoff?

Ausgeschlossen. Der hatte den drei Räubern in Freiburg jahrelang Unterschlupf geboten. Seine Mumie? Das war so abwegig wie Hardrock in seinem baufälligen elsässischen Bauernhaus. Viel sprach dafür, dass Constanze die Kripo informiert hatte. Deshalb waren ihm Fahnder auf der Spur.

Nur weshalb hatten sie ihn entwischen lassen? So blöd waren nicht einmal die Bullen. Zweifellos hatten sie auch gewartet, bis Marlene das Haus verließ.

Also doch die Kosinsky!

Hatte sie Schufterle und Spiegelberg loswerden wollen? Warum? Weil Trotzki noch einmal in ihrem Leben erschienen war?

Es wäre zu schön, um wahr zu sein.

Nein!

Dumm wäre es.

Ganz auszuschließen war es jedenfalls nicht, dass Marlenes Last Exit ein Deal mit den Bullen war. Müd und mürb geworden über die Jahre, ohne Aussicht auf einen Lebensabend in Frieden, hatte sie sich zum Äußersten entschlossen – zum Verrat. Wäre es so, säße sie jetzt nicht mit Frederic herum, dem größten Loser von allen.

Nein, nein, das passte überhaupt nicht zu ihr. Zu ihr passte ein letztes, schrilles Gedicht. Los Desperados! Auf ihre Gedichte sollte man nichts geben.

Was würde Marlene jetzt tun?

Und wofür sollte sich Frederic entscheiden?

Er wusste nicht, wohin.

Marlene stand auf und verließ erhobenen Hauptes das Café. Frederic folgte ihr.

Bis sie sich umdrehte.

»Was hast du vor?«

»Das frage ich dich.«

»Hau ab!«

»Wohin, Marlene?«

»Trotzki, verdammt! Benutz endlich deinen Kopf!«

»Wir sind beide vogelfrei.«

»Na und?«

Sie ging weiter vor ihm her.

Er hielt Abstand.

Martinstor. Löwenstraße. Niemensstraße. Immer wieder blickte Marlene sich um, ob nach ihm oder nach irgendwelchen Verfolgern, wer wusste das schon. Sie überquerte die Bertholdstraße. Frederic konnte nicht gleich folgen, weil eine Straßenbahn zwischen ihnen vorüberfuhr. Jetzt war sie verschwunden. Gegenüber lag die Universitätskirche.

Ein heller, ganz in Weiß gehaltener Raum, barock oder klassizistisch, was auch immer. Er machte ein paar Schritte Richtung Altarraum, in dem ein schrecklicher, moderner Marterpfahl aufragte, ein Stahlträger, an dem der Gekreuzigte befestigt war. Wo aber war Marlene?

Frederic blickte sich um. In den Seitennischen zu beiden Seiten des Schiffs standen zwei Beichtstühle aus schwerer Eiche. Modern. Wie monströse Kleiderschränke sahen sie aus. Aus der mittleren Tür des linken winkte Marlene.

Es gab nichts zu beichten. Nur etwas zu flüstern.

Frederic öffnete die rechte Tür, zog sie hinter sich zu. Ihm blieb nun nichts anderes übrig, als sich hinzuknien. Hinter dem hölzernen Gitter befand sich Marlene. Die kniete nicht. Die saß. Lachte sie ihn aus?

»Wir werden uns schon wieder aneinander gewöhnen«, sagte sie.

»Was sollte die Ohrfeige?«

»Die Nerven, Trotzki, du wirst es mir nachsehen.«

Er hatte ihr schon verziehen. Ihr sah er alles nach, es war Teil des Problems.

»Mit der Scheiße habe ich nichts zu tun, ob du mir glaubst oder nicht.«

»Du musst jetzt nicht beichten«, sagte sie.

»Also, was dann?«

»Das fragst du mich.«

»Watzhoff wird uns nicht vor die Tür setzen«, meinte Frederic.

»Vergiss es. Der kriegt jetzt sowieso Ärger. Wir haben ihn lange genug ausgenutzt.«

»Er war meine letzte Hoffnung.«

»Nicht so kleinmütig, Trotzki! Unsere Zukunft fängt gerade erst an.«

Wie sie sich die vorstellte, sagte sie nicht.

»Ich denke ernsthaft darüber nach, mich zu stellen«, sagte er.

»Halleluja!«

»Herrgott, Marlene!«

Sein Verzweiflungsschrei war lauter, als ihn ein Beichtstuhl vertrug.

»Willst du auspacken, du Scheißkerl, falls du es nicht schon getan hast?«

Das eichene Gitter schützte ihn vor ihr.

Immerhin, sie hatte gerade zugelassen, dass er sie wieder Marlene nannte, was ihm nicht entgangen war. Er nahm es als gutes Omen.

»Ego te absolvo a peccatis tuis«, sagte sie und schlug ein Kreuzzeichen. »Pass auf, Trotzki! Du gehst jetzt spazieren. In genau zwei Stunden hole ich dich am Hauptbahnhof ab.«

Er verstand nicht gleich.

»Wir machen uns auf den Weg!«

»Auf den Weg?«

»In die böhmischen Wälder.«

»Dorthin. Ach so.«

»Im übertragenen Sinn.«

»Welchen Sinn?«

»Wir schließen uns zu einer Räuberbande zusammen. Erst mal nur wir zwei beide.«

Hatte sie etwas genommen? Gerade war ihre erste Räuberbande aufgeflogen, schon plante sie die zweite als Hälfte eines Räuberpärchens.

»Und wovon ernähren wir uns? Von Pilzen, Beeren und Flechten, von dem, was der Wald uns spendiert?«

»Wie räumen Villen aus, Trotzki. Die Gegend ist ein gedeckter Tisch. Prall gefüllte Häuser mit allem, was das Herz begehrt. Und was das Tollste ist, Trotzki! Wir rauben nicht aus Not, sondern kämpfen endlich wieder für die gerechte Sache. Muchacho! *Comprendre mi!*«

»Villen in den böhmischen Wäldern?«

»Du willst mich nicht verstehen. Es geht in deine Heimat, Trotzki, nach Saint-Tropez. Dorthin, wo du jeden Winkel kennst. Wo uns niemand vermutet. Mildes Klima, satte Beute.«

»Das Maison des Confitures gibt es nicht mehr.«

»Wer redet denn davon!«

Mit Marlene in Constanzes Nähe!

Der Gedanke gefiel ihm nicht.

Und gefiel ihm doch.

Es war jedenfalls nicht auszuschließen, nein, es war eher wahrscheinlich, dass sie sich dort noch immer aufhielt. Dass sie erneut herumschnüffelte, vielleicht sogar in der uneingestandenen Hoffnung, ihn anzutreffen. Wer wusste das schon? Eine untergründige Hoffnung regte sich auch in ihm. Und dann würde, falls es geschah, auch noch Marlene da sein.

Constanze hatte keine Ahnung von Marlene. Und der wiederum hatte er Constanze noch nicht gebeichtet. Er hatte es auch nicht vor. Nicht jetzt jedenfalls.

Die Vorstellung, mit Marlene über Nacht in die Provence zu entkommen, besaß etwas Verführerisches und zugleich Bedrohliches. Frederic spürte einen dunklen Sog.

Jemand riss die Tür auf.

»Ja, was machet Sie denn da? Des geht aber au gar net. Raus! A bissle plötzlich!«

3

Zwei Stunden nachdem der Messner ihn aus der Kirche gejagt hatte, stieg Frederic zu Marlene in den Wagen, einen mittelblauen Ford Fiesta, mutmaßlich gestohlen, er fragte nicht danach.

Hauptsache fort von hier.

»Du fährst«, sagte sie.

Also fuhr er.

Erst mal wieder über den Rhein. Untertauchen war etwas anderes als sich verstecken. Wie kam Marlene nur darauf, dass es in der Nähe seiner Marmeladentöpfe gelingen könnte? Er hätte ihr nicht so viel erzählen sollen.

»Wer bin ich?«, begann sie.

»Das wüsste ich auch gern.«

»Ich meine, ich brauche einen neuen Namen.«

»Schon wieder.«

»Es wird Zeit.«

»Eine deiner leichtesten Übungen.«

»Was hältst du von Gabrielle?«

»Wie wär's ausnahmsweise mit Marlene?«

»Oder Marie-Claire.«

Sie war verrückt geworden.

Er schwieg.

Schwieg, so gut es ging.

Er müsse sich auf den Verkehr konzentrieren, behauptete er. Zu viel ging ihm im Kopf herum.

Sie nörgelte. Für ihren Geschmack fuhr er nicht schnell genug. Schon bald hinter Mulhouse ließ er sie ans Steuer. Marlene bretterte durch die Nacht. Dijon, Lyon, Marseille, Saint-Tropez. Mehr als achthundert Kilometer. Auf dem Beifahrersitz schloss Frederic die Augen.

Auch Naumburg hatten sie fluchtartig verlassen.

Sie waren sich noch immer nicht einig gewesen, wo genau

Hodscha sterben sollte. Und wie. Mit einem Präzisionsgewehr vom Turm herab? Es hätte einen Meisterschützen erfordert. Oder mit einem Sprengmittel im Westchor, mit Uta als Kollateralschaden? Tom fand, dass sich keine geeignetere Stelle für diesen Zweck finden ließe als die, an der alle Bewunderer Utas standen, staunten und andächtig schwiegen.

Marlene war dagegen. Trutz plädierte für den Platz vor dem Dom. Um die zu erwartende Menschenmenge nicht zu gefährden, kamen nur Schüsse aus einer der Dachluken infrage.

Das Kommando Hind Alameh an sich stellte keiner von ihnen infrage. Die dröhnenden Lügen vom »Glück der Geschichte« und von den »blühenden Landschaften« waren nicht länger zu ertragen und schrien nach einer Antwort. Hodscha, wie das Kommando den »Kanzler der Einheit« getauft hatte, bereiste seine neuen Ländereien, badete in Menschenmassen und glaubte, das einig Volk verehre und beschütze ihn. Solcher Größenwahn gehörte bestraft.

In Erfurt war erstmals auf ihn gezielt worden. Kurz darauf hatte der Vorfall in Halle Schlagzeilen gemacht. Protokollwidrig hatte Hodscha seine gepanzerte Limousine sechzig Meter vor dem vorgesehenen Haltepunkt verlassen. Pfiffe, Buhrufe, geballte Fäuste, Farbbeutel, Tomaten, Eier. Hodscha war nicht davongelaufen, sondern auf einen Demonstranten losgestürmt, um ihn höchstpersönlich zu vermöbeln. Später hatte er auch noch den »transportablen Pöbelhaufen« beschimpft, statt sich zu entschuldigen.

Halle hatte sie auf die Idee gebracht. Die Sicherheitslücken waren mit bloßem Auge erkennbar gewesen. Schon am Tag darauf hatten sie das Kommando gebildet und dessen Namen bestimmt. Hind Alameh: die Verlobte Mahmuds, des Kommandanten der »Landshut«-Entführer, getötet beim Sturm der GSG 9 in Mogadischu.

Nie war ein Bundeskanzler so leicht zu töten gewesen wie in den euphorischen Tagen des Nationalrausches. Hätte nur jemand das Zeug zum Märtyrer gehabt. Niemand in ihrem Kommando hatte sich bereit erklärt, ein Märtyrer zu werden.

Trutz baute den Vorfall in Halle in seinen Entwurf des Bekennerschreibens ein. *Kohl bedroht persönlich die Demonstrationsfreiheit. Dagegen nehmen wir das Recht auf Widerstand in Anspruch.* Natürlich Blödsinn.

Doch dann beendete Norden ruckzuck die Sache mit der Behauptung, der Sicherheitsapparat hätte Lunte gerochen. Das dilettantische Unternehmen war zu Ende, ehe es richtig begonnen hatte.

Ein gewaltiger Schock für das Kommando. Trutz und Marlene sprachen in der Nacht kaum ein Wort mehr miteinander. Sogar die Lust auf Sex war ihnen vergangen.

In einer sicheren Wohnung in Leipzig warteten sie auf weitere Direktiven. Tom war bereits abgereist. Trutz wusste nicht, weshalb.

An einer Autobahnraststätte bei Lyon tankten sie auf, versorgten sich mit Sandwiches und Kaffee. Marlene verschwand ohne ein Wort der Begründung. Frederic wunderte sich nicht. Nach einigen Minuten kam sie mit französischen Nummernschildern zurück und tauschte sie gegen die deutschen aus. Danach übernahm er wieder das Steuer.

Marlene schlief leider nicht. Sie tat nicht einmal so, sondern wollte unbedingt reden.

»Damit du wach bleibst«, sagte sie.

Unsinn.

Sie redete von den Überschwemmungen in Asien. Millionen Obdachlose, Tausende Tote. Wenn er sie richtig verstand, hielt sie die Sintflut für einen Teil der Revolutionsgeschichte, für unausweichlich und historisch zwingend.

»Wir waren einmal unserer Zeit voraus«, sagte Marlene.

Einer Frau, die den Verstand verloren hatte, sollte er nicht den Rest seines Lebens anvertrauen.

»Können wir über ein paar praktische Dinge sprechen?«, schlug er vor.

»Du nervst!«

»Was tun wir, wenn Norden und seine Leute noch immer im Maison des Confitures herumspuken?«

»Mir ist Norden lieber als Marie-Claire. Was meinst du, Trotzki-Schätzchen?«

Sie legte ihre Hand in seinen Schritt.

»Lass das!«

»Früher hast du dir beim Fahren von mir anstandslos einen blasen lassen.«

»Früher war alles besser.«

»Früher bis du auch gefahren wie eine Eins. In *jeder* Situation.«

»Möchtest du lieber? Nichts dagegen.«

»Dir einen blasen?«

»Ans Steuer.«

»Danke, ich denke gerade nach.«

»Pardon, das habe ich nicht mitbekommen.«

»Wo ist eigentlich Marie-Louise?«

»Darüber denkst du also nach! Du verschwendest Zeit.«

»Ganz und gar nicht. Ich überlege mir, was es für uns bedeutet, falls sie von den französischen Behörden geschnappt und ausgeliefert wird.«

»Wird nicht geschehen.«

»Bist du dir da so sicher?«

»Mhm.«

»Nordens Truppe besitzt keine Ewigkeitsgarantie.«

»Mit wem von denen, die Norden versorgt, stehst du noch in Verbindung?«

»Ist nicht dein Ernst«, empörte sie sich. »Natürlich mit keinem.«

Was ist noch natürlich, dachte Frederic. Das Einzige, was noch alle zusammenhielt, war das Gesetz des Schweigens.

Er versuchte es anders herum. »Ich meine, mit wem würdest du wieder Kontakt aufnehmen, wenn es möglich wäre?«

»Mit Tom.«

»Ja, klar.«

Das würde so sein bis zu ihrem letzten Atemzug. Auch Frederic fühlte sich dem toten Tom näher als den übrig gebliebenen Lebenden.

»Suse? Lerke? Richy?«, schlug er vor.

»Ich weiß nicht einmal, wer noch unter den Lebenden wandelt. Ist mir auch egal.«

»Dein Rucksack«, sagte sie.

Er lag auf der Rückbank.

»Was ist damit?«

»Ist das alles da?«

Mehr besaß er nicht mehr. Vielleicht würde er einen Teil seiner Sachen noch in dem Maison finden. In seinem Rucksack steckte auch die Pistole. Für alle Fälle.

»Ein paar Sachen von Marie-Claire könnten dir passen«, meinte er.

Sie sah ihn strafend an.

»Wir gehen shoppen«, sagte sie.

Shoppen mit Marlene. Er konnte sich vorstellen, was das bedeutete – eine so dreiste wie geschmackssichere Diebestour durch die schicksten Läden von Saint-Tropez. Sie hatte nichts bei sich außer der »Kriegskasse«, die sie stets »am Mann« trug, wie sie sich ausdrückte.

»Ich kann nicht mehr«, behauptete Frederic.

Mittlerweile waren sie in der Nähe von Avignon. Auf dem nächsten Parkplatz wechselten sie sich erneut am Steuer ab. Während Marlene fuhr, tat er, als schlafe er. Aber erst einmal bekam er kein Auge zu.

Mit Marlene nach Südfrankreich zu ziehen war vollkommen idiotisch. Abgesehen von allen anderen Möglichkeiten. In seiner Situation war es überhaupt sinnlos, Pläne zu schmieden.

Überflüssigerweise stellte er sich Marlene vor, wie sie im Laden an der Kasse saß. Dann Marlene auf einem Motorboot bei rasender Fahrt über den Golf mit wippenden Brüsten.

Moment, das war Marlene vor zwanzig Jahren! Er sah sich mit ihr in einer Villa um, die mit den teuersten Geschmacklosigkeiten vollgestopft war. Sie probierten ein Bett aus, so breit, dass sie sich nicht hätten berühren müssen, es aber ausgiebig taten. Sie nahmen aus der Villa nichts mit außer einer winzigen Rötelzeichnung von einem Kind. Ein echter Raffael, behauptete Marlene. Plötzlich stand Norden in der Tür der fremden Villa. Dann grub Frederic im Garten, grub und grub, aber das Grab wurde nicht tiefer. Schweiß rann ihm von der Stirn. Marlene, die Arme in die Hüften gestemmt, stand daneben und schüttelte den Kopf. Du schaufelst dein eigenes Grab, sagten ihre Augen. Marlene auf dem Motorrad, er hinter ihr, die Arme um ihren Leib geklammert. Sie stoppte, öffnete das spiegelnde Visier. Es war Constanze! Im Halbschlaf gefiel ihm die Vorstellung. Als er aufwachte, erschreckte sie ihn.

4

Die *Tagesschau* war Constanze wie üblich entgangen, da sie David in den Schlaf zu singen hatte. Sie sah die Nachricht zuerst im *heute journal*. Besonders erhellend war der Beitrag nicht. Eine Straße in Freiburg. Ein Hauseingang. Spurensicherungsexperten luden Material in einen Lieferwagen. Alte Fahndungsfotos: Peter Sander alias Spiegelberg, Martin Giebel alias Mufti alias Schufterle. Und eine Frau, Jolanthe von Kottwitz alias Kosinsky. Wie sah die denn aus!

Das Trio habe sich beinahe zwei Jahrzehnte lang mit Überfällen über Wasser gehalten. Ihre Mitwirkung an den Anschlägen gegen Bankchef Herrhausen, den Wahlkampfmanager Stephan Schelling und Treuhandchef Rohwedder würde nun intensiv geprüft. Die festgefahrenen Ermittlungen schienen in Bewegung geraten zu sein.

Mitbewohner, Passanten kamen zu Wort:

»Nette Nachbarn. Freundlich. Immer hilfsbereit.«

»Gschafft ham di nix. Jetz wisse ma, weshalb.«

»Total unauffällig, beinahe unsichtbar.«

»Woischt nia, mit wäm'd onder oim Dach läbscht.«

Die Reporterin, die ihr Mikrofon dem Sprecher der Bundesanwaltschaft hinhielt, die die Ermittlungen an sich gezogen hatte: »War der Fahndungserfolg Zufall? Wer oder was hat ihn ermöglicht?«

»Kein weiterer Kommentar. Aber gehen Sie davon aus, dass nichts Zufall gewesen ist.«

Auch den Schlagzeilen des nächsten Tages konnte Constanze nichts entnehmen, was sie so brennend interessiert hätte.

RAF-Terroristen gehen ins Netz war noch die neutralste Zeile. Obwohl von einem Netz keine Rede sein konnte. Streng genommen auch nicht von RAF-Terroristen, sondern allenfalls von ehemaligen, zudem mutmaßlichen RAF-Mitgliedern. Welcher Terrorakte man sie womöglich noch überführen konnte, stand keineswegs fest.

Constanze kaufte die *Süddeutsche Zeitung* und klaute die BILD. Nirgends ein Hinweis auf Frederic Gramlin. Über die spärliche Faktenlage hinaus überwog in den Presseartikeln das Staunen darüber, dass sich Täter der dritten Generation der RAF trotz angeblich hohen Fahndungsdrucks in Deutschland jahrzehntelang frei hatten bewegen können. Wo steckten die anderen? Ein Experte vermutete sie überwiegend im Ausland. »Oder sie sitzen im Caféhaus neben uns am Nebentisch.«

Constanze spürte eine gewisse Erleichterung, ohne zu wissen, weshalb. Darüber, dass mit weiteren Festnahmen zu rechnen war? Darüber, dass Frederic nicht festgenommen worden war? Wie sie wohl reagiert hätte, wenn Frederic mit Handschellen auf dem Bildschirm zu sehen wäre? Sie wäre verpflichtet, sich ohne weiteres Zögern als Zeugin zur Verfügung zu stellen.

Frederic, das Scheusal. Zum Glück gab es zwei Frederics in Constanzes Kopf. Der eine war eine brauchbare, verlässliche

Stütze, der ihr und David im praktischen Leben zur Seite stand.

Der andere war der Marmeladenmann. Ein Alchemist in seiner Küche. Ein einsamer, verschrobener, von Schuld gebeugter Mann, der den Boden unter den Füßen verloren hatte, dem Wahnsinn nahe, beschallt von Gesualdos exzentrischen Madrigalen. Frederic, der sensible Mörder.

Constanze hatte seine Waffe in der Hand gehalten und auf den Mann gerichtet, der wusste, dass sie Schellings Tochter war. Die Vorstellung schauderte sie, es könnte die Waffe gewesen sein, mit der er ihren Vater getötet hatte. Auch dieser Gedanke wollte nicht mehr weichen. Hätte sie ihren Verstand beisammengehabt, hätte sie die Waffe behalten und der Polizei übergeben.

Zum letzten Mal gesehen hatte sie ihn, als er seinen Rucksack aus dem Haus geholt, David noch einmal übers Haar gestrichen hatte. Sie hatte er nicht mehr berührt, nur kurz die Hand gehoben. Auf sein Rennrad hatte er sich geschwungen und war verschwunden.

Zurück zum Maison des Confitures? Hatte er dort den Mann aus dem Weg geräumt, der seinen brüchigen Frieden störte? Saß Frederic inzwischen wieder im Laden und empfahl betuchten Kundinnen Champagnergelee und Earl-Grey-Marmelade? Und wo war die dicke Frau?

5

Als sie in Le Luc von der A 8 abbogen, setzte die Dämmerung ein. In der Ebene raste Marlene an Weingütern vorbei, doch gleich wand sich die schmale Straße den Berg hinauf. Jede Biegung kannte Frederic von seinen Fahrradtouren, es kamen geradezu heimatliche Gefühle auf, hätte die Fahrt ihn nur nicht dermaßen hin und her geschüttelt. Marlene gab Zunder, bremste und beschleunigte, als rechnete sie jederzeit mit einem Überfall der Sarazenen, die hier vor mehr als tausend Jahren gesiedelt hatten. Das Korkmacher-Dorf La Garde-Freinet war der Scheitelpunkt. Nun ging es kurvenreich hinab zum Meer. Noch war kein Mensch auf der Straße. Zu jeder anderen Tageszeit wäre das Kurvenschneiden böse ausgegangen.

Mit Marlene war nicht zu reden. Erhabene Eichenhaine, atemberaubende Ausblicke interessierten sie nicht. War ja auch besser, wenn sie auf die Straße achtete, die sie mit quietschenden Reifen und heißen Bremsen hinabschlitterte. Frederic fühlte sich wie ein Rallye-Beifahrer, der dem Fahrer die Kurven ansagt.

An der Kreuzung, an der es hinauf nach Grimaud ging, wäre er gern ausgestiegen. Nicht weil ihm inzwischen schlecht war, sondern weil es von hier nur fünf Fußminuten bis zu Constanzes Haus gewesen wären. Stattdessen röhrten sie hinab zur Giscle und nach der steinalten Brücke die Route de Collobrières hinauf.

»Was tun wir, wenn Licht brennt?«

»Es brennt kein Licht«, sagte Frederic.

Am Hinweisschild auf das Maison des Confitures gab Marlene das Rennen gegen sich selbst endlich auf und nahm die Auffahrt in manierlicher Geschwindigkeit.

Die blutrot gestrichenen Fensterläden an den unverputzten Steinmauern waren geschlossen. Frederic holte den Ladenschlüssel aus seinem Rucksack, sperrte auf und betätigte den Lichtschalter. Wenigstens der Strom war noch nicht abgestellt. Auf den ersten Blick sah der Laden aus wie immer in der Nachsaison. Die getrockneten Lavendelbüschel konnten nicht verwelken.

Er öffnete die Ladenkasse. Leer! Womöglich war Geld dort, wo immer welches gewesen war. Frederic hatte sich stets geweigert, einen Safe einbauen zu lassen. Die Blechschachtel war noch an ihrem Platz in einer Aussparung der massiven Mauer, ursprünglich hatte sie einem Sortiment deutscher Lebkuchen gedient. Auch sie war leer.

Er inspizierte das Haus. Die Marmeladenküche war nicht mehr ganz in dem Zustand, in dem er sie zuletzt benutzt hatte. In einer Kiste schimmelten Erdbeeren. Scherben lagen auf dem Fußboden, umgeben von getrockneter Marmelade, über die sich eine Armee von Ameisen hergemacht hatte. Das Bad und die kleine Küche waren verdreckter als je zuvor, das Büro befand sich in einem chaotischen Zustand, als hätte jemand etwas gesucht, aber danach nicht aufgeräumt.

Ganz anders die Lage im oberen Stockwerk. Marie-Claires großer Wohnraum war gründlich ausgeräumt. Nichts erinnerte mehr an sie, nicht einmal ein zerlesener Taschenbuchkrimi. Metal-CDs, Klamotten, Schuhe – alles verschwunden.

Auch Frederics Sachen waren weg. Sein Zimmer sah aus, als hätte er nie hier gelebt. Ein unbekanntes Räumkommando hatte ganze Arbeit geleistet. Damit hätte er rechnen müssen. Es war dennoch ein Schlag, und es kam ihm vor, als hätte man ihm seine Identität geraubt.

Im Laden hatte es sich Marlene inzwischen gemütlich gemacht. Eines der Fenster und seine Läden standen offen, und das weiche Licht des Morgens vergoldete die süße Pracht in den Regalen. Drei oder vier Gläser hatte Marlene bereits geöffnet und einen Löffel organisiert. Sie schwelgte in Marmelade.

»Köstlich!«, strahlte sie, küsste Frederic auf den Mund und ließ ihn ihre Zunge schmecken.

Cassis in Champagner.

Er schob sie weg, ärgerte sich über ihre Selbstbedienung. Sie tat so, als sei sie hier zu Hause. Das war sie nicht und würde es nie sein. Offenbar hielt sie den Verkaufsraum für eine Vorratskammer.

Frederic ließ sie löffeln, etwas anderes als Marmelade war nun einmal nicht im Haus, und ging in die Küche, um die

Scherben aufzusammeln und den Boden zu wischen. Einfach war es nicht, das süße Zeug klebte fest auf den Fliesen, die Ameisen verteidigten hartnäckig ihr Terrain. Er ging hinaus in den Garten, der prachtvoll grünte und blühte. Es hatte ausreichend geregnet. Auch nach dem Grab schaute er. Zugeschaufelt war es, sogar mit ein paar Sträuchern bepflanzt.

Er setzte sich auf einen Stein und schlug die Hände vor das Gesicht. Es spielte jetzt keine Rolle mehr, weshalb die zwanzig Jahre mit MC so dramatisch zu Ende gegangen waren. Am Schluss war es auch kein Unterschied, ob eine bürgerliche Ehe gescheitert war oder ein revolutionäres Zweckbündnis. So oder so war aus dem Zweck Zwang geworden.

Mit Marlene, die er zwanzig Jahre lang vermisst hatte, wäre es keine zwanzig Jahre lang gut gegangen, wahrscheinlich keine zwei Jahre. Keine zwei Wochen, so, wie es aussah.

Aber bitte jetzt bloß keine Debatte mit ihr!

Das Geschäftsmodell, von dem sie schwärmte, hatte mit Marmelade ohnehin nichts zu tun. Villen-Einbrüche! Die reichen Anwesen um Saint-Tropez waren bestens beschützt und bewacht. Aber die ganze Küste von hier bis Nizza hinauf bot ein unübersehbares Angebot.

»Der Tisch ist gedeckt, Trotzki!«

Allerdings war es nicht die beste Jahreszeit, den Schmaus zu beginnen. Noch waren die meisten Häuser bewohnt. Da wurde aus Einbruch schnell Raub. Die Einbrecherbranche war zwar kein Saisongeschäft, aber im Winterhalbjahr waren die Bedingungen deutlich günstiger, vor allem für Amateure. Und Amateure waren sie, selbst wenn Marlene das abstritt.

Es war ihr ernst. Wenn man es als ernst betrachtete, dass eine fast Sechzigjährige ihren Lebensabend als Einbrecherkarriere plante. Sie hatte keine Mühe damit, eine neue Rolle anzunehmen, und war immer schon begabt darin gewesen, sich etwas vorzumachen. Frederic beneidete sie dennoch für ihre Leichtigkeit. Er plagte sich ständig mit seinen Zweifeln herum.

Obwohl ihm vor Müdigkeit beinahe die Augen zufielen, wollte Frederic noch hinunter nach Cogolin fahren, um ein paar dringend benötigte Sachen zu besorgen.

»Geht das nicht später?«

Es wäre später gegangen, gemeinsam mit Marlene. Sie wollte das jetzt nicht, genau darauf hatte er spekuliert.

»Entspann dich!«, empfahl er ihr. »Meine Empfehlung wäre das Feigenkompott mit Rum. Danach schläfst du wie nichts. Die Sonne scheint, leg dich in den Garten!«

Frederic verschwand zunächst im Lagerschuppen. Die Weinvorräte schienen vollständig. Er legte seine Pistole an ihren angestammten Platz. Es schien ihm ratsam, falls Marlene auf die Idee kam, seinen Rucksack zu durchsuchen.

Dann machte er sich auf den Weg. Allerdings fuhr er mit dem Auto nur wenige Hundert Meter weit bis zum Landmaschinenhändler an der Route de Collobrières. Bei ihm hatte er sein Rennrad abgestellt, es war noch immer da. Hinunter zur Giscle und hinauf nach Grimaud benötigte er keine fünfzehn Minuten. Nach der langen Fahrerei tat ihm die Strampelei gut.

Nichts hätte er sich sehnlicher gewünscht, als David mit seiner Mutter vor der Pâtisserie du Château anzutreffen. Dort waren sie nicht. Vielleicht aber im Haus. Die frisch gestrichenen Läden strahlten mit dem Blau des Himmels um die Wette. Sie waren zugeklappt.

»Frederic!«

Es war Lawrence. Er klang erfreut. Damit hatte Frederic nicht gerechnet. Constanze sei Hals über Kopf abgereist, berichtete der Nachbar.

»Schade!«, meinte er. »Ich mag Constanze sehr. Auch Emily und die Kinder mögen sie.«

»Hat Constanze denn gesagt, wann sie wiederkommt?«

»Sie wollte erst einmal in Deutschland bleiben. Ihrer Mutter geht es nicht gut.«

»Das tut mir leid«, sagte Frederic.

»Ich dachte erst, Sie sind der Grund«, lachte Lawrence.

So war es wohl auch, nur anders, als der Herr Nachbar vermutete. Offenbar hatte Constanze ihm gegenüber keinerlei Andeutungen gemacht.

»Stimmt«, sagte Frederic. »Sie ist vor mir auf und davon. Haben Sie das nicht gewusst?«

Lawrence fand Frederics Humor *exciting*.

Es ging ihm darum, anstandslos ins Haus zu kommen.

»Haben Sie zufällig einen Schlüssel? Ich habe etwas liegen lassen, was mir sehr wichtig ist.«

»Unter diesen Umständen weiß ich nicht, ob ich ihn herausrücken soll. *Let me see.*«

»Kommen Sie einfach mit hinein und passen Sie auf mich auf.«

Lawrence ging den Schlüssel holen.

Constanze hatte die Gesualdo-CD bestimmt nicht mit nach Bonn genommen. Er hätte sie gern gehabt, zumal ihm alle anderen CDs abhandengekommen waren. Als er mit Lawrence das Haus betrat und sich umsah, fand er sie nicht. Die Scheibe war das einzige Andenken, das Constanze von ihm besaß. Abgesehen von den Fotos.

6

In den nächsten Tagen durchstreiften Frederic und Marlene die Gegend. Diese böhmischen Wälder ließ sie sich gefallen. Sie war unersättlich, und nicht einmal der Stau auf der Küstenstraße machte ihr etwas aus.

»Im August geht hier gar nichts mehr«, sagte Frederic.

Sie mieden Hafen und Altstadt von Saint-Tropez. Marlene interessierte sich nicht für Touristenziele, nicht für historisches Gemäuer, sondern gondelte lieber über den Höhenrücken am südlichen Ufer des Golfs. Avenue Jean Cocteau,

Avenue Paul Verlaine, Avenue Colette, Avenue Apollo XI, Boulevard des Crêtes. Ein Haus begehrenswerter als das andere. Hier irgendwo verprasste Middelhoff sein Geld, hatte sie gelesen. An der Baie des Canebiers spazierte sie mit Frederic entlang, am Strand des Chemin des Graniers sprangen sie ins tiefblaue, seidige Wasser. Auch dort schwamm sie meist auf dem Rücken, stets die herrlichen Häuser vor Augen mit ihren Pools und Terrassen inmitten von Zypressen, Pinien, Oleander- und Hibiskusbüschen und Bougainvilleahecken.

»Zeig mir das Haus von Brigitte Bardot! An dieser Bucht muss es stehen.«

Frederic hatte keine Ahnung.

Die Hügel von L'Estagnet mit ihren Anwesen. Die Strände von Pampelonne. Den Pointe de la Bonne Terrasse mit dem berühmten Fischrestaurant Chez Camille in der felsigen Bucht. Dafür hatte Marlene keine Augen. Frederic durchaus. Den Leuchtturm am felsigen Cap Camarat besuchten sie, fuhren nach La Croix-Valmer und noch weiter hinauf nach Gassin und Ramatuelle. Überall Häuser, Häuser, Häuser. Marlene fotografierte unermüdlich.

Nach Ansicht Frederics waren die nördlich des Golfs gelegenen Höhenrücken noch interessanter, die Quartiere nicht ganz so prominent, aber auch nicht ganz so gut bewacht.

7

Vermutlich war der Name, den die Frau am Telefon nannte, nicht von Belang. Sie kündigte ihren Besuch an. Es musste nun ganz plötzlich sein, nachdem das Amt zwanzig Jahre lang wahrlich nichts überstürzt hatte. Constanze wollte die frisch entfachten Aktivitäten nicht bremsen.

Bereits drei Stunden später, am frühen Nachmittag, stand

Frau Möller oder Müller in Begleitung eines Manns vor der Tür.

»Kollege Kroll«, sagte sie.

Sie sah aus wie eine Handarbeitslehrerin, die alle Hoffnungen auf den Mann ihres Lebens schon vor langer Zeit hatte fahren lassen. Gab es sonst einen Grund, diesen grünlichen Blazer über einem quer gestreiften blauen Sommerkleid zu tragen? Ihr Begleiter war ein dicklicher Junge mit zerzaustem blondem Haar in einem verknitterten beigen Baumwollanzug, zu dem er eine Schottenkarokrawatte um den Hals gebunden hatte.

Es war die von Ortner vor Tagen angekündigte Delegation. Constanze bot kalte Getränke an. Die Frau wählte stilles Wasser. Damit war auch der Junge einverstanden.

»Dies ist kein Verhör«, begann die Frau.

Das nahm Constanze auch an. Von der Polizei waren sie ja nicht.

Der Junge zog einen Laptop aus seiner Umhängetasche, klappte ihn auf und klickte ein Foto auf den Schirm.

»Ist das der Mann, der Ihnen in Frankreich begegnet ist?«

Constanze nickte. Schlechtes Gewissen beschlich sie. Sie wusste nicht, weshalb, hatte sie sich doch nichts zuschulden kommen lassen. Außer dass sie nicht zur Polizei gegangen war.

»Wann sind Sie ihm zum ersten Mal begegnet?«

Constanze antwortete mit einer Gegenfrage.

»Wer ist er? Ich meine, wer ist er wirklich?«

Der Junge zückte einen Notizblock.

»Erzählen Sie uns erst einmal alles, was Sie mit ihm getan, gesprochen, erlebt haben!«, sagte die Frau.

So konnten sie Constanze nicht kommen.

»Das meiste davon geht Sie nichts an. Ich glaube, es ist endlich an der Zeit, zu hören, was Sie über den Tod meines Vaters herausgefunden haben.«

Constanze sprach deutlich und laut.

Die Frau sah verlegen auf ihre Notizen.

»Soweit wir wissen, wissen wir nichts«, sagte die Frau. »Sonst wären wir nicht hier. Wir sind auf Ihre Mitwirkung angewiesen.«

Der Verfassungsschutz wusste nie etwas. Falls doch, log er.

»Haben Sie sich eigens hierherbemüht, um mir das zu sagen?«

»Wir sind hier, weil wir gerne wüssten, wie Sie darauf kommen, dieser Mann könnte in den Anschlag auf Ihren Vater verwickelt gewesen sein.«

Wie sich das anhörte! Constanze saß auf dem Stuhl, auf dem Stephan Schelling gesessen, an dem Tisch, an dem er gegessen, getrunken, mit seinen Söhnen Schach gespielt und mit seiner Tochter gestritten hatte. Constanze wollte sich nicht mehr abspeisen lassen mit offenen Fragen.

»Er nannte sich Frederic«, sagte sie. »Frederic Gramlin.«

»Uns ist er bekannt als Trutz Gerling«, sagte die Frau. »Ist Ihnen dieser Name begegnet?«

»Nein.«

»Denken Sie nach!«

»Niemals.«

Die Botschaft lautete: Wir haben ihn auf dem Schirm. Das überraschte Constanze nicht, es beunruhigte sie nur noch mehr.

»Erzählen Sie uns jetzt bitte alles, was Sie über ihn wissen?«

Die Frau führte das Wort. Der Junge kritzelte etwas auf seinen Block, obwohl Constanze noch gar nichts erzählt hatte. Es blieb ihr nichts anderes übrig, als zu erzählen. Sie hatte sich drauf eingelassen. Wenn sie selbst mehr erfahren wollte, musste sie wenigstens eine abgespeckte Fassung ihrer peinlichen Geschichte auf den Tisch packen.

Die Marmelade kam vor. Das ganze Geschäftsmodell. Frederics Lebenslauf. Der Mathelehrer, die Weltreise. Alles, was Frederic ihr vorgeschwindelt hatte. Selbst die Trennung von seiner Frau. Nur nicht die Rolle, die sie selbst dabei womöglich gespielt hatte. Natürlich auch nicht, dass Frederic zu ihr geflüchtet war.

Der Junge ersparte seinem Block kein Detail.

Die Frau ließ sich die genaue Lage des Maison beschreiben.

»Wie oft sind Sie im Marmeladenhaus gewesen?«

»Nicht mehr als drei oder vier Mal.«

»Weshalb?«

»Um Marmelade zu kaufen. Was dachten Sie?«

»Dabei hat Ihnen Gramlin das alles erzählt? Eine ganze Menge für jemanden, von dem man ein paar Gläser Marmelade gekauft hat.«

»Und den ich am Straßenrand zusammengeflickt habe.«

Der Unfall durfte nicht unerwähnt bleiben. Gut, auch den Drink am Strand konnte sie noch zugeben.

»Ein redseliger Mensch«, wunderte sich die Beamtin. In den Kreisen ihrer Kundschaft war das selten.

Frederic war ein großer Schweiger. Seltsam, dass das jetzt ganz anders ankam. Nur sich selbst fand Constanze redselig. Sie sprach auch von dem Mann, der ihren Mädchennamen kannte und gegen den sie sich mit der Pistole zur Wehr gesetzt hatte – was sie aber selbstverständlich wegließ. Wie hätte sie auch erklären sollen, dass Frederic Gramlin alias Trutz Gerling zuvor mit ihrem Sohn verschwunden war und sie ihn im Marmeladenhaus verzweifelt gesucht hatte? Wie sehr sie sich auf Frederic eingelassen hatte, gehörte in ihre Privatsphäre, fand sie.

»Wo ist Gramlin jetzt?«, fragte die Frau.

»Wie soll ich das wissen?«

»Seit wann sind Sie wieder in Deutschland? Und weshalb?«

Sie erwähnte den Zustand ihrer Mutter.

Der Junge zeigte ihr noch andere Fotos auf seinem Bildschirm, mit denen sie nichts anfangen konnte. Drei Fahndungsfotos waren dabei, versehen mit Namen: Martin Giebel, Peter Sander, Jolanthe von Kottwitz.

»Erst Terroristen, dann Räuber«, sagte die Frau.

»Nicht zu fassen«, sagte Constanze.

Der doppelte Wortsinn entging der Beamtin nicht. Sie verbarg ihr Grinsen hinter der Hand.

»Was haben sie mit Frederic zu tun?«

»Das wüssten wir auch gern«, sagte die Frau.

»Dann verschwenden wir nur Zeit«, sagte Constanze.

Die Frau lehnte sich zurück. »Was ich Ihnen jetzt mitteile, soll Sie nicht beunruhigen. Es ist eigentlich auch gar nicht für Ihre Ohren bestimmt. Zwei dieser Räuber sind vor wenigen Tagen geschnappt worden. Giebel und Sander. Die Kottwitz leider nicht. Und jetzt kommt es: Mutmaßlich befindet sie sich mit Trutz Gerling auf der Flucht.«

Sie ließ die Nachricht wirken.

Constanzes Mundhöhle fühlte sich trocken an. Ihr Kopf kam nicht mehr mit. Als sie sich gefangen hatte, sagte sie: »Er ist also nicht mehr in Frankreich.«

»Vor wenigen Tagen war er noch in Freiburg.«

»Deshalb sind Sie hier. Sie suchen die Kottwitz.«

»Und diesen Mann. Trutz Gerling alias Frederic Gramlin steht im Verdacht, einen Mord begangen zu haben.«

Also doch! Constanze war es nun kalt und schwindelig.

»Nur zu! Ich halte es schon aus«, behauptete sie.

»Ich spreche jetzt nicht vom Mord an Ihrem Vater.«

Warum redete sie nicht endlich weiter?

»Sondern?«

»Es geht – die Information ist streng vertraulich – um den Mord an Tom Grün. In der Nacht zum 16. Oktober 1990 im Berliner Tiergarten.«

»Drei Tage vor dem Tod meines Vaters!«

Die Frau nickte.

»Sie sehen einen Zusammenhang?«

»Wir schließen ihn nicht aus.«

»Wer war Tom Grün?«

»Es spielt an dieser Stelle keine Rolle.«

»Hatte er mit meinem Vater zu tun?«

»Wir tappen im Dunkeln.«

Constanze glaubte ihr nicht.

»Sie tappen verdammte zwei Jahrzehnte lang vollständig im Dunkeln.«

»Es besteht Grund zu neuer Zuversicht.«

Constanze würde auch gern einmal für nichts als ihre Zuversicht bezahlt werden.

»Ist diese Kottwitz damals mit Frederic herumgezogen?«

Der Junge sah von seinem Block auf.

Constanze zügelte ihren Ton. Er könnte sonst für Eifersucht gehalten werden.

»Sie und Tom Grün lebten damals zusammen«, bestätigte die Frau.

»Und Frederic?«

»Duzen Sie sich mit ihm?«

»Tut das etwas zur Sache?«

»Ich denke, es wird Zeit, uns die ganze Geschichte zu berichten.«

Constanze beschlich das Gefühl, selbst unter Verdacht zu stehen. Wenn sie nur wüsste, unter welchem.

Sie sagte kein Wort.

»Nun gut«, sagte endlich die Beamtin, »geben Sie uns Bescheid, falls er sich meldet.«

Sie legte eine Karte auf den Tisch.

»Weshalb sollte er sich bei mir melden, er ist doch jetzt wieder versorgt.«

Sie hätte nicht gedacht, dass Frau Müller oder Möller noch ein halbwegs freundliches Lächeln zustande bringen würde. Constanze hätte noch viele Fragen an sie. Zum Beispiel: Wer war der Mann, mit dem sie im Maison des Confitures zusammengestoßen war. Frederic musste ihn kennen. Aber sie fragte nicht. Denn es sah ganz so aus, als interessierten sich diese Herrschaften primär nicht für ihren Vater, sondern für einen gewissen Tom Grün. Sie waren scharf auf eine Freifrau von Kottwitz und nur deshalb auch auf Frederic.

Das war Constanze einerseits entschieden zu viel. Und entschieden zu wenig auch.

»Sie haben noch andere Fotos gemacht«, wusste die Frau. »Dürfen wir Sie bitten, sie uns zu überlassen?«

Sie durften. Nur dass Constanze nicht alle herausrückte.

»Haben Sie zufällig auch ein Glas Marmelade aus Frankreich da?«

»Wollen Sie probieren?«

»Fingerabdrücke«, sagte der zerknautschte Junge.

Er besaß tatsächlich eine Zunge, die sich zum Sprechen gebrauchen ließ.

Constanze verneinte. So dumm war sie nicht, ihr einziges Glas von Frederics Champagnergelee herauszurücken.

8

»Dann will ich Ihrer Neugier noch ein wenig Futter geben«, versprach Helmstedt.

Constanze hatte ihn sofort nach dem Besuch der Beamten des Bundesamts für Verfassungsschutz, wie sie vermutete, kontaktiert. Er habe ohnehin in Bonn etwas zu erledigen, hatte er gesagt und sich mit ihr an der Rheinpromenade verabredet.

Frachtschiffe und Ausflugsdampfer glitten vorbei, und das Siebengebirge grüßte am Horizont.

»Wie die Mützen der sieben Zwerge«, sagte Constanze.

Sie selbst kam sich vor wie Schneewittchen. Etwas steckte in ihrem Hals wie ein vergiftetes Apfelstück. Der kleine, alte Mann trug heute Mantel, Schal und Hut, einen eleganten Borsalino, obwohl es nicht kalt war. Er hakte sich bei ihr unter, den Krückstock in der freien Hand. Sie bewegten sich behutsam, Schritt für Schritt.

»Was, zum Teufel, ist so atemberaubend an dieser Frau von Kottwitz?«

Helmstedt kicherte.

»Ich bin nicht das Spieglein an der Wand«, sagte er. »Über ihre märchenhafte Schönheit wage ich kein Urteil.«

Er hatte sie durchschaut.

»Sie weiß ihre Mittel einzusetzen. Die Fähigkeit, andere zu manipulieren, ist beträchtlich, um nicht zu sagen bewundernswert.«

»Führte sie das Kommando?«

»Nein. Ihre Rolle in der RAF würde ich eher zwischen Stiefmutter und Mutter Courage ansiedeln.«

Helmstedt blieb einen Augenblick lang stehen, um Luft zu schöpfen.

»Diese Frau glaubte niemals an so etwas wie Revolution, nur an die Macht des Schreckens. Sie ist nicht fähig, einer Idee oder gar einem politischen System zu dienen. Ihr einziger Gott ist sie selbst.«

»Sind Sie ihr jemals begegnet?«

»Ich hatte nicht die Absicht, mich von ihr persönlich beeindrucken zu lassen. Wir sammeln alle nur denkbaren Informationen. Alle zusammen ergeben ein Bild, das der Wirklichkeit näher kommt als ein subjektiver Eindruck.«

Zu den offenen Rechnungen, die den alten Mann bewegten, zählte unüberhörbar die Freifrau. Sie war aus der Art geschlagen – offenbar selbst als Terroristin. Ihre Wirkung auf Männer, die ihr nicht gewachsen waren, gehörte nicht zu den Verbrechen, die den Verfassungsschutz auf den Plan riefen.

»Was werfen Sie ihr vor?«

»Die Kottwitz ist eine Anarchistin, die sich für eine Künstlerin hält. Ihre Verbrechen sind wie Stücke auf einer Bühne. Auf ihrer Besetzungscouch lag auch Trutz Gerling.«

»Das ist mehr als zwanzig Jahre her.«

»Setzen wir uns doch endlich«, stöhnte Helmstedt und steuerte auf eine Parkbank zu.

Auf seine Art war auch Helmstedt Marlene verfallen, dachte Constanze. Sie fragte sich, weshalb. Und erklärte es sich so: Helmstedt konnte kein Rätsel ertragen. Lieber machte er sich ein falsches Bild als gar keines. So verfolgte ihn noch im hohen Alter nicht die reale Marlene, sondern die Charaktermaske, die er von ihr selbst geformt hatte. In dieser Hinsicht ähnelte er den Terroristen, die ihre Opfer auch nicht kannten, sie aber als Charaktermasken des Systems hinrichteten.

Constanze stellte sich Helmstedt als einen glücklichen Menschen vor, glücklich im Sinne von Sisyphos, den der französische Schriftsteller Camus als glücklichen Menschen bezeichnet hatte, obwohl der Felsbrocken, den er den Berg hinaufrollt, niemals auf dem Gipfel liegen bleibt und Sisyphos ewig von vorne anfangen muss. Dennoch glaubt er, Sinnvolles zu tun. So absurd war auch die Arbeit des Verfassungsschützers in seinem aussichtslosen Kampf. Wären alle Rätsel gelöst, bliebe Helmstedt nur noch übrig zu sterben. Die RAF war vergangen, für ihn war sie ewige Gegenwart.

Kein Wunder, wenn man ihn für wunderlich hielt. Constanze spürte jedoch nicht zum ersten Mal, dass sie eine Ader für wunderliche Zeitgenossen hatte. Sie versuchte, die Wunderlichkeit mit der Kamera festzuhalten. Das war ihre Leidenschaft. Helmstedt gehörte unbedingt in ihre Sammlung, ebenso wie Marlene. Diese Leidenschaft ließ sie das Leiden an Papas Tod manchmal ein wenig verdrängen.

Waren nicht die Rätsel, die ihr Charaktere wie Helmstedt, Marlene und Frederic aufgaben, spannender als die sogenannte Wahrheit? Je rätselhafter sie ihr erschienen, desto schwerer kam man ihnen mit der vermeintlichen Wahrheit bei. Um sie zu begreifen, genügte eine einzige Wahrheit nicht.

Als Constanze neben Helmstedt auf der Bank saß und auf die Zipfelmützen des Siebengebirges im Süden sah, wurde ihr das ohne groß nachzudenken klar. Frederic mochte ein Mörder sein, doch eben ein aufregender Mörder. Marlene mochte eine Terroristin sein, doch eine hinreißende Terroristin. Helmstedt mochte ein grau gewordener Law-and-Order-Typ sein, doch ein Besessener.

Die erste Frage stellte sie.

»Was hat Marlene Ihnen getan?«

»Das fragen Sie mich?«, lächelte Helmstedt.

Sie wartete.

»Und Sie?«

»Wenn ich das so genau wüsste, säße ich nicht hier«, sagte Constanze.

»Was sucht Frederic noch immer bei dieser Frau?«

»Ich wollte, ich hätte darauf eine Antwort«, sagte sie. »Vorausgesetzt, die Annahmen der Polizei treffen überhaupt zu.«

»Welche Annahmen?«

»Haben Sie sichere Beweise dafür, dass Frederic und die Kottwitz gemeinsam auf der Flucht sind. Sie bezweifeln es doch auch?«

»Ich bezweifle nichts, glaube nichts, und wissen kann ich erst recht nichts.«

Der Argwohn hatte sich tief in Constanze gebohrt. Sie hielt es für wahrscheinlich, dass Frederic in all den Jahren in Frankreich noch im Bann Marlenes gestanden hatte. Es würde auch die Ehekrise im Marmeladenhaus erklären. Nicht sie selbst, wie sie sich einbildete, sondern Marlene hatte zwischen Frederic und Marie-Claire gestanden.

Constanze neigte durchaus nicht zu Verschwörungstheorien. Aber es war nicht auszuschließen, dass die perfide Freifrau Frederic auf sie, die Tochter des Mordopfers, angesetzt hatte, aus nichts als perverser Lust daran, sie zu quälen. So könnte, so musste es gewesen sein!

Mit einem Mal flackerte ihre französische Beinahe-Affäre in ganz anderem Licht. Der nächtliche Stein, das zerschlagene Wagenfenster, und, ja, auch das Verschwinden Davids, alles nur, um ihr Angst einzujagen. Psychoterror, der weiter gesteigert worden wäre, wäre Constanze nicht abgereist.

Frederics Beteuerungen waren nichts wert, solange er dieser Hexe verfallen war. Obwohl nicht ganz auszuschließen war, dass er in seiner Not gehofft hatte, von Constanze erlöst zu werden. Es wäre gründlich schiefgegangen.

Solch wirre, abwegige, zugleich aber auch unabweisbar plausible Gedanken stürzten auf Constanze ein.

»Geht es Ihnen nicht gut?«, sorgte sich Helmstedt.

»Nein, nein. Das alles ist nur schwer zu verdauen.«

»Sie hatten gehofft, Gramlin sei aufgewacht, habe mit seiner Vergangenheit endgültig gebrochen, arbeite nun an Ihrer Seite, der Seite des Guten. Nicht wahr?«

Er gab den Seelsorger.

Constanze war der Terroristenfeind lieber.

»Es ist mehr als verständlich«, sagte Helmstedt. »Es ist gewissermaßen der Strohhalm, an den Sie sich klammern.«

»Was für ein Strohhalm?«

»Sie hegen die stille Hoffnung, mit Gramlins Hilfe Licht in den Anschlag auf Ihren Vater zu bringen. Ich fürchte nur, Sie sitzen einer Illusion auf. Das Einzige, was Ex-Terroristen zusammenschweißt, ist das Schweigen.«

»Gramlin hat es mir versprochen.«

»Hat Ihnen was genau versprochen?«

»Den Namen. Den Namen des Mörders.«

»Warum sollte er gegen das Gesetz der Omertà verstoßen? Aus schlechtem Gewissen? Aus Liebe zur Wahrheit? Aus Liebe – Verzeihung – zu Ihnen?«

Schön, dass das Wort Liebe bei Helmstedt noch nicht ganz verlöscht war. Jetzt sollte sie sich bloß nicht im eigenen Unglück suhlen. Constanze gab sich einen Ruck.

»Die Begegnung mit Gramlin war nicht ohne Gewinn. Ich weiß inzwischen mehr. Mehr als aus den Ermittlungen der vergangenen zwanzig Jahre.«

»Ach!«

»Neue Figuren sind im Spiel. Marlene von Kottwitz, Tom Grün, ein Mann namens Norden, Frederic Gramlin selbst. Wir wissen jetzt wenigstens, wo er gelebt hat.«

»In Ihrer Nähe«, sagte Helmstedt.

Es klang, als amüsierte ihn das.

»Ja, welch ein Zufall.«

»Wir müssen die Fakten neu bewerten«, sagte er, »die Rollen der Figuren im Stück analysieren. Wenn ich einfach mal ins Blaue hinein spinne, was ich natürlich nicht tun sollte, erkenne ich mindestens drei unterschiedliche Geschichten. Die erste handelt von einer Beziehungstat. Tom Grün und Trutz Gerling kämpfen um Frau von Kottwitz auf Leben und Tod. Gerling tötet Grün, vermutlich im Affekt.«

»Das denken Sie sich aus. Oder haben Sie auch dafür Indizien?«

»Ich verknüpfe Fakten, nicht mehr und nicht weniger. Auch wenn Ihnen diese Variante abwegig erscheinen mag.«

»Wo bleibt mein Vater in diesem Fall?«

»Die zeitliche Nähe wäre reiner Zufall. Der Fall Schelling hätte damit nichts zu tun.«

»Ich bin ausschließlich am Fall Schelling interessiert.«

»Die zweite Geschichte geht so. Tom tötete Ihren Vater. In wessen Auftrag auch immer. Im Auftrag dieses Wer-auch-immer wird er danach selbst beseitigt. Wir müssen deshalb herausfinden, warum Ihr Vater sterben musste. Wir vermuten, dass die RAF in dieser Zeit von verschiedenen Auftraggebern in Anspruch genommen wurde. Sie war zu einer Killerorganisation mutiert, der man bloß noch ein revolutionäres Mäntelchen umgehängt hat.«

»Ist mir zu hoch«, sagte Constanze.

»Meine Annahme ist eine knappe Schlussfolgerung aus der Geschichte der RAF.«

»Was für eine Geschichte?«

»Zusammengefasst in zwei Sätzen lautet sie so: Die Illusion, einer großen, unterdrückten politischen Bewegung zu dienen, schuf Terroristen. Der Terror machte aus ihnen gewöhnliche Banditen.«

»Mir sind Ihre Mutmaßungen egal. Was wissen Sie über Papa?«

»Zur dritten Geschichte. Papa, Pardon, Stephan Schelling, arbeitete für den Kanzler. Sein Auftrag: Wahlsiege im Osten zu organisieren. Er gilt somit als Feind des Sozialismus, ist aber doch nur ein Angestellter. In Wahrheit hat es die RAF auf den Kanzler selbst abgesehen. Nehmen wir an, einer aus dem Kreis der Attentäter verrät den Plan.«

»Sie haben einen konkreten Verdacht?«

»Nehmen wir an, Tom Grün.«

»Der Verräter.«

»Deshalb musste er sterben. Nehmen wir weiter an: Tom Grün verriet den Plan an Stephan Schelling.«

»Wie kommen Sie darauf?«

»Nehmen wir es einfach einmal an. Es ist nicht mehr als eine Hypothese. Dann hätte Ihr Vater nicht nur das Attentat verhindert. Er wäre auch ins Visier der Attentäter gerückt.«

»Der Kanzler der Einheit lebt noch immer.«

»Was wir ihm beide von Herzen gönnen.«

Constanze mochte das Gift in Helmstedts Ironie.

»Papa hat es nicht überlebt.«

»Denken wir meine Hypothese zu Ende. Wenn das RAF-Mitglied Tom Grün Schelling informiert hat, dann war Schelling … nun …?«

»Sein Kontaktmann.«

»Vielleicht sogar sein Führungsoffizier.«

»Aber das wäre Ihnen doch bekannt. Er hätte für Sie gearbeitet!«

»Auf diesem Feld tummeln sich viele.«

Constanze glaubte ihm kein Wort. Helmstedt machte sie mit seinen Hypothesen und Theorien und Spekulationen nur endgültig verrückt. Man konnte sich die Geschichte auch ganz anders ausdenken. Auch so, wie es ihr besser gefiele.

»Auch Frederic könnte der Informant gewesen sein. Der Informant meines Vaters.«

Die Frage, wer Papa erschossen hatte, blieb unbeantwortet. Was sollte das alles? Es rührte nur den Schlamm am Grunde ihrer Seele auf, der das Bild ihres Vaters vernebelte und verdunkelte. Es war das Letzte, was sie brauchen konnte.

»Reden Sie mit Ihrer Mutter!«, sagte Helmstedt.

»Sie haben vielleicht Vorstellungen!«

»Versuchen Sie es! In einem hellen Moment.«

»Wie geht es Ihrem lädierten Halswirbel?«

Helmstedt wich aus.

»Was macht David? Jagt er noch immer Verbrecher?«

9

Auf einen lichten Moment konnte Constanze lange warten. Dennoch wollte sie Mutter zweimal wöchentlich besuchen. So hatte sie es sich vorgenommen. Sie war schon froh, dass sie sie erkannte und ihr sogar ein Lächeln schenkte, als sie ihr im Rollstuhl wie in Zeitlupe entgegenkam. Sie erinnerte sich sogar daran, dass David ihr Enkel war.

Constanze streichelte ihren Handrücken.

Das war er, der lichte Moment.

Sie musste ihn nutzen. Constanze versuchte, sie zu überrumpeln.

»Wusstest du, dass Papa für den Geheimdienst spioniert hat?«

Kein Schreck fuhr in ihr Gesicht, auch kein Ausdruck der Überraschung. Mutter blieb starr und stumm. Constanze ging davon aus, dass Papa keine Geheimnisse vor ihr gehabt hatte. Er hatte immer alles mit seiner Frau besprochen, hatte ihr auch erzählt, was er im CDU-Hauptquartier beobachtete und aufschnappte. Von Seilschaften, Fallenstellern, Heckenschützen, Knechten und Karrieristen handelten seine Geschichten. Er erzählte gut. Aber vielleicht war es diesmal anders gewesen.

»Frag Papa!«, sagte Mutter.

»Hatte er Angst, dass seinem Kanzler etwas zustieß?«

»Weißt du doch.«

»Ein Attentat.«

»Weißt du doch.«

»Ja, weiß ich.«

Dann brachte Constanze wie beiläufig Ortner ins Spiel.

»Ja, der!«, sagte Mutter.

Ihr Gesicht trübte sich wieder ein. Es sah aus, als versinke sie in sich selbst.

»Hatte Papa Ärger mit ihm?«

»Ja, der.«

Es war jetzt kaum noch etwas aus ihr herauszukriegen. Dennoch versuchte sie es weiter.

»Was hat dir Papa über Grün erzählt? Tom Grün.«

»Frag Papa.«

Das konnte heißen, dass ihr der Name vertraut war. Es konnte aber auch gar nichts bedeuten.

»Und den Namen Gerling? Trutz Gerling? Hat Papa ihn erwähnt?«

»Ach was.«

Constanze spürte, wie sie selbst die Geduld verlor, was wirklich nicht angemessen war.

»Sag mir bitte, worüber Papa so beunruhigt war, kurz bevor er starb!«

Daran erinnerte sich Constanze. Es hatte sich in Constanzes Ohren sogar so angehört, als ob er seinen Job hinschmeißen wollte, falls ihre Erinnerung nicht trog. Vielleicht hatte es Mutter ganz anders empfunden, weil Papa ihr alles erzählt hatte. Constanze hatte aus ihm nichts Genaues herausbekommen. Für seinen obersten Boss, den Parteivorsitzenden und

Kanzler, hatte er nicht bloß freundliche Worte gefunden. Und zuletzt war er zur Freude seiner Frau nicht mehr so viel in den neuen Ländern unterwegs gewesen. Darüber hatte Constanze nicht mehr groß nachgedacht, mit dem Tod war das alles bedeutungslos geworden.

»Frag Papa!«

»Wo soll ich ihn denn fragen?«

Mutters rechte Hand zitterte. Mit der anderen klammerte sie sich an die Armlehne des Rollstuhls.

»In Frankreich.«

»In Frankreich?«

»Wo denn sonst«, sagte Mutter.

10

Es war unüberlegt, womöglich sogar dumm, Marlene das Foto zu zeigen, das Frederic von Constanze bekommen hatte. Es zeigte ihn als geschundenen Helden der Landstraße am schrundigen Stamm einer Korkeiche.

»Wer hat es geschossen?«

MC, hätte er behaupten können. Das tat er aber nicht. Er rückte mit der Geschichte heraus. Die Frau, deretwegen er gestürzt war, habe ihm das Foto als Andenken geschickt.

»Weshalb zeigst du es mir?«

Die ehrliche Antwort wäre gewesen, weil er damit angeben wollte.

»Weil es komisch ist«, sagte er.

»Ein geschlagener Held. Komisch, ja.«

»Eine grandiose Aufnahme.«

»Die Fotografin wird dich erkennen, wenn bald überall dein Fahndungsfoto auftaucht. Chapeau, Trotzki!«

»Du siehst Gespenster.«

»Erzähl mal von ihr!«

»Muss das sein?«

»Du hast damit angefangen.«

»Nur, weil mir die Aufnahme so gut gefällt.«

»Vielleicht ja auch die Fotografin. Jung? Hübsch? Nett?«

»Es geht.«

»Ich habt euch danach noch getroffen.«

»Was soll das denn jetzt?«

»Na und, was ist schon dabei. Wir könnten sie besuchen.«

»Warum denn?«

»Hattest du was mit ihr?«

»Marlene, bitte!«

»Nach all den Jahren der Entsagung nur zu verständlich. Ich gönn es dir von Herzen.«

»Es war nichts.«

»Wenn nichts war, kann es doch kein Problem sein, sie zu treffen.«

»Wie du dir das vorstellst!«

Marlene sah ihm tief in die Augen und formte die Lippen zum Kussmund.

»Also wirklich, Trotzki.«

»Zwei- oder dreimal waren wir schwimmen. Mit ihrem kleinen Sohn, wenn du es genau wissen willst.«

»Geil!«

»Ein Fünfjähriger.«

»Eine süße Mutti.«

»Kein weiteres Wort.«

»*Mon Dieu!* So empfindsam. Muss ja eine tolle Geschichte gewesen sein. Willst du sie nicht wenigstens besuchen?«

»Geht nicht.«

»Du musst auf mich keine Rücksicht nehmen.«

»Sie ist wieder in Deutschland.«

»Eine Geliebte in Deutschland. Verstehe. Deshalb wolltest du nicht gern hierher zurück. Und jetzt am liebsten schnell wieder zu ihr. Ist sie dir gefolgt oder du ihr?«

»So ein Quatsch.«

»Jetzt verstehe ich auch, weshalb du mich von der Bettkante geschubst hast.«

»Muss das sein!«

»Es muss. Was ist sie für eine. Erzähl!«

Frederic atmete hörbar ein. Er sollte den Mund halten.

»Mach schon! Woher kommt sie?«

»Bonn.«

»Bonn klingt interessant.«

Keinen Schritt weiter, sagte sich Frederic. Aber es war schon zu spät.

»An Bonn haben wir schöne Erinnerungen. Trotzki, weißt du noch? Wir haben den Venusberg bestiegen. Warst du da mit ihr auch?«

»Weshalb sollte ich bei ihr in Bonn gewesen sein? Sie war hier. Nichts als ein blöder Zufall. Das ist alles.«

»Ein Held vor großer Landschaft. Schau an!«

Er bereute längst, dass er das Bild Marlene gezeigt hatte, aus Angeberei, aus Leichtsinn. Es gab noch einen anderen Grund dafür. Es war so etwas wie Zwang. Frederic hatte Constanze die Wahrheit versprochen. Sobald Marlene erfuhr, dass er Constanze Schelling kennengelernt hatte, musste sie reagieren. Ihre Reaktion ließ hoffentlich Schlüsse zu. Diese Schlüsse wiederum neue Fragen. Vielleicht bekam er sogar neue Antworten. Einen Versuch war es wert.

»Marlene!«

»Trotzki!«

»Willst du nicht ihren Namen wissen?«

»Gott, stellst du mich auf die Folter.«

»Constanze.«

»Nicht schlecht.«

»Constanze Behrenberg.«

»Dafür kann sie nichts.«

»Geborene Schelling.«

»Sag, dass das nicht wahr ist!«

11

»Den Satz streichen wir«, fügte Marlene sofort hinzu.

Ihr Satz, den sie streichen wollte, lautete: »Du gehörst standrechtlich erschossen.«

Sie hatte ihn ausgesprochen, als sie verstanden hatte, wer Frederics neue Freundin war. Also war der Satz nicht mehr aus der Welt zu schaffen.

Frederic wollte es nun auch nicht mehr eine Nummer kleiner und sagte: »Mit Hinrichtungen kennst du dich ja aus.«

Seine Hoffnung, auf verwegene Weise etwas über den Fall Schelling herauszubekommen, flog ihm nun um die Ohren. Er versuchte zu retten, was nicht mehr zu retten war.

»Aber sie weiß gar nichts von mir«, sagte er.

»Erzähl keine Märchen!«

»Märchen, nur Märchen habe ich ihr über mich erzählt. Und auch gar keinen Kontakt mehr zu ihr.«

»Mach dir keine Hoffnung. Sie wird alles dazu tun, dass man dich kriegt.«

»Keine Panik, bitte!«, stöhnte Frederic.

»Pass mal auf, Arschloch!«

12

Damit hatte sie ihm einen neuen Vornamen verpasst. Vorläufig. Wie er sie kannte, hielt er nicht ewig.

»Was sollen wir jetzt tun, Arschloch?«

»Lass uns verschwinden von hier.«

»Etwas anderes wird uns nicht übrig bleiben, Arschloch.«

Sich sicherheitshalber von Frederic trennen wollte Marlene auch nicht. Sie brauchte ihn. Auch jetzt noch. Sie mussten es den Fahndern, mit denen sie rechnete, nur schwerer machen als bisher. Deshalb waren ein paar Dinge zu besorgen im Géant Casino am großen Kreisverkehr. Als sie zurückkehrten, um ihre Sachen zu packen und das Maison zu verlassen, standen drei Wagen vor dem Haus.

»*Merde!* Ich hab's gewusst«, sagte sie.

Für Frederic war es keineswegs ausgemacht, dass Constanze ihm das eingebrockt hatte. Genauso gut könnte Norden seine Kollegen vom französischen Geheimdienst aktiviert haben. Ohne deren unsichtbare Hilfe, darüber war sich Frederic längst im Klaren, hätten sie hier nicht zwei Jahrzehnte lang unbehelligt existieren können. Die Franzosen hatten der Wiedervereinigung der beiden deutschen Staaten nur mit Argwohn und Widerwillen zugestimmt. Zu den Organen der DDR pflegten sie erprobte und haltbare Kontakte.

Es waren ausnahmslos Zivilfahrzeuge. Wer auch im Haus war, ob Kripo oder Geheimdienst, sie würden seine Pistole finden. Was würde mit der Marmelade geschehen, mindestens ein paar Tonnen erster Qualität? Würde man sie verhökern oder vernichten? Es war ohne jede Bedeutung, und dennoch beschäftigte es Frederic.

Angesagt war jetzt nur die Frage, wo er bleiben sollte.

»Kennst du jemanden, Arschloch, der uns bei sich pennen lässt?«

Er kannte niemanden. Er sollte sich bei niemandem blicken lassen. Sonst müsste er auch noch erklären, was aus Marie-Claire geworden war. Hatte jemand eine Vermisstenanzeige aufgegeben? Wurde deshalb gerade alles auf den Kopf gestellt?

»Am besten ist, wir suchen uns ein Haus, die Auswahl ist riesig«, sagte Marlene.

»Ein preiswertes Hotel«, schlug er stattdessen vor.

»Falls noch etwas übrig ist von deinem Verstand, benutz es, Arschloch.«

Sie müssten sich dort anmelden, ein Hotel wäre in der Tat

riskant. Wäre er allein, würde er vielleicht in Constanzes Haus in Grimaud eindringen. Aber nicht zusammen mit Marlene, es würde das Haus entweihen. Auch wenn es erst einmal nur darum ging, ein Dach über dem Kopf zu finden, benötigten sie Einbruchwerkzeug, dass sie erst noch im Baumarkt besorgen mussten.

Sie hätten auch sofort wieder Richtung Norden aufbrechen können. Bloß wohin? Und sie mussten noch einmal zurück ins Maison, um ihre Sachen zu holen, falls sie noch vorhanden waren und falls die Luft wieder rein war.

»Warum übernachten wir nicht am Strand?«, sagte Marlene.

Es war kein Hochsommer mehr, auch wenn das Wetter ein Einsehen hatte. Also noch mal ins Géant Casino, Decken shoppen. Zwei Flaschen Roten, Käse, eine Stange Baguette.

Sie fuhren weiter nach Saint-Tropez, parkten zu Füßen der Festung. Er wollte sie zu einem kurzen Abstecher hinunter zum Hafen überreden, zu den fetten Yachten, belebten Restaurants und Boutiquen. Aber sie weigerte sich, zog die andere Richtung vor, hinaus aus dem Ort. Vor ihnen lag der Friedhof malerisch über dem Meer.

»Ich möchte hier nicht mal begraben sein«, knurrte Marlene.

An einer kleinen Bucht unterhalb des Friedhofs gefiel es ihr. Sie aßen und tranken beide Flaschen aus. Dabei nahmen sie ein Haus in Augenschein, das nicht pompös genug war, um auf Hauspersonal schließen zu lassen. Es sah unbewohnt aus. Aber dann ging doch noch ein Licht an in einem der Fenster, vielleicht von einer Zeituhr gesteuert. Leute waren nicht zu sehen, nicht einmal ihre Schatten.

Zwischen ihnen verlief keine unsichtbare Linie, sondern ein Marianengraben.

Er blieb einsilbig.

Sie ganz und gar stumm.

Ein paar Stunden lang hielt Frederic das aus, zumal er mit Nachdenken darüber beschäftigt war, was nun werden sollte. Er hatte Constanze Antworten versprochen. Wenn es ihm vor allem anderen darum ging, blieb ihm nur noch eines übrig, gleich morgen früh.

13

Keine Dünung. Stille. Frieden. Marlene suchte sich eine halbwegs glatte Fläche im Fels, möglichst weit weg von ihm. Sie saß dort und starrte hinaus auf den Golf. Die Lichter über den Hügeln funkelten mit den Sternen um die Wette und gewannen. Ein Diadem lag über dem Horizont.

Frederic hörte Marlene singen. Er kannte es. *El pueblo unido jamás será vencido.* Das vereinte Volk wird niemals besiegt werden, lautete der chilenische Revolutionssong.

Sie hob die Faust, als drohte sie ihm. Als es weiter abkühlte, kam sie doch noch herüber zu ihm, rückte nah an ihn heran. Es war der bei Weitem romantischste Moment, den er mit Marlene erlebt hatte. Sie waren einander so nah und zugleich so fremd.

Es dauerte noch immer eine halbe Ewigkeit, bis sie endlich den Mund aufmachte.

»Fick mich endlich, Arschloch.«

14

Steif vor Frost machten sie sich am nächsten Morgen auf den Weg. Die Autos waren nicht mehr da. Das Haus war verschlossen wie bei ihrer Ankunft vor zwei Tagen, und auch im Laden schien alles unverändert.

Ihre Sachen waren verschwunden, sein Rucksack mit den wenigen Habseligkeiten, leider auch die Gesualdo-CD. Er hatte damit gerechnet, Marlene nicht.

»Hurenkacke«, fluchte sie.

Er sah nach der Waffe im Schuppen. Es hätte ihn gewundert, wenn er sie dort noch finden würde.

Auch sie war nicht mehr an ihrem Platz.

Frederic zögerte nun nicht mehr. Er wählte die Notrufnummer, die auch Marie-Claire benutzt hatte. Falls alles mit rechten Dingen zuging, war sie längst abgeschaltet. Aber was ging noch mit rechten Dingen zu?

Jemand hob ab. Eindeutig Nordens Stimme.

»Wo steckst du?«

»In dem Maison.«

»Du bist toll«, sagte Norden. »Was willst du dort?«

Norden, das Mädchen für alles. Der Kümmerer. Der Hausmeister. Sogar Getränke hatte er besorgt, anständige Getränke. Keine ganz leichte Aufgabe, dort, wo er sie versteckt hatte. Für Koks und für Knarren war er zuständig gewesen, für Transportmittel sowieso. Auch in Frankreich hatte er einst alles arrangiert, bevor Frederic mit MC untergetaucht war.

»Was willst du?«

»Weiterleben«, sagte Frederic.

»Das hättest du dir früher überlegen sollen. Bist du noch mit Constanze Schelling zusammen?«

»Constanze Behrenberg.«

»Du weißt schon, wen ich meine.«

»Zusammen sind wir nicht!«

»Aber?«
»Aber nichts.«
»Na dann.«
Kurz darauf brachte Marlene ihn zum Bus.
»Fall nicht unter die Räuber, Trotzki!«, war ihr letztes Wort.

15

Sie hatte gehofft, Buch würde ihre Fotos kaufen, aber nicht mehr daran geglaubt. Als er sich nun unversehens bei ihr meldete, flammte die Hoffnung wieder auf. Er wollte Constanze sehen, und sein Blatt bezahlte sogar den Flug nach Berlin.

Das bekannte Breitwandgrinsen empfing sie. Er trug denselben dunkelblauen Blazer wie neulich. Vielleicht war's auch nur der gleiche, so eine Art Uniform mit goldenen Knöpfen. Sein Redaktionsbüro war tapeziert mit Fotos. Buch und Willy, Buch und Gerd. Buch und Gottschalk. Buch und Kohl. Buch und Bobbele. Buch und Angie usw. Die Größen der Republik, die Größen seiner Reporterkarriere.

Er platzte gleich mit seiner Idee heraus. Er denke an eine große RAF-Story.

»Die Fotos machen Sie! Bilder von Betroffenen, aufgenommen von einer Betroffenen. Bilder, dic Spuren in den Gesichtern zeigen.«

Das sollte der »emotionale Clou« sein. Bei aller Freude über den Auftrag fühlte sich Constanze missbraucht.

Sie sagte Nein.

Aber vielleicht wurde noch ein Schuh daraus, mit dem man zwei Fliegen zugleich erschlagen konnte. Eine Fotostrecke zu einem Artikel über überraschende Neuigkeiten im Fall Schelling würde ihr gefallen. Sie erwähnte auch die Tonbänder, die Buch im Gespräch mit Ortner aufgenommen hatte.

»Was haben die damit zu tun?«

»Hat Ortner jemals Anschlagpläne auf den Kanzler im Wahlkampf 1990 erwähnt?«

»Hätte er es getan, wäre ich der Sache sofort nachgegangen. Wie kommen Sie darauf?«

Sie verschwieg Helmstedt, ihre Quelle. Buch grinste schon wieder. Zum Teufel mit ihm.

»Da Sie mich direkt darauf stoßen, fällt es mir wieder ein. Ortner machte einmal eine seltsame Bemerkung, der ich keine Beachtung schenkte. Ich müsste die Stelle in den Tonbandabschriften genau nachlesen. Sie hatte, wenn ich mich richtig erinnere, mit den Protesten gegen den Kanzler zu tun, der in Halle auf einen Eierwerfer losgegangen ist. Danach sind die Sicherheitsmaßnahmen enorm verschärft worden. Der Kanzler, so Ortner, habe sich darüber köstlich amüsiert. Und dann: Kohl hätte beinahe sein blaues Wunder erlebt, hätte nur Glück gehabt. So hat Ortner das kommentiert.«

Was gab es da zu grinsen?

Constanze bat Buch um eine Recherche: »Hat der Kanzler im Oktober 1990 seinen Auftritt in Naumburg abgesagt?«

Sie erklärte Buch, weshalb das wichtig sein könnte. Doch es war noch nicht alles.

»Der Mordfall Grün. Klingelt da etwas bei Ihnen?«

»Grün? Ja, etwas klingelt. Nur was?«

»Der tote Student im Tiergarten. Mutmaßliches RAF-Mitglied.«

»Genau.«

»Wir brauchen alles, was dazu im Archiv zu finden ist.«

»Auch das müssen Sie mir erklären.«

»Grün wurde drei Tage vor meinem Vater erschossen.«

»Sie sehen da also einen Zusammenhang. Leuchtet mir nicht ein.«

Vielleicht war es vollkommen abwegig. Vielleicht aber auch nicht. Sie erzählte Buch nichts von Helmstedts Spekulation, wonach Grün ein Spitzel des Verfassungsschutzes gewesen sein könnte und ihr Vater sein Führungsoffizier.

»Mir leuchtet vieles nicht ein«, sagte sie. »Aber wenn es erst einmal leuchtet, ist es gleich wie ein Blitzeinschlag. In Freiburg wurden gerade zwei ehemalige RAF-Terroristen festgenommen.«

»Ist mir bekannt.«

»Eine dritte Person, eine Frau, ist entkommen. Wissen Sie das auch?«

»Von wem haben Sie das?«

Buch grinste nicht mehr. Stattdessen lächelte ihn Constanze an. Es war ein Was-sagen-Sie-jetzt-Lächeln.

»Verstehe«, sagte Buch, »wir arbeiten also zusammen.«

Ihr Handy summte, und sie ging ran, als sie die Nummer sah.

»Entschuldigung«, sagte sie zu Buch und verließ den Raum.

Es war Ortner persönlich.

»Es gibt Neues im Fall Schelling«, behauptete er. »Ich fühle mich verpflichtet, dich zu informieren.«

»Ich stecke mitten in einem Gespräch.«

»Die Sache eignet sich auch nicht fürs Telefon«, sagte Ortner.

Wie praktisch, dass Constanze gerade in Berlin war.

16

»Wir teilen unsere Liebe zur französischen Küche«, stellte Ortner fest.

Sie traf ihn im Entrecôte in der Schützenstraße am Checkpoint Charlie, eine französische Brasserie. Ortner erwähnte, dass auch die Berliner Philharmoniker nach dem Konzert hier bevorzugt saßen. Er empfahl Steak mit Streichholzkartoffeln.

»Eine Sensation!«

Constanze tat ihm den Gefallen.

»Spannen Sie mich nicht auf die Folter, Herr Minister!«

»Felix! Und schau mich bitte nicht so strafend an. Was macht die Kunst? Bist du mit Buch schon im Geschäft?«

»Er hat nur auf mich gewartet.«

»Großartig! Man sieht es dir an. Aufbruch. Neuanfang. Ein Strahlen von innen heraus. Unübersehbar!«

Wollte er mit ihr flirten?

»Gut, dass du dich entschieden hast. Für David wird Berlin ein Abenteuer.«

Wie kam er darauf? So weit war sie noch nicht mit ihren Überlegungen und hatte auch keine Lust, darüber zu sprechen. Nicht jetzt. Ihr lagen ganz andere Fragen auf dem Herzen und auf der Zunge.

»Hat mein Vater für den Verfassungsschutz gearbeitet?«

»Willst du damit andeuten, er hat mich ausspioniert?«

Der Gedanke schien Ortner zu amüsieren.

»Die Mühe hätte er sich sparen können«, sagte er.

Ein Dementi war das nicht.

»Wie kommst du darauf?«

Sie sah ihm in die Augen und wartete.

»Offen gesagt, darauf war ich auch schon gekommen. Er kam in der Wendezeit, bekam intime Einblicke in die ostdeutsche Partei. Wir hatten ehemalige Stasi-Leute in unseren Reihen. Aber was hätte er groß verraten können? Kommunikation war sein Geschäft. Das Gegenteil von Geheimniskrämerei.«

Sie wusste es besser.

»Information und Desinformation sind zwei Seiten derselben Münze. Wem erzähle ich das!«, sagte sie.

Er hatte ihr Neuigkeiten versprochen. Constanze erinnerte ihn daran. Der Minister beugte sich flüsternd zu ihr vor.

»Ein Trio ehemaliger RAF-Terroristen ist in Freiburg aufgeflogen. Dass sie am Mord an deinem Vater beteiligt waren, ist nicht auszuschließen. Es wird in diese Richtung ermittelt.«

»Es steht schon in allen Zeitungen«, sagte Constanze.

»Über den Fall Schelling steht dort nichts, Verehrteste!«

Er erwartete etwas mehr Dankbarkeit.

»Zwei Männer, eine Frau«, fuhr Ortner fort. »Die beiden Männer haben wir, die Frau – und jetzt kommt's – ist auf der Flucht, vermutlich mit ihrem Freund, einem gewissen Frederic Gramlin alias Trutz Gerling.«

Ortner lehnte sich zurück und wartete genüsslich auf die Wirkung.

»Weiß ich auch schon«, sagte Constanze.

Jemand hatte Ortner die Show gestohlen.

Er hätte bestimmt gern gewusst, wer.

»Streng geheim!«, sagte sie.

Die Luft schien aus dem schweren Mann gewichen.

Constanze ließ noch nicht locker. Sie konfrontierte Ortner mit einem weiteren Namen: von Kottwitz.

»Wer soll das sein?«

»Sie haben mir doch gerade von ihr erzählt. Sie ist mit Frederic auf der Flucht.«

»Ach die. Ich hatte ihren Namen nicht genannt. Oder hatte ich das?«

»Hatten Sie nicht.«

Mehr hatte Ortner heute nicht zu bieten. Constanze fragte sich, woher ein Bundesminister die Zeit nahm, ihr ein paar Dinge anzuvertrauen, die nicht gerade Sensationen waren. Darauf gab es zwei Antworten. Oder zweieinhalb.

Die halbe Antwort lautete, Ortner hatte ein Faible für sie. Dann verfolgte er auch private Absichten, wenn er ihr den Umzug nach Berlin schmackhaft machte. Er suchte ihre Nähe. Dann müsste er jetzt allerdings Gas geben. Ein Lunch im Entrecôte eignete sich schlecht für schwärmerische Anbahnungen.

Soweit sie aus dem Netz wusste, war Ortner in erster Ehe geschieden und im Übrigen als Privatmensch ein unbeschriebenes Blatt. Anfang sechzig. Politiker wie er schafften es, mit ihren Ämtern verheiratet zu sein. Er war definitiv nicht ihr Typ. Zu alt, zu fett, zu geschwätzig und anmaßend dazu, um nicht zu sagen abstoßend. Die Überschaubarkeit seiner Wirkung auf sie konnte ihm nicht entgangen sein. Und so blieb denn auch seine Frage aus, ob sie am Abend schon etwas vorhätte.

Eine andere Antwort war sein schlechtes Gewissen. Ortner machte sich immer noch Vorwürfe. Was genau warf er sich vor? Und stimmten die Gerüchte um Schellings Agententätigkeit? Hatte Ortner etwas davon gewusst, und war das der Grund, weshalb Papa mitten im Wahlkampf nicht mehr so oft in den Osten gereist war? Hatte sich Ortner mit ihm überworfen? Fragen über Fragen, zwanzig Jahre nach den Ereignissen. Ob es überhaupt noch Antworten gab?

Eine weitere Erklärung war, dass Ortner Constanze unter seiner Kontrolle halten wollte. Er hielt sie für gefährlich, weil sie nicht aufgab, Fragen zu stellen. Nur, was konnte daran für ihn so gefährlich sein, dass er sich persönlich darum kümmerte?

»Dein Vater und ich wussten, was wir aneinander hatten.«

Das war schön gesagt. Man konnte es auslegen, wie man wollte.

Sie versuchte es einfach einmal mit einem der helmstedt'schen Geschichten: »Vater geriet ins Fadenkreuz, gemeinsam mit seinem Informanten. Einem gewissen Tom Grün.«

Ortner versteinerte für einen winzigen Moment, was ihr nicht entging. »Was sind denn das für Räuberpistolen! Tom wie? Nie gehört.«

»Tom Grün wurde wenige Tage vor meinem Vater im Tiergarten ermordet.«

»Was du dir da zusammenreimst.«

Helmstedt reimte mit. Und bald würden noch andere sich einen Reim daraus machen.

»Willst du herausfinden, wer deinen Vater ermordet hat, oder abstrusen Theorien auf den Leim gehen?«

Ortner wusste jetzt, dass Schellings Tochter nicht untätig geblieben war und nicht geduldig darauf wartete, dass die Behörden noch etwas lieferten.

17

»Tourist oder Terrorist?«

»Bitte?«

»Tourist oder Terrorist?«

Der Sicherheitsmann am Gate in Tegel fand seinen Gag so umwerfend, dass er ihn wiederholte. Constanze war sprachlos. Der Idiot hätte eine Antwort verdient.

»Kein Terrorist, nur ein wenig lebensmüde«, wäre eine Möglichkeit gewesen. Oder: »Bringen Sie mich nicht auf dumme Gedanken.« Oder: »Ganz sicher kein Tourist.«

Was auch immer sie sagte, es versprach, ihren Aufenthalt in Berlin ungewollt zu verlängern. Es trieb sie aber Sehnsucht nach David an. Auch war die Lust danach, Aufsehen zu erregen, gering. Also schluckte sie ihre Reaktion hinunter. Niemand nahm ihr Fingerabdrücke ab. Bloß das Wasserfläschchen.

Heutzutage wurden alle Passagiere routinemäßig wie Terroristen behandelt. Vor zwanzig Jahren hatte es so ein Sicherheitsbrimborium noch nicht gegeben. Es erschien ihr eine sinnlose Vortäuschung von Sicherheit zu sein. Plus Schikane. Nur, um den Passagieren klarzumachen, dass sie froh sein sollten, wenn man ihnen nicht vorbeugend Handschellen anlegte, während sie an Bord gebracht wurden.

Die Passagiere ließen alles mit sich geschehen. Je mehr Sicherheit, desto größer ihre Angst, je größer die Angst, desto größer ihre Leidensfähigkeit. Sie ließen sich auch ihre Würde abknöpfen wie ein Wasserfläschchen im Handgepäck. Von so einem Erfolg hat die RAF nur geträumt, dachte Constanze.

18

Frederic überquerte die stählerne Brücke, die vom Bahnhof Friedrichstraße über die Spree führte. Unter ihm glitten Ausflugsboote, über ihm donnerten S-Bahnen, neben ihm lungerten Obdachlose herum. Die Treppen waren maßlos verdreckt. Berlin hatte sich in den vergangenen zwei Jahrzehnten radikal verändert und war dennoch geblieben, was es war, ein Verhau, ein an sich selbst erstickender Organismus.

Ausgerechnet in die *Ständige Vertretung* hatte Norden ihn bestellt. So viel Ironie hatte er ihm gar nicht zugetraut. Die Gaststätte war eine Art Museum der verblichenen Bonner Republik, gegründet von einem der Sozialdemokratie verpflichteten ehemals Bonner Kneipenwirt. Die Wände bedeckt mit Bildern und Devotionalien. Willy mit Lulle und Gitarre. Schmidt Schnauze mit Lulle ohne Gitarre. Gerd Schröder mit Flasche Bier.

An der Wand hing auch ein Bild von Ortner, es zeigte ihn mit Kohl vor dem Trümmerhaufen der Frauenkirche in Dresden, die längst wiederaufgebaut war. Aufgenommen worden war es an dem Tag, als erstmals und wie verabredet überall Schilder aufgetaucht waren, auf denen nicht mehr »Wir sind *das* Volk« stand, sondern »Wir sind *ein* Volk«. Ortner hatte sich den Zauber mit ausgedacht, vermutete Frederic. Und Schelling hatte ihn organisiert. Auf einem roten Banner stand »Lieber vom Kohl was erben als mit der SED sterben«.

Das Lokal sah aus wie ein Beweis dafür, dass der Osten den Westen übernommen hatte, denn der war hier bloß noch Folklore. Die Kanzlerin aus der Uckermark regierte, die dort nicht gerade als Regimekritikerin aufgefallen war. Die meisten Ostdeutschen hatten ein feines Gespür für Opportunismus und mochten sie nicht. Den Westdeutschen galt »Mutti« als personifizierte Einheit auf stämmigen Beinen. Vor allem hatte sie den Deutschen das Interesse an Politik ausgetrieben. Nach postsozialistischen herrschten nun also postdemokratische Verhältnisse. »Gegen die Merkel war Kohl harmlos.« Constanzes Satz hatte Frederic amüsiert.

Kölsch hatte er in Frankreich vermisst. Eine Stange hatte er bereits geleert, als Norden endlich aufkreuzte.

»Der Marmeladenmann!«, sagte der mit unverhohlener Verachtung.

»Schön, dass du es einrichten konntest«, schmalzte Frederic und reichte ihm die Karte. Er hatte Hunger. Und Lust auf Reibekuchen; leider gab es den nicht. Stattdessen stand selbst hier »Kult-Currywurst« auf der Karte. In seiner Not bestellte er Saumagen.

Norden wollte nichts. Nicht einmal Kölsch, sondern Cola.

Der Saumagen war versalzen, die Bratkartoffeln eine lasche Zumutung.

»Zu wat brauchst du mich noch?«, sagte Norden.

»Ich will dir meine Geschichte erzählen. Du bist doch scharf auf sie, seit du dich in Frankreich über meine Pistazien hergemacht hast. Ob du es glaubst oder nicht, die Begegnung mit Schellings Tochter ist nichts als Zufall. Blöderweise gerate ich ihr vor die Räder.«

Frederic dramatisierte ein wenig. Er fand, es tat der Geschichte gut.

»Um ein Haar überfährt sie mich. Was wäre das erst für ein Skandal! Tochter eines Opfers befördert RAF-Mann ins Jenseits.«

»So ne Kitschnummer. Grauenhaft.«

Norden schüttelte sich vor Ekel.

»Hattest du wirklich vor, Marie-Claire wegzuräumen?«

»Aber sicher doch.«

»Pöh!«

Norden glaubte ihm nichts und auch nicht das Gegenteil davon.

»Es gibt einen Deal«, sagte Frederic.

»Gar nüscht jibt et.«

Nordens Dialekt hatte Frederic noch nie ausstehen können.

»Der Deal mit Constanze lautet: Versöhnung gegen Wahrheit.«

»Hör bloß uff! Sobald du lieferst, wat se will, sagt se dir goodbye. Hättest weiter Marmelade kochen sollen, Sportsfreund. Det Einzige, wovon du jemals wat verstanden hast. Bist für diese Welt nicht geschaffen.«

»Du könntest mir einen Gefallen tun.«

»Sonst noch wat.«

»Rede mit Constanze!«

»Bei dir piept et.«

Etwas anderes hatte er nicht erwartet. Einen Versuch war es wert gewesen. Um das Treffen mit Norden gebeten hatte er ohnehin aus einem anderen Grund.

19

Es schien Frederic, als habe die Karl-Marx-Allee die Wende verschlafen. Sie war so breit und leer, dass niemand sie überqueren wollte. Diese Straße verband nicht, sondern spaltete Friedrichshain. Übergroß und submondän. Ausladend statt einladend. Noch immer sozialistische Vorzeigearchitektur. Noch immer gab es hier keinen Flagshipstore, keinen Delikatessentempel, keine Five-Star-Hotellerie, dafür die Berliner Lohnsteuerberatung für Arbeitnehmer e. V., eine Zeitarbeitsfirma, einen Fleischwarenladen, einen Drogeriemarkt, einen Augenoptiker seit immerhin 1954, und, ja, nicht zu vergessen die einst weltberühmte Karl-Marx-Buchhandlung und gegenüber das Vorzeigekino International. Am Alexanderplatz, der urbanen Wüstenei von Weltniveau, war Frederic aus dem Bus gestiegen. Nun wanderte er ums Oval des Strausberger

Platzes und bog schließlich in die Straße der Pariser Kommune.

Zur linken Hand sein Ziel, ein annähernd hundert Meter langer, leicht gekrümmter Plattenbauriegel zwischen Fredersdorfer Straße und Hildegard-Jadamowitz-Straße, benannt nach einer 1942 in Plötzensee hingerichteten Antifaschistin, wie das Straßenschild erklärte. Antifaschist, das war ja gewissermaßen auch sein Beruf gewesen.

Die Eingänge lagen auf der Rückseite der Pariser Kommune. Auch hier Weltniveau. Die Etagen wurden nicht von Erdgeschoss bis 10 bezeichnet, sondern von 1 bis 11 wie international üblich. Sogar die Hausnummern waren gegen die Berliner Gepflogenheit anständig sortiert in gerade und ungerade Zahlen, hier von 22 bis 36.

Adler stand neben einem Klingelknopf der Hausnummer 24, Etage 6. Frederic drückte, der Türöffner summte auf der Stelle. Er wurde erwartet.

Nicht den Aufzug nahm er, sondern die Treppe, langsam, damit er nicht ins Keuchen geriet. Er brauchte die Zeit, um sich zu sammeln.

An der offenen Wohnungstür stand Frieder. Äußerlich schien er kaum verändert. Nur einen Tick hatte er im Gesicht, ein krampfhaftes Zwinkern, das die ganze Backenmuskulatur mit sich riss.

»Die anderen warten schon!«

Kein Gruß, schon gar keine Umarmung.

Einschließlich Frieder waren es vier. Suse saß auf dem Teppich, den Rücken an das abgeschabte braune Sofa gelehnt, und saugte an einem Strohhalm. Am Fenster stand Lerke und klapperte mit einem Löffel in der Kaffeetasse herum. Und auf dem Sofa thronte Marie-Claire mit einer Limonadenflasche. Sie fixierte Frederic. Die besondere Form der Ausdruckslosigkeit in ihrem Gesicht kannte er nur zu gut. Es war schiere Verachtung.

Er hatte vergeblich gehofft, sie im Leben niemals mehr sehen zu müssen. Der Wunsch, sich ihrer zu entledigen, hatte seine Fantasie beflügelt. Als Constanze aufgetaucht war, hatte er sich in die Illusion geflüchtet, MC auf natürlichem Weg zu entkommen.

Ihm war bang. Seine Muskeln spannten. Da tagte kein harmloser Familienrat. Es roch nach einem Hochverratsprozess. Norden stand wie ein Schrank hinter ihm und drückte ihn auf den einzelnen Stuhl in der Mitte des Raums. Wenn wenigstens Marlene hier wäre. Stattdessen MC, Suse, Lerke, Frieder. Vier Untote.

Fünf.

Er zählte sich dazu.

Plus Norden.

Hatte er ernsthaft Welcome-back-Gesänge erwartet? Hoch die Tassen auf die alte Zeit? Das war kein Veteranentreffen. Das waren verbitterte, verkrachte, seelisch verwahrloste Gestalten.

Das waren die Leute, mit denen er jahrelang sein Leben geteilt hatte, ohne auch nur das Nötigste über sie zu wissen, wie ihm jetzt erst klar war. Nicht einmal die Klarnamen kannte er, geschweige denn, was sie zu dem gemacht hatte, was sie waren und was sie wirklich dachten. Ausgenommen Marlene.

Nahm er an.

Das Leben im Untergrund war nur ein halbes Leben.

Die Früchte der Anarchie hatten nie geschmeckt.

Aber nun waren sie verfault.

In der Erinnerung altern Leute nicht, die man zwei Jahrzehnte lang aus den Augen verloren hat. Umso deprimierender erscheinen einem dann die Spuren des Verfalls, wenn man ihnen begegnet. Suse war dünn geworden. Nicht bloß dünn, geradezu fragil, die Haut wie gegerbt. Das schwarze Haar grau überpudert und kurz. Wie eine Lesbe, die in einem esoterischen Blumenladen Sträuße bindet, sah sie aus. Zwei Susen passten in eine Marie-Claire. Lerke noch immer mit rostrotem Pferdeschwanz, der ihrem welken Gesicht das Leben allerdings nicht zurückgab. Als misanthropische Yogalehrerin wäre sie durchgegangen. Noch immer baumelte ihr ein Kreuz um den Hals.

Wie musste Frederic ihnen vorkommen? Wie ein leicht verlotterter Mann, der nicht mehr wusste, wohin mit sich und der Welt?

Er hätte sich nicht gewundert, wenn Norden ihn auf dem Stuhl festgebunden hätte. Doch der Hausmeister verzog sich in einen Nebenraum.

»Auch 'ne Bionade?«, fragte Frieder.

Frederic schüttelte den Kopf.

Lerke eröffnete die Verhandlung.

»Du bist uns eine Erklärung schuldig, Trutz!«

»Danke für den umwerfenden Empfang«, sagte er. »Wäre echt nicht nötig gewesen.«

»Da sagst du was Wahres«, maulte Suse.

»Du legst neuerdings Wert auf unser Kollektiv. Ist ja ganz was Neues«, sagte Lerke.

»Zu schön, um wahr zu sein«, sagte MC. »Wir sind ihm nicht bloß piepegal, er ist auch zum Feind übergelaufen.«

»Persönliche Enttäuschungen spielen hier keine Rolle«, sagte Frieder an ihre Adresse.

»Steht hier unsere Beziehung zur Debatte oder was?«

Frederic wunderte sich. Denn erstens hatten die anderen keine Ahnung davon, was zwanzig Jahre mit MC bedeuteten. Und zweitens, was spielte es noch für eine Rolle.

Vor ihm lümmelte der klägliche Rest der einstigen Kommandoebene. Ihre Menschenliebe war stets nur abstrakt. Für weniger als die gesamte Menschheit hatten sie sich nie interessiert. Deshalb waren sie auch zu Beziehungen nicht fähig. Man kann nicht die ganze Menschheit lieben, sondern nur einzelne Menschen, wusste Frederic inzwischen.

»Blöderweise hängen wir alle mit drin«, sagte Suse.

Frederic hatte keine Lust, sich zu verteidigen, und er hatte es auch nicht vor.

»Was glaubt ihr denn? Bis dass der Tod uns scheidet?«

Es zwei Jahrzehnte mit einer Frau ausgehalten zu haben, mit der ihn nicht einmal die Leidenschaft für Marmelade verband und niemals etwas anderes als die gemeinsame Verbohrtheit, fand Frederic, war ein Kunststück, von dem sich keiner hier eine Vorstellung machte.

»Lass mich aus dem Spiel!«, herrschte MC ihn an. »Ich bin weder ausgebüxt, noch habe ich die Seite gewechselt.«

»Euer Ehescheiß geht mir am Arsch vorbei«, sagte Frieder.

»Wie auch immer, er hat uns verraten«, fasste Lerke zusammen.

Sie führte den Vorsitz des Tribunals. MC war als Zeugin der Anklage geladen.

Was für ein Urteil sie am Ende auch fällten, die Welt pfiff längst auf sie. Inzwischen war Terror anderer Bauart gefragt. Frederic stellte sich die Damen mit Sprengstoffgürtel unter der Burka vor.

Staatsfeind Nummer eins waren sie einmal gewesen. Dieser Status hatte ihnen ungeheure Energie gespendet. Jetzt waren sie nichts mehr. Baader und Meinhof standen als Fußnoten in den Geschichtsbüchern. Sie hier aber standen nirgends. Nicht einmal ihre Taten wurden ihnen zugeordnet. Im Nebel des Vergessens verschwand die dritte Generation der RAF. Wenn sie endlich berühmt werden wollten, sollten sie sich stellen, statt Genossen zu verurteilen. Frederic verspürte gute Lust, ihnen genau das zu erklären.

»Am besten, ihr druckt euch aufs T-Shirt: *Staatsfeind Nummer eins*«, höhnte er.

Das war den Genossinnen zu viel.

»Lügenfresse!«

»Arschgesicht!«

Sie schrien durcheinander. Frieder zuckte nur mit dem Gesicht.

»Wie schön, dass er unseren Kampf noch mal so schlüssig zusammenfasst«, sagte Lerke.

»Nicht einmal Schrecken haben wir verbreitet, an den Verhältnissen nichts geändert«, sagte Frederic.

»Unsinn«, donnerte Lerke. »Wir haben die richtigen Leute hingerichtet.«

»Können wir mal alle wieder unseren Verstand einschalten!«, sagte MC.

»Wir haben für eine bessere Welt gekämpft«, kreischte Suse.

»Träum weiter, Süße«, murmelte Frieder.

Das hätte er nicht tun sollen. Wer Suse auf die Palme bringen wollte, musste nur *Süße* zu ihr sagen. Sie stürzte sich auf Frieder und ließ ihn die Faust spüren, die sie soeben noch zur Zimmerdecke gereckt hatte.

Suse schlug auf Frieder ein.

»Leute!«, schrie Lerke.

MC vergrub ihr Gesicht in den Händen.

Frederic wollte Frieder zu Hilfe kommen. Aber Suse ließ schon von ihm ab, und zu zweit stießen sie Frederic zurück auf seinen Stuhl.

Er ließ sich nicht einschüchtern.

»Wir waren nicht mehr die alte RAF, nur noch ihr Dünnpfiff.«

»Wenn du so denkst, Trutz, wie hältst du dein beschissenes Leben noch aus?«, rief Lerke.

Suse: »Spring doch vom Balkon!«

»Los, mach!«, giftete MC.

An diese Lösung hatte er auch schon gedacht. Aber nicht auf Befehl. Nichts mehr auf Befehl.

»Er wimmert um den mickrigen Rest seiner verfickten Freiheit – oder was er dafür hält«, fauchte MC.

»Schaut euch nur an!« wehrte sich Frederic.

»Guck dich lieber selbst an«, antwortete Frieder.

»Leute, so geht das nicht!«

Lerke versuchte vergeblich, das Geschrei zu stoppen.

»Am besten, wir springen gemeinsam vom Balkon«, sagte Frederic.

Sein Sarkasmus war noch nie besonders gut angekommen.

»Du solltest was gegen deine Depressionen nehmen«, empfahl MC.

»Überhaupt was nehmen!«, meinte Frieder.

Und einander nie wiedersehen, dachte Frederic.

»Wenn Frederic aussteigt, fliegen wir alle auf«, sagte Lerke.

»Ich trau's ihm zu«, sagte Suse.

»Schluss jetzt. Kommen wir endlich zur Sache«, mahnte Lerke. »Die Anklage lautet: Frederic hat sich mit Constanze Behrenberg, geborene Schelling, verbündet.«

»Unfassbar!«, jaulte Suse.

Im Zweifel für den Angeklagten galt hier nicht.

Frederic führte zu seiner Entlastung den Unfall mit dem Rad an.

»Constanze ist schon Tage zuvor im Laden gewesen«, sagte MC. »Sie hat mich geknipst.«

»Sie wusste vom ersten Moment an, wer er ist«, behauptete Suse.

»Wir wollen nicht wissen, was du in Schellings Haus getrieben hast, es genügt, wenn du uns sagst, was du ihr verraten hast«, sagte Lerke.

»Nichts.«

»Sie weiß, wer er ist. Das ist mehr als genug«, wiederholte sich Suse.

»Nichts weiß sie.«

»Es wird nicht besser für dich, wenn du uns für dumm verkaufen willst«, setzte Suse hinzu.

»Wenn Constanze wüsste, wer ich bin, säße ich nicht hier, sondern im Knast.«

»Warum hast du ihr deine Waffe gegeben?«, mischte sich Frieder ein.

»Ich habe sie ihr nicht gegeben.«

Das Stimmengewirr sagte Frederic, dass ihm hier niemand glaubte, selbst Frieder nicht. Trotzdem beharrte er darauf: »Die Waffe war, wo sie immer war. Constanze hat sie gefunden.«

»Sie hat damit Norden bedroht«, wusste Lerke.
»Ich war nicht dabei.«
»Sie hat es dir bestimmt erzählt.«
»Sie hat ihren Sohn gesucht.«
»Und dabei mit dem Revolver herumgefuchtelt, ja?« Lerke hob die Stimme: »Was weiß die Schelling?«
Suse: »Was hast du ihr erzählt?«
»Constanze hat ein Recht darauf, zu wissen, weshalb ihr Vater starb und von wessen Hand«, sagte Frederic.
MC sagte: »Am besten, du flüsterst ihr, dass ihr Alter nicht unschuldig gewesen ist. Dass er für die BRD spioniert hat. Weiß sie das?«
»Ich weiß es selbst nicht«, sagte er.
Es war verrückt gewesen von ihm, nach Berlin zurückzukehren zu diesem Haufen absurder Desperados.
»Es ist einfach zu riskant für uns, ihm zu glauben«, stellte Lerke fest.
»Du sagst es«, rief MC.
»Es sind schon genug Leute gestorben«, sagte Frieder.
»Die Regeln gelten auch für ihn«, sagte Suse.
Lerke: »Wir trauen ihm nicht mehr.«

20

Frederic begriff. Sie würden ihn nicht hier töten beziehungsweise hinrichten.
Doch sie würden es tun.
Sie mussten ihn festsetzen, fesseln, an einen Ort verfrachten, wo er verloren war. Niemand vermisste ihn. Seine Überreste würden von Hunden aufgestöbert werden, angeknabbert von Wildsäuen. Ausgeschlossen war, dass seine Mörder sich wie früher öffentlich dazu bekannten.

Das Urteil gegen ihn konnte nicht anders ausfallen.

Plädoyers wurden nicht gehalten.

Frederic sprang auf, riss die Tür auf und schlug sie hinter sich zu. Im Flur trat ihm Norden in den Weg, bohrte seine Waffe in Frederics Unterleib. Dessen linkes Knie schnellte in Nordens Schritt.

Ein Reflex. Hätte er nachgedacht, hätte er es unterlassen. Norden krümmte sich. Seinen Arm mitsamt der Pistole packte Frederic mit beiden Händen und riss daran den ganzen Mann herum. Jetzt befand er sich in seinem Rücken und stieß ihm das rechtes Knie ins Kreuz. Ein Schuss löste sich.

Der Knall schreckte und stoppte die Frauen in der nun wieder offenen Zimmertür. Mit aller Kraft stieß Frederic Norden von sich. Er sank vornüber. Ein Bein seines Trainingsanzugs, fliederfarben, nässte dunkel ein.

Nicht Pisse. Blut.

Norden hatte sich selbst in den Schenkel geschossen.

Er schrie.

Das massige Elend hielt die anderen auf, verschaffte Frederic den Hauch eines Vorsprungs, der ausreichen sollte, die Wohnungstür zu öffnen.

Abgesperrt.

Doch der Schlüssel steckte.

Im Augenwinkel bekam er mit, wie MC sich zu Norden hinabbeugte. Frieder wollte Frederic am Arm packen, der sich jedoch klein machte und ihm seinen Ellbogen in den Solarplexus rammte. Grunzend ging Frieder in die Knie, nun ein zweites, fiepsendes Hindernis. Die Wohnungstür ließ sich nicht mehr ganz öffnen, nur ein Spalt blieb, gerade breit genug für Frederic.

Er hetzte die Treppe nicht hinab, sondern hinauf. Die Strampelei im französischen Küstengebirge zahlte sich aus. Schneller war hier niemand auf den Beinen. Die verfettete MC wartete bestimmt auf den Aufzug.

Falls Norden sie gehen ließ.

Zwei Verfolger waren zu hören, Suse und Frieder, nahm er an. Der elfte Stock. Aber die Treppe ging noch weiter hinauf, endete an einer Stahltür, die nicht abgesperrt war. Frederic stand auf dem Dach.

Auf dem langen Gebäuderiegel hätte man ein Wettrennen veranstalten können, weitläufig, wie es war. Frederic rannte, ohne sich umzusehen. Eine Kugel schlug auf Metall, ohrenbetäubend, ließ ihn zusammenzucken und zögern. Hinter einem Lüftungsschacht ging er so blitzartig in Deckung, als sei er gefällt worden. Eine Waffe in beiden ausgestreckten Händen, kam Suse Schritt für Schritt näher. Sie war nur noch acht, neun Meter entfernt.

Das Geschenk des Himmels bestand aus einer weiteren grau gestrichenen Stahltür. Suses zweiter Schuss prallte von ihr ab, als Frederic gerade hinter ihr verschwand.

Ein anderes Treppenhaus, abwärts jetzt. Im siebten Stock manövrierte eine Frau ihren Kinderwagen aus dem Lift und versperrte den Weg. Sollte er sie zwingen, ihn in ihre Wohnung zu lassen? Er müsste womöglich Gewalt anwenden und verwarf die Idee. Die Frau hätte irgendwann die Polizei alarmiert. Besser gleich hinab, hinaus ins Freie!

Einen einsilbigen Gruß auf den Lippen, quetschte er sich vorbei, nahm die Treppe nun langsam. Es sah aus, als hätte Suse die Verfolgung aufgegeben. Als er auf die Straße trat, waren die anderen nicht zu entdecken. Aber als er sich umsah, stand gegenüber zwischen Mülltonnen und Kinderspielplatz Frieder. Ihre Blicke trafen einander. Der andere hob den Arm mit geballter Faust. Dann wandte er sich ab. Wäre es nicht die Faust gewesen, sondern der Mittelfinger, hätte Frederic das Zeichen nicht anders gedeutet.

21

Er hatte keine Wahl, wusste nicht, an wen er sich sonst hätte wenden sollen. Dass Constanze ihm nicht gleich die Tür vor der Nase zuschlug, war seine vage Erwartung.

Leider besaß er nicht einmal ihre Telefonnummer, musste mit der Hoffnung leben, sie in Bonn zu finden, im Haus ihres Vaters, im Haus ihrer jäh beendeten Jugend, in einem Haus, in dem Frederic es an ihrer Stelle nicht mehr ausgehalten hätte.

Im Zug rollte er quer durch ein Land, das ihm auch früher schon fremd erschienen war. Nur anders fremd als heute. Er sehnte sich jetzt sogar danach, von diesem Land nicht wieder ausgespuckt zu werden. Sich dies einzugestehen fiel ihm nicht leicht.

Endlich ankommen.

Ein realistischer Wunsch?

Oder bloß eine Schwäche?

Eine unangebrachte Rührseligkeit!

Er kannte dieses Land ja gar nicht mehr.

Wen gab es da noch? Seinen Bruder. Dann kamen schon Constanze und David. Nur war er den beiden nicht zumutbar, solange er die anzog, die es auf ihn abgesehen hatten. Er durfte Constanze nicht noch mehr gefährden, als er es bereits getan hatte. Er wusste auch, dass die gemeinsame Gefahr in ihren Augen kein Beweis für seine Unschuld sein konnte.

Man würde ihm auf die Spur kommen, und dann war auch sie in Schwierigkeiten. Nüchtern betrachtet war er eine Zumutung für sie. Sie aufzusuchen war eine Unverfrorenheit. Wie sollte sie ihn ertragen! Was er vorhatte mit ihr, war auch ein Anschlag, einer auf ihre Seele.

Und dann Marlene. Jeder Psychologe hätte ihm erklärt, dass beide Frauen in seinem Kopf letztlich Fantasiegestalten waren, mit den wirklichen Frauen nicht identisch. Der Trägheit des Halbschlafs entsprungen war dieses Bild: Marlene und

Constanze am Strand. Ihre Hände finden sich, ihre Lippen auch. Marlene gefielen auch Frauen, das war eben so. Sie mochte alles, was sich gut anfühlte. Die Auswahl auf die männliche Hälfte der Menschheit zu beschränken, konnte sie nicht akzeptieren. So erklärte es sich Frederic. Marlene nahm, was ihr gefiel. Was Frauen anging, hatte ihr auf Kommandoebene keine gefallen, soweit er wusste. Was wusste er schon.

Seltsam, dass in seiner Vorstellung Constanze die Aktivere war, diejenige, die die Initiative ergriff, die eine Handvoll weißen, heißen Sand auf Marlenes nackten, festen Hintern rieseln ließ. Der Hintern war der von vor zwanzig Jahren. Constanze war die Frau von heute.

Wie erklärte er sich die Szene? Als verdeckten Wunschtraum, in dem Marlene an seiner Stelle agierte? Jedenfalls war es weniger eine sexuelle Fantasie, sondern der Wunsch nach Auflösung aller Widersprüche.

Wo war Marlene jetzt? Zurück in Freiburg? Wohl kaum. Stand sie noch in Kontakt mit anderen früheren Liebhabern oder Liebhaberinnen? Mit solchen, die ihre Strafe bereits verbüßt hatten? Wurden die eigentlich noch immer überwacht? Wohl eher nicht. Aber sie würden sich bedanken, wenn jemand, der nicht gefasst und verurteilt worden war, sie aufscheuchte wie ein Geist aus der Vergangenheit.

Es wäre nicht gut gegangen mit ihm und Marlene. Das Wiedersehen hatte jedoch eine Brücke geschlagen zurück in sein altes Leben.

Am Nachmittag erreichte er Köln. Er wollte nicht ohne Geschenk für David aufkreuzen. Was brachte man einem Fünfjährigen mit, nicht irgendeinem Fünfjährigen, sondern diesem? Sein erster Gedanke war eine Wasserpistole. Constanze wäre begeistert. Bloß nichts Süßes. Lesen konnte David noch nicht. In einem Spielzeugladen fand Frederic ein Wimmelbuch, eines voller Fahrzeuge, vom Motorrad bis zum Hubschrauber, vom Skateboard bis zum Schaufelbagger. Oder sollte er David lieber ein Skateboard mitbringen? Er war sich nicht sicher, ob es für einen Fünfjährigen schon etwas wäre. Jedenfalls zu sperrig. Also besser das Wimmelbuch. Die Welt war für ihn selbst ein einziges Gewimmel.

Mit der S-Bahn nach Bonn. Weiter zu Fuß vom Bahnhof durch Poppelsdorf, vorbei an denkmalgeschützten Häuserzeilen, Gründerzeit, Biedermeier. Es gab nichts auszusetzen an solch satter Bürgerlichkeit. Früher konnte er durch keine Straße schlendern – schlendern sowieso nicht –, ohne sich an seinem eigenen Ekel zu ergötzen. Er war ein Getriebener seines Ekels gewesen.

Vor dem Schloss bog er nach rechts ab. Dann stand er auf der Fußgängerbrücke über den Autobahnzubringer. Sie vibrierte vom Verkehr, der reißend unter ihm hindurchströmte. Es gab Leute, die warfen von solchen Brücken aus schierer Zerstörungswut Steine. Ihn schwindelte hier.

Die Clemens-August-Straße hieß später Trierer Straße, verwandelte sich weiter oben am Berg in die Ippendorfer Allee, von der irgendwann die Ferdinandstraße abzweigte. Und endlich: Am Engelsbach. Er erinnerte sich.

22

Nur in Gedanken war es schon geschehen. Sie hatte ihn nicht abgewehrt. Abgesehen davon war dieser Mann bereits tiefer in sie eingedrungen, als es sein Schwanz jemals vermocht hätte.

Wie ist das, wenn man mit dem ärgsten Feind schläft? Mit dem Mann, der womöglich ihren Vater auf dem Gewissen hatte oder zumindest wusste, wer die Mörder waren oder zu deren Organisation gehörte? Unmöglich?

Unmöglich. Aber sie hatte es sich vorgestellt.

War sie derart ausgehungert?

Damit hatte das nichts zu tun. Sie war sechsunddreißig und

sah nicht so fertig aus, dass sie um ihre Anschlussfähigkeit hätte bangen müssen. Wenn sie erst einmal wieder im Beruf stand, war der Tisch auch für sie gedeckt.

Es war noch angenehm warm. David spielte im Garten. Sie schenkte sich in der Küche ein Glas von dem Pétale de Rose ein, den sie aus Grimaud mitgebracht hatte, und nahm ihn mit auf die Terrasse. Auf dem Tisch lag ein Zettel.

Von ihm. Sie wusste es sofort.

Ehe sie mit zitternden Händen las, sah sie sich ängstlich um, als lauerte Frederic hinter einer Hecke. Es genügte doch schon, wenn sein Ungeist über den Rasen kroch. Am liebsten hätte sie David ins Haus geschickt.

Das Kind war das Einfallstor für Frederic gewesen, das war klar. Es fühlte sich fast an, als hätte er David gekidnappt. Das hatte er natürlich nicht. Er hatte sich nur ins Herz des kleinen Mannes geschlichen und es beschlagnahmt. Das sollte nicht noch einmal geschehen.

Frederic musste sich Zugang verschafft haben, wohl nicht ins Haus, aber in den Garten. Schon wieder kam er ihr zu nahe.

BITTE ZERREISS MICH NICHT! GERADE ZURÜCK VON TREFFEN MIT GENOSSEN IN BERLIN. NEUE FAKTEN. WANN UND WO KÖNNEN WIR UNS SEHEN, CONSTANZE?

Hier hatte er nichts zu suchen! Bloß keine weitere Begegnung mit David! Sie musste das verhindern. Er hatte keine Telefonnummer hinterlassen. Constanze wusste, was das bedeutete. Sie floh ins Haus, nahm auch das widerspenstige Kind mit hinein, schloss alle Türen sorgfältig ab und ließ auch die Rollos schon herab, obwohl es erst dämmerte.

23

Schon zum zweiten Mal innerhalb kurzer Zeit betrat Frederic eine Kirche. Es war die barocke Wallfahrtskirche auf dem Kreuzberg. Diesmal musste er sich wenigstens nicht wieder in einen Beichtstuhl knien. Er blieb so lange, bis die Kirche geschlossen wurde. Dann nahm er den Stationsweg zurück nach Ippendorf. *Am Engelsbach 2* lautete Schellings Adresse, ein geräumiges, weißes Haus am Hang. Der Spazierweg, der dort begann, hieß *Engelspfad.* Dort, am Rand eines wuchernden Waldes, an der Brücke mit dem eisernen Geländer, wo der Weg sich gabelte, hinab nach Bonn und hinauf zum Venusberg, war die Leiche neben dem Kadaver des Hundes gefunden worden. Das muntere Bächlein plätscherte zwischen alten, efeuumrankten Bäumen durch den Einschnitt zwischen Kreuzberg und Venusberg. Der Kontrast der beiden Namen amüsierte ihn.

Frederic wartete, bis die Dunkelheit ganz hereingebrochen war, ehe er an der Haustür klingelte.

Er klingelte ein zweites Mal. Kurz, kurz, kurz, lang. Als sei es ein Erkennungszeichen. Nichts rührte sich. Die Rollos waren heruntergelassen, in den Ritzen war kein Licht zu erkennen.

Als er am Nachmittag hier gewesen war, hatte das Haus bewohnt ausgesehen. Spielzeug lag herum, Fenster waren gekippt. Ob sein Zettel noch auf dem Terrassentisch lag?

Er öffnete noch einmal die Tür im Zaun. Das simple Schloss ließ sich mit einem kleinen Ruck überlisten. So lautlos wie möglich bewegte er sich um das Haus herum. In der Nachbarschaft war niemand zu sehen, der ihn beobachtete. Die Terrasse sah so unaufgeräumt aus wie Stunden zuvor. Auf dem Tisch flackerte ein einzelnes Teelicht in einem gläsernen Windschutz.

Ein Lichtlein der Hoffnung.

Er hoffte, sie würde sich bemerkbar machen, ihn aus der Dunkelheit heraus anflüstern und hereinbitten. Aber mehr als eine auf den Zettel gekritzelte Antwort durfte er nicht erwarten.

Es wäre mehr, als er verdiente.

Unter seine Zeilen hatte Constanze übertrieben große Druckbuchstaben gemalt, als wollte sie seine eigenen parodieren.

MORGEN ZEHN UHR FÄHRE PLITTERSDORF

Der Weg zurück, erst wieder zu Fuß, dann mit der U-Bahn. Er überlegte, ob er sich in den Rheinauen in die Büsche schlagen sollte. Die Rheinauen waren aber nicht der Strand von Saint-Tropez. Er wollte ihr morgen früh anständig unter die Augen treten können. In Plittersdorf, einen knappen Kilometer vor der Fährstation, kannte er den Schaumburger Hof. Zu seiner Überraschung war es kein Hotel mehr, nur noch ein Restaurant mit Terrasse über dem Fluss. Fachwerk. Und ein Spruch von Heinrich Heine an der Wand, der sich an diesen Platz erinnerte.

Das Städtchen, das mir im Sinne schwebt,
Ist Godesberg, ich denke.
Dort wieder unter dem Lindenbaum
Sitz ich vor der alten Schenke.

Frederic blickte minutenlang auf die nächtliche, unbeirrbar funkelnde Flut. Hier hatte er vor zwanzig Jahren schon einmal übernachtet. Jetzt musste er sich etwas anderes suchen und fand eine kleine Pension nicht weit entfernt.

24

Um diese Zeit hatte sie auch mit Julius auf die Fähre gewartet. Im Wagen schon hatten sie sich heftig geküsst. Er hatte sie mit ihren sechzehn Jahren ans Steuer gelassen. »Wer vögeln kann, kann auch fahren.«

Rebellisch war sie gewesen, auch wenn sich das nicht in politischen Aktivitäten ausgedrückt hatte. Sie war nie gegen irgendetwas auf die Straße gegangen, obwohl Demonstrieren in der Bundeshauptstadt damals an der Tagesordnung gewesen war. Autofahren ohne Erlaubnis war auch eine Art Widerstand.

Constanze hatte heute für Rheinromantik keinen Sinn. Immer wieder blickte sie unruhig in Seiten- und Rückspiegel. Die Schlange wartender Fahrzeuge an der Rampe zur Fähre hinab war überschaubar. In der Gegenrichtung, von Niederdollendorf nach Plittersdorf, kamen um diese Zeit mehr Autos auf dem Weg zur Arbeit an.

Mit einem Mal glitt Frederic auf den Beifahrersitz. Constanze erschrak nicht. Mit nichts anderem hatte sie gerechnet, nur eben nicht so lautlos. Aber sie war wütend.

»Es war Hausfriedensbruch«, fuhr sie ihn an.

Gehetzt sah er aus.

Selbst schuld!

Während sie das dachte, tat er ihr leid.

»Wie hätte ich dich anders erreichen sollen.«

Frederic wusste nicht bloß, wo sie wohnte. Er kannte sich aus. Das allein war fast ein Geständnis. Er war zurückgekommen an den Ort der Tat.

»Verschwinde aus meinem Leben!«

Sie starrte nach vorn, um ihn nicht ansehen zu müssen.

Frederic stammelte etwas über ein abstruses »Tribunal«.

»Was für ein Tribunal, zum Henker?«

Was Frederic als Tribunal bezeichnete, war anscheinend dramatisch zu Ende gegangen. Norden habe ihn mit der Pistole bedroht, Frederic ihn daraufhin niedergeschlagen, dann habe sich auch noch ein Schuss gelöst.

Was war das für eine Räuberpistole!

Außerdem kam in der Geschichte die dicke Frau wieder vor. Constanze verstand nicht ganz, in welcher Rolle. MC stand nun wieder auf der Bühne. In Grimaud hatte es sich noch angehört, als wollte er sie umbringen. Aber dann war er bis Berlin gereist, um sie wiederzusehen. So hörte es sich an.

Was Frederic zu sagen hatte, kam ihr wirr vor. Mit dem Mord an Papa hatte es nichts zu tun, das Einzige, was sie interessierte. Sie ertrug Frederics Geschwätz in der Hoffnung, ihn dann schnell loszuwerden.

Er nannte noch andere Namen, Suse, Lerke.

Sie verstand ihn nicht. Welcher vernünftige Mensch stellte sich freiwillig dem Richtspruch einer Bande, von der er befürchten musste, dass sie ihn umbrachte? Ihm drohte die »Hinrichtung«. Jedenfalls behauptete er es. Was wollte er ihr damit überhaupt mitteilen? Dass er mit diesen Leuten nichts mehr zu tun hatte?

Sie hatte ihn zur Fähre bestellt. Jetzt war ihr schleierhaft, wie sie auf so einen dummen Gedanken hatte kommen können. Nur weil sie sich mit ihm in ihrem Auto sicherer fühlte als zu Hause, musste sie ihn ja nicht gleich dazu einladen.

Sie war an der Reihe, rumpelte aufs Deck der Fähre, bekam die erste Position in der rechten von drei Reihen zugewiesen, stellte den Motor ab und zahlte das Fährgeld dem Kassier, der an ihr Seitenfenster trat.

Die meisten Passagiere blieben sitzen, die Überfahrt dauerte keine fünf Minuten. Sie und Frederic aber stiegen aus wie Touristen und standen auf der kleinen Aussichtsplattform mittschiffs. Der Petersberg ganz nah, dahinter der Drachenfels. Frederic hielt sein Gesicht mit geschlossenen Augen der Sonne entgegen, als hätte er lange Zeit im Gefängnis gesessen. Constanze fehlte jetzt der Sinn für die schöne Aussicht. Erst trieb die Fähre mit der Strömung ein wenig flussabwärts, dann drückte der dröhnende Diesel sie gegen den Strom ans Ufer in Niederdollendorf.

Schon nahmen sie wieder im Wagen Platz. Sie rollten geradewegs die Dorfstraße hinauf bis zum Gut Sülz, direkt am Weinberg. Dort kehrten sie ein.

Frederic berichtete, wie er von Frankreich nach Stuttgart gereist sei, ans Grab seiner Eltern.

»Bitte keine Sentimentalitäten!«

Dann die Begegnung mit seinem Bruder. Eine Katastrophe. Erneut nach Frankreich zu einem emeritierten Rechtsprofessor, der ebenfalls Dreck am Stecken hatte, aber mittlerweile blind war und von einer fast tauben Mumie bedient wurde, wenn sie das richtig verstand.

»Was, zum Teufel, erzählst du mir!«

Marlene kam ins Spiel, in Freiburg, wo sie mit freundlicher Unterstützung dieses Rechtsprofessors untergetaucht war. Kaum hatte Frederic die alten Komplizen mit seinem überraschenden Besuch beehrt, war die Gruppe aufgeflogen.

»Ich lese auch Zeitung«, sagte Constanze.

Wenn es so gewesen war, konnte es nur bedeuten, dass Frederic die Polizei dorthin geführt hatte.

»Hast du sie verpfiffen?«

»Aber nein!«

»Du wurdest observiert?«

»Möglich. Mich haben sie jedenfalls laufen lassen. Mich und Marlene.«

»Wie erklärst du dir das? Nein, erklär es mir lieber nicht!«

Constanze war aber dann doch an ein paar Details interessiert. Sie stellte sich das große Wiedersehen mit Marlene vor.

»Hast du bei ihr übernachtet?«

»Ich wusste nicht mal, wo sie wohnt.«

Das war Constanze zu kompliziert.

»Du hast sie besucht, aber nicht gewusst, wo sie wohnt?«

»Sonst säße ich jetzt im Knast.«

Das leuchtete ihr ein.

»Habt ihr auch miteinander gepennt?«

»Ach, Constanze!«

Frederics Abenteuergeschichte war noch nicht zu Ende. Er berichtete von seiner erneuten Flucht in die Provence. Mit Marlene, wem sonst. In einem von Marlene gestohlenen Fahrzeug. Bei Nacht und Nebel. Marlene habe sich auf Villeneinbrüche spezialisiert.

»Einträglicher als Champagnergelee«, sagte sie.

»Unsinn!«

»Warum bist du nicht bei ihr geblieben und ersparst mir das?«

Auch darauf bekam sie keine Antwort. Oder vielmehr Frederics nächste Räuberpistole, das Gefasel über den französischen Geheimdienst im Marmeladenhaus. Schließlich das Zerwürfnis mit Marlene.

»So rasch? Weshalb?«

Frederic zögerte einen Augenblick, als sei ihm die Antwort peinlich.

»Sag schon!«

»Ich habe ihr von dir erzählt.«

Ließ sich eine Beichte beichten? Offenbar war es Frederic gelungen. Es war ihm schlecht bekommen.

»Da du vor Marlene keine Geheimnisse hast, weiß ich ja jetzt Bescheid.«

»Du verstehst nicht. Ich erzählte ihr doch nur von dir, weil ich sehen wollte, wie sie auf deinen Namen reagiert.«

»Und wie hat sie reagiert?«

»Als dein Name fiel, war das Gespräch zu Ende.«

»Und was schließt du daraus?«

»Du machst dir falsche Vorstellungen.«

»Wovon.«

»Es hört sich merkwürdig an, aber die Militanten haben all die Jahre nicht geredet. Bis heute nicht. Wir haben geschwiegen und schweigen noch immer.«

»Auch untereinander?«

»Wir kneifen die Lippen zusammen.«

»Selbst du und diese Frau in Frankreich all die Jahre?«

»Kein Wort über das, was war.«

»Das ist krank.«

»Vermutlich ist es das.«

»Weshalb fuhr Marlene anschließend nicht mit dir nach Berlin?«

»Eben deshalb. Sie weicht der Wahrheit aus. Wie wir alle immer der Wahrheit ausgewichen sind.«

»Die Vergangenheit lässt sich nicht abspalten.«

»Doch. Sie ist verloren.«

»Ihr seid imstande gewesen, füreinander zu sterben. Miteinander zu leben habt ihr nie geschafft.«

Frederic widersprach nicht.

»Unsere Wege haben sich in Frankreich sofort getrennt«, behauptete er.

Er bestand darauf, sich allein nach Berlin durchgeschlagen zu haben, einzig in der Absicht, im Licht der neuen Ereignisse mehr über das Attentat auf Stephan Schelling zu erfahren. Deshalb das Treffen mit Norden und den RAF-Veteranen. Ihr, Constanze zuliebe.

»Obwohl ihr nur schweigen könnt.«

»Einen Versuch war es wert.«

»Wenn auch aussichtslos.«

Also war in seinen Augen Constanze schuld an Frederics Verzweiflungsaktion mit beinahe tragischem Ausgang. Ihretwegen brachte er sich in Lebensgefahr. Er hätte es sicher gern, wenn das so bei ihr ankäme. Kam es aber nicht. Er legte es darauf an, ihr ein schlechtes Gewissen aufzuschwätzen oder ihr Erbarmen zu wecken. Allzu durchsichtig. Darauf fiel sie nicht herein.

»Ich will nichts mehr wissen«, sagte sie.

Tatsächlich wollte sie alles wissen, war begierig auf jeden Krümel Wahrheit. Nicht nur, was Papa anging.

»Wer ist Marlene? Heraus damit, wer ist sie?«

»Frag mich lieber, wer sie gewesen ist.«

»Sie ist tot?«

»Die Frau, die Marlene einmal gewesen ist, ist tot.«

»Der Mann, der Frederic einmal gewesen ist, auch.«

Nicht einmal den Mann, der ihr in Frankreich nicht schlecht gefallen hatte, gab es mehr. Sie wollte gar nicht mehr wissen, wer der vor zwanzig Jahren gewesen war. Es führte zu nichts.

Entweder war er einer der Mörder, oder er hatte nicht zum Kommando gehört, dann konnte er ihr auch nicht helfen. Schluss mit dieser Illusion.

Doch Frederics Bekenntnisdrang war schwer zu stoppen.

»Die Marlene, die mich damals rekrutiert hat, gibt es nicht mehr.«

»Du meinst die, die dich verführt hat.«

»Sie hatte damals einen Freund.«

Das war keine Antwort.

»Wenn du es genau wissen willst: der Freund hieß Tom.«

»Tom Grün?«

Frederic schien überrascht davon, dass ihr der Name geläufig war. Grün hatte, wenn an Helmstedts Mutmaßungen etwas daran war, sogar Kontakt zu ihrem Vater gehabt. Dass dieser Grün sich mit Frederic um eine Frau gestritten hatte, warf tatsächlich ein neues Licht auf das Geschehen. Marlene war die Verbindung zwischen Frederic und den undurchsichtigen Vorgängen, in die ihr Vater verwickelt worden zu sein schien.

Das bedeutete, dass Frederic tatsächlich nicht mit leeren Händen zu ihr gekommen war, selbst wenn er sich selbst damit belastete. Es war jetzt nur noch eine zweite Frage zu beantworten: Wer sie beantworten konnte, wusste vermutlich auch, wer Schelling auf dem Gewissen hatte.

»Wer tötete Tom Grün?«

Frederic gab keine Antwort.

Er sagte nur: »Ich war dabei, als Tom erschossen wurde.«

Dieser Satz schloss nicht aus, dass Frederic selbst geschossen hatte. Warum erzählte er ihr das?

Ehe Constanze dafür eine Erklärung fand, sagte Frederic: »Kannst du dir vorstellen, dass dein Vater für einen Dienst gearbeitet hat?«

Diese Frage überraschte sie nicht. Überraschend war nur, dass sie in den Tagen zuvor bereits zweimal auf diese Möglichkeit gestoßen worden war, unabhängig voneinander von Helmstedt und Ortner. Jetzt erkundigte sich auch ein

RAF-Mitglied danach. Wollte man ihr am Ende einreden, Papa sei selbst schuld an seiner Ermordung?

Sie musste die Sache endlich beenden, drängte auf Aufbruch. Sie fuhren zurück zur Fähre. Auf dem Boot verließen sie wieder den Wagen.

Ungefähr in der Mitte des Stroms sagte sie: »Wer ist es gewesen?«

Wie zu sich selbst.

Es klang wie eine Beschwörung.

Solange sie darauf keine Antwort bekam, war alles andere sinnlos.

Die Fähre legte wieder an. Die Rampe schlug auf den Asphalt der Rheinallee. Metall kreischte, Motoren heulten auf.

Als sie einstiegen, hörte Constanze den Schlag. Auf der Beifahrerseite sackte Frederic zu Boden. Sie sprang um den Wagen herum, sah Blut.

Die Schranke öffnete sich automatisch. »Handbremse anziehen, Licht ausschalten« stand darauf. Ein BMW, besetzt mit den zwei Typen in Jeansanzügen, die ihr auf der Hinfahrt schon aufgefallen waren, verließ mit quietschenden Reifen die Fähre.

25

Frederic versuchte sich aufzurappeln. Sie hatte ihm schon einmal auf die Beine geholfen, es musste nicht noch einmal sein. Sie griff ihm unter die Arme, hievte ihn auf den Sitz. Das Ganze geschah so rasch, dass niemand darauf aufmerksam wurde. Alle waren damit beschäftigt, die Fähre zu verlassen, und ihr Wagen war der vorletzte.

Sie benötigte Hilfe, konnte Frederic aber nicht in irgendeiner Klinik abliefern. Da hätte sie mit ihm auch gleich zum Polizeipräsidium fahren können.

Er wimmerte. Während sie fuhr, kramte sie mit einer Hand das Handy aus der Tasche, rief Lena an, deren Nummer gespeichert war, die Freundin, die Ärztin.

»Ist er bei Bewusstsein?«

»Natürlich.«

»Aber er war bewusstlos?«

»Ja, ja.«

»Wie lange?«

Sie hatte wirklich keine Zeit gehabt, auf die Uhr zu sehen.

»Immer wieder mal ist er weggenickt. Aber er saß schon im Wagen.«

»Her mit ihm!«

»Mist!«

»Was ist?«

»Er kotzt gerade alles voll.«

»Gib Gas!«

Constanze überquerte den Rhein auf der Kennedybrücke und fuhr gleich danach rechts ab.

Die kleine, feine Beta-Klinik war keine Notfallklinik, aber diskret. Sehr diskret. Die meisten Patienten kamen aus dem arabischen Raum und aus Russland. Diagnostik auf neuestem Stand. Lena wartete schon an der Vorfahrt. Gemeinsam setzten sie Frederic in einen Rollstuhl. Wenige Minuten später war die Wunde versorgt, und sie schob ihn in einen Magnetresonanztomografen, und Lenas Freund Jürgen, der Professor, dem die Klinik gehörte, begutachtete seinen Schädel.

VIERTER AKT

»Sind's Seifenblasen gewesen, die beim Hauch eines Weibes zerplatzen?«

Räuber Moor

I

Trutz hob die Präzisionswaffe, blickte mit einem Auge durchs Zielfernrohr, senkte sie. Der Auftritt seines Lebens stand unmittelbar bevor.

Immer wieder hob er das Gewehr, so, wie er es auch zur Übung in den Tagen zuvor getan hatte. Lampenfieber war unvermeidlich. Verdammtes Lampenfieber, das ihm den Finger am Abzug weich werden ließ. Moralische Skrupel kannte er nicht.

Gleich wird Hodscha aus dem Naumburger Dom schreiten, den grünen Platz überqueren, doch gegen den Plan des offiziellen Protokolls nicht in die wartende Limousine steigen, sondern spontan in die Steingasse schreiten, um einzutauchen in eine Kakofonie aus Applaus, Pfiffen und Rufen. Weit würde er nicht kommen. Denn Trutz saß in der Dachgaube des Hauses zum Mohren am Eingang der Gasse.

Das, was gleich geschah, würde in den Geschichtsbüchern stehen. Die Wahrscheinlichkeit war hoch, dass nun auch sein Name unsterblich wurde. Allerdings zog Trutz es vor, als anonymer Attentäter durch die Geschichte zu geistern. Er hatte nicht die Absicht, sich schnappen zu lassen und im Gefängnis zu schmachten.

Er hob die Waffe erneut.

Auf einen einzigen Schuss kam es an. Er würde eine Panik auslösen, in deren Schutz es zu verduften galt. Akribisch planen ließ sich so etwas nicht.

Trutz war zum Schützen auserkoren, weil keiner im Kommando sein Opfer kaltblütiger ins Visier nehmen könnte. Das war der Eindruck, den er erweckte. Das Auge am Zielfernrohr, schwenkte er die Reihe der Köpfe ab, die am Absperrgitter standen und auf Hodscha warteten. Schaulustige, Verehrer, Verächter, bunt gemischt, nahm er an.

»Siehst du etwas?«, fragte Suse neben ihm.

Es knisterte an ihrem linken Ohr, und sie war aufgeregt wie eine Braut vor dem Einzug in die Kirche.

»Nichts«, sagte Trutz.

Nichts außer Köpfen, an denen sich gleich der gewaltige Schädel vorbeischieben würde, auf den er anlegen wird. Wenn es so weit war, würde er sich vorstellen, dass es kein menschlicher Schädel wäre, sondern ein Kürbis. Mit Kürbissen hatte er geübt.

Die beiden Köpfe, die gerade im Fadenkreuz auftauchten, gehörten Marlene und Tom. Die beiden waren dort unten platziert worden, um die Ereignisse aus der Nähe zu beobachten und mit Suse zu kommunizieren.

Trutz senkte den Lauf um wenige Millimeter. Er sah im Fernrohr Marlenes linke Hand. In der Gesäßtasche von Tom steckte sie. Dort hatte sie nichts zu suchen, auch wenn es zu der Rolle gehörte, die sie gerade spielte.

Erneut setzte er das Gewehr ab und wischte sich den Schweiß aus dem Gesicht. Es herrschte eine Höllenhitze unter dem schlecht isolierten Dachstuhl. Auch die beiden dort unten waren nicht bereit, sich zu opfern. Obwohl es von ihrem Platz ein Leichtes wäre, Hodscha mit einem Sprengsatz in die Ewigkeit zu schicken.

»Die Nerven?«

Trutz ignorierte Suse. Seine Gedanken waren bei dem Mann, den er gleich auslöschen würde. Noch befand sich Hodscha bei Uta im Westchor. Wenn Trutz trotz seiner Anspannung die Augen schloss, tanzten die Gesichter der Stifterfiguren um ihn herum. Der melancholische Gerburg, der in sich versunkene Hermann, die grinsende Reglindis, der missmutige Ekkehard und natürlich die schöne, hochmütige Uta.

»Ich höre, es geht los«, sagte Suse.

Trutz hob die Waffe, sah durchs Zielfernrohr noch immer Tom und Marlene. Die beiden schienen ganz mit sich beschäftigt. Es war nicht nötig, dass sie jetzt noch knutschten. Marlene fiel auch so schon unnötig auf in ihrem roten Kostüm.

Beifall brandete auf.

Gleich wird Hodscha die Köpfe der Zuschauer überragen. Die Höhe seines Ausgucks garantierte ein gut einsehbares Schussfeld. Trutz schaute noch einmal hinüber zu Tom und Marlene. Weiß der Geier, wo sie in Gedanken waren!

»Achtung!«, sagte Suse.

Jetzt sah er ihn auch. Hodscha hob beide Arme und winkte. Man könnte meinen, er winkte ihm zu.

Trutz zielte.

Unversehens flatterte eine Fahne vor seinem Ziel. Er schwenkte das Rohr der Waffe so, wie er annahm, dass Hodscha sich hinter der Fahne bewegte. Dann drückte er ab.

Toms Kopf platzte wie ein Kürbis.

Davon wachte Frederic auf.

Es war kein sanftes Erwachen. Als sei sein eigener Schädel geborsten, fühlte es sich an. Allmählich erkannte Frederic die Konturen des Raums, der um ihn kreiste. Alles rot! Wände rot. Sessel rot.

Er wollte sich aufrichten, doch Schmerz und Schwindel ließen es nicht zu. Er lag in einem Bett. Nie zuvor hatte er in einem so riesigen Bett gelegen. Im Halbdunkel, ganz weit weg, saß eine Frau. Fantasierte er?

Die Frau trug einen weißen Kittel, streckte den Arm aus und tätschelte die Decke über seinem Fuß.

»Willkommen in der Beta-Klinik!«

Ein Krankenhausbett war das nicht. Der ganze Raum hatte nichts von einem Krankenzimmer. In einer roten, asiatisch anmutenden Designorgie war er gestrandet. Einer mondänen Opiumhöhle vielleicht. Ein Glaskubus ragte in den Raum, das Bad, nahm er an.

»Haben Sie Schmerzen, Herr Gramlin?«

Er machte ein gequältes Gesicht.

»Ich bin Ärztin und kümmere mich um Sie.«

Frederic versuchte zu sprechen. Es war aussichtslos.

»Bitte erschrecken Sie nicht. Sie tragen einen Kopfverband.

Man hat Sie niedergeschlagen. Platzwunde, starke Gehirnerschütterung. Ein paar Tage lang wird Ihnen der Schädel brummen. Sie müssen sich schonen.«

In einem Meer aus Kissen versinken. Ein schöner Tod!, dachte er.

»Unsere Premium-Patienten sind, soweit es ihr Zustand erlaubt, in einem Hotel untergebracht, das direkt mit unseren medizinischen Einrichtungen verbunden ist. Sie befinden sich im Grandhotel Kameha unter meiner Obhut. Das Essen ist hier ausgezeichnet, glauben Sie mir.«

Er würde keinen Bissen hinunterbringen.

»Constanze Schelling ist meine Freundin. Sie brauchen sich um Diskretion nicht zu sorgen.«

Sie war also eingeweiht. Das konnte nicht gut gehen. Und wer bezahlte den Wahnsinn hier?

Hier war er nicht sicher. Frederic versuchte, seine Füße aus dem Bett zu schwenken und auf den Boden zu stellen. Es misslang.

»Machen Sie keinen Unfug, Herr Gramlin!«

Er hatte genug Unfug gemacht.

2

»Kein Bruch, keine Gehirnprellung, keine Gehirnquetschung. Nur eine ganz leichte subdurale Blutung zwischen harter Gehirnhaut und Spinngewebehaut. Zwei, drei Tage werden wir ihn hier behalten. Strikte Bettruhe.«

Lena versuchte, Constanze zu beruhigen.

»Wer soll das bezahlen?«

»Etwas Dümmeres fällt dir nicht ein.«

»Danke, Lena.«

»Und über eines solltest du dir keine Illusionen machen. In

dieser Klinik werden noch weit schlimmere Gangster behandelt als dein Freund.«

»Er ist nicht mein Freund.«

»Auch das setzen wir nicht auf die Rechnung. Aber wir haben dich vorsichtshalber im Hotel mit eingecheckt.«

3

Als sie Frederics Zimmer betrat, saß schon eine andere Frau am Bett. »Störe ich?«

Sie hatte sie noch nie gesehen.

Doch wusste Constanze in dieser Sekunde, wer sie war.

Was hatte sie hier zu suchen? Wer hatte sie informiert? Frederic wäre dazu nicht in der Lage gewesen. Also jemand anderes. Jemand hatte auch sie mit einer Zimmerkarte versorgt.

Constanze verspürte nicht übel Lust, sie hinauszuwerfen. Bloß wie? Und mit welcher Begründung?

In diesem Moment schlug Frederic die Augen auf.

Um sie sofort wieder zu schließen.

Ob er die beiden Frauen erkannt hatte?

Seinem Gesicht war keine Regung anzusehen.

Constanze drehte sich auf der Stelle um und ließ ihn allein mit Marlene.

4

Damit musste sie erst einmal klarkommen. Sie wollte trotzdem in Frederics Nähe bleiben und beschloss, zunächst durchzuatmen. Lena hatte ihr öfter vom Spa im Kameha vorgeschwärmt, vom Pool auf dem Dach mit fulminantem Blick auf den Rhein. Sie dürfe sich das unter keinen Umständen entgehen lassen. Jetzt war unverhofft Gelegenheit dazu. Schwimmen tat gut. Sie schwamm gern. Das Wasser trug sie und schenkte ihr ein Gefühl der Gelöstheit.

Auf den ersten Blick war ihr Marlene unsympathisch. Das war auch nicht anders zu erwarten. Sie bereute dennoch, die Gelegenheit vertan zu haben, mit ihr zu sprechen und ihr einige der tausend Fragen zu stellen, die sie beschäftigten. Sie hätte auch gern herausgefunden, was Frederic an ihr so fesselnd fand.

Der Pool auf dem Dach unter freiem Himmel war menschenleer. Constanze zog Bahn um Bahn und wollte gar nicht mehr aus dem Wasser, bis neben ihr ein Körper auftauchte, torpedogleich, mehr unter als über Wasser.

Marlene war ihr gefolgt. An Zufall glaubte Constanze nicht. Es bedeutete, dass sie ihrerseits etwas mitzuteilen gedachte. Hier ging das nicht. Denn zwei Männer enterten den Pool, polternd, prustend, als sei es ihr Revier.

»Komm mit in die Sauna«, schlug Marlene vor.

5

Das waren keine Brüste, das waren Euter, zwischen denen sich ihr Schweiß zum Rinnsal sammelte. Dazu diese ausladend einladenden Hüften. Glatter Hügel unten, Doppelkinn oben. Es ist nicht so, dass Frauen einander nicht ausgiebig zur Kenntnis nehmen.

Es störte Constanze, wie ungeniert sie ihrerseits von Marlene taxiert wurde. Am liebsten hätte sie ihre Scham bedeckt. Sie sah sich selbst als zartes, doch zu Unrecht zerbrechlich wirkendes Wesen. Als alabasterweißes Reh. Constanze war durchaus mit sich einverstanden.

Marlene streckte ihren prallen Leib auf der obersten der drei Bänke aus, Constanze saß auf der unteren. Als sie spürte, dass sie die Schultern hängen ließ, streckte sie die Brust heraus. Gekrümmt wollte sie dieser Frau nicht erscheinen. Sie schwitzten beide ihre Vergangenheit aus. Und sahen sich nicht an.

Constanze: Was führt Sie hierher?

Marlene: Was für eine Frage. Du weißt es.

Constanze: Sagen wir, das Schicksal.

Marlene: An das ich nicht glaube.

Constanze: Also ein Zufall.

Marlene: Es ist nun mal passiert.

Constanze: Was haben Sie mir zu sagen, Frau von Kottwitz? Offenbar wollen Sie mich sprechen. Und ich bin bereit, einen Augenblick lang zu vergessen, was Sie mir und meiner Familie angetan haben. Es ist mein Großmut, dass ich nicht auf der Stelle gehe.

Marlene: Ich will dich nicht verletzen. Es wäre schön, wenn du mich verstehst. Doch wie soll ich es dir nur begreiflich machen.

Constanze: Ich vergesse gerade, wer ich bin und was ich durchgemacht habe.

Marlene: Lass uns vernünftig reden von Frau zu Frau, falls du dazu in der Lage bist.

Constanze: So stolz, nach allem, was geschehen ist! Man sollte glauben, maßlose Schuld hätte Sie gemildert. Maßlos sind Sie geblieben.

Marlene: Du spuckst hier große Töne, aber hast keine Ahnung.

Constanze: Ihr Hochmut macht mich sprachlos.

Marlene: Du hast die Moral auch nicht gepachtet.

Constanze: Was hat mein Vater Ihnen getan?

Marlene: Er ist verurteilt worden. Punkt.

Constanze: Von seinen Mördern.

Marlene: Seinen Richtern.

Constanze: Schwitz die Namen schon aus!

Marlene: Sie tun nichts zur Sache.

Constanze: Frederic hat bereits gestanden.

Marlene: Was soll er denn gestanden haben? Das Arschloch weiß nichts.

Constanze: Als er vor dem Bild meines Vaters stand, wusste er alles.

Marlene: Aber gesagt hat er es dir nicht.

Constanze: Wenigstens ist er ein Mensch.

Marlene: Schätzchen!

Ihre Hand berührt Constanzes Schultern.

Constanze: Perverses Weib!

Sie schüttelt den Arm ab und rückt so weit zur Seite, dass sie von Marlene unberührbar bleibt.

Constanze: Frederic bereut.

Marlene: Was er wirklich bereut, behalte ich lieber für mich.

Constanze: Wie hält man das aus?

Marlene: Wovon sprichst du?

Constanze: Von deiner Schuld.

Marlene: Von Schuld kann keine Rede sein.

Beide schweigen einen Augenblick.

Marlene: Schau mich nicht gar so eisig an. Sonst mach ich

wieder zu. Einen Augenblick lang hast du mich beinahe … berührt.

Constanze: Wie fühlt es sich an, wenn ein Mann zu Boden geht, dem deine Kugel den Schädel durchschlagen hat? Geilt es dich auf?

Marlene (wie in Trance): Da war ein Hund. Der winselte. Der Mann tat keinen Mucks.

Constanze: Der Mann – mein Vater.

Marlene: Der Hund tat mir leid.

Constanze: Ein junger Airedale Terrier.

Marlene (als wollte sie sich an etwas erinnern): Rameau …

Constanze: Von Rameaus Name stand nichts in der Zeitung. Ein Detail, das nur wissen kann, wer Vater observiert und dann getötet hat!

Marlene setzt sich auf und schweigt.

Constanze (leise): Sag, dass es nicht wahr ist.

Marlene: Wenn du glaubst, ich hätte nur Gedichte geschrieben …

Constanze: Du hast abgedrückt.

Marlene: Agierte im Auftrag des Kollektivs.

Constanze: An das du deinen verrotteten Verstand verloren hast.

Marlene: Ein Tribunal hat Schelling verurteilt.

Constanze: Noch einmal: Was hat er sich zuschulden kommen lassen?

Marlene (unwillig, abweisend): Mal dir deinen Herrn Papa nicht besser, als er war!

Constanze (benutzt eine Formulierung aus ihrem Brief): Um jemanden zu hassen, muss man ihn kennen. Du hast ihn nicht einmal gekannt.

Marlene: Der Henker muss den nicht hassen, den er hängt.

Constanze: Den »imperialistischen Vernichtungsstrategen«?

Marlene: Nenn ihn, wie es dir gefällt. Wie wär's mit Spitzel.

Constanze: Fotze!

Marlene: Wir sitzen einander nackt gegenüber, Schwester.

Constanze: Dein Selbstmitleid widert mich an.

Marlene: Da ich hier sitze, begebe ich mich in deine Hand.

(Constanze wendet sich Marlene erstmals zu): Du verhöhnst mich auch noch!

Marlene: Warum sollte ich? Wir wollen beide in Frieden weiterleben.

Constanze (aufbrausend): Ach was! Deinen Arsch willst du retten. Jammere nicht herum, sondern stell dich deiner Verantwortung vor Gericht!

Marlene: Ich bin so unschuldig wie du. Du bist so schuldig wie ich. Kapierst du das nicht?

Constanze: Dein Gejammer bricht mir das Herz.

Marlene: Jetzt hast du kein Herz mehr.

Constanze: Du hast es mir herausgerissen.

Marlene: Frederic kannst du auch verzeihen.

Constanze: Hat er das behauptet?

Marlene: Glaubst du wirklich, die Sache hat mich nicht geknickt?

Constanze: Welche Sache? Du sprichst von Mord.

Marlene: Wir sind durch Furchtbares verbunden und können es gemeinsam überwinden. Wenn wir nur wollen.

Constanze (glühend vor Zorn): Sagt eine Bestie!

Marlene: Auch ich habe mehr ertragen, als ein Mensch ertragen kann.

Constanze: Halt endlich dein Maul!

Marlene: Das ist zu viel!

In archaischer Nacktheit prallten die Frauen aufeinander. Sie rangen, wobei die zierliche Constanze Kräfte entwickelte, die sie nicht für möglich gehalten hätte. Gegenseitig versuchten sie sich aus der Saunakammer hinauszubefördern.

Constanze griff sich den Kübel, der neben dem Ofen stand, und schüttete die Aufgussbrühe über Marlene. Und in ihrer Wut schlug sie ihr auch noch den Kübel über den Kopf. Marlene taumelte und stürzte. Mit der Fußsohle trat Constanze gegen das hölzerne Gefäß, in dem Marlenes Kopf steckte und das ihre Schreie dämpfte. Verwandelt in eine Furie schlug Constanze unbeherrscht auf sie ein.

Auf den Knien suchte Marlene den Ausgang. Sie bekam ein Bein von Constanze zu fassen, klammerte sich daran und zog sie zu Boden. Constanze packte den Kübel, schleuderte Marlenes Kopf darin hin und her. Ihre Widersacherin kam frei, sprang auf und stürzte sich blindwütig auf Constanze, die vor dem Ofen stand, auswich und Marlene dabei ein Bein stellte. Noch ein Tritt von hinten, und der schwere Körper zischte in der Höllenglut.

6

Als Constanze zurück zu Frederic eilte, wusste sie, dass nun alles anders war. Sie hatte sich selbst mit Blut befleckt. Eine Tat im Affekt, kein von langer Hand geplantes, im ideologischen Wahn begangenes Attentat, kein *feiger* Mord – dennoch ein unentschuldbares Verbrechen.

Am schlimmsten war die Erkenntnis, dass sie imstande war zu töten und einen Menschen barbarisch zu quälen. Eine verstörende Vorstellung. Dennoch verspürte sie keinen Funken Reue. Sie war nicht einmal in der Lage, für Marlene um Hilfe zu rufen.

Mit sanftem Schnurren öffnete sie die Tür. Als sie das noch immer abgedunkelte Fünfsternezimmer betrat, döste Frederic. Sie trat an sein Bett und sah einen anderen. Dieser Frederic war definitiv nicht Papas Mörder, selbst wenn eine indirekte Beteiligung an dem Anschlag noch immer nicht völlig auszuschließen war.

Wie ein geheimnisvoller Prinz aus dem Morgenland im blütenweißen Turban lag er da. Kein Prinz! Nicht einmal ein

Frosch, den es wachzuküssen galt. Er würde ihre Unterstützung brauchen, um ganz herauszufinden aus dem Gestrüpp seiner Vergangenheit. Sie würde ihm beistehen. Alles andere konnte warten.

Sie sah sich mit ihm auf hoher See in einem schwankenden Boot. Nach Lage der Dinge war die Polizei nun auch hinter ihr her. Schwere Körperverletzung, wenn es dumm lief mit Todesfolge. Plus unterlassener Hilfeleistung. Wer das Opfer war, spielte allenfalls bei der Strafzumessung eine Rolle.

Sie musste verschwinden.

Er musste verschwinden.

Fieberhaft suchte sie Frederics Habseligkeiten zusammen. Sie legte ihre Hand auf seinen verbundenen Kopf. Er reagierte nicht. Sie tätschelte seine eingefallenen Wangen. Nichts. Sie strich ihm mit dem Zeigefinger über den Nasenrücken. Seine schmale, lange Nase gefiel ihr. Noch immer nichts. Sie zog ihm die Bettdecke weg. Es musste sein. Aus dem zu kurzen Krankenhausnachthemd schauten haarige, knochige Beine hervor.

Sein letztes Hemd, dachte sie.

Da schlug Frederic die Augen auf.

»Wir müssen weg, mein Freund!«

»Hhhhhm?«

»Frag nicht!«

Seine Arme und Beine machten seltsame Verrenkungen.

Constanze zog ihn an den Händen in Sitzposition. Doch er sank zurück.

»Wir ziehen uns jetzt brav an«, sagte sie im Ton einer Krankenpflegerin.

Frederic war benommen, doch gefügig. Er half mit, so gut er konnte. Die Hosen musste sie ihm anziehen. Während sie das bewerkstelligte, saß der Mann auf ihrem Schoß. Wie eine Pietà, dachte sie. Aber sie gab nicht die Mater dolorosa, sondern die Komplizin.

»Mach schon, Frederic, lass dich nicht hängen!«

An der Tür tauschte sie das Bitte-nicht-stören-Schild gegen das Bitte-aufräumen-Schild.

Frederic gab sich alle Mühe. Auf Constanze gestützt, wankte er zum Lift. Sie schleppte auch noch seinen Rucksack. Drei Sanitäter in neongelber Feuerwehrkluft eilten durch die Halle. Verdammt lange hatte das gedauert.

7

Ihr erster Anruf galt Lena. Sie hatte zwar mit der Schwerverletzten in der Sauna nichts zu tun; auf Verbrennungen war die Beta-Klinik nicht eingestellt. Aber Constanze war ihr ein Wort schuldig.

Lena konnte schweigen. Sie war schon vor dem Anschlag auf Papa ihre Freundin gewesen, die Einzige, die seinerzeit in die wilde Geschichte mit Julius eingeweiht war. Lena machte ihr Vorwürfe, stellte Fragen, die ihr Constanze nicht beantworten wollte.

»Wie kannst du dich so gehen lassen?«

»Sie hat gestanden!«

»Hat was gestanden?«

»Sie hat meinen Vater erschossen.«

»Ist sie gefasst?«

»Nein, nein, aber gestanden hat sie. Mir hat sie gestanden.«

Lena kapierte noch immer nicht.

»Die Frau, der du eine zweite Zimmerkarte von Frederic gegeben hast, sie ist die Mörderin.«

»Frederics Schwester?«

»Hat sie das behauptet?«

»Ist sie das nicht?«

»Vergiss es!«

»Kannst du mich nicht endlich aufklären! So, dass ich es kapiere.«

Lena hatte offenbar nichts mitbekommen. Constanze beschönigte, unterschlug ein paar Details, nannte es einen Sturz, was ein Hagel von Tritten und Stößen gewesen war.

»Du hast ihr nicht geholfen und bist einfach weggerannt? Wo bist du jetzt?«

»Der Hund hat ihr leidgetan, Papa nicht.«

»Welcher Hund?«

Lena konnte noch immer nicht folgen.

»Rameau. Das weißt du doch!«

Aber Constanze kapierte selbst noch nicht, was da endlich ans Licht gekommen war.

»Sie redet von einem bösen Geist statt von ihrer Mordlust. Hat nichts Dringenderes zu tun, als um meine Vergebung zu winseln. Erst frech, dann auch noch feig. Ich habe die Beherrschung verloren.«

»Was genau hast du getan?«

»Sie ist auf den Saunaofen gefallen.«

Stille in der Leitung.

»Okay«, sagte Lena, »ich weiß von nichts. Was sagt Frederic dazu?«

»Er ist hier bei mir. Ich habe ihn ausgecheckt. Ein paar medizinische Ratschläge wären willkommen. Was mache ich mit der Kopfwunde? Wie oft muss der Verband gewechselt werden? Was ist mit seiner Gehirnerschütterung?«

»Was hast du vor mit ihm?«

»Er muss aus der Stadt.«

»Erschütterungen sind Gift für ihn.«

»Ich fahre langsam.«

»Mit einer Commotio cerebri zweiten Grades ist nicht zu spaßen. Spätfolgen nicht völlig auszuschließen, wenn auch eher unwahrscheinlich. Die Wunde muss kontrolliert werden. Später die Fäden gezogen.«

»Bis dahin sind wir zurück. Nur noch eine Bitte! Könntest

du herausbekommen, wie es Marlene geht? Was hat sie erzählt? Ist sie überhaupt vernehmungsfähig?«

Lena versprach, sich in der Uniklinik diskret nach ihrem Zustand zu erkundigen.

Wenn Constanze ihre eigene Haut retten wollte, musste sie schweigen. Aber es würde ihr nichts nützen. Seit der Polizeiaktion in Freiburg wurde nach Marlene gefahndet.

Frederic lag mehr im Wagen, als dass er saß. Er blieb auch liegen, als Constanze vor ihrem Haus hielt und hastig ein paar Sachen zusammenpackte. Sie stoppte an der Apotheke.

Metoclopramid gegen Übelkeit, Paracetamol gegen Schädelschmerz, Wundsalbe, Verbandsmaterial. Lena hatte ein Rezept auf Marlenes Handy gemailt. Schließlich holte sie David im Kindergarten ab. Der freute sich unbändig, als er Frederic sah.

»Nicht berühren!«, rief Constanze.

Schon zu spät.

8

Frederic richtete sich auf. Das außerirdische Wesen, das ihn aus dem Rückspiegel anstarrte, machte eine seltsame Grimasse. Sein Schädel war zusammengeschnürt, damit er nicht auseinanderfiel. So sah kein Menschenschädel aus – nur die Schmerzen waren Menschenschmerzen.

Es waren etliche Stücke aus seiner Erinnerung herausgebrochen. Die Fahrt über den Rhein, das Gesöff im Weingut Sülz – der Name kam anstandslos, trotz der Sülze in seinem Kopf – konnte nicht so schlecht gewesen sein. Davon war ihm nicht übel geworden. Aber wovon dann? In einer steinigen Kurve war er gestürzt. Constanze saß noch immer am Steuer ihres Wagens und brachte ihn doch hoffentlich nicht in ein Krankenhaus.

»Fährst du mit uns zum Strand?«, fragte David.

»Das ist eine gute Idee«, sagte Frederic.

»Du bist aber lustig«, sagte David. »In Bonn gibt's gar keinen Strand.«

Frederic wollte aber an den Strand. Drauf hatte er jetzt Lust.

»Und danach gibt's einen Millefeuille mit Himbeermarmelade«, sagte er.

»Es geht jetzt erst mal ins Bett«, sagte Constanze. »Frederic hat ein böses Aua.«

»Heile, heile Segen«, sang David.

Frederic nickte wieder weg.

Wachte dann in einer Art Möbelgeschäft auf. Er lag in einem riesengroßen Designerbett, und Marlene starrte ihn an.

»Wo ist Marlene?«, sagte er.

»Wo soll sie denn sein«, antwortete die Frau am Steuer.

»Im Kofferraum! Im Kofferraum!«, juchzte David und schlug dabei mit den Fäusten so vehement auf der vorderen Sitzlehne herum, dass selbst noch die Rückbank vibrierte. Frederic nahm der Schmerz fast den Atem.

»Es ist nicht mehr weit«, sagte Constanze.

Noch so einen Sturz würde er nicht ohne bleibende Schäden überleben. Er sah hinaus. Die Straße folgte einem breiten Strom, auf dem Schiffe fuhren. Pittoreske Landschaft mit Weinbergen, doch zweifellos nicht die Halbinsel von Saint-Tropez.

9

Die Flucht mit einem leichten Schädeltrauma und einem gelegentlich schwer erziehbaren Kind war kein reines Vergnügen. Es lag buchstäblich nahe, dass Constanze nach Mainz floh, kaum mehr als hundertfünfzig Kilometer rheinaufwärts. Landstraße, weil sie glaubte, auf ihr schonender zu rollen als auf der Autobahn.

Unterwegs war Frederic immer wieder weggedöst. Constanze hielt es nicht für Ohnmacht, sondern für Schlaf, der seiner Genesung diente. Solange David dabei war, konnte sie Frederic nicht sagen, was geschehen war. Es hätte auch einen gesunden Kopf überfordert.

»Was hat Frederic?«, fragte David zum wiederholten Mal. »Ist er wieder mit dem Rennrad hingefallen?«

»Ja, echt blöd«, sagte sie.

Ihr Bruder Willibald wohnte außerhalb von Mainz in einem Dorf namens Ober-Olm, das in ihren Augen einen einzigen Vorzug besaß, einen Autobahnanschluss. Außerdem war es nicht weit bis zur Sportredaktion des ZDF auf dem Lerchenberg.

Als sie Willibald am Telefon hatte erklären wollen, was geschehen war, hatte sie ihren kläglichen Versuch schnell abgebrochen.

»Komm erst mal her«, hatte Willibald gesagt.

Nun gab er Frederic wortlos die Hand.

»Am besten, er legt sich gleich wieder hin«, sagte Constanze. »Die Fahrt war etwas zu viel für ihn.«

David begrüßte seinen Onkel stürmisch.

»Gehst du mit mir wieder ins Stadion?«

Daraus würde diesmal nichts werden. Constanze nutzte Davids Wunsch dennoch schamlos aus.

»Aber nur, wenn du jetzt brav ins Bett gehst.«

Willibalds neue Freundin war bei einem Workshop für Fußballreporter. Überwiegend damit beschäftigt, nach Spielen Spieler zu interviewen, brachte man ihr vielleicht endlich bei, nicht jede Frage mit *Wie* zu beginnen. Alle Fußballinterviewer und Fußballinterviewerinnen taten es. Wie sehr schmerzt die Niederlage? Wie wichtig ist dieser Sieg? Wie wichtig war es für Constanze, zu wissen, wer ihren Vater ermordet hat? Es wäre auch eine Wie-Frage gewesen. Eine falsche Frage. Noch immer maßlos wichtig oder nun gar nicht mehr wichtig – sie wusste es selbst nicht, obwohl es zwei Jahrzehnte lang nichts Wichtigeres für sie gegeben hatte. Dass diese Not nun von ihr gewichen war, erleichterte sie leider nicht.

»Wie ist das bei dir, Willibald? Was ist das für ein Gefühl, die Mörderin zu kennen?«

»Ich weiß nicht«, sagte er, »es lässt mich nicht kalt, aber irgendwie leer. Außerdem muss die Polizei die Aussage erst noch überprüfen.«

»Du hast nicht mit Marlene gesprochen«, sagte Constanze, als sei das Voraussetzung dafür, ihr Geständnis zu beurteilen.

»Ich kenne auch Frederic nicht. Warum sollte ich ihm trauen?«

»Trotzdem bitte ich dich, ihn ein paar Tage aufzunehmen. Er ist niedergeschlagen worden, und ich bin ihm zu Dank verpflichtet, weil ich ohne ihn niemals Marlene kennengelernt hätte.«

»Wenn sie nur gestanden hat, um Frederic zu entlasten?«

Ein hundsgemeiner Einwand. Constanze war sprachlos.

»Warum sollte sie ihn schützen?«

»Aus demselben Grund, aus dem du es auch tust.«

»Das ist eine Unterstellung.«

»Ich unterstelle dir gar nichts, zähle nur eins und eins zusammen.«

»Sprich selbst mit ihm. Überzeuge dich von seiner Redlichkeit. Anders als Marlene hat er mit der RAF gebrochen. Obwohl das nicht so leicht ist. Was meinst du, wer ihn zusammengeschlagen hat?«

»Ich habe nicht die leiseste Ahnung und verstehe auch nicht, weshalb du Frederic für glaubwürdiger hältst als Marlene. Wie willst du wissen, ob sie nicht beide Mörder sind? Sagtest du nicht, er sei mit ihr gemeinsam ins Maison des Confitures geflohen?«

»Nur für ein paar Tage. Du verwechselst sie mit Marie-Claire.«

»Du hast ihn beinahe über den Haufen gefahren. Danach habt ihr euch blendend verstanden. Du hast ihn in unser Haus gelassen! Er hat bei dir übernachtet! David kann gar nicht mehr aufhören, von Frederic zu schwärmen. Daraus soll ich keine Schlüsse ziehen?«

Sie dementierte nichts. Willibald roch den Braten.

»Noch einmal: Ich verdanke Frederic die Begegnung mit Marlene. Nun will ich herausfinden, wer ihre Hintermänner waren. Ohne Frederic kann mir das nicht gelingen.«

»Wo ist Marlene? Warum zeigst du sie nicht endlich an?«

»Es ist nicht mehr nötig. Falls sie überlebt, ist sie gestraft genug.«

»Was hat sie denn zu überleben?«

»Meinen Zorn.«

10

Lena meldete, Marlene liege mit lebensgefährlichen Verbrennungen in der Bonner Universitätsklinik. Ihr Zustand: stabil. Was Ärzte so sagten.

»Kommt sie durch?«

»Wer weiß.«

Frederic schien mittlerweile so wach, dass sie mit ihm hätte reden können. Aber sie waren nicht allein. David teilte mit seiner Mutter das Gästebett. Auf einem Klappbett im selben Zimmer lag Frederic. Darauf hatte Constanze bestanden, aus Angst davor, er könnte sich auf und davon machen.

Als David endlich schlief, rüttelte sie Frederic wach.

»Wo sind wir?«

»Pssst!«

Sie legte ihre Lippen an sein Ohr und strich ihm zur Beruhigung über den Kopf. Wenn man einen Verband streichelt, streichelt man keinen Kopf, sondern ein Ding.

Frederic quälte sich auf die Beine. Sie führte ihn behutsam

vor die Tür. Im Innenhof des ehemaligen Winzergehöfts ging Licht an. Constanze erschrak. Sie zog sich mit Frederic in einen Winkel zurück. Es blieb still.

Marlenes Geständnis wollte sie ihm nicht länger vorenthalten.

»Sie hat geschossen. Den Rest kannst du dir ja selbst zusammenreimen.«

Er reagierte nicht, jedenfalls nicht sichtbar im Dunkel des nächtlichen Hofs.

»Du hast es gewusst«, zischte sie. Anders konnte sie sich sein Verhalten nicht erklären.

»Nicht einmal gedacht!«

Sie hatte so viele Fragen.

»Was bedeutet Marlenes Geständnis? Wer hat sie dazu bestimmt, das Urteil an Papa zu vollstrecken. Wer hat sie dazu ausgewählt? Wurde sie ausgelost? Oder hat sie sich freiwillig zum Morden gemeldet?«

»Es gab kein Urteil, und es gab auch kein Tribunal«, sagte Frederic.

Das Licht ging wieder aus. Sein Turban reflektierte das Restlicht.

Constanze hatte es anders gehört und gelesen; auch im Bezichtigungsbrief des Kommandos war von einer Hinrichtung die Rede.

Das andere Geständnis, ihr eigenes, fiel Constanze schwerer.

»Marlene war bei dir im Zimmer. Hast du es überhaupt mitbekommen?«

Er nickte. Es war ihm trotz Gehirnerschütterung mit partieller Amnesie nicht entgangen.

»Liebst du sie?«

Wie in Zeitlupe bewegte er seinen Kopf hin und her. Hieß das nein? Oder: Lass mich damit in Frieden?

»Woher wusste Marlene, dass du in diesem Luxushotel mit angeschlossener Klinik liegst?«

Seine Augen glimmten in dunklen Höhlen.

Die reine Wahrheit und nichts als die Wahrheit konnte Constanze von ihm nicht verlangen, solange sie zu ihm selbst nicht aufrichtig war.

»Frederic, es tut mir leid. Marlene geht es nicht gut.«

So begann ihr Geständnis.

II

Marlene war das Idol seiner heroischen Jahre gewesen. Aber er hatte nicht bloß ein Idol geliebt. Sie hatten gemeinsam gegen den Rest der Welt rebelliert und einen unannehmbaren Preis dafür bezahlt. Ob Marlene halbwegs überlebte oder nicht: Frederic trauerte schon jetzt um sie. Die Marlene, die er einmal geliebt hatte, gab es nicht mehr.

In seinem gemarterten Kopf ploppten Bilder auf.

Wie sie auf dem Boden saßen und kifften.

Wie er sich an ihren Möpsen labte.

Wie sie auf seinem Gesicht saß und dazu Gedichte las.

Davor schob sich jetzt das Bild der Gezeichneten. Marlenes Gesicht war nur noch eine Wunde. Er hatte immer auch ihre Schönheit verehrt.

Die war ihm als Ausdruck der Wahrheit erschienen. Was so schön war, konnte nicht falsch sein. Für ihn hatte die Revolution ein weibliches Gesicht gehabt.

Frankreich hatte Marianne!

Frederic hatte Marlene!

Marianne auf den Barrikaden, 1830 in Paris, in der ausgestreckten Linken die Trikolore. Die blanke, nicht schöner vorstellbare Brust war die wahre Standarte der Revolution. Marlene war Marianne. Ihr war er gefolgt.

Blanker Kitsch, der da durch seinen Schädel geisterte. Sogar mit Musikuntermalung: *Non, rien de rien, non, je ne regrette rien.*

Er wischte sich die Augen.

Ob er sie verklärte oder nicht, Marlene war der Bogen, der sich über sein verhunztes Leben spannte und ihm so etwas wie einen Sinn verlieh.

So, wie Marlene ihn befreit hatte aus der Mickrigkeit der frühen Jahre, so hatte ihn Constanze von seiner Marmeladenhölle erlöst. Beiden war er dankbar. Constanze war sein Glück im Unglück. Marlene sein missglücktes Glück.

Marlene tat ihm leid.

Indem sie ihm leidtat, tat er sich selbst leid.

Wie konnte er es noch einen Tag länger mit Constanze aushalten, die Marlene auf dem Gewissen hatte!

Er stellte sich die beiden Frauen in der Hitze der Sauna vor. Constanzes Zorn. Marlenes Wahn. Marlene, die Mörderin. Constanze, die Rächerin. Griechische Tragödinnen. War das Wirklichkeit oder Kitsch, den er sich einbildete und ausmalte?

Falls es Realität war, dann wieder einmal nichts als Zufall. Ein blöder Zufall, dass in der Sauna niemand gewesen war, der hätte dazwischenfunken können. Nichts als Zufall, dass Marlene ihn in der Hotelklinik gefunden hatte. Ihr Mitleid hatte sie ins Verderben geführt, nicht ihre Bosheit. Ohne ihn wäre das alles nicht geschehen. Ohne die Schlägertruppe, die ihm vermutlich Norden auf den Hals gehetzt hatte, wäre er nicht im Krankenbett gelandet und Marlene nicht in ihrem Elend. Er trug auch die Last ihres Unglücks.

12

Buch meldete sich. Er hatte recherchiert. Es ging voran. Aber es kam bei Constanze keine Freude auf. Sie spürte die Schlinge um ihren Hals, die Polizei war vermutlich schon hinter ihr her. Die zwei ungehobelten Männer, die sie aus dem Pool vertrieben hatten, würden sich an sie erinnern. Und wenn sie Buch bei seinen Recherchen half, musste sie quasi gegen sich selbst ermitteln.

»Ich brauche Sie nicht bloß zum Knipsen«, sagte er.

Sie knipste nicht. Sie fotografierte.

Buch skizzierte die Story, an die er dachte. Er wolle sich jetzt ganz auf den Fall Schelling konzentrieren. Es fiel der Namen, der bei ihrem Besuch in Berlin noch nicht gefallen war. Jolanthe von Kottwitz alias Kosinsky alias Marlene. Es konnte kaum ein Zufall sein, dass ihn der Herr Starreporter zwei Tage nach Marlenes Geständnis ins Spiel brachte. Woher hatte er ihn? Noch durchschaute sie seine Absichten nicht.

»Die Geschichte der RAF-Morde muss neu geschrieben werden!«, verkündete Buch.

Darunter machte er es nicht.

»Mindestens«, nickte Constanze und spürte ein unangenehm flaues Gefühl.

Buch erwartete »sehr persönliche emotionale Schnappschüsse«.

Die Häuser in Bonn und in der Provence sollten auch vorkommen.

»Wie emotional kann man Immobilien fotografieren?«

»Ich möchte den Geist Schellings sehen, der darin noch schwebt.«

Buch schwebte auch. Ihm schwebte vor, die neuen Bilder mit alten aus ihrem Album zu mischen. Es kam immer dicker. Constanze sollte nicht nur »knipsen«, sondern auch schreiben. Über ihre Begegnung mit den Ex-Terroristen im Marmeladenhaus, Frederic, Marie-Claire.

Sie war doch nicht blöd!

Andererseits war es eine Chance, die sie nicht zweimal bekam.

Was wusste Buch wirklich? Manchmal half eine einfache Frage. Auch wenn es die ewig gleiche zwanghafte Frage war, auf die sie nie eine Antwort bekam.

»Wer hat meinen Vater ermordet?«

Buch überlegte nicht lange.

»Sollte mich nicht wundern, wenn die Stasi dahintersteckt oder das, was von ihr damals noch übrig war.«

»Wie wollen Sie das beweisen?«

»Die Indizien sind kaum zu übersehen.«

Die Stasi veranstaltete kein Tribunal, bevor sie jemanden ausschaltete. »Mein Vater ist also nach Ihrer Ansicht nicht hingerichtet, sondern beseitigt worden, weil er zu viel wusste?«

Das behauptete auch Frederic. Falls es stimmte, waren sie auf der richtigen Spur.

Buch sagte nichts, wackelte bloß vielsagend mit dem Kopf.

Das wiederum warf neue Fragen an Marlene auf. Nicht bloß Fragen, sondern Zweifel an ihrem Geständnis. Sie hatte sich ihrer revolutionären Tat gebrüstet und damit Constanzes Wut geschürt. Eine Hinrichtung aus ideologischer Verblendung und ein Auftragsmord aber waren nicht dasselbe.

Sich Marlene als eiskalte Killerin vorzustellen fiel Constanze immer noch schwer. Das romantische Bild der Anarchistin war leichter zu ertragen, obwohl die Menschenverachtung am Ende dieselbe war. Die Mär von der dichtenden Revolutionärin beschönigte die Dinge nur. Constanze spürte, dass sie durchaus dazu neigte, auf solche Legenden hereinzufallen.

Sie bohrte jetzt nicht weiter nach, weil sie auch Buch nicht über den Weg traute. Niemandem traute sie ganz über den Weg. Frederic ohnehin nicht, aber auch Helmstedt und Ortner nicht.

Als wäre es Gedankenübertragung, sagte Buch: »Ortner gehört in die Fotogalerie. Er verdankt seinen Aufstieg auch der Arbeit Ihres Vaters. Er soll ihn würdigen, sich an ihn erinnern. Die politische Seite des Mordopfers gehört unbedingt dazu.«

Zu Constanzes Überraschung setzte Buch hinzu: »Wir haben bereits einen Termin mit ihm in Berlin.«

»Ortner spielt mit?«

»Man muss nur vernünftig mit ihm reden.«

Wusste Buch, dass Ortner an Constanze einen gewissen Narren gefressen hatte? Er prahlte mit seinen Beziehungen zu Ortner. Da könnte sie locker mithalten. In diesem Geschäft gönnte keiner keinem etwas.

Sie ärgerte sich, dass sie schon genauso dachte. Kaum hatte sie ihren ersten Auftrag im Sack, spürte sie schon eine gewisse Skrupellosigkeit, einen Jagdinstinkt.

Hätte Buch sie schon früher engagiert, wäre sie mit ihrer Kamera ins Klinikhotel gegangen. Frederic und Marlene auf der Bettkante wären ein Sensationsschuss gewesen. Und erst Marlene im Bikini im Pool! Es wären die letzten Bilder von ihr in alter Schönheit gewesen. Jetzt konnte sie mit der Kamera nur noch in die Bonner Uniklinik marschieren.

So etwas tat man nicht.

13

Frederics Aussage gehörte in die richtigen Ohren – bevor die Polizei kam. Nur einer kam dafür infrage.

»Kennst du Helmstedt?«, fragte ihn Constanze.

Seine Pupillen ruckten unruhig hin und her. War das der Nystagmus, das Schädeltrauma-Symptom, das ihr Lena erklärt hatte? Oder hatte der Ex-Terrorist den Ex-Terrorismuschef des Verfassungsschutzes schon früher kennengelernt?

Wahrscheinlich kannte er nur dessen Namen, versuchte sie sich zu beruhigen.

»Du solltest ihn treffen«, sagte sie.

Frederic zeigte den Vogel an seinem Kopfverband.

»Natürlich nur gegen freies Geleit«, sagte sie.

Er schüttelte den Kopf. Das ging schon wieder ganz gut.

»Du traust ihm nicht?«

»Nhnnh!«

»Helmstedt misstraut den Behörden kaum weniger als du, davon kannst du ausgehen.«

»Geh du doch zu ihm! Du hast Marlene verheizt.«

Das klang übel.

»Wir treffen ihn gemeinsam«, sagte sie. »Helmstedt ist der Einzige, der dich davor bewahren kann, in den Bau zu wandern. Er kennt die richtigen Leute und kann eins und eins zusammenzählen.«

»Nhnnh.«

Wenn er nicht wollte, stammelte er nur.

»Nicht sofort. Ich muss sowieso erst nach Berlin«, sagte sie.

»Hhhhhm?«

»Ja, Berlin. Zu Ortner.«

Frederic klappte sofort die Augen zu.

Mit Turban machte er sich großartig. Wie geschaffen für ihre Bildfolge über einen gefallenen Helden, und passend zur Aufnahme, in der er zerschunden am schrundigen Stamm der Korkeiche lehnte.

Sie verließ das Zimmer und holte die Kamera.

Als sie zurückkam, sagte Frederic: »Ich komme mit.«

»Zu Helmstedt? Kluge Entscheidung.«

»Zu Ortner«, sagte er.

14

Frederic beneidete Constanze um ihren Bruder. Das war kein verchromter Ingenieur, der sich in die Hosen schiss. Auf ihre Familie konnte sich Constanze verlassen, wenn es darauf ankam. Das gemeinsame Unglück hatte sie zusammengeschweißt. Es hatte alles auch sein Gutes.

Frederic hasste sich für diesen zynischen Gedanken.

Dass auch Willibald wissen wollte, durch wessen Hand und weshalb sein Vater ums Leben gekommen war, verstand sich von selbst. Oder auch nicht. Denn offenbar hielt Constanzes zweiter Bruder Christoph sich aus allem heraus und verdrängte die Angelegenheit lieber.

Frederic wunderte sich, wie gastfreundlich er in Ober-Olm aufgenommen worden war. Abgesehen von Willibalds Neugier gab es dafür keinen Grund. Der löcherte ihn mit seinen Fragen. Das war wohl der Preis, den er für einige Tage in Sicherheit bezahlen musste.

Wenn er sie nur alle beantworten könnte!

Zu den leichteren Fragen zählte, wie er überhaupt in die Szene hineingeraten war. Marlene also. Auf sie wollte und konnte Frederic seine Geschichte nicht verkürzen.

»Wir wollten raus aus dieser Gesellschaft.«

»Wer will das nicht.«

»Der Unterschied ist, wir wählten nicht die Flucht, sondern die totale Konfrontation.«

Willibald nickte und kam schnell wieder auf Marlene zurück. Was ihre Zauberkräfte anging, war seine Wissbegier unersättlich. Er schien an einen Zusammenhang zwischen Sex und Terror zu glauben.

Damit wollte Frederic nicht dienen.

Auch an den Jahren in Frankreich war Willibald brennend interessiert, die Marmeladenproduktion eingeschlossen. Als ihm Frederic von MC erzählte, kam es ihm vor, als müsste er die Geschichte neu erfinden. So, wie sie sich tatsächlich abgespielt hatte, fast zwanzig verlorene Jahre lang, gab sie nicht mehr genug her – vom Ende abgesehen. Aber auch darüber schwieg er lieber. Er wusste nicht, was Constanze ihrem Bruder anvertraut hatte.

Als ihm Willibalds Wissbegier zu viel wurde, schützte er Erschöpfung vor. Die Schädelverletzung ermüdete ihn, mehr noch aber seine Vergangenheit.

Die Vergangenheit war alles, was von ihm noch übrig war.

Das war zu befürchten. Er sah für sich keine nennenswerte Zukunft mehr. Ihm gefiel der Gedanke, der Schlag auf den Kopf hätte sein bisheriges Leben ausgelöscht.

Leider nur eine Vorstellung: Amnesie statt Amnestie. Für sein Gewissen gab es weder das eine noch das andere.

Frederic peinigte die Frage, wie er die nächsten Wochen überstehen sollte. Wie er ausgerechnet unter den Dächern der Schellings zu Kräften kommen sollte, schien ihm schleierhaft.

Lieber hätte er jetzt Willibald zugehört. Was die Welt wirklich elektrisierte, waren nicht die verblassten Mythen der RAF, sondern Fußball. Willibald hatte nicht mit zur Weltmeisterschaft nach Südafrika fahren dürfen, offenbar ein Schicksalsschlag, weshalb er nicht gern über die WM sprach. Das Leben einteilen zu können nach Olympiaden, WM-Turnieren, EM-Turnieren, Pokalfinalen, Vorrunden und Hinrunden, erschien Frederic begehrenswert. Die Jahre zogen als Spielpläne vorbei. Vermutlich war das ein großes Glück. Wenn man ihn denn teilnehmen ließ, bezog Willibald seine Bedeutung aus den Ereignissen, über die er berichtete.

Frederic ordnete sein Leben nach anderen Kategorien. Nach Identitäten. Die Trutz-Jahre, die Trotzki-Jahre, die Frederic-Jahre. Was nun? Die meisten seiner Genossen teilten ihr Leben danach ein, ob sie es draußen oder drinnen verbracht hatten, frei oder nicht frei. Auch dies war eine zweifelhafte Unterscheidung. Frederic war immer draußen geblieben, aber kaum jemals frei gewesen. Immer häufiger kam ihm der Gedanke, sich zu stellen.

Da war sie also, die größte und schwerste und zugleich sinnloseste aller Fragen, die nach dem Sinn seines Lebens. Er hatte sie einmal falsch beantwortet. Deshalb wurde er die Frage nie mehr los.

Der Sinn des Lebens war nichts anderes als das Leben selbst.

Also das Überleben.

15

»Danke, Willibald!«

Er war wirklich eine Stütze, war mit Constanze und Frederic zurück nach Bonn gefahren. Er half ihr, Frederic im Auge zu behalten und die Nerven nicht zu verlieren.

Sie brachte Frederic in die Klinik. Lena war mit dem Heilungsprozess zufrieden. Eine rote Baseballkappe verbarg nun das Pflaster auf dem Schädel.

Marlene sei über dem Berg, wollte Lena erfahren haben. Was auch immer das bedeutete. Frederic wollte sie sehen.

»Das geht gar nicht«, entschied Constanze.

Der Hauptgrund, weshalb Willibald nicht in Mainz geblieben war, aber war Mutter. Er hatte sie schon lange nicht mehr gesehen. Und diesmal würde der Besuch kein gewöhnlicher sein.

»Sagen wir ihr alles?«

»Sie hat das Recht darauf«, meinte Constanze.

»Sie kapiert nicht mehr.«

»Trotzdem dürfen wir ihr nichts verschweigen.«

»Nehmen wir doch Frederic mit!«

Sie war strikt dagegen. Selbst wenn Mutter es nicht mitbekam, war es nicht zumutbar, dass ihr ein ehemaliger RAF-Mann vor die Augen trat.

Mutter erkannte Willibald, nahm seine Hand wie ein Geschenk in beide Hände.

»Das ist schön.«

Sie lächelte.

Ein lichter Moment. Die große, erhoffte Nachricht stieß vielleicht doch nicht auf ganz taube Ohren.

»Sitzt du gut?«, begann Constanze.

Ein blöder Scherz. Mutter saß seit mehr als zwei Jahren im Rollstuhl.

»Die Mörderin hat gestanden«, sagte Willibald.

Die alte Frau starrte zum Fenster hinaus.

»Das ist schön.«

»Du möchtest sicher wissen, wer Papa erschossen hat. Jolanthe von Kottwitz heißt sie.«

Der Name besaß keinerlei Bedeutung für Mutter. Wie auch.

Tochter und Sohn gingen in die Hocke und nahmen ihre Mutter gemeinsam in die Arme.

Constanze hatte eine halbe Flasche Champagner und drei Gläser mitgebracht.

»Das feiern wir jetzt.«

Sie ließ den Korken knallen, schenkte ein und führte ein Glas an Mutters Lippen. Mehr, als sie zu benetzen, gelang nicht. Die alte Frau weigerte sich zu schlucken. Auch das war nicht neu. Zu Papas Geburtstag vor einigen Monaten war es genauso gewesen.

Constanze stieß mit Willibald an. Genugtuung verspürte sie durchaus. Sie hatte der Mörderin das Geständnis zwar nicht aus dem Leib geprügelt, aber sie hatte es provoziert. Aus Marlene war die Wahrheit herausgezischt wie Dampf aus einem Überdruckventil. Die genaueren Umstände waren Mutter nicht zuzumuten.

»Foto.«

Mutter wollte die Mörderin ihres Mannes sehen? Constanze wunderte sich. Sie fand im Internet eines der neuen Fahndungsfotos und zeigte es ihr auf dem Mobiltelefon. Mit dem Daumen strich Mutter über das Display. In ihren Augen war keine Verachtung zu lesen, allenfalls Verwunderung.

Constanze hatte ihre Kamera dabei. Was für ein Motiv! Die Frau des Opfers, gebrechlich im Rollstuhl, wie sie gerade zum ersten Mal das Antlitz der Mörderin sieht.

16

Doch ausgerechnet jetzt packte Constanze erstmals seit dem Anschlag das tiefe Gefühl, mit alldem nichts mehr zu tun haben zu wollen. In Frieden wollte sie gelassen zu werden. Sie hatte ein Recht darauf.

Obwohl sie sich der Wahrheit endlich einen entscheidenden Schritt näherte, kam die Seelenruhe nicht zurück. Vielleicht hatten doch diejenigen recht, die ihr immer geraten hatten, die Dinge zu nehmen, wie sie waren.

»Davon wird dein Vater nicht wieder lebendig.«

So war es. Mehr noch. Da alles hochkam, wurde er zum zweiten Mal ermordet. So kam es ihr vor.

Auch hatte sich Constanze in eine Situation manövriert, die der von Frederic ähnelte. Was geschah mit David, wenn sie wegen versuchten Totschlags in U-Haft landete? Ein unerträglicher Gedanke. Auch die Mörderin des eigenen Vaters stieß man nicht kopfüber in die Glut und verschwand danach. Die Polizei würde sie in Bonn vermuten. Sollte sie fliehen? Wohin bloß?

Sie hatte Frederic am Hals. So anstandslos wie in Grimaud wurde sie ihn nicht wieder los. Er hatte bewiesen, dass es ihm ernst war mit der Wahrheitssuche. Ihr war das gar nicht mehr recht. Die Wahrheit war den absurd hohen Preis nicht wert, den sie zu bezahlen hatte. Falls es überhaupt *die* Wahrheit war und nicht bloß eine weitere verwirrende Version.

Seit dem Schlag auf den Schädel lieferte Frederic Bruchstücke einer Geschichte, die nicht richtig zusammenpassten.

Constanze war sich nicht sicher, ob es Absicht war oder ob sein lädierter Kopf nichts Besseres zustande brachte. Sie brauchte jemanden, der ihr half, die Teile zusammenzusetzen.

Abgesehen von anderen offenen Fragen. Wer war hinter Frederic her? War der Schlag auf seinen Schädel versehentlich eine Spur zu harmlos ausgefallen oder als Warnung zu verstehen? Ob das eine oder das andere zutraf, spielte keine Rolle. Die Schläger waren vermutlich noch immer hinter Frederic her, weil der ihre Warnung ignorierte, um endlich ganze Sache zu machen.

17

»Sie bringen mich in Teufels Küche, wenn Sie einfach so anrufen«, sagte Helmstedt. Doch er legte nicht auf.

Er befürchtete, abgehört zu werden. Der Mann war im Ruhestand, was konnte ihm schon passieren. Eher brachte sich Constanze selbst in Teufels Küche, wenn sie Helmstedt in alles einweihte. Er kannte Leute im Sicherheitsapparat, ließ nicht locker, solange seine eigenen offenen Rechnungen nicht beglichen waren. So reimte sich Constanze das zusammen.

Wenn es eng wurde für sie, konnte er ihr vielleicht helfen. Deshalb vertraute sie ihm Marlenes Geständnis an, abzüglich der genauen Umstände, unter denen es zustande gekommen war.

»Nach der Kottwitz wird international gefahndet. Sie aber verabreden sich mit ihr mir nichts, dir nichts in einer Bonner Sauna. Hat Monsieur Frederic Sie miteinander bekannt gemacht?«

Aus Helmstedts Mund hörte sich das nach einer schäbigen Dreiecksgeschichte an. Es war aber doch ganz anders. Frederic war in ihr Haus eingedrungen und hatte sie um ein Treffen gebeten, um nicht zu sagen genötigt. Sie hatte ihn zur Fähre in Plittersdorf bestellt. Dann der Schlag auf seinen Schädel.

»Haben Sie die Täter gesehen?«

»Nicht wirklich. Es ging blitzschnell. Zwei Männer in Jeansanzügen in einem BMW.«

»Dessen Kennzeichen Sie nicht zufällig notiert haben.«

»Sie überschätzen mich.«

»Sie enttäuschen mich.«

»In diesem Moment war ich ausnahmsweise einmal überfordert, Herr Helmstedt. Es ist mein gutes Recht, überfordert zu sein.«

»Sie haben den Notarzt verständigt, die Polizei gerufen.«

»Selbstverständlich nicht.«

»Haben Sie nicht. Darf ich fragen, weshalb?«

»Doch wohl eine überflüssige Frage.«

»An eine überforderte, hilflose Frau.«

»Ich half ihm so gut und so schnell es ging. Wozu auf das Rote Kreuz warten, wir saßen ja schon in meinem Wagen.«

»Brachten den Mann ins nächste Krankenhaus. Verständigten dann erst die Polizei.«

»Ich wollte Frederic helfen, nicht verraten. Sein Schädel musste sofort in einen MRT oder CT oder so etwas. In einer gewöhnlichen Klinik hätten wir länger warten müssen.«

»Für eine hilflose, überforderte Frau ist Ihre Geistesgegenwart bewundernswert.«

Sein Spott war schwer erträglich.

Sie murmelte etwas von einer »kleinen, unbürokratischen Privatklinik«.

»Dorthin brachten Sie Ihren Privatpatienten.«

»Korrekt.«

»Dort lag er dann auch.«

»Wo sonst!«

»Auf der Intensivstation.«

»Glücklicherweise nein. Kein Schädeltrauma, bloß eine Commotio cerebri zweiten Grades.«

»Das Krankenhauspersonal verständigte die Polizei. So wäre es üblich.«

»Das nehme ich nicht an.«

»Aha. Haben Sie eine Vermutung, weshalb?«

Constanze durfte auf keinen Fall Lena mit in die Geschichte hineinziehen, wenn sie es nicht ohnehin schon getan hatte. Das war an dieser Stelle von Helmstedts Verhör nicht leicht. Sie sollte so nahe wie möglich an der Wahrheit bleiben, damit fuhr sie am besten.

»Gramlin hatte unverschämtes Glück«, sagte sie.

»Das unverschämte Glück Ihrer Anwesenheit zur rechten Zeit am rechten Ort.«

»Ist das auch strafbar?«

»Er wurde inzwischen entlassen und ist wohlauf, wie ich hoffe.«

»Auf dem Wege der Besserung.«

»Möge es ihn auch auf den rechten Weg führen.«

»Die Wege des Herrn sind unergründlich«, sagte Constanze.

Helmstedt schien die Quälerei Spaß zu machen. Er ließ ein asthmatisches Gekicher, eher ein Krähen hören.

Als er wieder zu Luft kam, lobte er sie: »Ihr Schädel ist auch nicht von schlechten Eltern.«

Er konnte sich sein Kompliment an den Borsalino stecken.

»Zurück zum Krankenbett. Auftritt Frau von Kottwitz alias Kosinsky.«

»Ich kam zufällig dazu.«

»Gramlin stellte sie vor?«

»Dazu wäre er kaum in der Lage gewesen.«

»Sie machte sich selbst bekannt. Gestatten, Kosinsky. Ich bin Frederics ehemalige Komplizin. Und Sie, nehme ich an, sind die Tochter von Stephan Schelling, den wir als Repräsentanten des imperialistischen Schweinesystems BRD hingerichtet haben.«

»Idiot«, lag Constanze auf der Zunge.

»Wahrscheinlicher ist, dass Sie sich bereits vorher kannten. Ist das auch korrekt?«

»Nicht korrekt.«

Alles andere als das. Was der alte Schlapphut korrekt nannte, war einfach nur frech.

»Was hätten Sie an meiner Stelle getan?«, fragte sie ihn.

Darauf bekam sie keine Antwort. Sie konnte Helmstedt die Häme nicht einmal verübeln. Die nächste groteske Szene spielte in der Sauna.

»Sie wussten Gramlin in guten Händen und fanden endlich Gelegenheit, sich in der exklusiven Sauna der Privatklinik etwas zu entspannen.«

»In der Sauna des Hotels.«

»Welches Hotel?«

»Das Hotel, das praktisch zur Klinik gehört.«

Jetzt hatte sie ihm den Schauplatz auf dem Tablett serviert.

»Es spricht nichts gegen eine solide Zweiklassenmedizin.«

»Marlene schlug es vor.«

»Auch sie weiß, das Gute und Schöne zu schätzen.«

»Mir ging es nur um das Wahre.«

»Zwei Damen machen sich also in jeder Hinsicht nackig.«

Sein pfälzisches *naggisch* klang widerlich. Constanze konnte Helmstedts schmutzige Fantasie heraushören.

»Zwei nackte Frauen voller Mordlust, so stellen Sie sich das also vor.«

»Der Tod nimmt keine Rücksicht auf ein angemessenes Ambiente«, sagte Helmstedt.

»Beschämend war nur Marlenes Ton«, sagte Constanze.

»Berichten Sie!«

Was gab es noch zu berichten? Marlenes Geständnis.

»Der Name des Hundes verriet sie.«

»Rameau.«

Helmstedt kapierte sofort.

»Der Hund, der daran glauben musste, tat ihr leid. Mein Vater nicht! Sie wollte es offenbar loswerden. Ich weiß nicht, weshalb. Vielleicht, um damit zu prahlen. Um mich zu treffen. Sie kannte den Namen des Hundes, das hat sie verraten. Sie konnte ihn nur aus dem Mund ihres Opfers erfahren haben. Rameau. Als ich ihr den Mord auf den Kopf zusagte, leugnete sie nicht.«

»Endlich bekamen Sie, wonach Sie sich so lange gesehnt hatten.«

»Sehnsucht ist etwas anderes. Aber wenn Sie das so ausdrücken wollen … Kann ich ihr glauben?«

Helmstedt gab keine Antwort.

»Sie haben dann die Beherrschung verloren.«

»Das hätte ich nicht für möglich gehalten.«

»Wir wissen alle nicht, wozu wir fähig sind.«

»Was Sie nicht sagen.«

Auch Constanze konnte ihren Sarkasmus nicht länger zügeln. Helmstedt machte sie wütend.

»Machen Sie sich eigentlich nebenbei Notizen, oder können Sie sich noch alles merken?«

Auf der Stelle entschuldigte sie sich: »War nicht so gemeint.«

Helmstedt tat, als ob er es überhört hätte.

»Sie ist unglücklich gestürzt«, behauptete Constanze.

»Doch glücklicherweise kam auch die überführte Mörderin mit Ihrer Hilfe sofort in beste Hände.«

Es gab nicht den geringsten Grund, sich darüber lustig zu machen. Ahnte Helmstedt, was genau in der Sauna abgegangen war? Er hatte so etwas noch immer im Urin, selbst wenn der kaum noch tröpfelte.

»Lassen Sie meine Hände aus dem Spiel!«, sagte sie.

»Dieselben Hände, die sich auch schon um Frederic bemüht haben.«

»Dazu kann ich nichts beitragen.«

»Na, kommen Sie!«

»Ich habe keine Ahnung, wohin man sie gebracht hat und in welchem Zustand sie sich befindet.«

»Ist ja auch nicht weiter von Belang.«

Es sah einen Moment lang aus, als wollte er sie schonen. Denn er fragte nicht weiter nach Marlene.

»Ich gäbe etwas darum, Frederic Gramlin persönlich kennenzulernen. Unter den obwaltenden Umständen wird sich das doch sicher arrangieren lassen.«

Da war sich Constanze keineswegs sicher.

»Wer ist hinter ihm her? Was vermuten Sie?«

»Von der Russen-Mafia bis zum Bundesnachrichtendienst ist alles drin«, sagte Helmstedt.

»Dann weiß ich ja jetzt genau Bescheid.«

Sie war nahe daran durchzudrehen, wenn der alte Schnüffler seinen Zynismus noch länger an ihr ausließ. Sie hatte sich auf ihn eingelassen. Dann musste sie ihn auch ertragen.

»Dann will ich Ihnen nicht länger die Zeit stehlen und sage danke«, sagte er.

Helmstedt schien zu spüren, dass er den Ton wechseln musste. Er erkundigte sich nach David, nicht nur aus Höflichkeit, vermutete sie.

»Ich frage mich, wie viel er mitbekommt«, sagte sie.

»Machen Sie sich keine Sorgen!«

Aber Constanze hatte keine Lust, mit dem Alten auch noch Erziehungsprobleme durchzugehen.

»Und was macht die Fotografie?«

Sie erwähnte Buchs Angebot und dachte zugleich, sie hätte es besser nicht getan.

»Die einzige Story, für die ich garantiert die Falsche bin, ist meine eigene.«

»Da könnten Sie recht haben. Wenn man sich schon missbrauchen lässt, sollte man das Beste daraus machen.«

Helmstedts nächste Frechheit. Er kostete sie nur Nerven. Sie gab alles preis. Das Gespräch war praktisch zu Ende, als er noch etwas total Überflüssiges hinzufügte.

»Und sagen Sie nicht gleich Ja, falls auch Ortner fragt, ob Sie mit ihm in die Sauna kommen möchten.«

Die Bemerkung empörte sie. Aber sie beschloss, sie einfach nicht ernst zu nehmen.

18

Sie ist nicht dabei gewesen, trotzdem hat Constanze den Augenblick des Todes tausendfach erlebt. Als Vater die Augen seiner Mörderin trafen, zeigten sie weder Mordlust noch Hass – auch nicht die Angst.

Sie waren ausdruckslos. Kalt.

Die Szene, wenige Sekunden lang, lief in ihrem Kopf jedes Mal vollkommen gleich ab, abgesehen davon, dass der Schütze bisher ein Mann gewesen war. Jetzt war es Marlene. Rameau, der Spaziergänger normalerweise ignorierte, knurrte sie an. Da hatte Schelling sie noch gar nicht wahrgenommen.

»Komm schon, Rameau!«

Schelling lief weiter.

Nach dem dumpfen Plopp schwieg sogar der Bach. Schelling blickte sich um, sah Rameaus regungslosen Körper und begriff noch immer nicht.

»Was fällt Ihnen ein«, hörte Constanze ihn sagen.

Die Schleife in ihrem Kopf war immer dieselbe. Dabei stand gar nicht fest, dass der Mörder beziehungsweise die Mörderin zuerst Rameau erschossen hat. Es hätte auch umgekehrt sein können, erst Schelling, dann Rameau, weil der keine Ruhe gab.

Die Mörderin trat aus dem Hinterhalt stattlicher, efeubewachsener Bäume am Engelsbach. Keine dunkle Gestalt, sondern ein lichtes Wesen, blond. Hellblauer Kapuzenpulli.

»Stephan Schelling!«

Schelling hörte nicht. Er hatte Kopfhörer auf und Musik im Ohr, an diesem Vormittag Haydn. Die Uhr-Sinfonie. Er lief weiter.

Die Schüsse in Hals und Kopf wurden aus wenigen Metern Entfernung abgefeuert. Es war der Augenblick, in dem sich die Blicke kreuzten.

19

Wie fertig Constanze war, spürte sie daran, dass sie sich nach einer Nacht ohne David sehnte. Seit seiner Geburt war ihr das noch nie passiert. David war Zifferblatt und Unruhe ihres Lebens. Sie schämte sich für ihren Wunsch. Er war allein den gegenwärtigen Umständen zuzuschreiben.

Was würde sie an einem freien Abend unternehmen? Ins Kino gehen oder ins Konzert? Mit Lena zum Essen? Ein Buch hatte sie seit der Abreise aus Grimaud nicht mehr in die Hand genommen. Einfach nur irgendwo herumlungern – wie schön das gewesen wäre.

Willibald konnte nicht länger bleiben, das konnte sie verstehen. Bevor er fuhr, brachte er Frederic in einer Pension unter. David meuterte, aber anders war es nicht möglich. Hier konnte er unmöglich bleiben. Weil sie es nicht länger ertrug, und weil er hier auch nicht mehr sicher war.

Sie konnte zu David ja schlecht sagen, »wenn jemand klingelt und Frederic sprechen will, machst du keinen Mucks. Verstanden! Wir sind die Guten, die anderen die Bösen.« Falls die Bösen in Polizeiuniformen vor der Tür standen, geriete Davids Weltbild aus der Balance. Auch daran konnte man ihn nicht früh genug gewöhnen.

Ihre Situation war alles andere als alltagstauglich. Sie wollte Frederic nicht allein lassen, konnte aber nicht einfach mit ihm spazieren gehen. Das alte Fahrrad von Papa stand noch in der Garage; zwanzig Jahre lang hatte es aus Pietät niemand angerührt. Sie gab es Frederic. Sie staffierte ihn mit Kleidung aus.

Seine Zukunft beschäftigte Constanze mehr als ihre eigene. Er kam ihr passiv, tranig, ratlos vor. Das konnte sie nachvollziehen, seine depressive Stimmung nicht. Die meiste Zeit starrte er vor sich hin. Darum konnte sie sich jetzt nicht auch noch kümmern.

Was sollte sie ihm raten? Schreib alles auf, am besten dein

ganzes Leben! Ein wohlfeiler Rat. Was hätte er davon? Obwohl. Lesenswerte, sich nicht in Rechtfertigungsversuchen oder Selbstmitleid ergehende Memoiren eines RAF-Veteranen gab es ihres Wissens nicht. *Ich war auch dabei. Erinnerungen eines RAF-Terroristen.* Zunächst einmal musste sich Frederic selbst finden. Und er brauchte eine Perspektive.

War in dieser Hinsicht Hilfe von Buch zu erwarten? Die Memoiren exklusiv als Vorabdruck! Buchs Verlag sollte dafür sorgen, dass der Autor ungestört schreiben konnte. Sie stellte sich eine abgelegene Jagdhütte in der Vulkaneifel vor.

Voraussetzung wäre, dass Frederic sich auf einen solchen Deal überhaupt einließ. Doch zuerst musste er genesen an Haupt und Gliedern. Mittags, bei einem Chinesen hinter dem Bonner Theater, sprach sie es an. Frederic bestellte zwei Dutzend Frühlingsrollen. Etwas anderes mochte er nicht.

Für die Idee, ein Buch zu schreiben, hatte er nur ein ungenießbares Gesicht übrig.

20

Frederic verstand. Er war für sie eine Zumutung, eine Last und eine Gefahr. Sie hatte ihn zu ihrer eigenen Sicherheit ausquartiert. Das konnte er ihr nicht verübeln. Dass sie ihm das alte Fahrrad zur Verfügung stellte, rührte ihn. Etwas Persönlicheres als ein Rad gab es kaum, und dann auch noch das Rad ihres Vaters. Eine versöhnlichere Geste war kaum vorstellbar. Es war ihr garantiert schwergefallen. Sie hatte mit sich gekämpft und so entschieden. Eigentlich unglaublich! Weil sie ihn anders nicht loswurde als mit diesem Andenken an ihren Vater! Frederic konnte es sich nicht erklären. Wozu auch?

Er besorgte neue Schläuche, putzte und ölte das Gefährt hinter geschlossenem Garagentor, durfte er doch bei den

Nachbarn nicht noch mehr Aufmerksamkeit erregen, als er es wahrscheinlich schon getan hatte. Eine Rennmaschine war es nicht gerade, aber er tourte damit am Rhein entlang bis Köln, am zweiten Tag über Meckenheim hinaus in die Eifel. Er strampelte um sein Leben.

Ich trete, also bin ich.

Mittags lud ihn Constanze zu einem Chinesen ein. Ein Teller Nudeln wäre ihm lieber gewesen. Hauptsache Kalorien! Constanze zerbrach sich den Kopf über seine Zukunft. Eine Zumutung für sie war doch schon seine Gegenwart. Zurückhaltend ausgedrückt. Es war ihm unangenehm.

Ihre Idee: Er solle an einem sicheren Ort seine Erinnerungen verfassen. »Wovon man nicht schweigen darf, davon muss man schreiben!« Als sie das so sagte, verschluckte er sich beinahe an einer Frühlingsrolle.

Aber sie meinte es ernst.

Sein Leben war kein Roman, nicht einmal ein Schelmenroman, sondern ein Missverständnis. *Der Marmeladenmann.* Toll! Was Frederic vor dem Marmeladenmann gewesen war, gehörte in den Müll, aber nicht zwischen Buchdeckel. Offenbar sah Constanze ihn schon durch die Republik touren auf großer Lesereise – als eine nicht einmal besonders tragische Witzfigur. Wünschte sie sich das?

21

Noch immer wurde sie diesen vernichtenden Verdacht nicht los. Bereits in der Sauna war er aufgeblitzt. Er begleitete sie nicht ständig, aber immer wieder schlug er in ihr ein und ließ sie erstarren. Ein Verdacht, der alles zunichtemachte, was sie mit Frederic inzwischen verband. Es war der irrsinnige Verdacht, Marlenes Geständnis sei eine Lüge. Sie habe sich nur schützend vor Frederic gestellt, den Mord auf sich genommen. Aus Liebe zu ihm. Aber so etwas kam doch nur in plüschigen Opern des 19. Jahrhunderts vor. Liebestod und solcher Quatsch. Glaubte Marlene, Frederic auf diese Weise zu retten? Solange Constanze ihren Verstand mit diesem Hirngespinst quälte, blockierte sie sich selbst. Aber sie wusste nicht, wie sie ihn wieder loswerden sollte.

22

Mehrmals hatte ihm Constanze vorgeschlagen, Helmstedt zu treffen, zu einem »Gedankenaustausch«, wie sie sagte. Es war ihm abwegig erschienen. Jetzt aber war er dazu bereit. Es hätte zumindest den Reiz, jemandem gegenüberzusitzen, der wusste, wovon er sprach. Beide hatten sie Rechnungen offen mit dem jeweils eigenen Verein.

Constanze fuhr Frederic mit dem Wagen von Bonn nach Koblenz zum Bahnhof. Sie begleitete ihn zum Bahnsteig. Sie hatte das Treffen arrangiert. Nicht zum ersten Mal dachte Frederic, dass sie vor zwanzig Jahren auch auf seiner Seite hätte stehen können. Rücksichtslos genug war sie, wenn es darauf ankam.

Sie nickte ihm aufmunternd zu, als er einstieg. Helmstedt erwartete ihn in einem Zugabteil der ersten Klasse. Allein saß er dort, reichte Frederic wortlos die Hand und deutete auf den Sitz gegenüber.

Um die Verlegenheit zu überspielen, sagte er, dass er sich an die Zeit erinnerte, als die wichtigsten Züge zwischen Nord und Süd noch durchs Rheintal kurvten. »TEE Rheingold – Trans Europ Express.« Er kostete die Silben auf der Zunge aus.

»Dann kennen Sie vielleicht auch den Spielfilm *Rheingold*«, sagte Frederic.

»Selbstverständlich. Ein Mordfall. Ein Diplomat ersticht im Affekt seine Frau, die er in diesem Zug mit dem Kellner erwischt. Es ist ihr Jugendfreund, wie sich herausstellt. Tatwaffe: ein Brieföffner. Hanebüchene Geschichte. Der Regisseur, ein Schweizer. Kommen Sie noch auf den Namen?«

»Niklaus Schilling«, sagte Frederic.

»Der Mörder hieß Karl-Heinz«, wusste Helmstedt. »Damals hießen Mörder noch so.«

»Im Taxi rast er seiner verblutenden Frau hinterher.«

»In ihrer Agonie steigen Erinnerungsfetzen und Traumbilder auf. Bürgerliche Realität. Die Mythen des Rheins. Unerfüllte Sexualität. Ein Machwerk, aber ein feines.«

Sie könnten sich während der ganzen Fahrt übers Kino unterhalten, dachte Frederic. Er wäre ihm lieber gewesen.

»Von wann ist der Film? Kommen Sie darauf?«

»Wenn ich mich daran nicht mehr erinnern könnte, wäre ich tot«, sagte Helmstedt. »Der deutsche Herbst 77. Ermordung und Entführung Schleyers, Befreiung der »Landshut«, die Selbstmorde in Stammheim. Da lief dieser Film.«

»Und Sie hatten noch Zeit, ins Kino zu gehen?«

»Sie können nicht mitreden, Monsieur, waren damals noch nicht mit von der Partie.«

Frederic sah, dass Helmstedt im Vorteil war. Im deutschen Kino kannte er sich besser aus und wusste auch mehr über die RAF, als die RAF über sich selbst wissen konnte. Das vermieste Helmstedt nun leider den Lebensabend. Weil er nichts mehr ausrichten konnte mit all seinem Wissen. Es machte ihn bei seinen Nachfolgern nur suspekt. Was hatte ihm das ganze Wissen genützt? Die Anschlagserie der dritten Generation war ungeklärt und ungesühnt geblieben. Ein einziges Desaster. Damit stieg er nicht gern ins Grab. Aber es würde ihm nichts anderes übrig bleiben.

Niemanden hatte die RAF mehr gefürchtet als Helmstedt. Sie hätte etwas darum gegeben, ihn auszuschalten, so, wie sie Jahre zuvor Generalbundesanwalt Buback abgeknallt hatte. Es wäre auch noch bei Helmstedt so weit gekommen, hätte nicht der Staat seinen Mastermind beizeiten selbst aus dem Verkehr gezogen.

Gefürchtet hatten sie ihn, gehasst nicht – so wenig, wie Helmstedt in der Lage war, seine Gegner zu hassen. Der sah doch Terrorismus als Symptom einer gesellschaftlichen Erkrankung, beugte sich wie ein Professor über den befallenen Patienten.

Mit den Sicherheitsbehörden allein sei dem Terror nicht beizukommen, hatte er immer wieder öffentlich erklärt, zum Missfallen von Politikern, die keinen blassen Dunst hatten. Doch Helmstedt hatte nichts mehr zu melden.

»So sonderbar es in Ihren Ohren klingen mag, Herr Gramlin – oder ist Ihnen Gerling lieber? –, Sie und ich haben mehr gemeinsam, als uns lieb sein kann. Abgesehen davon, dass wir bereits vor Jahrzehnten außer Dienst gestellt worden sind. Ich ziehe es vor, mit Ihnen nicht darüber diskutieren, wem von uns beiden das besser bekommen ist. Wir sind Instrumente in den Händen anderer gewesen. Die ungelösten Mordfälle in meinem Kopf verjähren ja nicht. Ich wette, es sind mehr Morde, als Ihnen auf der Seele liegen.«

Er wollte sie doch, bitte, nicht alle aufzählen. Warum schleimte, er sich überhaupt bei ihm ein? Was wollte er von ihm?

Vor einigen Tagen war Frederic im Auto nach Mainz gefahren – mit schneidendem Schädelweh. Nun registrierte er erfreut, dass das Rattern der Schienen ihm nichts ausmachte.

»Ich hege die vage Hoffnung, mit Ihrer Hilfe, Herr Gramlin, einen Mann zu überführen, den die Geschichte unseligerweise verschont hat.«

»Warum so gespreizt? Sie sprechen offensichtlich von mir.«

Helmstedt barst beinahe vor Lachen. Er krähte wie ein Hahn, der keine Luft bekam, weil ihn der Bauer schon am Hals zum Hackstock trug.

»Am besten, Sie bilden sich das gar nicht erst ein!«

»Vom wem sprechen Sie?«

»Dass Sie selbst nicht darauf kommen, nehme ich Ihnen nicht ab.«

»Dann behalten Sie es eben für sich«, sagte Frederic pampig. »Was erwarten Sie von mir?«

Helmstedt holte aus.

»Die ehrenwerte Gesellschaft politisch motivierter Gewaltverbrecher wurde missbraucht. Sie wissen das doch. Sie gehen dieser Tatsache nur aus dem Weg, um ihren Mythos nicht zu ruinieren. Gab es in der sogenannten dritten Generation der RAF jemals eine Debatte? Sie haben doch alles diskutiert, vom Küchendienst bis zur Beischlafordnung, und jetzt wollen Sie mir erzählen, ausgerechnet die zentrale Frage ihrer Selbstbehauptung wäre ausgespart worden?«

»Sie haben keine Ahnung.«

Helmstedt ließ sich nicht aufhalten.

»Kommen Sie! Waren Sie Revolutionäre oder Leibeigene?«

Sollte es Helmstedts Absicht sein, ihn zu provozieren, war es vergebens. Er rannte gegen ein offenes Scheunentor.

»Seien Sie bitte so großzügig und erklären mir den folgenden Widerspruch: Die dritte Generation der RAF war mörderischer als die beiden Generationen davor. Trotzdem ernten die Baaders und Meinhofs und Mohnhaupts allen Ruhm. Eine historische Ungerechtigkeit sondergleichen, finden Sie nicht! Das Urteil der Geschichte ist leider selten gerecht. Woran das liegt? In diesem Fall liegen die Gründe auf der Hand.«

»Welche Gründe?«

»Über Baader und Meinhof wissen wir viel. Über Ihre Generation, die dritte, so gut wie nichts. Sie haben ein Imageproblem. Niemand kennt sie. Legenden brauchen Gesichter.«

Helmstedt gab Frederic keine Chance auf eine Antwort.

»Habe ich recht? Nein, habe ich nicht. Der Legende fehlen nicht nur Namen und Gesichter, sondern überhaupt die Grundlage. Das, was Sie aus reiner Gewohnheit noch immer Rote-Armee-Fraktion nannten, ist nur ein Label gewesen. Es klebte auf einer Packung, in der etwas ganz anderes steckte.«

»Es gab uns wirklich«, sagte Frederic. »Schließen Sie nicht von Ihrem eigenen Versagen auf andere.«

»Zugegeben, ich vereinfache. Mörder und Mörderinnen gab es genug in Ihren Reihen. Es war jedoch nur noch ein Klub desillusionierter Desperados, gehetzt von ihrer eigenen Vergangenheit, ein Haufen Revolutionäre, denen die Revolution abhandengekommen ist. Ausdruckstänzer, die nur noch sich selbst tanzten. Die Einsicht schmerzt, ich bedauere. Es ist leider unvermeidbar. Als politische Kraft waren sie bereits sang- und klanglos abgetreten, nur gemordet haben sie noch. Die teuflische Präzision ihrer Anschläge, die technische Brillanz, die Kaltblütigkeit ihrer Ausführung – alles umsonst.«

Frederic war auf einiges gefasst gewesen, nur nicht auf die Predigt eines zornigen alten Manns.

»Weshalb so schweigsam, Gramlin? Damit Sie Ihre Wahl nicht begründen mussten, haben Sie Ihre Opfer zu Charaktermasken ernannt. Und wem haben Sie nicht alles den Krieg erklärt! Der NATO, der Nuklearindustrie, Europa! Die RAF strahlte im Hochtemperaturreaktor ihres eigenen Wahns. Eine Weltbefreiungsarmee auf dem kurzen Marsch ins historische Abseits. Überall suchten Sie Verbündete und fanden sie nirgends. Irre ich mich? Wie war das in Frankreich? Hat die Action directe jemals bei Ihnen Marmelade bestellt?«

Helmstedts Hohn war schwer auszuhalten, wenn einem ohnehin der Schädel brummte.

»Sagen Sie nichts! Mir ist bewusst, dass Sie jetzt an die gemeinsam mit der Action directe begangenen Taten denken. Januar 1985, der Mord an General René Audran bei Paris. Im August desselben Jahres der Anschlag auf die US Air Base in Frankfurt mit drei Toten. Da waren Sie gerade eingestiegen. Februar 85: Ermordung des Chefs der Münchner Turbinen-Union Ernst Zimmermann. Juli 86: Anschlag auf Siemens-Vorstand Karl Heinz Beckurts in Straßlach bei München. Um den Ausstieg aus der Kernenergie zu befördern, hätte es keiner Bombe bedurft. Das Opfer ein Wissenschaftler, kein Scharfmacher. Sein Auftrag bestand darin, möglichst viele Forschungsgelder aus Bonner Steuertöpfen für Siemens abzuzweigen, gleichgültig, wofür. Wussten Sie das?«

Frederic hatte noch nie so lange jemandem zugehört, ohne zu widersprechen. Warum saß er hier? Warum unterhielten sie sich nicht lieber über Rheingold und die Loreley? Zwei ältere Männer bildungsbürgerlicher Herkunft mit mörderischen Berufen. Er hatte vorgehabt, sich nicht provozieren zu lassen, doch spürte er nun, wie der Zorn in ihm stieg. Es war schwer genug, mit der Schuld klarzukommen. Unerträglich war es, auch noch für einen Dummkopf gehalten zu werden.

»Die Bombe hätte gereicht, einen Sattelschlepper auf den Mond zu schießen. Dreißig Kilo Sprengstoff in zwei Gasflaschen der Bundesbahn. Den Aufwand hätten Sie sich schenken können, wenn Sie Ihr Opfer anständig observiert hätten. Es fiel Ihnen nicht auf, dass Beckurts täglich pünktlich wie ein Eisenbahner in einem ungepanzerten Mercedes zum Dienst fuhr, immer auf derselben Strecke, am Steuer Eckhard Groppler, das zweite Opfer, gefolgt von einem beigen Begleitfahrzeug.«

»Die Sache war technisch anspruchsvoll, ob Sie es glauben oder nicht. So furchtbar beschränkt, wie Sie es uns unterstellen, waren wir nicht.«

»Wir?«

»Ja, wir.«

»Ein idyllisches Waldstück«, schwärmte Helmstedt. »Genau am Ortsausgang von Straßlach.«

»Gemarkung Oberdill.«

»Die Bombe am Fuß eines mächtigen Ahornbaums.«

»Kein Ahorn«, sagte Frederic. »Eine Esche. Die Zündung erfolgte per Kontaktschleife, die scharf gestellt werden musste, als der Wagen sich ihr näherte, per Kabel, achtzig Meter lang. Ganz einfach ist das nicht gewesen.«

»Ihr Job«, sagte Helmstedt.

Frederic dementierte nicht.

»Eine zwanzig Meter lange Feuersäule ließ die Erde unter

Ihren Füßen zittern. Man hörte den Explosionsknall noch zehn Kilometer entfernt.«

»Trotzdem haben Sie nicht einmal ermittelt, wie sich das Kommando vom Tatort entfernt hat.«

»Wir vermuteten, mithilfe eines weißen VW-Busses, auf der Staatsstraße Richtung München.«

»Falsch«, frohlockte Frederic. »Fahrräder! Wir fuhren zum Deininger Weiher bei Großdingharting, badeten und tranken Bier, keine fünf Kilometer vom Tatort entfernt!«

Helmstedt fuhr unbeirrt fort: »Drei Monate später der Mord am braven Diplomaten Gerold von Braunmühl in Bonn, nur ein paar Ecken entfernt von Stephan Schellings Haus, eine weitere hirnlose Tat. Das Opfer, ein gutwilliger Linksliberaler, hielt den Weltfrieden für eine Art Bastelarbeit. Diplomaten leben in ihrer eigenen Welt. Vielleicht wurden Beckurts und Braunmühl nur umgelegt, weil sie leichter umzulegen waren als die anderen auf der Liste. Es waren zu viele Namen darauf, um alle zu beschützen. Ihnen waren längst die Begründungen für die Morde ausgegangen.«

Frederic wollte widersprechen. Er wusste nur nicht, wie.

Helmstedt ließ nicht locker. »Wir hatten etwa zwei Dutzend Namen mutmaßlicher RAF-Täter. Leider gelang es uns nicht, sie den einzelnen Taten zuzuordnen. Ihrer war übrigens nicht dabei.«

»Beckurts war mein erstes Kommando.«

»Es waren insgesamt etwa zwanzig Personen auf drei oder vier miteinander vernetzten Kommandoebenen ohne klare Hierarchie. Darunter die Ebene der illegalen Militanten, wiederum gut zwanzig Leute, manche nur vorübergehend im Untergrund. Dann die Ebene der Inhaftierten aus der zweiten Generation, die nicht mehr viel zu melden hatten. Und schließlich circa zweihundert legale Unterstützer. Korrigieren Sie mich, falls Sie es für nötig halten!«

»Falls dies ein Verhör sein soll, verweigere ich die Aussage.«

Helmstedt überhörte es.

»Ich frage mich, was los war nach der Anschlagserie 85/86? Helfen Sie mir! Ein Mord schöner als der andere, wenn auch ohne die geringste politische Wirkung. Keinerlei Hysterie. Die Gesellschaft wild entschlossen, zur Tagesordnung überzugehen, ganz anders als noch im deutschen Herbst 77. Der deutsche Linksterrorismus war trotz seiner eklatanten Erfolge vollkommen isoliert. Wie haben Sie das diskutiert?«

Frederic hatte es nicht vergessen. Doch er schwieg.

»Erst geht es Schlag auf Schlag. Dann geschieht drei Jahre lang nichts. Es ist kaum zu verstehen. Es sind Ihnen doch nicht die Ziele ausgegangen! Was haben Sie in dieser Zeit getan?«

»Observiert.«

»Und dann?«

»Observiert.«

»Und dann?«

»Observiert.«

»Ein wahres Heldenleben!«

Am liebsten wäre Frederic aus dem fahrenden Zug gesprungen, kopfüber in den Rhein.

»Erklären Sie es mir bitte! Sie können reden, denn von mir haben Sie nichts zu befürchten. Ich wurde ausgespien. Meine Wissbegier ist unerwünscht.«

»Ihre Aufklärungsquote ging gegen null.«

»Danke, dass Sie mich noch einmal darauf hinweisen. Allerdings war es unmöglich, Leute zu fassen, die in der DDR über ein sicheres Rückzugsgebiet verfügten.«

»Mitte der Achtzigerjahre operierten die Kommandos noch von Stützpunkten im Süden und Südwesten aus«, korrigierte ihn Frederic.

»Bereits die Köpfe der zweiten Generation verbrachten ihren Ruhestand in der DDR. Die aktive dritte Generation erhielt logistische Unterstützung von ihren Schwestern und Brüdern. Dafür zahlten sie einen hohen Preis. Sie waren in der Hand der Stasi.«

»Bis die Mauer fiel«, sagte Frederic.

»Wenige Tage danach musste Alfred Herrhausen daran glauben. Diese Tat war drei Nummern zu groß für Ihren Verein. Kennen Sie jemanden, der an der Vorbereitung oder Durchführung der Tat beteiligt gewesen ist? Nein. Sie kennen nur das Bekennerschreiben, haben es womöglich selbst verfasst oder so überarbeitet, dass es für eine authentische Erklärung der RAF gehalten werden konnte. Man hat Sie zu einem Propagandabüro degradiert. Es diente überwiegend dazu, die wahren Auftraggeber, die wirklichen Mörder zu vertuschen. Die Bekennerschreiben der RAF dienten nur noch der Desinformation. Dafür waren Sie sich nicht zu schade.«

»Ein akzeptabler Preis, glaubten wir.«

»Glauben Sie das heute immer noch?«

Frederic durchschaute Helmstedts Absicht nicht. Wozu schlug er ihm die Geschichte der RAF um die Ohren. Sie war ihm bekannt, wenn er sie auch ganz anders interpretierte als der abgehalfterte Verfassungsschützer.

Sie hatten gehofft, die innere Krise der RAF zu beenden. Doch der Mord an Alfred Herrhausen, unter Berufung auf die RAF, hatte ihnen nichts genützt.

»Ich bestreite das.«

»Beweisen Sie es mir!«

Konnte Helmstedt nicht einmal durchatmen! Frederic war nicht zu ihm in den Zug gestiegen, um sich für die gesamte Geschichte des bewaffneten Kampfes der RAF zu rechtfertigen. Wie unter Zwang verteidigte er, was geschehen war. So kam er auch auf den 25. Juli 1990 zu sprechen, einen Freitagmorgen. Er hatte schon die Tage zuvor in Bonn verbracht, um den Anschlag auf Hans Neusel, einen beamteten Staatssekretär im Innenministerium, vorzubereiten. An der Autobahnabfahrt Bonn-Auerberg platzierten sie den Sprengsatz an der rechten Leitplanke.

»Ein weiterer Fehlschlag.«

Es war nicht abzustreiten.

»Aus mangelnder Professionalität«, urteilte Helmstedt. »Exakte Planung hätte bedeutet, zu wissen, dass der Staatssekretär – notabene einer meiner damaligen Chefs – selbst am Steuer saß. Sein Fahrer war im Urlaub. Das lässt sich recherchieren, wenn man gewissenhaft ist. Die Bombe war so eingestellt, dass sie ihn voll getroffen hätte – auf dem Beifahrersitz. Am Steuer aber wurde Neusel nur leicht verletzt.«

»Schont man den Fahrer, macht man sich zum Idioten. Schickt man ihn mit in die Hölle, ist man ein Unmensch.«

»Um Ihr Image als Unmensch brauchen Sie sich keine Sorgen mehr zu machen. Da hilft es Ihnen auch nicht, dass Sie sich bereits mit der Herstellung von Marmeladen beschäftigten, als im April 91 Detlev Karsten Rohwedder, der Chef der Treuhandanstalt in Düsseldorf, erschossen wurde, um sich für den Zusammenbruch der DDR-Wirtschaft erkenntlich zu zeigen. Durch die ungesicherten Fenster seines Privathauses war er leicht zu treffen. Sind Sie Schelling eigentlich persönlich begegnet?«

Abrupt hatte Helmstedt das Thema gewechselt. Was sollte die Frage?

»Sie waren doch am Tag seiner Ermordung in Bonn.«

»Aber nicht, um Schelling zu erschießen. Ich kam zu spät.«

»Verraten Sie mir den Grund?«

Frederic verriet gar nichts mehr. Er dachte vielmehr an Tom.

»Warum musste Tom sterben?«

»Sagen Sie es mir!«

»Wer hat ihn erschossen?«

Helmstedt antwortete mit einer Gegenfrage: »Wie nahe standen Sie ihm? Ich meine nicht im Tiergarten, als es geschah.«

»Nahe genug.«

»Ihr Rivale.«

»In welchem Jahrhundert leben Sie.«

»Zumindest gehe ich nicht davon aus, dass Sie ihn deshalb erschossen haben.«

Helmstedt krähte schon wieder aus dem letzten Loch.

»Sie sind der einzige Tatzeuge. Kein Zufall, nehme ich an.«

»Tom hatte mich zu dem Treffen bestellt.«

»Doch nicht, um sich nachts mit Ihnen um Marlene zu schießen.«

Frederic kotzte dieser Tonfall an.

»Sondern um Ihnen etwas anzuvertrauen. Korrekt? Doch wozu im nächtlichen Tiergarten? Es gibt komfortablere Plätze in Berlin.«

Helmstedt holte kurz Luft.

»Allerdings waren damals in der RAF Gespräche unter vier Augen untersagt. Zum Zerreißen gespannt die Situation, voller Misstrauen und Verdächtigungen. Sie dachten daran auszusteigen. Und Sie zogen Tom ins Vertrauen.«

»Sie reimen sich etwas zusammen.«

»Ich ziehe Schlüsse.«

Im Abendschein zog der Fels der Loreley vorbei.

»Ich weiß nicht, was soll es bedeuten, dass ich so traurig bin«, sagte Helmstedt. »Ein Märchen aus alten Zeiten, das kommt mir nicht aus dem Sinn.«

»Märchen leben lange«, sagte Frederic.

»Erzählen Sie mir Ihres in Ruhe zu Ende!«, forderte ihn der alte Herr auf. »Wenn Sie etwa so freundlich wären, mir zu erklären, wer Ihnen in Frankreich das Nest bereitet hat? Sie wissen es nicht? Schon mal an das Naheliegende, an die DST gedacht, an die Direction de la Surveillance du Territoire?«

»Den französischen Inlandsgeheimdienst.«

»Sie haben doch nicht im Ernst geglaubt, Sie könnten dort, wo die französischen Eliten in ihren Sommervillen sitzen, ungeprüft ein Geschäft aufmachen. So naiv sind nicht einmal Sie!«

»Norden hat das alles organisiert.«

»In wessen Auftrag? Sagen Sie es nicht! Was auch immer Sie anbringen, es ist sowieso falsch. Sie glauben vermutlich, er habe zu einem Klub ehemaliger Stasi-Leute gehört. Woher wissen Sie das?«

»Norden war auch in Naumburg dabei.«

»Als Quartiermeister.«

»Heute würde ich sagen: als Aufpasser.«

»Gestatten Sie mir noch eine private Frage: Wie kamen Sie darauf, dass Constanze Behrenberg Schellings Tochter ist?«

»Sie hat es nicht verheimlicht. Ihr Haus ist ein Gedenkort.«

»Vorher! Bevor Sie Constanze so weit hatten, Ihnen ihren Gedenkort zu öffnen.«

»Sie ist ein Geschenk des Himmels.«

»Das leuchtet mir ein.«

»Was wollen Sie denn von mir hören?«

»Sie half Ihnen, Marie-Claire loszuwerden. Sie machte sich um Ihren Ausstieg verdient. Sehe ich das falsch?«

»Sie hatte keine Ahnung, wer ich bin.«

»Hat sie es heute?«

Frederic zuckte nur mit den Schultern.

Für jemanden wie Helmstedt folgte alles einem Plan. Etwas anderes als Pläne passten nicht in sein Weltbild. Frederic hatte keinen Plan gehabt, er war einfach nur auf die Fresse gefallen, als Constanze ihm entgegengekommen war. Das war alles. Er hatte sich dann schnell aufgerappelt und auf diese Weise, ohne es zu wollen, das Gebäude der Tarnung und Täuschung zum Einsturz gebracht. Deshalb saß er jetzt hier.

»Und was genau ist in Naumburg gelaufen?«, wollte Helmstedt wissen.

Was in Naumburg passiert war, verstand Frederic bis heute nicht.

»Nichts ist gelaufen«, sagte er. »Norden hat das Kommando Hind Alameh für beendet erklärt.«

»Ich stelle Ihnen die entscheidende Frage noch einmal, Herr Gramlin. Weshalb stoppte Norden das Unternehmen?«

»Er hat behauptet, wir seien aufgeflogen.«

»Haben Sie ihm das abgenommen?«

»Es gab keinen Grund, daran zu zweifeln.«

Frederic versuchte noch immer, Helmstedts Bohren auszuweichen, indem er selbst eine Frage stellte. Eine ganz einfache Frage.

»Was halten Sie von Ortner?«

»Dem Politiker?«

»Schellings Chef.«

»Worauf wollen Sie hinaus?«

»Ich versuche mir nur ein Bild von ihm zu machen.«

Helmstedt sah ihn lange prüfend an.

Dann sagte er: »Er hat meinen besten Mann auf dem Gewissen.«

»Tom.«

Ein Zögern. Dann nickte er.

23

In Mainz verabschiedete sich Frederic. Willibald holte ihn ab. Helmstedt fuhr wie vereinbart weiter.

»Mein Kopf!«, klagte Frederic.

»Wenn du nicht magst, musst du mir nichts erzählen.«

Frederic war dankbar dafür.

In Ober-Olm entkorkte Willibald eine Flasche Grauburgunder.

»Danke, für mich besser nicht.«

Nur einer Frage entkam er nicht. Er hatte sie schon befürchtet.

»Es geht mich zwar nichts an, aber …«, druckste Willibald herum.

»Nein, ich habe nichts mit deiner Schwester.«

»So genau wollte ich es gar nicht wissen.«

Noch viel genauer.

Ganz genau wusste es Frederic selbst nicht. Die Kopfschmerzen waren wieder höllisch. Kein Wunder nach dieser Zugfahrt.

24

Es war Trutz schleierhaft, wie er gemeinsam mit Tom in den Kanzlerbungalow geraten war und das zweifelhafte Vergnügen genoss, im Kreis eines Dutzends Parlamentskorrespondenten zu erleben, wie Hodscha ohne Unterlass redete und zugleich ohne Unterbrechung futterte. Eine Meisterleistung der Koordination von Heißhunger und Mitteilungsdrang.

Tom schielte immer wieder auf die Uhr, wohl weil er sich langweilte. Hodscha hatte gerade die siebte Portion Schokoladenpudding in Angriff genommen, als es ihn zerriss. Überall Pudding. Pudding zerfetzte die raumhohen Scheiben des gläsernen Bungalows. In einem See aus Pudding wälzten sich Journalisten, Personenschützer, Referenten und Servicepersonal. Auch Trutz hatte etwas abbekommen. Aber er konnte sich noch bewegen. Wo war Tom? Von ihm war nichts mehr zu sehen.

Wer ist verantwortlich für den Mist, den man träumte?

Frederic träumte viel in diesen Tagen, führte es auf die schwere Gehirnerschütterung zurück. Hatten sich früher seine Träume meist schon mit dem Aufwachen verflüchtigt, blieben sie nun hartnäckig hocken und drehten ihm eine Nase.

Sie waren in der Wohnung der Türmerin einquartiert, zu dritt, in einer winzigen Kammer, einem einzigen, zu schmalen Bett. Marlene in der Mitte. Es spare Platz, behauptete sie, wenn sie sich verkehrt herum zwischen die Genossen legte.

Gerechter war es auch. Beide hatten nun jeweils eines ihrer Beine ganz für sich. Trutz nuckelte an den Zehen herum, begann nach einiger Zeit an ihnen zu nagen und zu knabbern. Es ist leider nicht möglich, Geschmacksempfindungen zu träumen. Beim Aufstehen stellte Trutz fest, dass der Fuß nicht Marlene gehörte, sondern der Türmerin. Wo aber war Marlene?

Träume waren nie lustig, so grotesk sie einem auch erscheinen mochten. Constanze kam auch vor. Sie trug Utas Gewänder, den langen Mantel mit dem hochgestellten Kragen, den hochherrschaftlichen Kopfschmuck. Sie saß neben ihm im Flugzeug. Das war insofern bemerkenswert, als er seit einem Vierteljahrhundert keines mehr bestiegen hatte. Dies war kein handelsüblicher Katastrophentraum, die Maschine wurde weder entführt noch stürzte sie ab. Uta wurde lediglich von Flugangst gepeinigt, was angesichts eines Lebens im Hochmittelalter nicht weiter verwunderlich war. Sie lehnte sich an Frederic, und er hielt ihre Hand. Als das Flugzeug hart aufsetzte, lächelte sie ihn an. Die lächelnde Uta war ein Anblick, der niemals jemandem vergönnt gewesen war. Frederic besaß ihr Lächeln nun exklusiv.

25

Sehr geehrter Herr Bundesminister, lieber Felix Ortner!
Wie ich soeben von Herrn Buch erfahre, darf ich Sie fotografieren. Diese Nachricht macht mich sehr froh, und ich weiß nicht, wie ich Ihnen danken kann. Es sollen besondere Bilder werden.
Deshalb hier eine Überlegung beziehungsweise ein Vorschlag, verbunden mit einer kleinen Bitte. Ich denke, wir sollten ein Motiv finden, das dem Menschen wie dem Politiker Ortner

gleichermaßen entspricht und die Aufnahmen positiv von den üblichen Politikerfotos unterscheidet.
Zwischen der schützenswerten Privatsphäre der Politiker und der abstrakten Politik muss doch noch etwas anderes existieren – ein bisher unsichtbarer Raum. Ich würde ihn gern öffnen.
In dieser Absicht würde ich Sie gerne aus dem Modus des politischen Alltags heraus in eine andere, höhere Sphäre locken. Was halten Sie davon, Sie dort in Szene zu setzen, wo Sie biografisch wie geistig zu Hause sind? – in Gesellschaft der Stifterfiguren des Naumburger Doms. Sie gehören doch längst dazu. Felix und Uta – im Zwielicht der Geschichte. Uta und Felix – eine verräterische Beziehung in bestem Sinne. Das hätte Atem!
Darf ich Sie dazu verführen?
Es würde mich glücklich machen.
Sehr herzlich grüßt
Ihre Constanze

Puh! Da hatte sie sich einen abgebrochen. Ortner reagierte noch am selben Tag.

Von Dir, liebe Constanze, lasse ich mich gern verführen. Zumal mir Dein Vorschlag absolut einleuchtet. Dann machen wir's so! Bin ohnehin am kommenden Weekend im Wahlkreis. Wir sehen uns um zehn im Dom!

26

»Ich könnte einen Assistenten brauchen«, sagte Constanze.

Eine verrückte Idee, fand Frederic.

Er hatte noch nie eine moderne Digitalkamera in der Hand gehalten. Doch Constanze meinte, sie wäre schon zufrieden, wenn er die Scheinwerfer aufbaute und die Trittleiter trug. Er hatte ihr voraus, dass ihm der Raum vertraut war. Er hatte ihn lange studiert. Das konnte Constanze nicht wissen. Er freute sich über ihre Einladung, fuhr gern noch einmal nach Naumburg.

Diesmal mit ihr!

Von Bonn nach Naumburg an der Saale zu reisen wäre mit der Bahn bequemer gewesen, aber der Ausrüstung wegen zogen sie das Auto vor. Limburg, Gießen, Bad Hersfeld, Eisenach, Erfurt, Jena, Naumburg. Was das Autobahnnetz anging, war Deutschlands innere Einheit so gut wie vollendet. Leider wurde Constanze auf Thüringer Gebiet zweimal kurz hintereinander geblitzt. Der Polizeistaat war noch nicht ganz überwunden, sei es aus Kontrollwahn, sei es der unverzichtbaren Einnahmequelle wegen.

Frederic erkannte das überschaubare Städtchen kaum wieder. Es hatte Farbe aufgelegt, roch anders. Die Jahrzehnte der DDR schienen aus seiner Geschichte herausgeschnitten worden zu sein wie ein Blinddarm. Wenig erinnerte noch an das, was damals für modern und fortschrittlich gehalten worden war.

Er glaubte sich daran zu erinnern, dass die Bürger gemächlicher durch die Straßen geschlurft waren. Heute gab es selbstverständlich eine ausgedehnte Fußgängerzone. Der Wind, der durch die Gassen strich, hatte seine Richtung im Spätsommer 1990 bereits geändert. Er hatte die Patina des Verfalls schön gefunden und die Dynamik des Aufbruchs verachtet.

Trotz des erbärmlichen Endes waren es die schönsten Tage gewesen, die Trutz jemals im Untergrund verbracht hatte. Er hatte sich einer historischen Aktion verpflichtet gefühlt. Ihr hatte er sich hingegeben – und Marlene auch. Das Hochgefühl jener Tage war ein Amalgam aus Leidenschaft und der Lust, auf dieser Erde Spuren zu hinterlassen. So überzeugt war er von seinem Auftrag gewesen, dass er gar nicht gespürt hatte, wie die Geschichte ihn zum Gespött machte.

Nun kam er mit Constanze zurück an diesen Ort.

Doch war es ihm, als würden auch Marlene und Tom in den renovierten Kulissen der Altstadt wandeln. Frederic spürte das Bedürfnis, Constanze davon zu erzählen. Er verschwieg nicht einmal, dass Marlene abwechselnd mit Tom und ihm das Zimmer geteilt hatte.

»Warum sagst du nicht ›geschlafen‹?«

»Spielt es eine Rolle?«

Constanze wollte mehr darüber hören.

»Wie kamst du damit klar?«

»Wer behauptet, dass ich damit klarkam?«

»Ihr habt es beide durchgestanden.«

»Ist auch nicht das passende Wort.«

Constanze lachte. Seit sie in Naumburg waren, war ihre gute Laune kaum mehr zu steigern.

»Wir haben das Beste daraus gemacht«, sagte Frederic.

»Du meinst, ihr habt euch damit abgefunden.«

»Wir haben die Lage akzeptiert, wie sie war.«

»Auch Tom?«

Constanze ließ nicht locker.

»Es spielt keine Rolle.«

»Es ging ja auch um Größeres«, sagte Constanze.

»So kann man das nicht sagen.«

»Es ist ja auch zwanzig Jahre her«, wiegelte sie ab.

»Jetzt kommt alles wieder hoch«, sagte er. Es klang so, als hätte er nichts dagegen.

»Was habt ihr hier sonst noch getrieben?«

Er wusste selbst nicht mehr genau, welche Rolle er in welchem Stück gespielt hatte. Er hatte tatsächlich geglaubt, die größte Tat in der Geschichte der RAF in die Wege zu leiten.

»Wir haben Dachluken ausgespäht«, sagte er.

Es sollte witzig klingen.

27

Ein vernünftiges Hotel war nicht leicht zu finden. Constanze stellte sich ein gediegenes Haus mit historischem Ambiente vor. Sie war zwar der Arbeit wegen hier, aber das Vergnügen sollte nicht zu kurz kommen.

Etwas anderes als ein Doppelzimmer kam nicht infrage. Hätte sie für Frederic ein eigenes Zimmer buchen sollen? Es wäre ihr spießig oder zumindest verschwenderisch vorgekommen. Sie wollte ihn auch nicht aus den Augen lassen.

Außerdem wollte sie den ersten fetten Auftrag als Fotografin ein wenig feiern. Naumburg lag in einem Weinanbaugebiet. Aus der Nähe kam der berüchtigte Rotkäppchensekt. Die einst proletarische Brause war mittlerweile zu Großdeutschlands erster Marke aufgestiegen, was durchaus nichts Gutes verhieß. Sei's drum. Eine Weinstube fand sich. Ihre an französischer Küche geschulten Erwartungen waren darin nicht zu befriedigen. Das wusste sie vorher. Sie war aber auch nicht des Weines von Saale und Unstrut wegen hier.

Der verfehlte seine Wirkung nicht, wie sich zeigte, als sie bereits ins Bett sank und das Licht löschte. Im Dunkeln tastete sie nach dem Mann. Dass dabei kein einziges Wort fiel, schmälerte nicht ihre Lust.

Frederic schien nicht halb so neugierig auf sie zu sein wie sie auf ihn. Alles ging aus von ihr. Er ließ alles mit sich geschehen. Als er endlich in die Stille hinein keuchte, hielt sie ihn noch immer fest in der Hand. Ihre zweite Hand sorgte dafür, dass sie dabei selbst nicht zu kurz kam.

Er sagte noch immer nichts, legte nur seinen malträtierten Kopf in die Beuge ihres Halses und seinen Arm um ihre Brust, als wollte er sie festhalten. Auch er schlief noch lange nicht ein.

Es ist also geschehen, dachte Constanze. Und es würde die Dinge zwischen ihnen noch komplizierter machen, als sie es ohnehin waren. Darüber machte sie sich keine Illusionen.

28

»Zeig mir endlich dein verdammtes Naumburg!«

»*Mein* Naumburg ist es nie gewesen.«

Constanzes Aufgedrehtheit war ungewohnt und ging ihm ein wenig auf den Nerv.

Sie wollte unbedingt zur Türmerwohnung hinauf, stürmte die Wendeltreppe in einem Tempo hoch, dem der Rekonvaleszent nicht folgen konnte. Auf halber Höhe hätte er sich am liebsten auf eine Stufe gehockt und gerastet. Es war die Stelle, die er nicht vergessen konnte.

Ein Geschiss hatte Constanze gemacht um das angeblich schäbige Essen, um den profanen Wein. Ja und? So kannte er sie noch gar nicht. Seinerzeit war auch nichts Großartiges auf den Tisch gekommen. Sie hatten sich toll gefühlt und gespürt, wie gut es das Leben mit ihnen meinte.

Noch nie hatte er Constanze so viel trinken gesehen wie in dieser Weinstube. Gut, dass sie nach der Rückkehr ins Hotel nicht mehr lange herummachte und müde von langer Fahrt und schwer vom Wein umstandslos das Licht löschte.

Frederic ließ T-Shirt und Shorts an und drehte sich zur Wand hin. Endlich breitete sich Ruhe aus. Er spürte, wie ihre Hand lautlos über seine Hüfte kroch. Er konnte es ihr schlecht verbieten. Wie verloren begann sie mit seinem Teil zu spielen. Es war Frederic nicht recht. Eine erektile Dysfunktion hätte sie gekränkt. Also ließ er sie gewähren. Kein Wort kam von ihm, kein Mucks von ihr. Er starrte immer noch die Wand an, als sie zu stöhnen begann.

29

Waren sie nun ein Paar? Das ist keine seriöse Frage, dachte Constanze. Sie ging ihr trotzdem durch den Kopf. Die Sonne blinzelte durch den Spalt des Vorhangs. Frederic lag immer noch – oder schon wieder – zur Wand hin gedreht, und sie nahm an, dass er nur so tat, als schlafe er noch.

Der erste Satz, der nach der ersten Nacht fällt, ist kein ungefährlicher Satz. Ganz gleich, wie er lautet, er will bedacht sein. Ist doch die Gefahr nicht von der Hand zu weisen, dass dieser Satz gleich wieder zum ersten Satz einer neuen Erzählung wird. Die handelt dann vom Ende einer Liebe.

Wirklich Liebe? Bitte keine Märchen, keine Illusionen!

Der erste Satz nach dem Erwachen nach der ersten gemeinsamen Nacht sollte abheben vor Leichtigkeit. Was war in dieser Situation noch ohne Gewicht? Es genügte eine scheinbar harmlose Frage, und alles war sofort ein Problem. Etwa die Frage: »Willst du zuerst ins Bad oder soll ich?«

Constanze ging einfach als Erste ins Bad. Sie schwieg. Kein Satz wäre jetzt ehrlich, jeder Satz einer zu viel gewesen. Als sie das Bad verließ, lag Frederic noch immer halb eingeigelt zur Wand hin gedreht.

»Es wird Zeit«, sagte sie.

Hätte sie sagen sollen: »Es wird Zeit, mein Schatz.« Oder: »Hast du alles überstanden?« Sie entschied sich für: »Was macht der Kopf, mein Freund?«

Aber da rollte er auch schon aus dem Bett und klatschte auf den Steinboden. Sie erschrak. Doch Frederic stemmte zu ihrer Erleichterung ein Dutzend Liegestützen.

Ans gemeinsame Frühstück waren sie ja bereits gewöhnt. Heute war Constanze viel zu aufgeregt und nahm außer zwei Tassen Kaffee nicht mehr als ein trockenes Stück Sandkuchen zu sich.

Um neun waren sie am Dom, angekündigt von Ortners Büro und empfangen mit dem Versprechen: »Sobald der Herr Minister eintrifft, sperren wir den Westchor für Touristen.« Dann konnte ja nichts mehr schiefgehen. Frederic trug die Ausrüstung hinein. Constanze sah sich um. Sie war zum ersten Mal hier.

Die lebensgroßen Stifterfiguren waren einige Meter über dem Boden in die Wand eingelassen. Eine Hebebühne wäre ideal gewesen, um Ortner auf Augenhöhe mit Uta zu bringen. Dafür war es jetzt zu spät. Sie wollte ihn nicht vom Stativ aufnehmen, sondern aus der Hand. Falls sie so etwas wie eine fotografische Handschrift besitzen sollte, dann war es dies: Der Porträtierte trat in ihren Aufnahmen stets aus der Umgebung heraus wie ein Solist aus dem Chor. Mensch und Umgebung waren auf ihren Fotos eine Einheit. Ambition und Ambiente – so könnte sie ihren Stil auf den Begriff bringen. Der Slogan fiel ihr gerade ein.

Constanze nahm schon einmal Uta, Ekkehard, Reglindis und Hermann auf. Reglindis und ihrem Mann, den Markgrafen Hermann, standen Uta und der mit ihr verheiratete Markgraf Ekkehard gegenüber. Beide Paare waren gegenüber den übrigen acht Stifterfiguren hervorgehoben. Vor Kraft strotzend und selbstbewusst überragte Ekkehard seine unnahbar schöne Gattin Uta. Während sein Bruder Hermann gegenüber schief dastand und ein weichliches, melancholisches Bild abgab. Schild und Schwert, auf die er sich stützte, waren viel zu groß. Er war der ältere der beiden Brüder, Nachfolger seines ermordeten Vaters Ekkehard I. von Meißen. Doch hatte er Titel und Würde schnell an den Bruder abgegeben und war Kanonikus im Dom geworden. Reglindis, seine Frau, Tochter eines späteren polnischen Königs, mit dem Sachsen im Alter von vierzehn Jahren vermählt, war zu diesem Zeitpunkt schon im Kindbett verstorben. Hier im Westchor lebte sie auf ewig an seiner Seite. Sie überragte ihren mit der Macht hadernden Mann, ein rundes Bauerngesicht, lachend, unbekümmert, ein großes Kind.

Plötzlich tauchte Ortner auf. Küsschen für Constanze, rechts und links, Handshake mit Frederic. Sie stellte ihn als ihren Assistenten vor.

30

Seinen Namen sprach sie französisch aus.

»Frederic Gramlin, mein Assistent.«

Ortner behielt seine Hand unangenehm lange in der Hand, während er ihn prüfend ansah.

Nicht einmal Personenschützer hatte der Minister mitgebracht, wunderte sich Frederic. Als er zum letzten Mal an dieser Stelle gestanden hatte, war unversehens Norden aufgetaucht, geradewegs auf Marlene zugegangen und hatte ihr etwas ins Ohr geraunt.

Marlene hatte das dann knapp zusammengefasst.

»Abmarsch, Trutz! Sofort.«

Der überstürzte Abzug zählte zu seinen frustrierendsten Erfahrungen. Zumal er sich zuvor schon des Verdachts hatte erwehren müssen, ihre Aktion sei nicht mehr als eine Beschäftigungstherapie.

Er traute seinen Ohren nicht, als Ortner sofort davon sprach, was damals angeblich vorgefallen war.

»Es war meine Entscheidung. Sie müssen sich das vorstellen: Wenige Tage nach dem Beitritt der DDR kommt der Kanzler der Einheit in meine Heimatstadt, um mich im Wahlkampf zu unterstützen. Und ich? Ich sage alles ab. Man hat mich für verrückt gehalten. Sogar die Beamten der Sicherungsgruppe. Sie haben meine Absage für übertrieben gehalten. Was ich dir sage, Constanze, weiß noch niemand. Auf Helmut Kohl sollte ein Attentat verübt werden, genau hier an diesem heiligen Ort, der nur vergleichbar ist mit der Pfalzkapelle Karls des Großen in Aachen oder dem Kölner Dom. Es ist jetzt dein Scoop, Constanze. Nimm ihn von mir als Starthilfe.«

In Wahrheit hatte das Kommando sich bereits gegen einen Bombenanschlag im Westchor entschieden. Nicht hier! Nicht bei Uta. Sie waren keine Barbaren. Hodscha sollte vor dem Dom mit einer Präzisionswaffe erschossen werden. Norden hatte das abgeblasen, schon zwei Tage zuvor. Ortners Entscheidung war überflüssig gewesen. Warum gab er damit an?

»Weshalb ich bis heute schwieg?«, fuhr Ortner fort. »Weil ich mich damit nicht brüsten und die Öffentlichkeit nicht beunruhigen wollte. Es zählte allein, den Kanzler der Einheit in Sicherheit zu wissen.«

Frederic wusste nun, dass es ein Fehler war, Constanze nichts von den Anschlagsplänen des Kommandos Hind Alameh erzählt zu haben.

31

Wenn sie Ortner zusammen mit den Stifterfiguren aufs Bild bringen wollte, gab es nur eine Wahl. Sie musste die Froschperspektive einnehmen. Folglich rutschte sie auf den Knien vor Ortner herum.

»Ist was drauf? Kleiner Scherz.«

Darauf konnte er Gift nehmen.

»Darf ich sehen?«

Er durfte. Die Aufnahmen schmeichelten ihm. Felix und Uta, ein Traumpaar.

Ortner umarmte sie.

Constanze begleitete ihn aus dem Dom hinaus zu seinem Wagen. Fahrer, Referent, Polizisten, ein Begleitfahrzeug. Jetzt war er wieder komplett. Die schwarzen Limousinen setzten sich in Bewegung, und Ortner winkte Constanze aus dem Fenster zu.

Als der Wagen verschwunden war, legte ihr Frederic den Arm um die Schulter.

»Er lügt.«

»Davon gehe ich aus«, sagte Constanze. »Aber wie kommst du darauf?«

Als Frederic ihr von den gescheiterten Plänen der RAF berichtet hatte, rief sie Buch an und bat ihn, Ortners Angaben zu prüfen.

»Ein Scoop! Von so etwas träumt man«, fand auch er und versprach, sie als Co-Autorin in die Story einzubinden. Er begann sofort, die Geschichte auszuschmücken.

Ortner gab den Helden, als hätte er ein Attentat auf den Kanzler verhindert. Davon konnte keine Rede sein. Soweit Constanze wusste, benötigten seriöse Journalisten mindestens zwei voneinander unabhängige Quellen.

»Lassen Sie mich nur machen«, sagte Buch.

32

Ortner war abgebraust. Endlich wagte es Frederic, seinen Arm um Constanze zu legen. Über das Ereignis der vergangenen Nacht kein Wort.

Marlenes Geständnis hatte es ermöglicht, hatte alles verändert zwischen ihnen. Dabei hatte Frederic seinen Teil des Versprechens noch gar nicht erfüllt. Sein Anteil an der Wahrheitsfindung war nach wie vor bescheiden.

Constanze entschied sich gegen eine zweite Nacht in Naumburg. Sie wollte gleich zurück nach Bonn, aus Sehnsucht nach David, wie sie sagte. So blieben nur noch ein paar Minuten für einen Kaffee auf dem Domplatz. Warm genug war es, um draußen zu sitzen, das imposante Gotteshaus und seine Türme vor Augen. Die Ausrüstung deponierte er so lange an der Dom-Kasse.

Frederic nahm Constanze an der Hand. Ihr sanfter Druck sagte mehr als viele Worte. Sie überquerten den Platz mit den mächtigen Bäumen. Gegenüber vor dem Dom-Café hatte er auch mit Marlene stundenlang gesessen. Er kannte fast jeden Stein dieser Gemäuer. Keine Dachgaube, keine Öffnung, kein Spalt, den er nicht inspiziert hatte. Hier auf diesem Platz wäre es geschehen, als Hodscha ihn zu Fuß überquerte, um in die Steinstraße einzubiegen.

Frederics Augen waren auch jetzt überall.

Zum Glück.

In einem offenen Fenster gegenüber nahm er einen Reflex wahr, ein schwaches Funkeln. Im selben Moment stieß er Constanze zu Boden und warf sich über sie. Der Schuss peitschte über sie hinweg. Frederic rollte hinter einen Baumstamm. Der zweite Schuss ließ die Rinde splittern.

»Die Kamera!«, schrie Constanze.

Er presste sie an sich. Er zitterte. Sie zitterte nicht.

FÜNFTER AKT

»Freilich steht's nun in meiner Macht
nicht mehr, die Vergangenheit einzuholen –
schon bleibt verdorben,
was verdorben ist.«

Räuber Moor

I

Constanze wunderte sich über ihre Unerschrockenheit. Zwei Kugeln hatten sie knapp verfehlt. Da war das Gefühl, sie könnten nicht Frederic, sondern ihr selbst gegolten haben. Auszuschließen war es nicht. Warnschüsse vielleicht. Letzte Warnung! Halte dich heraus, sonst ergeht es dir wie deinem Vater!

Doch die Schüsse lösten in ihr keine Panik aus, sondern Trotz. Sie befand sich in einem Kampf, und sie nahm ihn an. Sie war ihn Papa schuldig. Niemand hätte es ihr verübelt, wenn sie sich in einen Winkel ihrer Welt verkrochen hätte. Eine Stimme flüsterte ihr ins Ohr: Denk an David! Aber sie ließ sich nicht abhalten. Es genügte ihr nicht mehr, die Tochter eines Opfers und damit selbst Opfer zu sein. Sie wartete nicht länger darauf, bis etwas geschah, sie wollte nun endlich selbst die Dinge in die Hand nehmen.

Da war etwas mit ihr geschehen.

Etwas, was ihr bisher vollkommen fremd gewesen war. Sie wusste nicht, wie ihr geschah, aber es ergriff Besitz von ihr. Es war ein Gift in ihren Adern. Sie spürte seine Hitze. Es war das Gift der Gewalt.

Gewalt hatte ihrem Leben bereits vor zwanzig Jahren einen Drall gegeben, aber nun war es etwas anderes. Was vor dem Dom geschehen war – und zuvor schon auf der Fähre und in der Sauna des Hotels –, war eine Spirale der Gewalt, und sie war von ihr erfasst.

Nun hielt sie Gewalt für eine reale Möglichkeit, die Dinge zu verändern, die ihr die Luft abschnürten. Ein böser Gedanke, der alles infrage stellte, was ihr bisher selbstverständlich gewesen war.

Constanze begriff plötzlich jene, die Gewalt für ein geeignetes Mittel hielten. Einen demokratisch gewählten Politiker gewaltsam zu beseitigen, durfte sie nicht einmal denken, dachte sie. Doch damit hatte sie es bereits gedacht.

Den Mann, dem Papa seine Arbeitskraft verkauft und dafür mit dem Leben bezahlt hatte, hatte sie noch nie gemocht. Er hatte das Land mit einer Selbstgefälligkeit regiert, als sei es sein Reich und er von Gott gesandt, es zu führen. Nach Vaters Tod hatte sie ihn regelrecht verabscheut. Die Vorstellung, einen Kanzler wie ihn mit allen Mitteln zu stoppen, lag nun in der Luft, die sie atmete.

Zur Terroristin fehlte ihr die nötige Skrupellosigkeit, auch der Größenwahn, sich zur Herrin über Leben und Tod aufzuspielen. Aber sie konnte es drehen und wenden, wie sie wollte, der Gedanke, auf einen Politiker zu schießen, war ihr nun nicht mehr vollkommen fremd.

Constanze war sich selbst unheimlich geworden.

2

Auf der Autobahn zurück nach Bonn fiel bei ihr der Groschen. Sie hätte eher darauf kommen können. Das seltsame Wort aus Mutters Mund: Regin – es war klar, was es bedeutete.

Kein Zweifel. Regin, Reglin, Reglindis. Mutter hatte Reglindis sagen wollen. Der Name des kindlich-fröhlichen Bauerntrampels im Gewand einer Herzogin. Soweit Constanze wusste, war Mutter niemals im Naumburger Dom gewesen. Falls doch, wäre es höchst unwahrscheinlich, dass ihre Erinnerungen daran der Demenz widerstanden.

Was aber, wenn Reglindis gar keine Erinnerung war! Sondern ein Code. Der Code, den die Terroristen für Kanzler Kohl benutzt hatten, war Hodscha. Der Kanzler sollte ermordet werden und blieb am Leben.

Schelling wurde getötet.

»Reglindis war das Codewort für Schelling.«

»Blödsinn«, sagte Frederic.

Frederic müsste es wissen. Wenn er es nicht wusste, sprach es für seine Unschuld. Sie wollte an seine Unschuld glauben.

Wenn aber Reglindis ein Code war, den Mutter kannte, dann hatte ihn auch Papa benutzt. Wie sollte das Opfer wissen, unter welchem Namen man ihn aufs Korn nahm!

Also, für wen stand Reglindis dann?

Das Rätsel war nicht schwer zu lösen. Schelling konnte das Codewort Reglindis nur für Felix Ortner benutzt haben, für den Politiker aus Naumburg, dessen Wahlkampf er plante und der ihm mit seiner Uta-Liebe auf die Nerven ging. So musste es gewesen sein. Das lachende Kind Reglindis – die Anti-Uta – war Ortner.

Nur, weshalb? Papa hätte ihn ja auch einfach bloß Ortner nennen können. Warum war Ortner für ihn Reglindis? War es sein Spitzname? Wenn Constanze das herausfand, war sie einen entscheidenden Schritt weiter.

3

Kein Wort davon, dass auf sie geschossen worden war! Es wäre ihrer Mutter nicht zuzumuten gewesen.

»Ich traf Felix Ortner. Schöne Grüße«, sagte Constanze.

»Ja, der.«

»In Naumburg im Dom, bei Uta und Reglindis.«

Mutter schaute sie begriffsstutzig an.

»Reglindis, Mutter. Oder Regin, wie du zu sagen pflegst.«

»Reginis?«

»Du meintest Reglindis.«

»Ja, der.«

Ach wie gut, dass niemand weiß, dass sie Rumpelstilzchen heißt.

»Reg-lin-dis, Mutter. Eine Herzogin.«

»Ja, der.«

»Wenn du denkst, dass Reglindis ein Mann ist, heißt er vielleicht Ortner.«

»Ja, der.«

Es klang ungehalten, wie »hör endlich auf, mir mit dem auf den Senkel zu gehen«.

»Alles in Ordnung, Mutter?«

Constanze streichelte ihre Hand.

Ortner und das lachende Kind Reglindis. Constanze war sich nun ganz sicher. Das war genau die Art Humor, die sie von Papa kannte. Warum verwendete er den Code für Ortner? Auch dafür gab es eine naheliegende Erklärung. Codenamen benutzten Terroristen und Schlapphüte, ein Zusammenhang, der tief blicken ließ. Da nicht davon auszugehen war, dass Papa mit Terroristen Umgang gehabt hatte, musste es ein Geheimdienstcode sein.

Sollte er das Geheimnis mit ins Grab genommen haben?

»Wo sind Papas Sachen, Mutter?«

Sie erwartete keine präzise Auskunft, nur irgendeinen Hinweis vielleicht. Doch die alte Frau stellte die Unterhaltung, falls man ihr Gestammel überhaupt so nennen wollte, endgültig ein.

4

Sie ging im Haus die Bücherregale durch. Politik, Geschichte, Musik. Ihr Finger fuhr an Buchrücken entlang. Über mittelalterliche Plastik im Allgemeinen oder den Naumburger Dom im Besonderen fand sie nichts. Ein Paperback über deutsche Namen stand da, aber Reglindis kam nicht vor. Einen Roman, der auf Reglindis verwies, gab es auch nicht.

Ein, zwei Kisten mit Papas Papieren mussten noch im Keller stehen. Er hatte Tagebücher geschrieben, daran konnte Constanze sich erinnern, eigentlich keine Tage*bücher*, sondern Notizen in Kalendern. Das meiste war längst aussortiert und vernichtet. Die Polizei hatte sich für nichts davon interessiert.

Im Keller konnte sie Papas Kalender nicht finden. Entweder hatte Mutter sie entsorgt oder … zur Seite geschafft. Weil sie befürchtet hatte, sie seien in ihrem Haus nicht sicher?

5

Auf dem Krankenhausflur waren Frederics Schritte immer schleppender geworden. Als er das Zimmer betrat, musste er sich an die Dunkelheit gewöhnen. Die Vorhänge waren zugezogen, es brannte kein Licht. Als er sich an die Dunkelheit gewöhnt hatte, musste er würgen.

Wüsste er nicht, wer die Frau war, die vor ihm lag, hätte er sie nicht erkannt. Ein Auge war mit Mull abgedeckt. Das Gesicht, für das er einst durchs Feuer gegangen wäre, aufgeschwollen und von Brandmalen verwüstet. Eine Landschaft aus Narben würde zurückbleiben, falls alles gut ging. Was heißt hier gut? Er stellte sich den Moment vor, in dem sie zum ersten Mal wieder vor dem Spiegel stand.

Sie streckte ihm einen Arm entgegen. Er ergriff ihre Hand, die nun in seiner Hand lag wie ein aus dem Nest gefallener Vogel. Er brachte kein Wort heraus. Sein Würgen hatte er im Griff, die Nässe in den Augen war ihm recht, sie verwischte den erbärmlichen Anblick.

Endlich sprach er ihren Namen aus.

»Marlene!?«

Er gab sich Mühe, nicht verzweifelt zu klingen, sondern liebevoll. »Schön, dich zu sehen.«

Schön war etwas anderes.

Aber etwas anderes als eine Lüge kam nicht infrage. Das gab es ja nur im Kino, dass einer zum anderen sagte, du siehst vielleicht scheiße aus.

Schönheit war für Marlene stets mehr als eine angenehme äußere Zutat gewesen, sie gehörte zu ihrem Wesenskern. Sie war ein Wert, an den sie so fest glaubte wie an Gerechtigkeit oder Gleichheit – obwohl doch die Schönheit auf dieser Welt höchst ungleich und ungerecht verteilt war. Sie hatten herrliche Debatten darüber geführt. Von nun an wäre jedes Gespräch mit ihr über Schönheit ein Gespräch über Zerstörung.

»Was macht die Poesie?«, sagte er.

Die dümmste aller Eröffnungen. Marlenes Gedichte waren in die Luft geworfene Hüte. Doch die Luft, in die sie ihre Hüte werfen konnte, gab es nicht mehr. Sie würde keine einzige Zeile mehr verfassen.

Ihr offenes Auge signalisierte: Lass den Quatsch!

So hilflos hatte sich Frederic selten gefühlt.

»Kann ich dir etwas vorlesen?«

»Wenn ich was lesen will, tu ich's.«

Vor Schreck ließ er ihre Hand los. Ihre Stimme klang auch verbrannt. Kein Rauch mehr, sondern nur noch Asche. Immerhin, sie sprach!

»Reiß dich zusammen, Trotzki.«

»Ja!« Frederic ermunterte sie. »Das hört sich doch schon wieder gut an.«

Solange Marlene attackierte, lag sie nicht im Grab.

»Mit meinem Fahndungsfoto können sie sich jetzt den Arsch abwischen«, sagte sie.

Ihr Grimm war auch ein Lebenszeichen. Doch Frederic nahm ihn ihr nicht ab. Er war gespielt.

»Bekommst du viel Besuch?«

»Von den Bullen, oder was denkst du?«

Er dachte gar nichts. Er versuchte nur, irgendwie so etwas wie ein Gespräch mit ihr in Gang zu bringen.

»Hast du große Schmerzen?«

Die überflüssigste, blödeste aller denkbaren Fragen. Er genierte sich dafür.

»Auf einer Skala von eins bis zehn ist es die Zwölf«, sagte sie.

Es war nicht einmal zu erkennen, ob sie grinste oder das Gesicht vor Schmerz verzog.

Das, was von ihrem Gesicht noch übrig war.

»Für mich bleibst du immer die, die du gewesen bist.«

»Erspar mir das!«

Er begann, ihr von seinem Besuch in Naumburg zu erzählen.

»Sei still«, röchelte sie.

»Wir haben Ortner fotografiert.«

»Wir?«

Ein Fehler.

Jetzt musste der Name fallen, der nicht fallen durfte. Der Name der Fotografin. Frederic sprach von der Geschichte, an der Constanze arbeitete. Noch ein Fehler.

Denn es war auch Marlenes Geschichte.

»Ortner brüstet sich damit, Hodschas Besuch abgesagt zu haben.«

»Und?«

»Er lügt. Das Kommando Hind Alameh war längst beendet.«

»Wir wurden gestoppt!«

»Weshalb holt Ortner das heute aus der Kiste? Mach mir keinen Reim daraus.«

»Denk nach!«

Mit Nachdenken hatte er es schon versucht, war aber nicht weit gekommen.

»Muss ich dir immer auf die Sprünge helfen, Trotzki?«

»Nur zu!«

»Ortner hatte von Anfang an seine Finger im Spiel.«

Frederic konnte ihr nicht folgen.

»Er hat uns dazwischengefunkt.«

Frederic blickte in einen Abgrund. Jetzt musste er nur noch

bis drei zählen. Schelling war gestorben, weil er Ortner auf die Schliche gekommen war.

»Von wem kam der Befehl, Schelling zu liquidieren?«

»Spielt es noch eine Rolle?«

Es sah aus, als würde Marlene vor Erschöpfung einschlafen. Aber sie hatte bloß ihr Auge geschlossen.

»Sag, dass ich kein schlechter Mensch gewesen bin«, sagte sie.

»Hauptsache, du lebst.«

»Mit Toms Tod habe ich nichts zu tun.«

»Wer behauptet das denn?«

»Schelling und Tom saßen im selben Boot.«

Sie wartete nicht ab, bis sich Frederic von dem Schock erholt hatte.

»Ja, ich hab's getan«, fuhr sie fort. »Weil wir Hodscha nicht bekamen, musste Schelling daran glauben. Du kannst an meinem Verstand zweifeln. Ich verzweifle daran auch.«

»Du bist kein schlechter Mensch, Marlene.«

Frederic nahm den Ausdruck in ihrem Gesicht als ein Lächeln.

»Leider kommt es nicht mehr darauf an.«

Es klang beinahe zärtlich.

»Trotzki!«

»Ja, Marlene.«

»Tu mir einen Gefallen.«

»Du weißt doch …«

»Den letzten.«

»Aber …«

»Dreh' mir den Hahn ab!«

»Marlene!«

»Bitte!«

Frederic griff nach ihrer Hand.

»Ist nicht schwer. Drück mir das Kissen auf den Mund und auf das … was von meiner Nase noch übrig ist. Ganz einfach. Keine Spuren.«

Frederic war nicht mehr in der Lage, ihr ins Auge zu schauen. Er war nicht gekommen, um sich von Marlene für immer zu verabschieden.

Schon gar nicht so.

6

Manche Ereignisse wird man nie wieder los. Immer wieder melden sie sich zu Wort. Der erste Abend nach dem Abbruch des Kommandos Hind Alameh war ein solcher Fall.

Die Hoffnung auf das große Comeback der RAF war zerstört. Die Stimmung unter den Genossinnen und Genossen schwankte zwischen brütender Niedergeschlagenheit, flammendem Zorn und paranoidem Verschwörungswahn. Wer bis drei zählte, kam zu keinem anderen Schluss. In ihren Reihen suchten die Kämpfer nun einen Verräter. Er ließ sich leicht finden.

Frederic konnte sich nicht mehr daran erinnern, wer den Verdacht gegen Tom zuerst ausgesprochen hatte. Es war ein Verdacht, der schon länger durch manchen Kopf gekrochen war. Doch nun machte ihn sich das Kollektiv zu eigen. Tom musste der Verräter sein. Es galt als ausgemacht.

Erhärtet hatte sich der Verdacht keineswegs. Trutz beteiligte sich nicht an den Mutmaßungen. Marlene widersprach offen. Das schadete Tom eher, als dass es ihm half, war ihre Liebesbeziehung doch ein offenes und offen beargwöhntes Geheimnis. Suse, Lerke, Marie-Louise, die Frauen waren Scharfmacher.

»Er arbeitet für die Schweine«, behauptete Suse.

Woher sie das wusste, blieb ihr Geheimnis.

»Wir hätten ihn nie akzeptieren dürfen.« Lerke stieß ins selbe Horn.

»Wie kommst du darauf?«, sagte Marlene. »Kannst du hellsehen?«

Lerke keilte zurück. »Du hast ihn angeschleppt. Du hättest es als Erste merken müssen.«

»Sie hat ihn hier eingeschleust«, mutmaßte Frieder.

»Da ist einer zu kurz gekommen«, versuchte Mufti das Thema abzubiegen.

»Liebe macht blind«, stänkerte Marie-Louise.

»Wo ist überhaupt das Schwein?«, kreischte Suse.

»Die Fotze dreht durch«, stellte Marlene fest.

Tom hatte sich die Freiheit genommen, den Abend allein zu verbringen. Vermutlich saß er im Kino. Weil Marlene an diesem Abend nicht mit ihm zusammen war und sie angeblich nicht einmal wusste, wo Tom steckte, nährte dies die Spekulationen.

»Wo soll er denn sein, wenn nicht bei seinem Führungsoffizier«, maulte Lerke.

»Männlich oder weiblich?«, stichelte Frieder.

Marlene ging nicht darauf ein.

Da nahm einer nach den frustrierenden Tagen in Naumburg einen Abend frei, und schon konnte es nichts anderes bedeuten als Hochverrat. Tom war verschwunden, und das galt bereits als Eingeständnis seiner Schuld, wenn man so von Verfolgungswahn infiziert war wie Lerke und Suse.

In der Roten-Armee-Fraktion hatte Hochverrat keine andere Konsequenz als in jeder anderen Armee. Deshalb trompetete man so einen Verdacht nicht ungeprüft und ungeschützt heraus, erst recht nicht, wenn der Betroffene keine Chance hatte, sich zu verteidigen. Tom würde auch keine Chance bekommen, selbst wenn er eine Kinokarte vorlegte. Wer sagte, dass das keine Täuschung war? Vielleicht hatte Tom nur ein Ticket gekauft, war aber gar nicht im Kino gewesen. Vielleicht war er auch nur Laufen, um den Frust aus sich herauszuschwitzen.

Der Verrat, das lähmende Ungeheuer, stand im Raum und war nicht mehr zu vertreiben. Tom hatte eindeutig gegen ungeschriebene Regeln verstoßen, hatte sich den Diskussionen des Kollektivs entzogen, der ideologischen Festigung verweigert, die nach der Naumburg-Pleite angesagt war.

Genau besehen gab es gar keine Diskussion, sondern bloß eine Depression. Mufti und Frieder soffen ein Bier nach dem anderen aus Flensburger Schnappflaschen. Sander zerlegte am Küchentisch seine Kanone, als wäre Bastelarbeit eine Lösung.

Und wo zum Teufel blieb Tom?

Marlene schien es tatsächlich nicht zu wissen. Sie nahm sich ja selbst die Freiheit, nicht immer haarklein anzukündigen, was sie gerade vorhatte. Und mit wem. Dasselbe Recht besaß Tom.

So war sie.

Die anderen waren anders.

Toms Verhalten entsprach ihrer Schule. Von ihr war man Disziplinlosigkeit gewohnt, aber nicht von Tom.

»Wer hat euch ins Gehirn geschissen?«

Marlenes Verzweiflungsschrei.

»Machen wir dem Wahnsinn ein Ende«, schlug Trutz vor.

»Willst du den Hausmeister bitten, das Licht auszuknipsen?«, sagte Suse.

»Und was dann?« Lerke heulte.

»Dann warten Staatsschutz und ein SEK auf uns, und wir machen einen Betriebsausflug, der fünfzehn bis zwanzig Jahre lang dauert«, prophezeite Frieder.

»Quatsch nicht blöd daher«, sagte Marlene.

»Weißt du vielleicht ein anderes warmes Nest im großdeutschen Reich?«, sagte Marie-Louise.

»Ihr seid alle gestört«, sagte Mufti.

Wenn Frederic sich richtig erinnerte, war es auch in dieser Nacht, als Marlene zum ersten Mal sagte, da ziehe sie lieber in die Wälder. Räuberin sei in dieser Gesellschaft ein ehrsamer Beruf.

»In die Wälder« war exakt ihre Formulierung gewesen. Es durfte aber auch Kuba oder Venezuela sein.

»Und wer hat dir ins Hirn geschissen«, revanchierte sich Lerke.

Dann kam tatsächlich Tom zurück. Aus dem Kino.

»*Total Recall* mit Arnold Schwarzenegger und Sharon Stone«, behauptete er.

Er hatte ein Ticket in der Tasche.

»Für so einen Mist macht er uns krank«, beschwerte sich Marie-Louise.

»Er hat sie nicht alle«, fand Suse.

»Ihr habt keine Ahnung«, sagte Tom. »Der Regisseur ist kein Geringerer als Paul Verhoeven.«

Aber sie hatten alle keine Ahnung von Kino und glaubten ihm sowieso nicht.

»Wer saß denn neben dir, Süßer«, fragte Lerke und fuhr Tom mit ihrer Kralle durchs Haar.

»Lass deine dreckigen Finger von ihm«, zischte Marlene.

Doch nahm sie Tom in dieser Nacht nicht mit zu sich, was Trutz nicht entging.

7

Im Grunde war das, was Constanze nun beabsichtigte, noch bösartiger als das, was sie mit Marlene in der Sauna angestellt hatte. Kein aggressiver Ausraster mehr, sondern ein Ausbruch ihrer niederen Instinkte.

Sie beschäftigte sich mit der Kamera, versteckte sich hinter ihr. Blende, Verschlusszeit, Schärfe, keine Automatik. Solange sie sich aufs Fotografieren konzentrierte, blieb keine Zeit für Gewissensbisse. Die kamen von ganz allein, sobald sie Marlenes Zimmer wieder verließ.

Von Lena hatte sie sich beschreiben lassen, was sie erwartete. Verbrennungen dritten Grades im Gesicht, Verlust eines

Auges. Weitere schwere Verbrennungen an der Brust und an einem Arm. Sie stellte sich das vorsichtshalber in Schwarz-Weiß vor. Auch das Foto druckte man besser in Schwarz-Weiß, es war schockierend genug.

Sie hätte Papas durchlöcherten Schädel auch nicht in einer Hochglanzillustrierten betrachten wollen. Eine gewisse Sensibilität hätte man also schon erwarten dürfen von ihr. Ihr tat Marlene ja leid. Sie war kein Unmensch. Trotzdem musste sie es tun. Ohne Marlene, dem Todesengel vom Engelsbach, war die Bildstrecke nicht komplett.

Früher oder später würde man ihr ohnehin vorwerfen, sich an ihr gerächt zu haben. Es war nicht schwer, sich die Schlagzeilen vorzustellen.

Selbstjustiz nach 20 Jahren

Heiße Rache an Terroristin

Opfer verbrennt Täterin

Die Öffentlichkeit würde sich selbstverständlich auf die Seite der Terroristin schlagen. So war das heute in Deutschland. Niemand interessierte es, dass Rachsucht keine Rolle gespielt hatte. Wenn es ganz blöd kam, würde man Constanze sogar eine Beziehungstat in die Schuhe schieben. Eine geilere Geschichte konnten die ehrenwerten Kolleginnen und Kollegen nicht erfinden.

Frau tötet Mörderin ihres Vaters

Tatwaffe Saunaofen

Wut! Glut! Blut!

Das Foto war das eine. Das andere war, dass Constanze selbst sehen wollte, was sie angerichtet hatte. Diesem Anblick wollte sie nicht aus dem Wege gehen.

Um ihren Hals hing eine Kamera, in der Hand trug sie eine Fototasche. Der Mann im Arztkittel, der ihr auf dem Krankenhausflur in den Weg trat, schöpfte Verdacht.

»Sind Sie von der Presse?«

»Nein, nein«, sagte sie, »ich gehöre zur Familie.«

Das war dreist. Zu dem vielen, was sie in den vergangenen

Monaten gelernt hatte, zählten Unverschämtheiten wie diese. Auf der Suche nach der Wahrheit konnte man aufs Lügen schwer verzichten.

»Tut mir leid«, sagte der Arzt.

Es musste ihm nicht leidtun. Ihr tat es auch nicht leid.

»Zimmer 216«, sagte er, »gehen Sie einfach rein.«

So einfach war das nicht. Etwas war mit ihr geschehen. Diese imponierend böse Frau rang Constanze jetzt sogar eine gewisse Bewunderung ab, und sie fühlte sich ihr keineswegs moralisch überlegen.

An die Tür des Zimmers 216 hatte jemand ein Blatt Papier geklebt mit einer Sonnenblume darauf. Sie öffnete und hob dabei schon die Kamera. Die Vorhänge waren zugezogen.

»Hi, Marlene! Das ist aber gar nicht schön.«

Marlene lag kerzengerade auf ihrem Bett, die Hände über der Brust gefaltet. Aus ihrem Gesicht war das Blut gewichen.

Sie war nicht allein. Der Tod saß neben ihr.

Constanze drückte auf den Auslöser.

8

»Atemstillstand.«

Viel mehr war aus der Stationsschwester nicht herauszubekommen.

»Friedlich eingeschlafen.«

Was auch immer das hieß.

»Nein, ihren Brandverletzungen selbst ist sie nicht erlegen.«

9

Sollte sie Frederic ihr Beileid aussprechen? Oder bekäme er das in den falschen Hals? Wie sollte sie ihm das überhaupt beibringen? Vielleicht hatte er die Nachricht schon erhalten, von wem auch immer. Es hätte ihr die Sache erleichtert.

Sie tat, als sei dies der Fall, wählte einen nur halbwegs dramatischen Ton: »Dass Marlene gestorben ist, hast du sicher mitbekommen?«

Frederics Gesicht entgleiste. Es zerfiel regelrecht. Er riss die Augen auf und schluchzte wie ein Kind.

Reiß dich zusammen, lag ihr auf der Zunge.

Stattdessen nahm sie ihn in den Arm.

Ihr, der jüngeren Frau, war er noch nie so alt vorgekommen wie jetzt. Sie umarmte und tröstete ihn, sie, die an Marlenes Tod einen gehörigen Anteil hatte. Sie trauerte mit ihm um die Frau, die wiederum ihren Vater auf dem Gewissen hatte. Eine griechische Tragödie war ein schlichtes Kinderlied dagegen.

War sein hemmungsloses Geschluchze noch normal? Constanze wusste nicht, was sie mit Frederics Nerven machen sollte. Konnte er sich nicht wenigstens ein wenig zusammenreißen! Dieses heulende Elend rührte sie und machte sie zugleich fast wahnsinnig. Man musste doch auf dem Boden bleiben. Wenn man so gelebt hatte wie Frederic, war das keine Zumutung.

Sie selbst war jetzt bei so klarem Verstand, dass sie sich für ein Scheusal hielt, ohne sich dafür zu schämen. Sie besaß jedes Recht dazu, ein Scheusal zu sein.

»Ist ja gut, Frederic. Ist ja gut!«

Sie redete auf ihn ein wie eine ältere Schwester. Freundlich formuliert. Weniger freundlich formuliert wie ein Pferdedieb auf einen lahmen Gaul. Es kam nicht aus ihrem Herzen. Das Herz hatte man ihr vor langer Zeit schon ohne Narkose herausgeschnitten.

»Ist gut, Frederic. Ist gut!«

Nichts war gut oder würde jemals wieder gut sein.

»Ganz ruhig, Frederic.«

Die Hexe hatte ihn dazu gebracht, sein Leben zu zerstören. Er heulte, wie nur Männer heulen können, vor Mitleid mit sich selbst.

»Wenn es dich erleichtert, Frederic, köpfe ich eine gute Flasche, wir stoßen auf Marlene an, und du erzählst mir etwas über sie. Sollen wir das tun?«

Wie mit einem Kind redete sie.

Sie wusste noch immer nicht genug über die Frau, die ihren Vater getötet hatte. Und es fühlte sich wahrlich so an, als hätte sie selbst einen Verlust erlitten. Wie gern hätte sie von ihr mehr erfahren über das, was sie bewaffneten Kampf nannte. Und über Marlenes Einstellung zum Tod. Und zur Liebe. Genugtuung über Marlenes Ende verspürte sie nicht.

Frederics Schwäche war ihre Stärke. Es ging nicht mehr um Schuld. Es ging ums Überleben. Überleben war wichtiger als Schuld, auch wichtiger als Wahrheit. Das galt für ihn, das galt für sie.

10

Das Kiffen hatte Marlene ihm nicht beigebracht, wohl aber, ungeniert davon Gebrauch zu machen.

Unter freiem sozialistischem Himmel.

Selbst in der DDR roch jedes Kind, dass das kein Räucherstäbchen war. Wenn Trotzki mit Marlene zusammen war, traute er sich, auf der Straße zu rauchen. Solange sie mitkiffte. Mit ihr war alles schwerelos. Das Küssen sowieso. Und nach den Küssen der Rest. Selbst die Anwesenheit von Tom ließ sich ertragen. Der kiffte ebenfalls, obwohl es so aussah, als inhalierte er nicht richtig.

In den schönsten Momenten nannte Trotzki sie »Königin von Saba« oder »Tulpenkönigin« oder »Schneewittchen« – allerdings nur, wenn Koks im Spiel war.

»Meine Schalmei«, wenn sie ihm einen blies.

»Mein Gebirgsenzian« – wenn er sie leckte.

»Mein Pflanzgarten.«

»Mein Bienenstich.«

Sie war seine Leibschaft statt nur seine Liebschaft.

Raserei als Lautverschiebung. Überhaupt kam Zärtlichkeit bei den beiden meist aus der Sprache. In dieser Hinsicht fühlte er sich Tom überlegen.

Sie nannte ihn »mein Heilig's Blechle«. Oder »Freudenfreundchen«.

Aber jetzt war sie nur noch ein flackernder Punkt im Nirgendwo. Ein glimmendes Licht in einem nicht mehr zu erkennenden Sternbild. An so einen Quatsch glaubte er.

Sie war nicht verlöscht.

Sie zog eine Bahn durch sein Herz.

Und wer stand an ihrem Grab? Lerke, Susi, Mufti (Schufterle), Sander (Spiegelberg). Vielleicht auf dem Dorffriedhof von Heiteren. Er sollte Watzhoff und seine Mumie verständigen. Gab es sonst noch jemand, der sich um sie kümmern konnte?

Marlene war nirgends gemeldet. Nun, da es sie nicht mehr gab, wurde sie unerbittlich zurückgeholt in den steinernen Schoß der sogenannten Gesellschaft. Jeder Toten stand ein Totenschein zu. Wer waren ihre Angehörigen? Wer ihre Hinterbliebenen? Frederic nahm nicht Abschied. Er würde niemals Abschied nehmen können von ihr. Und das lag nicht daran, dass er nicht an ihrem Grab stehen konnte.

II

Er war noch schweigsamer, noch verschlossener. Er wirkte noch abwesender als sonst. Constanze kannte den Grund. Wenn endgültig ihre Bosheit siegte, würde sie ihm einen Papierabzug des Bildes schenken, das sie von der toten Marlene geschossen hatte. In einem hübschen Rahmen aus sargfarbenem Holz. Sie war aber nicht bösartig, nur gebeutelt von bösen Gedanken, für die sie nichts konnte.

Noch böser wäre es, würde sie Frederic wahrheitsgemäß berichten, wie sich Marlene die Brandverletzungen zugezogen hatte beziehungsweise wie sie ihr zugefügt worden waren. Sie dachte darüber bereits in der dritten Person nach. Die Täterin war jemand gewesen, den sie nicht verstand. Auf diese Weise würde sie Frederic garantiert loswerden. Sie brachte es nicht über ihr gutes, böses, zerrissenes Herz.

Denn sie verstand Frederics Trauer, die nicht bloß Marlene galt, sondern seinem vergangenen Leben. Es war Frederics Abschied von der eigenen Legende, wenn Constanze es recht begriff. Das musste schmerzhaft sein.

Weshalb kreisten ihre wirren Gedanken nur um ihn? Mit Marlenes Tod hatten auch zwei finstere Jahrzehnte ihres Lebens ein Ende gefunden. Sie konnte jetzt pfeifen auf die saumselige Justiz, unwilligen Polizeibehörden, scheinheiligen Politiker. Deckel zu. Sie hatte die Sache persönlich erledigt. Chapeau!

Und sie hatte ihren Frieden gemacht mit der Mörderin ihres Vaters. Ewigen Frieden.

Im Grunde war auch sie Marlenes Hinterbliebene. Mit den RAF-Genossen hatte sie eines gemeinsam: Sie durfte sich nicht zu Marlene bekennen, wenn ihr ihre Freiheit lieb war. Aber im Grunde sollte sie die Trauerfeierlichkeiten organisieren. Das wäre Marlene ihr wert. Sie sollte eine Anzeige schalten, in der *taz* – wie damals ihren Brief an die RAF.

Mit einem Vers aus Marlenes lyrischem Werk:

Ich schlug die Freiheit in dein Herz

Marlene, Freifrau von Kottwitz (»Kosinsky«)
Revolutionärin

Aber Constanze wusste nicht einmal, wo und wann sie geboren worden war. Überhaupt wusste sie zu wenig. Sie sollte Frederic ausfragen. In einem passenden Moment. Also nie.

12

Die Neuigkeit ging auch ihre Brüder etwas an. Christoph in Hamburg, Willibald in Mainz. Sie wählte die offizielle Reihenfolge. Christoph war zwölf Minuten älter. Er hatte vor einigen Tagen auf die Nachricht von Marlenes Geständnis desinteressiert gewirkt und sich damit Constanzes Ärger zugezogen. Unter diesen Umständen hatte sie darauf verzichtet, ihm etwas über die näheren Umstände zu berichten. Er wusste nicht, dass die Mörderin mit schweren Verbrennungen im Krankenhaus lag.

»Sie ist tot«, platzte es jetzt ohne jede Vorrede aus ihr heraus.

»Mutter!«

»O Gott, nein! Die Kottwitz natürlich.«

Sie hätte sich präziser ausdrücken müssen. Es tat ihr leid. Ihren Besuch in der Uniklinik ließ sie weg.

Christoph reagierte völlig unterkühlt mit einer hämischen Bemerkung: »Der Hölle Rache kocht in ihrem Herzen.« Er meinte seine Schwester.

Fiel dem gebildeten Herrn Schelling nicht mehr ein als die Königin der Nacht aus der Zauberflöte, die doch eher Wut und Verzweiflung als Rache ausdrückte?

Christoph hatte zwei Jahrzehnte damit zugebracht, »die Sache«, wie er zu sagen pflegte, so gut es ging zu verdrängen. Darunter hatte sein Verhältnis zu Constanze gelitten. Er fand, mit ihr könne man über nichts anderes reden. Sie fand, mit ihm könne man über alles reden, nur darüber nicht. Und übrigens ist neulich auf mich geschossen worden, hätte sie hinzufügen können. Warum sollte sie ihm das ersparen? Sie ließ es bleiben.

Willibald, mit der Vorgeschichte vertraut, sagte nur:

»Puhhh!«

Dem Puhhh folgte eine Art Gedenkminute.

Dann sagte er: »Wie ich dich kenne, hast du für diesen Augenblick immer einen Schampus im Kühlschrank.«

Nach Feiern war ihr nicht zumute. Dennoch war Willibalds flapsige Bemerkung nicht ganz verkehrt. Da war etwas, was sie noch nie zuvor gespürt hatte, eine Aufgekratztheit, ein Zustand, wie wenn sich nach fiebrigen Tagen endlich der Schleim von den Bronchien löst. Die Gesundung konnte beginnen.

Willibald verschwieg sie die Schüsse von Naumburg nicht.

»Schüsse auf Frederic«, betonte sie. Sie wollte ihn nicht über Gebühr beunruhigen.

»Wer hat geschossen?«

»Derselbe, der ihm auf der Fähre schon ans Leder wollte«, behauptete sie.

»Wo ist er jetzt?«

Sie stotterte ein wenig herum.

»Du hast ihn doch nicht wieder bei dir untergebracht! Das geht nicht, schon aus Rücksicht auf David!«

»Wo soll er denn hin!«

Willibald wusste es auch nicht.

Sie versprach, auf sich aufzupassen und sich von Frederic fernzuhalten.

Auch Mutter besaß ein Recht darauf, die Neuigkeit zu erfahren. Als Constanze sie im Pflegeheim besuchte, schien sie überraschend wach.

»Erinnerst du dich, Mutti, was ich dir beim letzten Besuch erzählt habe?«

»Aber ja doch. David lernt Klavier.«

Das hatte sie auch erwähnt. Meistens wusste Mutter nicht einmal, dass sie einen Enkel hatte, der David hieß. Dafür war heute das Geständnis der Mörderin ihres Mannes gelöscht. Manchmal hatte Alzheimer etwas Gnädiges. Was die Nachricht vom Tod der Terroristin in ihr auslöste, war für Constanze nicht zu erkennen. Es war auch noch nicht das Ende der Geschichte. Und sie fragte sich, ob Mutter die überhaupt noch erleben würde.

13

Buch war am Apparat. Seine Recherchen hatten mühelos ergeben, dass der Auftritt des Kanzlers in Naumburg tatsächlich kurzfristig verschoben worden war. Nur war das noch kein hinreichender Beweis für Ortners Behauptung, er habe allein aufgrund seiner Informationen und gegen das Votum der Sicherheitsleute entschieden und den Besuch gecancelt. Buch aber genügte es.

Er war auch mit Constanzes Fotos hochzufrieden. Die tote Marlene versetzte ihn geradezu in Verzückung.

»Jetzt haben wir so gut wie alles, was wir brauchen«, jubelte er.

Woher er seinen Optimismus nahm, blieb Constanze schleierhaft. Die Story war ihres Wissens noch lange nicht rund, auch wenn sie es kaum erwarten konnte, ihre Fotos gedruckt zu sehen.

Frederic war wieder einmal spurlos verschwunden. Auch das machte Constanze Sorgen. Er hätte ihr wenigstens eine Nachricht hinterlassen können.

14

Mit Marlenes Tod war auch Toms Tod zurückgekehrt. Und mit Toms Tod Frederics Schuld. Er wurde den Mann, der damals Trutz hieß, nicht los.

Trutz hob die Hand.

Dieser Moment war Frederics schlimmster Albtraum.

Er hatte seine Hand gegen den Freund erhoben, und es war nicht wiedergutzumachen. Seine unbewaffnete Hand hatte ihn mitschuldig gemacht. Er hatte mit Ja gestimmt. Auch wenn sein Nein am Urteil gegen Tom nichts geändert hätte. Feigheit quälte nicht weniger als Schuld.

Im Gegensatz zu Frederics eigenem Tribunal war der Angeklagte vor zwanzig Jahren nicht anwesend gewesen. Es gab weder eine Vorsitzende noch eine Anklägerin und erst recht keinen Verteidiger.

Das Kollektiv hatte sich für herrschaftsfrei gehalten, was nicht hieß, dass niemand den Hut aufgehabt hätte. Der Mann mit dem Hut hatte sich nicht gezeigt. Er war kein Mitglied der Roten-Armee-Fraktion gewesen, sondern eine Macht, die ihre Befehle über Norden erteilte. Absurd war, dass keiner der herrschaftsfreien Revolutionäre sich dagegen aufgelehnt hatte. Aus Angst vor dem Knast hatten sie es hingenommen.

Was den Anschlag auf Alfred Herrhausen von der Deutschen Bank anging, war die RAF zwar benutzt worden, hatte sich aber dennoch nicht missbraucht gefühlt. Denn die Bombe, wenige Tage nach dem Fall der Mauer gezündet, zahlte auf ihren Mythos ein.

Das Ende des Naumburger Kommandos war ein ganz anderer Fall. Die RAF wurde daran gehindert, Hodscha für die Wiedervereinigung bezahlen zu lassen. Die abgeblasene Aktion war schlimmer als alle Aktionen, für die sie fälschlich in Anspruch genommen wurden. Sie war ein Schlag gegen alles gewesen, woran sie glaubten.

Statt Tom hätten sie Norden als Verräter verurteilen sollen, besser noch den Mann mit dem Hut. Sie kannten ihn nicht einmal. Norden machte sich klein, behauptete, er sei nur ein Manager – er sagte tatsächlich »Manager«. Merkwürdige Bezeichnung für einen kommunistischen Schnüffler.

Die Machtlosigkeit des gescheiterten Kommandos steigerte den Zorn gegen den Einzigen, an dem sie sich schadlos halten konnten: an Tom. Seine Bestrafung war schon deshalb unumgänglich, weil sie der RAF eine Autonomie vorgaukelte, die sie nicht mehr besaß. Tom sollte für das büßen, was andere hintertrieben hatten.

So stand das Urteil fest, ehe die Verhandlung begann. Anders als in der ersten Nacht nach dem Debakel in Naumburg war sie kein wildes Geschrei, sondern ein formaler Akt. Es wurde abgestimmt. Wer die Hand nicht hob, machte sich selbst verdächtig.

Als Einzige hob Marlene ihre Hand nicht, sondern erklärte sich für befangen. Ihr wurde das zugebilligt. Auch Trutz hätte sich enthalten können.

Er tat es nicht.

Er hob die Hand.

Es quälte ihn bis heute.

15

Sie hatten beide genug zu verbergen voreinander. Damit sollte Schluss sein. Dazu musste sie Frederic treffen. Constanze ging davon aus, dass sie telefonisch überwacht wurde. Also rief sie Lena an und sagte: »Höchste Zeit, dass wir mal wieder klönen.« Die Freundin wusste, wo Frederic abgetaucht war. Es war die verabredete Nachricht. Lena schaute auch medizinisch noch ab und zu nach dem Mann und stellte keine Fragen, zweifellos in der Hoffnung, dafür mit einer tollen Geschichte belohnt zu werden. War das Leben als Neuroradiologin derart langweilig?

Lena bestellte den Mann in den Schaumburger Hof. Weshalb dorthin? Ein Fachwerkhaus in Plittersdorf. Linden auf der Terrasse über dem Strom. Nietzsche, Humboldt, Heine hatten da gesessen. 1948 hatte der Parlamentarische Rat dort einmal getagt. Constanze kannte die Geschichte zur Genüge. Die Schellings hatten dort öfter zu Mittag gegessen. Jetzt war ihr weder nach Nostalgie noch nach Heimatkunde. Neulich auf der Fähre hatte Frederic gesagt: »Ich wollte im Schaumburger Hof übernachten, aber das Hotel gibt es nicht mehr.«

Also kannte er den Ort von früher.

16

Als er die dunkel getäfelte, spärlich besetzte Gaststube betrat, saß MC in der Ecke. Auch Lerke, die militante Betschwester. Sie stand auf und kam ihm ein paar Schritte entgegen.

»Setz dich zu uns!«

Es wäre besser gewesen, auf der Stelle umzukehren und zu türmen.

»Keine Angst«, sagte Lerke. »Wir wollen dir nur erzählen, was dich interessieren könnte.«

Woher sie wussten, dass er sich hier verabredet hatte?

Wenn sie das wussten, wussten sie auch, mit wem.

Sie warteten nicht nur auf ihn.

Er musste Constanze warnen.

Warnen wovor?

»Hock dich schon her zu uns!«

MC war bereits am Ende ihrer Geduld.

MC und Lerke. Eine kleine, hochrangige Delegation.

»Wer hat euch geschickt?«

»Wie wär's mit einem Kölsch?«, antwortete Lerke.
Sie machte auf gemütliches Wiedersehen.
»Erst einmal tut es uns leid«, sagte MC.
»Seit wann tut dir irgendwas leid?«
»Dass uns Marlenes Tod nahegeht, wirst du uns ja noch abnehmen«, knurrte MC.
»Die das nicht verdient hat«, bestätigte Lerke. »Das nicht.«
Frederic setzte sich.
»Von wem habt ihr es erfahren?«
»Spielt das noch eine Rolle?«, sagte die Dicke.
»Kein schöner Tod«, wusste die Verhärmte.
»Welcher Tod ist schon schön«, ergänzte MC.
Frederic kamen all die schönen Tode in den Sinn, die er sich für sie ausgedacht hatte in schlaflosen Nächten.
»Solche Mordlust hättest du der fürsorglichen Frau Schelling nicht zugetraut, was?«, sagte MC.
»Ich weiß nicht, was das soll.«
»Er hat echt keine Ahnung«, vermutete Lerke.
»Nie hat er eine Ahnung von nichts.«
»Sag du's ihm«, forderte Lerke MC auf.
»Warum immer ich!«
»Weil eine von uns es tun muss und niemand es mehr genießen wird als du.«
Wenn Frederic es sich richtig zusammenreimte, hatten sie ihn auf der Fähre zu erledigen versucht. Nicht sie persönlich, irgendjemand aus ihrem Verein. Wenn er es richtig verstand, wollten sie ihn für Marlenes Tod verantwortlich machen. Offenbar war deren Kontakt mit Berlin doch nicht ganz abgerissen.
»Lasst mich in Frieden«, sagte Frederic.
»Würden wir ja gern«, nickte Lerke.
Er versuchte, den Spieß umzudrehen. »Ihr habt auf mich geschossen«, sagte er. »Ihr habt mich hierhergelockt. Schon wieder vor ein Tribunal.«
»Tu nicht so empfindlich«, sagte Lerke.

»Ihr lasst mich observieren.«

»Für wie beschränkt hältst du uns immer noch«, sagte MC.

»Wenn ihr mir den Rest geben wollt, bitte.«

»Nur nichts überstürzen«, sagte MC.

»Vielleicht gibt dir das schon den Rest, was wir zu sagen haben«, meinte Lerke.

»Hättet ihr richtig zugeschlagen, würde sie noch leben«, sagte er.

»Spar dir dein Selbstmitleid!«, schnitt MC seine Rede ab.

»Prächtig erholt hast du dich«, fand Lerke. »Bist in guten Händen.«

»Lasst Constanze aus dem Spiel!«

»Würden wir gern. Blöderweise hat sie sich eingemischt«, sagte Lerke.

»Sie weiß nicht, in was sie hineingeraten ist«, sagte Frederic.

»Du wirst es ihr schon erklärt haben«, sagte Lerke.

»Hör zu, Marmeladenmann! An ihren Händen klebt nicht bloß deine Zuckerpampe!« MC schoss Blut in den Kopf.

In Frederic stieg eine Ahnung auf.

»Dass Marlene dich am Krankenbett besucht hat, hast du aber mitbekommen?«, sagte Lerke.

Nicht richtig. Er hatte sie für ein Traumgespinst gehalten.

»Nachdem Nordens Leute sich auf der Fähre so dämlich angestellt hatten, war es ihr Auftrag, dich zu liquidieren.«

»Dummerweise hat sie es nicht übers Herz gebracht«, ergänzte Lerke. »Es wäre der passende Moment gewesen. Niemand wäre misstrauisch geworden, wenn sie dich erstickt hätte.«

»Du warst in keinem guten Zustand.« MC schien es noch immer zu genießen.

»Dann kam die blöde Nuss dazwischen«, sagte Lerke.

Frederic glaubte ihnen nicht.

»Die liebe Constanze ging mit ihr anschließend in die Sauna. Das hat sie dir doch wenigstens erzählt?«

MCs inquisitorischer Ton ging Frederic auf den Sack. Dass er es so lange mit ihr ausgehalten hatte, war nichts als ein Wunder.

»Ist jetzt ein Witz, oder!«

»Dachten wir auch. Wer kommt schon auf so eine Idee. Offenbar gefiel Marlene die Vorstellung, deine neue Liebe so zu sehen, wie Gott sie erschuf. Du kennst sie ja«, sagte MC.

»Es wurde ihr zum Verhängnis«, ergänzte Lerke.

Frederic verstand immer noch nicht, wovon sie sprachen.

»Sie hat dann Marlene in der Sauna buchstäblich gegrillt«, sagte MC.

»Ein Scheißmartyrium«, fand Lerke.

»Deinetwegen«, sagte MC.

»Aus Eifersucht«, ergänzte Lerke.

»Die Fotze!«, keifte MC.

In diesem Augenblick betrat Constanze das Lokal.

17

Constanze hatte Frederic einen Vorsprung gegeben. Sie kam absichtlich etwas später, stand noch einen Augenblick auf der Terrasse und sah auf den trägen, grauen Strom. Der Petersberg gegenüber war in Wolken gehüllt.

Als sie die Wirtsstube betrat, erkannte sie sofort die dicke Frau, die sie zuletzt mit Motorradhelm vor dem Maison des Confitures gesehen hatte. Sie war nicht allein. Noch eine andere Frau und Frederic saßen da. Es konnte nichts Gutes bedeuten. Constanze machte ein paar Schritte auf den Tisch zu und sagte: »Kommst du!«

Frederic starrte sie wortlos an.

»Und wenn er nicht mitkommen will?«, fragte die Dicke. »War es das dann? Tut mir leid um euer junges Glück.«

Die andere Frau sagte: »Er würde nur gern noch von dir hören, wie du Marlene verbrannt hast.«

Es war so weit. All die Tage hatte Constanze sich gequält, aber nicht dazu durchringen können, Frederic die Wahrheit über ihren Zusammenstoß mit Marlene zuzumuten.

»Lasst ihn in Frieden«, sagte sie.

»Rührend. Wirft sich wie eine Mutter über ihr Kleines«, spottete MC.

Sie musste ihn hier herausholen. Damit er endlich zu sich kam und alles aufschrieb, was er wusste. Auch das, was er noch nicht wusste, wobei sie ihm nach Kräften helfen würde. Die ganze Wahrheit über Marlene gehörte dazu.

Constanze fühlte sich mittlerweile als sein Coach, seine Agentin, Herausgeberin, Lektorin, Mentorin und wenn es sein musste auch als seine Muse. Warum nicht. Es war jetzt nur nicht der richtige Moment für solche Gedanken.

Jetzt ging es um mehr. Diese kläglichen Terroristinnen im Ruhestand waren immer noch verrückt und gefährlich genug. Sie wollten Frederic endgültig vernichten.

»Willst du dich nicht endlich zu uns setzen«, sagte die Dünne.

Constanze war beinahe bereit dazu. Vielleicht war reden doch das Beste. In diesem Moment sprang Frederic auf.

18

Er sah niemanden an, nur betreten auf den Tisch und das Glas Kölsch vor ihm. Gerade hatten die Betschwester und die Rachegöttin ihm beigebracht, dass er vom Regen in die Traufe gekommen war. Constanze hatte Marlene umgebracht, hatte sich für den Tod ihres Vaters gerächt.

Ein anderes Motiv konnte er sich nicht vorstellen. Constanze stand als Mörderin vor ihm, als die Mörderin der Frau, die er geliebt hatte. Marlene war zu ihm geeilt nach dem Anschlag auf der Fähre. Aber doch nicht, um ihn zu töten! Was war das für ein Unsinn!

Dieser sinistren Delegation aus den Schründen der Vergangenheit ging es nur darum, ihn zu zerstören, physisch und psychisch. Gewiss waren die beiden nicht allein. Nordens Gesellen standen bereit.

Was auch immer er tat, es war verkehrt. Sollte er einfach sitzen bleiben, alles über sich ergehen lassen? Und dann? Hielt er sich an Constanze, gefährdete er sie und David erst recht.

Frederic packte das Kölsch und schüttete es MC ins Gesicht. Die Schrecksekunde nutzte er, um aufzuspringen. Er nahm die Schwingtür zur Küche, aus der gerade eine Kellnerin kam und mit ihr zwei Teller vom rheinischen Sauerbraten in seiner Soße. Die Genossinnen hatten ihn bestellt. Ein unvermeidlicher Zusammenstoß. Soße schwappte auf den Boden, Fleisch und Klöße stürzten hinterher.

In der Küche stellte sich eine der Jeansjacken in den Weg. Mit Küchengeräten kannte Frederic sich aus. Den schweren Soßentopf auf dem Herd schleuderte er dem Angreifer ins Gesicht. Kochend heiße, klebrige Sauerbratentunke, angedickt mit zerbröselten Aachener Printen und Zuckerrübensirup. Gebrüll. Der Mann schlug sich die Hände vor die Augen.

Die Frauen waren nun hinter ihm her. Frederic warf mit schweren Kasserolen aus den Hochregalen, ließ es scheppern. Köche gingen in Deckung. Einer rief nach der Polizei. Ein anderer trat ihm mit einem beeindruckenden Messer in den Weg, ehe Frederic es ihm mit einer Pfanne aus der Hand schlug.

Schon war er draußen, rannte über den Hof, stieß alles um, was seinen Verfolgern in die Quere kommen konnte, erreichte schadlos den Uferweg und entkam schließlich über den Rhein auf der Fähre, die er schon kannte und die den schönen Namen Christophorus trug. Diesmal zu Fuß. Niemand behelligte ihn.

19

Das Tohuwabohu in der Küche hatte Constanze genutzt, um sich davonzustehlen. Sie wusste, was zu tun war.

Ihre erste Sorge galt David.

Und dann nichts wie weg.

Sie hatte nicht damit gerechnet, so schnell wieder in Frankreich zu sein. Am Flughafen in Nizza nahm sie einen Leihwagen. Der fiebrige August war vorüber, die Invasion sonnenhungriger Touristenmassen abgezogen, die Küstenstraße, der sie ab Fréjus folgte, nicht mehr von morgens bis abends ein einziges Band aus Blech. David vermisste sie jetzt schon, aber sie wollte nach wenigen Tagen zurück in Bonn sein.

Von Saint-Aygulf bis Sainte-Maxime, von den Anhöhen bis hinab zum Meer, erstreckte sich ein einziger nicht enden wollender Villenbezirk. Auf der anderen Seite der Bucht glänzte Saint-Tropez im Nachmittagslicht, scheinbar unberührt von den Zerstörungen, den der Massentourismus an anderen Küsten des Mittelmeers angerichtet hatte. Die Villenbesitzer bewahrten die Gegend vor Verschandelung, weil sie großen Hotels keinen Platz ließen.

Auch Constanze war privilegiert. Eigentlich gehörte das alte Haus in Grimaud ihrer Mutter. Die war vor fast zehn Jahren das letzte Mal hier gewesen. Gelegentlich kamen auch ihre Brüder zu Besuch, hatten Constanze das Haus aber nicht streitig gemacht.

Sie stieß als Erstes den von Frederic frisch lackierten blauen Laden zum Balkon auf und genoss den unbezahlbaren Blick auf den Golf. Das hölzerne Geländer war nicht mehr das stabilste, es müsste bei nächster Gelegenheit erneuert werden.

Es kam ihr vor, als ob das Haus Besuch bekommen hätte. Nicht alle Gegenstände lagen an ihrem gewohnten Platz. Ob etwas fehlte, war auf Anhieb nicht festzustellen. Die Gesualdo-CD jedenfalls war verschwunden, das sah sie gleich. Die

Madrigale, ohne die Frederic nicht leben konnte. Er war also doch hier gewesen. Hatte er sich noch nach etwas anderem umgesehen? War er mit Marlene da gewesen? Hatten sie hier geschlafen? In ihrem Bett! Undenkbar. Aber was war nicht alles undenkbar.

Wer war Constanze zuvorgekommen? Sie wusste ja nicht einmal, ob das, wonach sie suchte, überhaupt existierte. In beiden Zimmern im ersten Stock, ihrem und dem von David, hatte jemand herumgekramt – bildete sie sich ein. Die gelbe Plastikkiste, gefüllt mit Modellautos, stand doch sonst immer neben der Tür, nun aber auf dem Bett. Vielleicht hatte sie in der Aufregung selbst das Haus unordentlicher zurückgelassen als gewohnt. Sie fand auch Seifenspuren am Waschbecken, Fingerabdrücke auf dem Spiegel, Haare in der Dusche. Es könnten ihre eigenen Haare sein.

In Papas Stube im zweiten Stock hatte sie regelmäßig sauber gemacht, aber den Raum nie benutzt. Seit zwanzig Jahren war alles unberührt geblieben. Sie legte sich auf das Bett. An einem Haken an der Decke hing zusammengerafft und zusammengeknotet ein Moskitonetz. Es war ein schmales Bett. Ihre Eltern hatten hier nicht gemeinsam geschlafen. Falls doch, dann nicht die ganze Nacht. Auf diesem kargen Lager wäre das unmöglich gewesen.

Neben dem Bett ein blaues Nachttischchen. Die einzige Schublade über dem offenen Korpus war leer. Keine Taschenlampe, keine Tempotaschentücher, keine Pillen, kein Kuli oder was sonst so in Männerschubladen zu finden war. Darauf konnte sie sich keinen Reim machen. Denn alle Dinge, die Papa benutzt hatte, waren eigentlich heilig in diesem Haus.

Deshalb war auch der schlichte, schmale, ebenfalls blaue Schrank noch immer gefüllt mit seinen Kleidungsstücken, Polohemden, Segeltuchschuhen, Pullis, ausgebleichten Chinos. Und überall hing noch sein Geruch. Dass der sich so lange halten konnte! Vielleicht nur in ihrem Kopf. Im Bad standen auch noch Papas Parfum, eine angebrochene Zahnpasta, sogar die Bürste im Becher. Es war an der Zeit, diese Dinge zu entsorgen. Hier und auch in Bonn.

Im Korpus des Nachtkästchens waren einige Bücher gestapelt, darunter tatsächlich dieser Bildband: *Der Naumburger Dom,* Stephan Schelling handschriftlich gewidmet. *Sieg für Team Deutschland. Gemeinsam sind wir stark. Danke! Felix Ortner.* Constanze blätterte ihn fieberhaft durch. Zwischen den Seiten war nichts zu finden.

Mutters winziges Schlafzimmer direkt daneben. Auch in ihm lediglich ein schmales Bett. Im Schrank Badeanzüge, Handtücher, Strandtaschen. In all den Jahren, in denen Constanze das Haus ganzjährig bewohnt hatte, hatte sie auch diese Sachen nicht angerührt. Der zweite Stock war für sie gleichsam tabu. Höchste Zeit, ihn zu entrümpeln. Am besten, sie fing gleich damit an. Leider konnte sie nicht auch ihr Leben einfach entrümpeln.

Sie legte sich auf Mutters Bett. Auch hier baumelte von der Decke ein Moskitonetz. An der Wand hingen zwei großformatige Porträtfotos, eines von Papa, das andere von Mutter. Beide hatte Mark Graf geschossen, der für Papa Wahlplakate fotografierte, ein einträgliches Geschäft. Wohl zum Dank hatte er seinen Auftraggeber und dessen Frau abgelichtet.

Mark hatte Constanze eine Menge beigebracht. Ihm verdankte sie ihre Liebe zur Fotografie. Nun ja, es war nicht bloß die Liebe zur Fotografie gewesen, aber die andere Liebe war im Sande verlaufen. Ja, so könnte man es ausdrücken. Einmal war sie sogar als Marks Assistentin – so wie Frederic bei ihr – mit nach Hannover gefahren, um einen namhaften Sozialdemokraten für ein Buchprojekt aufzunehmen. Es waren nicht die schlechtesten Erinnerungen.

Die Porträts waren keine gewöhnlichen Fotos. Sie besaßen einen stark parodistischen Zug. Papa auf einem Wahlplakat im Nadelstreifenanzug mit einem Gesicht wie ein amerikanischer Politiker. Das war komisch, denn Papa hatte nicht im Traum daran gedacht, für ein politisches Amt zu kandidieren.

Mutter in der Pose einer First Lady. Ursprünglich hatten die Bilder in Bonn gehangen. Nicht lange nach Papas Tod hatte Mutter sie nach Grimaud gebracht. Sie wollte in Zukunft mehr Zeit in Frankreich verbringen, und sie liebte diese Bilder.

Constanze nahm eines nach dem anderen von der Wand, um aus der Nähe durchs spiegelnde Glas hindurch die feinen Grautöne zu erkennen. Meisterhaft! Auf diesem handwerklichen Niveau würde sie niemals mithalten können. Es waren Studioaufnahmen. Sie dagegen hatte sich der Reportagefotografie verschrieben. Ihr fiel auf, dass das eine Bild auf der Rückseite dicker war als das andere, als sei es gepolstert.

20

Marlene war oft bei ihm, wenn er im Morgengrauen aus seinen unruhigen Träumen fand. Zusammen mit Tom, dem steinernen Gast, der so sehr auf seinem Gewissen lastete, dass es ihm die Luft abschnürte. Die Toten verschwanden nicht aus Frederics Leben.

Es war nicht schönzureden: Er hatte die Hand gehoben. Die Gruppe hatte sich im Handumdrehen auf das Exekutionskommando geeinigt. Es sollte aus Trutz bestehen.

Ihm ganz allein.

Der Augenblick, in dem das Kommando ihn aufgefordert hatte, Tom zu töten, war der schlimmste seines Lebens. Marlene konnte auch nicht helfen.

»Du musst wissen, was du zu lassen hast!«

Er wusste es.

Was er zu lassen hatte, ja. Aber nicht, wie er es anstellen sollte. Auf Tom nicht zu schießen hätte bedeutet, aus der Kommandoebene auszuscheiden. Er verbaute sich seine Zukunft, verlor den Schutz des Kommandos, war vogelfrei. Auszuführen, was das Kollektiv beschloss, war eiserne Pflicht. Es spielte keine Rolle, wer letztlich den Abzug betätigte. Das Töten war keine individuelle Tat. Der Schütze funktionierte nur als Handlanger des kollektiven Willens. So weit die Theorie.

Die Praxis des Tötens war eine andere.

Die Wahl der Waffe, die Ausbildung an der Waffe, die Schießübungen – geschenkt. Aber auf einen Menschen anzulegen, abzudrücken und zu erleben, wie Blut und Gehirnmasse aus dem Schädel spritzten, war etwas vollkommen anderes. Es ließ sich weder trainieren noch konnte man sich daran gewöhnen.

Frederic konnte es nicht.

Es war auch ein Unterschied, ob man eine Bombe zündete und ein Automobil in die Luft jagte, in dem Charaktermasken des Systems und ihre Handlanger (Bullen, Fahrer) saßen, denen man nie zuvor in die Augen geschaut hatte, oder ob man den Auftrag bekam, einen Menschen zu erledigen, mit dem man so viel geteilt hatte wie mit Tom.

Die Gruppe hatte Trutz auch deshalb zum Tötungsinstrument bestimmt, weil sie in ihrer perfiden Einfalt davon ausging, er sei Toms Rivale. Suse, Lerke, Marie-Louise, Mufti, Frieder verrieten damit, dass sie diese Exekution doch nicht bloß für eine eiskalte Verrichtung hielten.

Sie setzten auf die Bestie in Trutz.

Doch er war keine Bestie. Die Waffe in der Hand hätte er niemals gegen Tom gehoben. Es war schockierend genug: Er hatte nicht Nein gesagt. Vor allem hatte er Tom nicht rechtzeitig gewarnt.

21

Constanze entfernte die Rückwand des Rahmens aus dicker Pappe. Hinter dem Foto steckten einige Blatt Schreibmaschinenpapier, jeweils einfach gefaltet, mit akkuraten Druckbuchstaben beschrieben.

Aktennotiz
19. 8. 90

Nach tagelangen Bemühungen um einen Termin heute Gespräch mit PV. Äußere den Verdacht, Ortner pflege Kontakte zu sowjetischen »Organisationen«. Er hält das für »völlig abwegig«. Nach seiner Ansicht stimmt lediglich die Chemie nicht. Er unterstellt unbegründetes Misstrauen meinerseits wg. Os Ostbiographie. Ausgerechnet ich, der sich seit Monaten im Osten herumplagt, bin in seinen Augen ein Besserwessi. »Innere Einheit in Staat und Partei ist nicht zu haben, wenn alle denken wie Sie.«
PV hält Os Lebensleistung für »außerordentlich großartig«. »Keiner von uns hat sich immer nur mit Ruhm bekleckert«, sondern nur »das Glück gehabt, in einem freien Land aufzuwachsen«.
Kurzum: PV hält mich für einen Denunzianten. Nicht auszuschließen, dass er O vor mir warnt.

Constanze las zweimal. Ihr Vater hatte es für notwendig gehalten, dem Parteivorsitzenden (PV) und Kanzler persönlich mitzuteilen, dass sein Parteifreund Felix Ortner für einen sowjetischen Geheimdienst arbeitete. Von diesem ungeheuren Verdacht will der Kanzler jedoch nichts wissen. Einigkeit zählt für ihn mehr als Recht und Freiheit. Zu Hause hatte Papa nicht einmal etwas angedeutet, jedenfalls nicht gegenüber Constanze.

Hier seine Folgerung:

Unlösbarer Loyalitätskonflikt. Zählt das Land mehr, sehe ich mich gezwungen, den Verfassungsschutz einzuschalten. Ein Geheimdienstskandal dagegen würde der Partei schwersten Schaden zufügen.

Eine Geheimdienstaffäre um Ortner hatte es nie gegeben. Nichts hatte seinen robusten Aufstieg aufgehalten. Selbst die Wahlniederlage des Kanzlers hatte ihm nicht dauerhaft geschadet. Er saß unter Merkel im Kanzleramt.

Aktennotiz
2. 9. 90

PV scheint O nicht in Kenntnis gesetzt zu haben. Oder ist es als Warnung zu verstehen, wenn O mir heute mitteilt, PV hätte sich nach meiner Performance erkundigt? O behauptet: »Habe Sie über den grünen Klee gelobt.« Vermutung: O will mich in Sicherheit wiegen.

Wenn Ortner wusste, dass Papa ihm auf die Schliche gekommen war, verstand Constanze nicht, weshalb er sich ihr gegenüber so entgegenkommend zeigte. Was bezweckte er damit?

Kanzlerauftritt in N. für O von höchster Priorität (sein Wahlkreis). Will sich mit Kanzler

der Einheit schmücken. O schickt mich persönlich zur Vorbereitung nach N. Kundgebung auf zentralem Platz in historischer Mitte genügt ihm nicht. Unbedingt soll »Begegnung mit Uta« inszeniert werden. O geht PV mit seiner »Utamanie« auf den Nerv, das ist bekannt, aber setzt sich durch.
O weist mich an, in N. mit einem seiner »engsten Vertrauten« zusammenzuarbeiten. Grob gestrickter Mann namens Busch. Fragt mir Löcher in den Bauch und hat keine Ahnung von Wahlkampf.

Constanze kam sofort der Verdacht, Busch könnte Norden sein. Hatte Papa den »Hausmeister« auf Betreiben Ortners kennengelernt? In Naumburg, wo die RAF einen Anschlag auf den Kanzler plante? Constanze stockte der Atem.

Dass Ortner mit Papas Tod etwas zu schaffen hatte, war kaum mehr zu bezweifeln.

Aktennotiz
4. 9. 90

Sollte mich an das BfV wenden. Meine Skrupel überwiegen noch immer. Stattdessen bemühe ich mich erneut, PV persönlich zu warnen. Heute Gelegenheit dazu. Es ist nur vollkommen sinnlos.

Papa war absolut korrekt vorgegangen, was nur in der Sache nicht weiterhalf und ihm auch nicht gedankt wurde. Die Schlüsse, die er nun zog, waren in Constanzes Augen unvermeidlich.

Aktennotiz
5. 9. 90

Mir bleibt keine andere Wahl. Binnen 30 Minuten meldet sich Helmstedt persönlich (der mir bisher nur aus der Presse bekannt ist).

Helmstedt nahm Papa endlich ernst. Zwei Tage später eine Szene wie aus dem Buch. Papa ist natürlich kein John le Carré. Er schildert nicht, er protokolliert so sparsam wie möglich.

Aktennotiz
7. 9. 90

Konspiratives Treffen in Bad Godesberg (Türschild: Müller). Karg möblierte Wohnung. Helmstedt und zwei weitere Beamte, die sich mir namentlich nicht vorstellen. H. führt das Wort. 2 Std. 15 Min. lang fragt er mich aus, stellt infrage, was ich berichte, unersättlich nach Einzelheiten, die ich nicht liefern kann. Erhalte selbst auf keine Frage eine Antwort.
Was H. alles wissen will: Wie oft O in Bonn gewesen ist? Mit wem er dort Kontakt pflegt, einschließlich Sekretärinnen, Referenten etc. Sein Apparat in Berlin?
Wer mich für seine Mannschaft rekrutiert hat? Wer genau? Wie genau? Warum gerade mich? Wie mein Verhältnis zu O? Wie mein Verhältnis zu PV? Mein Eindruck: Hs Interesse an PV ist größer als an O.
Die Angelegenheit ist nun ein offizieller Vorgang, »Akte Reglindis«.

Wie soll ich mich verhalten? H: Augen auf, Ohren auf. Nicht durch verändertes Verhalten Misstrauen wecken. In Sicherheit wiegen. Leichter gesagt als getan. Lehne techn. Hilfsmittel (Mikro etc.) ab.

Constanze ahnte, wie Papa sich gefühlt haben musste. Beunruhigt, überfordert, benutzt von beiden Seiten.

Aktennotiz
10. 9. 1990

Erneutes Treffen bei »Müller«. H. lässt nicht locker. Will mich zum Spitzel erziehen. Appelliert an meinen Patriotismus. Überprüfung ergibt: Busch ist Stasi-Offizier! Deckname Norden.
Schlage vor, BfV installiert Überwachungsmaßnahmen bei Reglindis ohne meine Zutun. H. geht darauf nicht ein.

Constanze trieb die Frage um, ob Papa noch am Leben wäre, wenn er sich dem Bundesamt für Verfassungsschutz vorbehaltlos zur Verfügung gestellt hätte. Waren ihm seine Gewissensqualen zum Verhängnis geworden?

Aktennotiz
14. 9. 90

Naumburg/Saale. Mit Norden auf dem Turm der Stadtkirche St. Wenzel. Direkt über dem Platz der gepl. Kundgebung. N begrüßt die Türmerin wie eine alte Bekannte. In der Dienstwohnung hängt Reglindis' Foto.

Diese Beobachtung wäre wertlos, wären nicht alle Antennen bereits auf Alarm gestellt.

Aktennotiz
18. 9. 90

Betrete um 11 Uhr 20 Reglindis' Büro, als der gerade telefoniert. Auf Russisch! Ostdeutsche Akademiker können eben Russisch. Warum sollten sie nicht mit russischen Freunden, Kollegen etc. telefonieren. Verdächtig ist bloß, wie unvermittelt er auflegt. Als hätte ich ihn ertappt.

Constanze hatte nicht ahnen können, dass sie mit Frederic auch auf Vaters Spuren in Naumburg gewesen war. Der Türmer heute natürlich ein anderer.

Aktennotiz
27. 9. 90

Eine Absage, die ich nicht verstehe. Ohne Rücksprache streicht Reglindis Naumburg aus dem Programm der Wahlkampftournee des PV. Fadenscheinige Begründung mit Terminproblemen. Dann sollen es plötzlich Sicherheitsbedenken sein. Was hat Reglindis damit zu schaffen? Weiß er etwas, was nicht einmal die Sicherungsgruppe des BKA weiß? Und falls ja, woher?

Wenig später sprach Schelling den Parteivorsitzenden und Kanzler noch einmal an. Und blitzte wieder ab.

Aktennotiz
29. 9. 90

PV: »O streicht den für ihn wichtigsten Auftritt im eigenen Wahlkreis. Einen untrüglicheren Beweis für seine Nibelungentreue gibt es nicht.«
PV vergattert mich zur »absoluten Verschwiegenheit«. Absage dürfe unter keinen Umständen an die Öffentlichkeit geraten. »Dafür mache ich Sie persönlich verantwortlich.«
Alarmierender Schluss: Wenn Reglindis exklusiv von Attentatsplänen weiß, kann er sie nur von den Verschwörern selbst haben.

Constanze las auch diese Passage zweimal, dreimal. Sie stellte sich dieselbe Frage wie Papa vor zwanzig Jahren. Von wem wusste Ortner, dass auf den Kanzler in Naumburg ein Anschlag geplant war? Im Unterschied zu Papa musste sie nur zusammenzählen, was Frederic ihr über Norden erzählt und Helmstedt ihr in groben Zügen bestätigt hatte. War Ortner die Figur hinter Norden? Saß der Mann, der die dritte Generation der RAF steuerte, im Umfeld des Kanzlers? Constanze wollte es nicht glauben.

Aktennotiz
30. 9. 90

Helmstedt weiß offenbar von Anschlagsplänen in N. Seine Informationen stammen aber nicht von O! Behauptet er. Ein Kommando der RAF habe Schauplätze erkundet. Eine Rachetat für die Zerstörung des sozialistischen deutschen Staats?

Vermutlich ist es nicht das einzige Mordmotiv. Die RAF verlangte Zusammenlegung von Gefangenen und stieß damit in der Bundesregierung auf Granit.
Weshalb es nicht dazu kam? Die Sowjetunion hält Kanzler für wichtigsten Verbündeten im Westen, betrachtet Wiedervereinigung als Abwicklung insolventer »Filiale«.
Hs Hypothese: Reglindis sei von sowjetischem Geheimdienst von langer Hand aufgebaut und in der Nähe des Kanzlers platziert worden. Guillaume hoch zwei – nur mit anderem Ausgang. Die Russen als Schutzpatron und zugleich Paten der RAF. Ein interner Interessenkonflikt.
H fordert erneut mehr Engagement meinerseits.

Constanze traute auch Helmstedt nicht mehr. Er hätte Papa schützen können, statt ihn in Gefahr zu bringen. Wenn nur Frederic endlich sein verdammtes Schweigen brach!

Aktennotiz
9. IO. 90

GS entbindet mich mit sofortiger Wirkung von meinen Aufgaben in den neuen Bundesländern. Spricht mir förmlich Dank für meine »Verdienste« aus. Nehme ihm kein Wort ab. Werde nicht gefeuert, sondern im Apparat der Partei sogar um eine Stufe befördert. »Sie sind doch ohnehin lieber in Bonn, die Familie wird es Ihnen danken.« Es handelt sich um Vorsichtsmaßnahme. Man will mich von O abziehen aber nicht verärgern, damit ich schweige.

Der Parteivorsitzende hatte den Generalsekretär der Partei (GS) beauftragt, die Sache zu entschärfen. Obwohl es lange her war, hatte Constanze die nervöse Stimmung Papas nicht vergessen. Der Druck, der auf ihm lastete, war zu spüren gewesen, auch wenn er nicht darüber gesprochen hatte.

Ich soll mich in Berlin mit einem von Hs Leuten treffen. Vermutlich einem V-Mann aus dieser Szene. Sehe nicht ein, wozu. Die Sache ist für mich beendet. H. lässt dennoch nicht locker.

Hatte Papa Tom getroffen? Oder hatte er sich nun jeder Mitwirkung verweigert. Dafür sprach das letzte Blatt.

Aktennotiz
18. 10. 90

Ich kündige. GS: »Eine falsche Entscheidung. Überschlafen Sie es noch einmal.« Was er nicht weiß: Habe neuen Job bereits in Aussicht. Bei einer Konzertagentur.

Papas letzte Notiz, datiert vom Tag vor seiner Ermordung.

22

Ob Tom etwas ahnte? Ob ihn jemand warnte? Falls es einen Spitzel gab auf der Kommandoebene der RAF, kam dafür nicht nur Tom infrage. Trutz hätte für niemanden seine Hand ins Feuer gelegt. Nicht einmal für Lerke. War ihr Fanatismus nur gespielt? Einem verdrucksten Typ wie Mufti war es erst recht zuzutrauen. Wer sagte, dass es nur einen einzigen V-Mann gab? Warum nicht zwei oder drei? Für verschiedene Geheimdienste?

Tom kam infrage. Einen Beweis dafür gab es nicht.

Toms Nachricht fand Trutz in einer Ausgabe des Stadtmagazins im Briefkasten. Trutz blätterte sie durch, bis er auf das Brandloch einer Zigarette stieß, direkt neben der Ankündigung eines Jazzkonzerts im Kreuzberger Yorckschlösschen.

Trutz besaß nicht den Hauch einer Ahnung. Er mutmaßte, dass Tom ihm das Ende seiner Liebesbeziehung zu Marlene mitzuteilen gedachte. Nur, warum sollte er das tun? Trutz würde es schon rechtzeitig erfahren, von Marlene persönlich.

Es war ihm längst aufgefallen, dass die beiden auf Distanz zueinander gingen. Er erklärte es sich damit, dass Marlene nur so tat, als verliere sie das Interesse an Tom, um nicht in das Unheil hineingezogen zu werden, das sich gegen ihn zusammenbraute. Marlene war keineswegs ganz frei von Opportunismus.

Tom wartete auf Trutz im leeren Biergarten. Es war kühl und dunkel. Sie gingen durch die Möckernstraße Richtung Landwehrkanal.

»Wir kennen uns gut genug«, eröffnete Tom die Partie, von der Trutz nicht wusste, ob er sie spielen wollte. »Mit dem Abbruch des Kommandos Hind Alameh habe ich nichts zu schaffen, ob du es glaubst oder nicht.«

Ob Trutz ihm glaubte, spielte keine Rolle mehr.

»Die Sache war von vornherein nicht seriös geplant. Das wusstest du so gut wie ich«, sagte Tom. »Wir alle haben es gewusst und trotzdem ignoriert.«

»Weil wir uns etwas vormachten«, sagte Trutz.

»Weil wir hofften, es würde so ähnlich laufen wie bei Herrhausen. Wir waren zwar nur Handlanger. Aber am Ende steckten wir uns die Federn an den Hut.«

»Aber dann verlieren wir den Kopf, und es bleibt von uns nur noch der Hut.«

Dann kam Trutz auf Marlene zu sprechen.

»Wo steht sie?«

»Was soll das heißen?«

»Auf deiner Seite steht sie nicht. Sie hält sich bestenfalls heraus.«

»Mach dir keine Hoffnungen«, sagte Tom. »Die schönen Tage in Naumburg sind vorüber.«

»Ein einsamer Höhepunkt«, spottete Trutz.

»Du kannst dich nicht beklagen«, sagte Tom.

»Habt ihr Probleme?«

»Du hättest sie gern.«

»Allein ins Kino, allein nach Hause.«

»Vergiss Marlene! Sie ist meine geringste Sorge.«

»Gilt auch für mich«, behauptete Trutz.

»Dann sind wir schon zwei.«

»Schön, dann ist das zwischen uns begraben. Kommen wir zu den echten Sorgen.«

»Reden wir nicht länger darum herum«, nickte Tom. »Ich vertraue dir, und du ahnst es längst: Ich gehöre nicht dazu.«

»Ich hatte Zweifel, aber so weit wäre ich nicht gegangen«, sagte Trutz.

Tom sog hörbar die nächtliche Herbstluft ein.

Es traf also doch keinen Unschuldigen.

»Bist du lebensmüde?«

»Ich muss verschwinden«, sagte Tom.

»Würde ich dir raten.«

Trutz verschwieg, dass er beauftragt war, den Verräter zu töten.

»Sie wollen mich aus dem Verkehr ziehen.«

Er wusste es von Marlene, nahm Trutz an. Aber nur die halbe Wahrheit. Ja, auch Trutz hatte die Hand gehoben.

»Doch die Arbeit ist noch nicht getan«, sagte Tom.

Ein mittelmäßiger Regisseur hätte die Pause mit einem Streichholz und einer Zigarette gefüllt. Es war nur eine Pause, schier endlos und quälend.

»Trutz!«

»Wozu so feierlich, Tom?«

»Ich würde dich gern mit jemandem bekannt machen.«

»Du hältst mich auch für einen Verräter.«

Er verstand Tom und war dennoch von dessen Zumutung entsetzt.

»Ich kann nicht ohne Nachfolger gehen.«

»Hältst du mich nur für verrückt oder auch noch für ein Schwein?«

»Wir sind beide beides«, sagte Tom.

23

Wichtiger als alles andere war für Constanze, Davids Stimme zu hören. Was hatte das Kind nicht alles aushalten müssen in den vergangenen Wochen! Sie hatte ihn vernachlässigt, verstört und überfordert. Lisa, eine Studentin aus der Nachbarschaft, hütete ihn, blieb über Nacht.

Constanze rief zu Hause an.

»Behrenberg.«

Ein Kinderstimmchen, das erwachsen spielte. Herrlich!

»David!«

»Mami!«

»Ich komme ganz bald, Süßer!«

»Ganz bald?«

Er glaubte ihr nicht.

»Morgen Nachmittag. Ich hole dich vom Kindergarten ab, und dann haben wir alle Zeit der Welt für uns.«

Es war schon wieder nicht die Wahrheit.

Constanzes zweiter Anruf galt Buch. Sie las ihm ein paar Passagen aus den Aktennotizen vor.

»Wir setzen sie in einen Kasten. Es wird Ortner kalt erwischen.«

So kalt auch wieder nicht. Die journalistische Fairness, erklärte Buch, gebot es natürlich, Ortner erst dazu zu hören.

»Und wenn er alles abstreitet? Oder jede Auskunft verweigert?«

Sie würden aus Ortner nichts herausbekommen, das war klar.

»Wer nicht will, der hat schon. Wir sehen, was sich machen lässt.«

Es klang entschlossen, aber besagte nicht viel. Constanze ahnte Buchs gebleckte Zähne.

»Wir müssen sorgfältig arbeiten, gerade wir, solange uns noch immer die Sache mit den Tagebüchern nachhängt.«

»Papas Notizen sind handfeste Belege.« Darauf bestand sie.

»Wir prüfen, was zu prüfen ist. Ich rate Ihnen, nichts zu überstürzen. Sie schaden nur der Sache und sich selbst.«

Das hatte sie begriffen.

»Kann es sein, dass Sie Ortner gegenüber besonders rücksichtsvoll sind?«, wollte sie wissen.

»Vorsicht, Frau Kollegin!«

Constanze machte sich keine Illusionen. Sie wusste, weshalb Buch die Schelling-Story im Blatt haben wollte. Die Tochter eines Mordopfers hatte sich mit einem ehemaligen Terroristen eingelassen. Eine Räuberpistole, wie es keine schönere gab. Zum Glück wusste Buch nicht, dass sie sich mit der Mörderin einen absurden Kampf mit tragischem Ausgang geliefert hatte.

Buch benutzte sie, aber bezahlte wenigstens dafür. Er druckte ihre Fotos. Sie wollte ihre Zukunft als Fotografin nicht durch allzu große Skrupel aufs Spiel setzen.

»Unbestechliche Porträts sind Ihre große Stärke. Ortner, nicht mit der stolzen Uta im Rücken, sondern mit der feixenden Reglindis. Welch ein Witz! Die Wahrheit ist ein Schalk, der Ihnen im Nacken sitzt. Das Bild erzählt mehr als hundert Worte.«

Großes Lob.

Buch schlug Constanze vor, von Nizza direkt nach Berlin zu fliegen.

»Ausgeschlossen«, sagte sie. »Mein Kind geht vor.«

Sollte sie sich wirklich auf Buch verlassen?

Sie wählte die Nummer Ortners. Wozu hatte er ihr seine Mobilfunknummer überlassen. Sie wollte ihn überrumpeln. Ortner konnte nicht damit rechnen, dass ihr Vater Aktennotizen hinterlassen hatte und dass die erst jetzt ans Licht kamen.

Sie wählte.

Kein Anschluss.

Leider gab es im Haus in Grimaud kein Kopiergerät. Sie besaß nur das Original und musste es hüten. Dazu faltete sie die Notizen ihres Vaters doppelt zusammen und steckte sie in einen ledernen Brustbeutel. Nicht versäumen durfte sie, eine Ladung Millefeuilles in der Pâtisserie du Château zu besorgen.

Sie wählte danach erneut Ortners Nummer. Wieder kein Anschluss.

24

Es blieb auch noch Zeit, zum Marmeladenhaus zu fahren. Die Fensterläden waren geschlossen, an der Tür klebte der Zettel eines Immobilienmaklers. Das Haus war günstig zu haben. Einen Moment lang sah sie sich mit Frederic in der Marmeladenküche stehen. Aber dieses Kapitel war zu Ende.

Ausgerechnet jetzt klingelte das Telefon.

»Constanze! Du hast versucht, mich zu erreichen. Ich habe die Telefonnummer gewechselt. Womit kann ich dienen?«

»Können wir uns sehen?«

»Nichts lieber als das, das weißt du. Wenn du mir auch noch anvertraust, wozu?«

Es war ein anderer Ton als der, den sie von Ortner gewohnt war.

Sie vertraute ihm jetzt besser nichts an. Sonst war das Spiel gleich zu Ende.

Sie sagte nur: »Es wird ernst.«

»War mir von Anfang an klar«, sagte er. »Willkommen in Berlin. Wann ist es so weit?«

»Ich ziehe nicht um.«

»Schade, ich dachte …«

»Ich bekam Papiere in die Hand, die Sie betreffen.«

»Ja!«

Es kam scharf wie ein Stich.

»Wir brauchen Ihre Stellungnahme, bevor wir sie veröffentlichen.«

»Einfach mailen, dann schaue ich mir alles an.«

Ortner wollte nicht einmal wissen, von welchen Papieren sie sprach. Er hatte mit diesem Moment gerechnet.

Er schaltete nur vom Du aufs Sie: »Woher haben Sie diese … Papiere?«

»Aus dem Grab«, sagte sie.

25

Es würde ihr gefallen, ihn fallen zu sehen.

Aus rein beruflichen Gründen. Das war ein Teil der Lösung. Sie würde sich mit dem Fall Schelling nur noch aus professioneller Distanz befassen. Dann wäre es nicht mehr ganz so bitter, wenn sie sich die Zähne ausbiss.

Es ging nicht mehr um Leben und Tod, allenfalls noch um ihre Karriere. Sie wollte nicht mehr hassen. Wen denn auch?

Den Karrieristen Ortner? Er hatte dem Kanzler das Leben gerettet. Er hatte sich verdient gemacht ums Vaterland. Schelling war bloß ein Kollateralschaden.

Wenn es einen Sinn darin zu finden gab, in den Journalismus einzusteigen, dann war es diese schwarze Seite der Macht. Damit ihre Lebensenergie zu verbrauchen wäre keine Verschwendung, selbst wenn gegen Ortner nichts mehr zu machen war. Große und kleine Ortners gab es genug, die sich tarnten und täuschten. Zwischen Staatsterroristen und gewöhnlichen Terroristen bestand kein fundamentaler Unterschied. Die einen waren Feinde der Staatsmacht, die anderen Feinde der Staatsbürger. Menschenverachtung war, was sie verband, ob sie verblendete Revolutionäre waren oder sich verblendeter Revolutionäre bedienten.

Constanze durfte nicht zurück in den deutschen Herbst fliegen, ohne zuvor an einem der Strände an der Küstenstraße ins Wasser zu springen. Ende September war es noch angenehm warm. Sie schwamm auf dem Rücken, sah in die blassblaue Luft, fühlte sich schwerelos und wie befreit.

Befreit vom Trauma ihres Lebens? Das würde nie gelingen. Aber erlöst von einigen der Furien fühlte sie sich doch. Jetzt war sie wenigstens in der Lage, ihre Geschichte zu Ende zu erzählen. Nach dem Bad, das Salz noch auf der Haut, rollte sie nach Nizza und schlief im Flugzeug ein.

26

Ihr Weg führte nicht sofort zum Kindergarten. Die Sonne funkelte matt durchs vergilbte Laubdach. Müder Wind ließ Blätter schweben. Manche trudelten auf das Grab.

Stephan Schelling
1944 – 1990

Mehr stand da nicht in bronzenen Lettern auf dem ungeschliffenen Granit. Die Familie hatte sich dagegen entschieden, den Mord auf dem Stein zu vermerken. Der Mord hatte Papas Leben nicht definiert. Es kam sowieso nicht auf das Ende eines Lebens an.

Der kleine, dickliche Mann mit dem steifen Hals trat aus dem Schatten einer Ulme und stellte sich neben Constanze.

Nach langen Sekunden stillen Gedenkens sagte Helmstedt: »Ihr Vater wäre stolz auf Sie.«

Am liebsten hätte sie geantwortet: Lassen Sie den Quatsch!

Sie schuldete Helmstedt nichts. Auch er hatte ihr weniger als die halbe Wahrheit gegönnt.

»Mein Vater musste sterben, weil er herausfand, dass Ortner für Moskau arbeitete. Sie wussten es und behielten es für sich.«

Helmstedt ging darauf nicht ein.

»Ortner lenkte die dritte Generation der RAF«, sagte er.

»Für den führenden Politiker einer konservativen Volkspartei eine bemerkenswerte Nebentätigkeit.«

»Ich bin an ihn nicht herangekommen. Meine schmerzlichste Niederlage.«

»Was geschieht nun mit ihm?«

Er hob die Schultern. »Mit Schellings Notizen hätten wir vielleicht noch eine Chance.«

»Hier sind sie.«

Sie nestelte die Papiere aus ihrem Brustbeutel.

Helmstedt las.

Vaters Grab, Vaters Worte und der Mann, der alles hätte verhindern können.

Er ließ sich Zeit.

»Ich fürchte, strafrechtlich wird uns das nicht viel helfen«, sagte er endlich.

Helmstedt las weiter.

»Warum hat er das alles aufgeschrieben und dann doch für sich behalten?«

Er fragte nicht Constanze, er fragte sich selbst, fragte den Wind. Ein Mann, den sein Gewissen plagte.

»Sie kommen nicht unbedingt gut weg«, sagte Constanze.

»Sprechen Sie es ruhig aus. Ich hätte das hier verhindern müssen.«

Helmstedts Schuldgefühle führten nicht weiter. Constanze war begierig auf Fakten.

»Ortner wusste, dass Sie sich mit meinem Vater getroffen hatten. Es war sein Todesurteil«, sagte sie.

»Jetzt spekulieren Sie.«

»Haben Sie ihn nicht gewarnt? Er war dem Mann gefährlich geworden, der die RAF wie eine Söldnertruppe befehligte.«

»Sie spitzen zu, meine Liebe, als schrieben Sie für eine Illustrierte.«

Das wusste Helmstedt also auch schon. Oder er spottete bloß aus Gewohnheit, sogar an diesem Grab.

»Auch ich habe damals einen Mann verloren«, sagte Helmstedt.

»Tom.«

Er nickte.

»Weshalb machte Ortner dennoch weiter Karriere?«

»Da schließt sich der Kreis«, sagte der alte Mann. »Ich bin sehr gescholten worden, als ich einmal feststellte, die RAF sei nur Symptom für die Krankheit dieser Gesellschaft. Ich will nicht so weit gehen, die Parteien mit der RAF zu vergleichen.

Aber eines ist wahr: Auch sie zeigen Symptome einer kranken Demokratie. Wenn Wahlsiege alles sind und Überzeugungen nichts, müssen wir uns nicht wundern.«

Er gab Constanze die Notizen zurück, verbeugte sich leicht vor dem Grab und trat zurück in den Schatten der Ulme.

27

David sprang in ihre Arme, als sie ihn am Kindergarten in Empfang nahm.

»Mein Schatz!«

Constanze verriet auch gleich, was sie ihm mitgebracht hatte, Millefeuille mit Himbeermarmelade.

»Darf ich nächstes Mal wieder mit nach Grimaud?«

»Ganz bestimmt, und wir bleiben ganz lange dort.«

»Kommt Frederic auch mit?«

»Er wird dich sicher bald einmal besuchen.«

»Ist sein Kopf wieder heil?«

»Alles heil«, sagte die Stimme auf dem Rücksitz.

Constanze erschrak. David juchzte vor Vergnügen.

»Hast du sie noch alle!«

Sie fand den blinden Passagier alles andere als komisch. Ein paar Minuten lang hatte sie den Wagen nicht abgesperrt gehabt. Frederic hatte sich also am Kindergarten herumgetrieben und auf sie gewartet. Hatte mit ihr gerechnet. Wie war das möglich? Hatte Lisa geplaudert, das Mädchen, das David am Vormittag im Kindergarten abgeliefert hatte? Vom Observieren verstand er ja etwas.

Frederic verdankte David, dass sie ihn in Grimaud überhaupt in ihr Haus gelassen hatte. David hatte sich in Frederic vernarrt. Das konnte sie ihm nicht vorwerfen, Frederic nicht und David nicht. Schuld an allem war, dass sie David keinen

Wunsch abschlagen konnte, ihn nach Strich und Faden verwöhnte. Wenn sie sich damit selbst in Gefahr brachte, war es nicht mehr vernünftig.

Andererseits wollte sie David den Spaß nicht verderben, sonst hätte sie den Kerl auf der Stelle aus dem Wagen geworfen.

Stattdessen sagte sie: »Lass uns erst einmal nach Hause fahren!«

Er sollte sich bloß nichts vormachen. Auch wenn es so aussah: Sie waren keine Familie. Sie fand Frederic aufdringlich. Während der kurzen Fahrt sprachen weder sie noch Frederic viel. Dafür brabbelte David ohne Unterbrechung.

Sie fuhr die Trierer Straße hinauf wie tausendmal zuvor. Jedes Mal hatte sie dabei an das eine Mal denken müssen, als Julius am Steuer gesessen hatte. Ein heller Tag im Herbst, genau wie heute.

Gefühlt war das Haus immer noch das Elternhaus und nicht »ihr« Haus. Sie wollte nach Berlin ziehen. Das stand jetzt fest. Dann musste sich eben Willibald mehr um Mutter kümmern und in Mainz einen Pflegeplatz für sie finden.

Sie bog in den Engelspfad und parkte auf dem Stellplatz vor ihrer Garage.

»Also, was nun, Herr Gramlin?«

Sollte sie ihn wirklich hereinlassen? Es siegte ihre Schwäche und die Ungeduld, ihm endlich Papas Notizen zu präsentieren. Was würde er dazu sagen, welche Schlüsse ziehen? Was über Tom darin stand, musste ihn elektrisieren.

Constanze sperrte auf.

»Hereinspaziert, mein Schatz! Gleich macht dir Mami eine heiße Schokolade, und dann gibt's ein Festessen.«

David hopste auf einem Bein: »Blätterteig, Blätterteig, Blätterteig.«

»Den Kuchen gibt es erst morgen.«

Irgendwann musste sie mit Erziehungsmaßnahmen beginnen.

»Okay, aber nur ein kleines Stück, den Rest morgen.«

Dann ließ sich David von Frederic erneut das Wimmelbuch erklären, das er ihm geschenkt hatte. Alles, was sich bewegte, zu Wasser, zu Lande und in der Luft. David konnte nicht genug davon bekommen.

Falls er heute jemals ins Bett fand, was dann? An Frederics schwere Anfälle von Schweigsamkeit war Constanze gewöhnt. Erst hatte sie sich darüber gewundert, sie dann als persönlichen Charakterzug akzeptiert, zwischendurch sogar als angenehm empfunden, aber momentan war es nur trübsinnig.

»Sprichst du noch mit mir?«

»Warum nicht«, sagte er.

Wenn er es nur täte.

Aber viel zu sagen hatte er nicht. Vor allem in der Sache nicht, um die es ging.

»Ich kann mein Versprechen nicht halten«, sagte er. »Mein Beitrag zur Wahrheit ist lächerlich gering. Du hast Marlene zum Geständnis gezwungen, nicht ich.«

»Niemand hat sie gezwungen. Und ohne dich wäre ich ihr gar nicht begegnet.«

»Du nimmst mir garantiert nicht ab, dass ich von Ortners Rolle keine Ahnung hatte. Ich kann es noch immer nicht glauben. Vermutlich hat er auch Tom beseitigen lassen.«

»Was wir nicht beweisen können.«

Frederic überreichte Constanze ein Geschenk in grünem Papier. Als sie das Quadrat sah, wusste sie, was es war.

»Leg auf«, sagte er.

»Wenn es sein muss.«

»Irgendwann muss es sein.«

Aber sie war nicht in Stimmung. Vielleicht würde sie es nie wieder sein. Sie wickelte die CD aus dem Papier, Carlo Gesualdos *Quinto Libro di Madrigali a Cinque Voci,* klappte die Hülle auf, zog aber nur das Booklet heraus und blätterte darin.

»*O dolorosa gioia. O soave dolore*«, las sie vor.

»O schmerzhafte Freude, o sanfter Schmerz«, übersetzte Frederic.

Sie blätterte weiter und fand den Vers »*Oimè, ch'io moro amando!*«.

»O weh, ich sterbe im Lieben.«

Frederic musste es auch noch singen: »*Oimè, oimè.*« Ein herzzerreißender Klagelaut – auf der CD, doch nicht das, was dieser Kerl gerade aufführte.

»*Oimè, oimè, oimè*«, äffte David ihn nach und hüpfte dazu durchs Zimmer.

Wunderbar, wie der Kleine dieser Peinlichkeit die Spitze nahm. Constanze stoppte ihn nicht, sie war ihm dankbar. Die CD hatte sie immer noch nicht aufgelegt und wollte es auch nicht tun. Sie verschwand in der Küche, um eine Flasche Roten zu öffnen.

»Der ist nicht für dich, David!«

Der aber bestand darauf, von dem Wein zu kosten. Sie gab ihm Himbeersirup und Wasser ins Glas.

»Es sind die guten Gläser von Opapa. Pass bloß auf!«

David hatte ihn nie kennengelernt. Doch musste er eine feste Vorstellung von seinem Opapa haben, so oft hatte sie von ihm erzählt.

Alle drei stießen an.

»Und jetzt sei so lieb und lass uns ein paar Minuten allein!«

»Neiiiiiin!«

David zog seinen Weigerungston in die Länge wie eben noch Gesualdos *oimè*.

»Spielst du mit mir!«, forderte er Frederic auf. Vielleicht bewährte er sich wieder als Verbündeter gegen seine Mutter.

»Was sollen wir denn spielen, kleiner Mann?«

»Krimi!«

David sprang aufs Sofa und patschte ihm mit den Händen ins Gesicht.

Frederics Engelsgeduld konnte sie kaum begreifen.

»Hast du auch eine Knarre?«, wollte David wissen.

»Bummbumm«, machte Frederic.

»Das ist eine ganz andere als die, die ich schon kenne. Die machte Pengpeng.«

»Marschmarsch ins Bett«, machte Constanze.

Als Antwort legte der süße Fratz auf seine Mutter an.

»Pjuuhpjuuh.«

Erst verzog sie ihn, dann verrohte er auch noch, kein Wunder bei alldem, was er mitbekam. Besser verroht als traumatisiert. Constanze ließ die beiden herumalbern. Sie trank und ließ alles über sich ergehen.

David wurde endlich doch müde. Er verschwand, kam aber gleich mit dem Wimmelbuch wieder und kletterte damit auf Frederics Schoß.

»Warum sind Feuerwehrautos rot?«

Frederic machte auch das mit. Bis David auf seinem Schoß einschlief. Nun war es ganz still.

»Bringen wir ihn ins Bett«, sagte Constanze.

Frederic gelang es, David die Treppe hinaufzutragen, ohne ihn dabei aufzuwecken, und legte ihn in sein Bett. Währenddessen zündete Constanze den Kamin an. Sie verspürte keine romantischen Gelüste, ihr fröstelte bloß.

Frederic kam zurück, setzte sich auf die Couch und sah Constanze beim Feuermachen zu. Die trockenen Scheite knackten und entwickelten rasch Glut.

»Was nun, Herr Gramlin«, sagte Constanze.

»Hast du eine Idee?«

Sie hatte keinen blassen Schimmer, wie es mit ihnen weitergehen sollte.

»Frederic!«

»Constanze?«

»Danke für alles.«

»Ist nicht dein Ernst.«

Nein, war es nicht. Oder doch.

»Suchst du dir Arbeit?«

»Mich gibt es gar nicht. Kein Ausweis, keine Wohnung, keine Arbeit.«

»Dein französischer Pass ist doch noch gültig.«

»Das hättest du gern. Willst mich endlich loswerden.«

»Das Maison steht zum Verkauf«, sagte sie. »Inzwischen vermisst du es, richtig?«

»Stimmt.«

Frederics Blick wirkte glasig. Vertrug er keinen Wein?

»Lass mal sehen!«

Constanze begutachtete seinen Kopf. Es würde eine ansehnliche Narbe bleiben. Vorsichtig strich sie mit der Hand darüber. Er hielt die Hand fest und küsste sie.

Frederic sollte Mitleid nicht mit Zärtlichkeit verwechseln. Sie konnte sich nicht vorstellen, erneut mit ihm zu schlafen oder auch nur eine weitere Nacht mit ihm in einem Bett zu verbringen.

Sie wollte ihm heute das Gästezimmer anbieten. Er würde ihre Gastfreundschaft hoffentlich nicht falsch interpretieren, sondern sich morgen auf die Socken machen. Aber jetzt musste nicht alles ausgesprochen und durchgekaut werden.

In diesem Moment klingelte es an der Tür.

28

Constanzes Eltern waren so arglos gewesen, ihre Haustür nicht mit einem Spion auszurüsten, auch nach dem Attentat war Mutter nicht darauf gekommen.

Es war erst kurz nach neun. Es war Lisa, vermutete Constanze, die in den Nächten zuvor David gehütet hatte, und öffnete.

»Guten Tag, Frau Behrenberg«, sagte Norden.

Er war nicht allein. Zwei Männer in schwarzen Jeansjacken und raspelkurzen Haaren stießen sie wortlos ins Haus. Norden zog die Tür hinter sich zu. Es ging alles blitzschnell.

»Keine Panik!«, sagte Norden.

»Frederic!«, schrie sie.

Die Jeansjacken zückten Schusswaffen und stießen die Tür zum Wohnzimmer auf.

Vielleicht glaubte Frederic, es wäre der lange erwartete Besuch der Polizei. Anders konnte sie sich nicht erklären, dass er mit erhobenen Händen dastand. Er leistete keinen Widerstand, als einer der beiden Jeansjacken ihm rechts Handschellen anlegte und Frederic damit an einem Heizkörper befestigte.

»Lasst sie in Ruhe. Sie hat mit alldem nichts zu tun«, sagte er zu Norden.

Den Satz hätte er sich sparen können.

Frederic ging davon aus, dass Norden bei den Angriffen auf ihn, dem Schlag auf der Fähre, den Schüssen in Naumburg, Regie geführt hatte. Es hätte ihn gewundert, wenn Norden nicht auch Marlenes Tod zu Ohren gekommen wäre.

»Mein Beileid«, sagte Norden. »War ja doch so wat wie die große Liebe.«

Frederic redete nicht darum herum.

»Wer hat in Naumburg auf mich geschossen?«

»Wat denn, wat denn.«

Mehr war nicht aus ihm herauszubekommen.

Am Fuß der Treppe stand David.

Und schon verschwand sein kleines Gesicht hinter einer riesigen Männerhand. Sie gehörte dem unrasierten Gesellen, der Bekanntschaft mit der Sauerbratensoße gemacht hatte. Die weit aufgerissenen Augen von David flehten seine Mutter an. Der andere Mann richtete sein Schießeisen auf ihn.

Norden humpelte ein wenig. Er machte es sich in einem Sessel bequem.

»Alles in Ordnung in der schönen Provence? Herrliches Plätzchen!«

»Lassen Sie das Kind in Frieden! Bitte!«, flehte Constanze.

»Ganz ruhig! Ihm geschieht nichts, solange Sie vernünftig sind.«

Die haarige Flosse auf Davids Gesicht machte sie schier ohnmächtig vor Hilflosigkeit und Zorn.

»Sobald Sie uns Schellings Aufzeichnungen überlassen haben, sind Sie uns los.«

Ihr Rollköfferchen stand noch auf dem Flur. Norden quälte sich aus dem Sofa und bequemte sich höchstpersönlich, es ins Wohnzimmer zu ziehen.

»Bitte öffnen!«

Mit fahrigen Fingern zog Constanze an den Reißverschlüssen und klappte den Koffer auf. Der Fotoapparat und der Millefeuille nahmen den meisten Platz in Anspruch. Sie hatte in Frankreich nicht viel mitgehabt.

Die Dokumente hätte sie abfotografieren oder noch besser mit dem Handy aufnehmen und direkt an Buch senden sollen. Nur den hatte sie über ihren Fund informiert. Und natürlich Helmstedt. Von niemandem sonst konnte es Norden erfahren haben. Es sei denn, sie wurde abgehört.

»Wo haben wir denn unseren Schatz?«

Mit seinen Dreckfingern wühlte Norden in ihrer Wäsche herum. Er interessierte sich auch für den Blätterteig. David versuchte, sich aus dem Klammergriff freizustrampeln, doch die Männerhand kniff ihm in die Nase und erstickte zugleich seinen Schrei.

»Wir nehmen den Jungen mit«, sagte Norden. »Es sei denn, Sie zaubern, eins, zwei, drei, den Text herbei.«

»Welchen Text?«

Die Hand löste sich von Davids Gesicht, packte ihn am Nacken und hob das Kind hoch wie eine Katze. Constanze stürzte sich auf den Mann, aber schon nach ihrem ersten Faustschlag gegen dessen Brust spürte sie die Waffe des zweiten Manns in ihren Rippen.

»Ich zähle nur einmal bis drei«, sagte Norden.

Die Hand stellte David wieder auf den Boden und hielt ihn am Kinn, damit er nicht in sich zusammensackte.

Er würgte ihn!

»Ausziehen!«, befahl Norden. »Klamotten runter!«

»Ganz ruhig, David, es geschieht dir nichts«, sagte Constanze.

»Ich kann Ihnen Unannehmlichkeiten leider nicht ersparen, solange Sie mir nicht entgegenkommen.«

»Lassen Sie David sofort los, sonst passiert ein Unglück«, zischte sie.

Eine leere Drohung, das wusste sie auch. Sie könnte ihre Kamera ins Gesicht des Mannes schlagen. Es war nicht zu verantworten.

David war tausendmal wertvoller als die Wahrheit. Papas Tod mochte ungesühnt bleiben, auch wenn sie sich zwei Jahrzehnte lang nichts sehnlicher erhofft hatte. Es zählte nicht mehr, wenn es um Davids Leben ging.

»Lassen Sie das Kind in Ruhe! Bitte!«

Sie fingerte den Brustbeutel aus ihrer Bluse.

Warum schwieg Frederic? Hatte man ihm auch seine Stimme gefesselt?

Sie legte die Papiere in Nordens ausgestreckte Hand. Der stand auf, humpelte ein paar Schritte und warf die Schriftstücke in die Glut.

29

»Lasst ihn endlich los!«, bat Constanze.

»Allet schön der Reihe nach. Wir nehmen den jungen Mann mit und lassen ihn frei, sobald wir in Sicherheit sind. Er muss auf sein Betthupferl nicht verzichten.«

»Machen Sie keinen Quatsch, Norden. Ich komme mit. Damit er nicht allein ist«, sagte Frederic.

Endlich wurde er mutig, reichlich spät.

»Klingt vernünftig«, sagte Norden. »Frederic nehmen wir

auch mit. Er kann sich um David kümmern, damit der nicht durchdreht. Wenn die junge Frau ihren Sohn unversehrt zurückhaben will, sollte sie die Finger vom Telefon lassen. Vorwärts!«

Die Jeansjacke nahm ihre Hand von Davids Gesicht und packte ihn am Kragen. Der andere steckte die Waffe ein und löste die Handschellen. Frederic zögerte nicht und schlug ihm in den Solarplexus. Der Mann klappte zusammen wie ein Taschenmesser. Der andere ließ David los, um sich auf Frederic zu werfen. Norden riss David zu sich herüber, ehe Constanze ihn an sich ziehen konnte.

Norden hielt jetzt auch eine Waffe in der Hand. Er richtete sie zunächst auf Constanze, schwenkte die Mündung dann jedoch auf Frederic. Es wäre nicht nötig gewesen. Einer seiner Männer hatte den schmächtigen Mann bereits gegen die Wand gepresst. Frederic rammte ihm dennoch seinen Schädel ins Gesicht.

Der andere Mann kroch wimmernd übers Parkett. Als Constanze sah, dass Nordens Pistole nicht mehr auf sie gerichtet war, rief sie: »Lauf!«

David lief.

Er war so flink aus dem Haus, dass niemand ihm hinterherkam. Constanze schleuderte eine schwere Vase auf Norden, die größte, die Mutter jemals getöpfert hatte. Sie prallte an ihm ab und zerschellte auf dem Boden.

»Abmarsch!«, befahl Norden.

Eine Jeansjacke war noch mit Frederic beschäftigt, die andere mit sich selbst. Die mit Frederic beschäftigte blutete im Gesicht. Frederics lädierter Schädel war immer noch gut genug, ein Nasenbein zu zertrümmern. Es waren die beiden Männer, die Constanze auf der Fähre gesehen hatte, sie war sich jetzt ganz sicher.

»Raus hier!«, schrie Norden.

Der Mann auf dem Boden rappelte sich auf. Als er erneut seine Waffe zog, sprang Constanze in den Flur. Der Schuss, der fiel, um sie daran zu hindern, das Haus zu verlassen, traf Norden, der ihr auf den Fersen war.

Der schwere Mann taumelte und sackte in die Knie.

Die Jeansjacken konnten nichts mehr ausrichten, außer das Unglück noch schlimmer zu machen. Die eine schlug wie besessen auf Frederic ein. Die andere suchte das Weite. Als das der Schläger, der Frederic malträtierte, mitbekam, ließ er von seinem Opfer ab und wetzte dem Genossen hinterher. Constanze war nun allein mit dem stöhnenden Norden und dem lädierten Frederic.

30

Sie kümmerte sich um Frederic, der sich auf dem Boden krümmte.

»Alles klar mit dir?«, keuchte er.

Um David machte sie sich keine großen Sorgen. Der war bestimmt zu Lisa hinübergelaufen. In wenigen Minuten würde die Polizei eintreffen.

Norden presste sich eine Hand an den Leib, Blut quoll zwischen seinen Fingern hervor. Eine Mordssauerei. Constanze beugte sich über ihn, stieß ihn mit der Schuhspitze an.

Er reagierte nicht auf sie, sondern wandte sich an Frederic.

»Trutz!«

Frederic rieb sich den Kopf.

»Trutz!«, wiederholte Norden, während das Blut neben ihm eine Lache bildete.

Frederic kniete sich neben den Hausmeister nieder, weil der kaum noch zu verstehen war.

»Ik hab's jetan.«

Constanze traute ihren Ohren nicht. Hatte Marlene gelogen? Hatte Constanze ihr unrecht getan?

Norden atmete schwer.

»So 'ne Scheiße, det mit Tom.«

Norden bewegte den Kopf wie in Zeitlupe.

Constanze mischte sich ein. Es war ihre letzte Chance, ehe Norden das Bewusstsein verlor.

»Wer hat meinen Vater erschossen?«

»Die Hh… die Hh… die Hhhexe.«

Norden quälte sich, aber er beendete den Satz nicht mehr.

»Marlene?«

Norden zog eine grässliche Grimasse.

»Verfluchhhh…«

Kein erhabenes Schlusswort. Aber es war eines.

»Hatte sie auch mit Ortner was?«

»Unsinn!«, sagte Frederic. »Marlene kannte ihn nicht mal. Tat nur, was er befahl.«

Norden tat auch etwas. Seinen letzten Atemzug.

31

Mit Nordens Tod war es so gut wie unmöglich geworden, Ortner zu überführen. Er war der Verbindungsmann gewesen. Constanze machte sich keine Illusionen.

»Zu spät«, sagte sie.

»Ja.«

»Du hattest Zeit genug.«

»Ja.«

»Du wolltest immer nur glauben, nie wissen.«

»Ja.«

»Wie in einer Sekte.«

»Ja.«

»Wir sind beide hundemüde«, sagte sie.

»Ja.«

»Jetzt brauchten wir schon ein Wunder.«

Doch auf ein Wunder zu setzen war nicht ihre Art. Wunder waren ein Geschenk. Sie erledigte lieber selbst, was zu erledigen war.

Frederic war ihr vor die Füße gefallen, doch nicht vom Himmel herab. Ihre Dankbarkeit war groß genug, dass es ihr nicht gleichgültig war, was mit ihm geschah. Das Problem würde sie noch einige schlaflose Nächte kosten.

Er sollte wirklich sein Leben aufschreiben. Sie sah ihn schon übers Land ziehen mit Vorträgen aus erster Hand: *Wie wir wurden, was wir waren. Ein Ex-Terrorist packt aus.*

Frederic schien ihre Gedanken zu lesen.

»Ich habe nachgedacht, und mein Entschluss steht fest«, erklärte er.

»Der Einzige, der Ortner noch überführen kann, bin ich.«

Ging das schon wieder los! Constanze sah ihn zweifelnd an.

»Dem Mann kann geholfen werden«, sagte Frederic. »Ich werde alles erzählen, alles, was ich weiß. Es ist mehr, als du denkst.«

Frederic als Kronzeuge, warum nicht, dachte Constanze.

Die Sirene der Polizei.

»Vielleicht kannst du ein gutes Wort für mich einlegen«, sagte Frederic und griff nach ihrer Hand.